本书的出版得到山西师范大学学科攀升计划中国语言文学学科点经费资助。

「尧都学堂」青年学者论丛

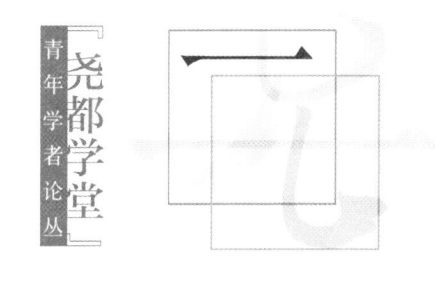

后现代生存伦理
"小说伦理学"视野下的海勒

Houxiandai Shengcun Lunli

王涛 著

中国社会科学出版社

图书在版编目（CIP）数据

后现代生存伦理："小说伦理学"视野下的海勒/王涛著.—北京：中国社会科学出版社，2019.4

ISBN 978-7-5203-4138-7

Ⅰ.①后… Ⅱ.①王… Ⅲ.①海勒（Heller,Joseph 1923-1999）—小说研究 Ⅳ.①I712.074

中国版本图书馆 CIP 数据核字（2019）第 039937 号

出版人	赵剑英
责任编辑	刘 艳
责任校对	陈 晨
责任印制	戴 宽

出　版	中国社会科学出版社
社　址	北京鼓楼西大街甲 158 号
邮　编	100720
网　址	http://www.csspw.cn
发 行 部	010-84083685
门 市 部	010-84029450
经　销	新华书店及其他书店
印　刷	北京明恒达印务有限公司
装　订	廊坊市广阳区广增装订厂
版　次	2019 年 4 月第 1 版
印　次	2019 年 4 月第 1 次印刷
开　本	710×1000　1/16
印　张	19.5
插　页	2
字　数	272 千字
定　价	86.00 元

凡购买中国社会科学出版社图书，如有质量问题请与本社营销中心联系调换
电话：010-84083683
版权所有　侵权必究

总　序

亭林先生顾炎武"古人之所未及就，后世之所不可无"已成著述者孜孜以求之境界，虽不能，亦向往之。著述辛劳，非亲历者不能体会，于青年学者、学术后进尤为如是。山西师范大学作为山西省人文学科研究的重要阵地，对弘扬山西文化，推动山西人文学科演进发挥了重要作用，文学院作为山西师范大学最大的文科学院之一，集聚了来自海内多所知名高校、科研院所的优秀博士，特别是最近几年，同师大一道，文学院步入快速发展轨道，一批批青年学者来此执教。师大幸甚、学院幸甚！

作为地方高师院校，教学任务繁重，然教师以教书育人、著文立言为要务，著文立言为教书育人之总结和升华，二者不可偏废。丛书的作者们大多初登杏坛，大部分时间都给予了课堂、学生，教学之余对或在即有研究基础上锐意进取，或于教学之中笔记碰撞、感悟，终有所获。经年累月，终成此中国语言文学系列著作，内容囊括音韵、文字、艺术、小说、文化、诗歌等领域，为文学院学科建设一大功效。观其书，皆以已精力成之，虽小有舛漏，但不碍达其言，读之"足以长才"，足矣！

文学院向以鼓励、资助教师学术研究、学术出版为任，2018年适逢山西师范大学、山西师范大学文学院六十周年庆典，在学校的大力支持下，学院前后奔走，幸蒙中国社会科学出版社大力支持，促成此系列著作的出版。该丛书不仅是学院教师学术研究的一次总结和集中呈现，也是学院学科建设的阶段性成果，更是学院教师们送给学校、学院六十周年庆典的一份不腆之仪。

山西师范大学地处临汾，为上古尧王建都之所，董仲舒注《周礼》"掌成均之法，以治建国之学政，而合国之子弟焉"条，曰：成均，五帝之学。可知尧时已有学堂。文学院追慕上古先贤，设"尧都大讲堂"为学院系列学术讲座、学术活动之共名，"'尧都学堂'青年学者论丛"亦由是得名。书成，为小序，以继往而开来。

赵变亲

2018 年 5 月 16 日

目　　录

引言 ……………………………………………………………… (1)

绪论　"小说伦理学"视野下的海勒 ……………………… (1)
  第一节　"小说伦理学"的可能性 ……………………… (3)
    一　小说伦理研究的新思路 ……………………………… (3)
    二　叙事伦理与"小说伦理学" ………………………… (8)
    三　"小说伦理学"思路 ………………………………… (12)
  第二节　海勒小说伦理研究的必要性 …………………… (13)
    一　海勒小说伦理研究的重要性 ………………………… (13)
    二　海勒小说伦理研究的标本意义 ……………………… (15)

第一章　海勒小说故事伦理研究 …………………………… (20)
  第一节　社会伦理观念 …………………………………… (21)
    一　从人的生存状况看社会伦理问题 …………………… (22)
    二　对社会伦理现状的批判 ……………………………… (25)
    三　个体对社会伦理的反抗与突破 ……………………… (34)
    四　从"生命政治"到"生存伦理" …………………… (41)
  第二节　个体伦理意识 …………………………………… (44)
    一　个体伦理心性状态 …………………………………… (46)
    二　个体伦理生活问题 …………………………………… (51)
    三　个体伦理问题的解决出路 …………………………… (60)

四　对"人的境况"的反思与个体伦理行动 …………………（68）
　第三节　宗教伦理思想 ………………………………………………（72）
　　一　海勒小说中的宗教伦理意识 ……………………………（73）
　　二　宗教伦理问题表现 ………………………………………（74）
　　三　对宗教伦理的反思 ………………………………………（79）
　　四　现代生存伦理与宗教伦理 ………………………………（92）
　第四节　审美伦理态度 ………………………………………………（96）
　　一　海勒小说中的审美伦理意识 ……………………………（97）
　　二　审美生活所具有的伦理意义 ……………………………（99）
　　三　审美伦理的双重性悖论 …………………………………（101）
　　四　作为理想的审美与现代性伦理 …………………………（107）

第二章　海勒小说叙述伦理探索 ……………………………………（113）
　第一节　小说叙述与小说伦理 ………………………………………（115）
　　一　叙事与叙述 ………………………………………………（115）
　　二　小说叙述的伦理意义 ……………………………………（117）
　　三　海勒小说的叙述伦理问题 ………………………………（119）
　第二节　叙述结构的伦理意图 ………………………………………（122）
　　一　叙述结构与伦理秩序 ……………………………………（122）
　　二　非线性结构与现代性伦理 ………………………………（125）
　　三　双重叙述下的伦理性对话 ………………………………（131）
　　四　叙述的道德逻辑 …………………………………………（140）
　第三节　叙述视角的伦理倾向 ………………………………………（147）
　　一　叙述视角与小说伦理意识 ………………………………（147）
　　二　叙述视角选择的整体性伦理特征 ………………………（151）
　　三　内聚焦视角与个体伦理意识 ……………………………（155）
　　四　零聚焦视角与社会伦理状态 ……………………………（162）
　第四节　叙述话语的伦理性 …………………………………………（166）
　　一　叙述话语的伦理色彩 ……………………………………（166）
　　二　对白对伦理问题的呈现 …………………………………（168）

三　自由间接引语的伦理性 …………………………………（181）
　　四　隐蔽的话语伦理姿态 …………………………………（185）

第三章　海勒小说修辞伦理解析 …………………………………（190）
第一节　小说修辞与小说伦理 …………………………………（193）
　　一　小说修辞学 ……………………………………………（193）
　　二　小说修辞与伦理 ………………………………………（196）
　　三　海勒小说修辞的伦理性 ………………………………（198）
第二节　小说意象的伦理色彩 …………………………………（202）
　　一　意象与伦理 ……………………………………………（202）
　　二　身体意象与现代性身体伦理 …………………………（206）
　　三　动物意象的存在学伦理 ………………………………（214）
　　四　"装置"意象的生存伦理问题 ………………………（228）
第三节　小说象征的伦理表达 …………………………………（238）
　　一　象征与伦理 ……………………………………………（238）
　　二　社会伦理象征 …………………………………………（241）
　　三　个体伦理象征 …………………………………………（245）
　　四　"讽寓"与后现代象征伦理 …………………………（251）
第四节　黑色幽默的后现代伦理 ………………………………（257）
　　一　"笑"的伦理 …………………………………………（257）
　　二　幽默的修辞伦理 ………………………………………（267）
　　三　反讽的生存伦理姿势 …………………………………（272）
　　四　黑色幽默与后现代伦理 ………………………………（278）

结论　后现代生存伦理 ……………………………………………（282）

主要参考文献 ………………………………………………………（291）

后记 …………………………………………………………………（293）

引　言

　　在面对海勒小说的伦理问题时，我们意图展开一种"完整性"，或者说，是从完整性的角度来对其伦理意识进行把握。因为，无论是作家海勒，还是作为研究者的我，都在意图探索一种具有完整性的朝向生命的伦理姿态。这一意图是建立在对生命自身的完整性的确认之上。这种完整性既是逻各斯，又超越于逻各斯。在"生命哲学"看来，生命天然地拥有完整性，它有开端，也有结局，它有肉体的统一性和生命过程的延续性等等。虽然某些解构思维，会更强调生命的"碎片"状态①，但它所否定的不是生命的完整性，而是生命结构的固化。碎片化不是在显示对于生命整体的撕裂，而是指每一个碎片都具有生成的可能，从而每一个碎片都有着朝向完整性的生命潜能。这正是在"完整"的意义上，所获得敞开的生命的完整性价值。

　　伦理正是在与生命的交织中形成了自身的完整性。伦理所要面对的是人的整体性生存目标。伦理对"良好生活"的强调就在于生命幸福感的整体性实现。从这一意义而言，对于人的生存现实来说，伦理具有一定的本体意味。一方面，伦理是人必然的在世处境，它遍布在生活的每一个角落；另一方面，伦理也是人在生命中必须要伸出的姿势，这姿势延续在全部的生命过程中，渗透在每一个生活细节里。正是如此，所有的伦理处境与伦理行为一起组成了人的完整的生存伦理

---

① 比如德勒兹的"块茎"（rhizome，又译为根茎）观念。

现实。生命的整体性也要求我们，在面对伦理问题时应该要以这种完整性意识作为探索的基础。

进而，一个优秀的作家往往也是从生命的整体性角度来创造自己的作品。当然，这种整体性视野也是建立在一定基础之上。比如，作家的创作越是能够蔓延在他的整个生命历程中，其作品也越具有完整性。另一方面，这种完整性是由其不同作品共同实现的。也就是，作家的所有作品与他的整个生命构成了一种镜像关系。同时，作家也经常想要在重要的作品中，对生命本身给予一种具有完整可能性的表现与根本性的答复。这是创作者的生命与创作之间的一种相互阐发与彼此激励的内在要求。由此，生命、伦理以及作品之间就构成了一套完整性的对话。也就是说，只有站在完整性的目光之下，才能在作品中找到一种符合生命本性的伦理答案。正是在这一目标的要求下，我在三个方面做出了努力。

第一，研究对象的完整性。作品越完整，越接近作家的整体性生命表达。所以在研究范围上，我选择了海勒的全部长篇小说。虽然海勒的创作不仅只有长篇，还包括部分短篇小说及个别剧本，但海勒最重要、影响最大、成果最多的仍然是长篇小说。海勒主要是一位小说家，其戏剧的影响较为有限。而在小说创作中，其短篇多是年轻时的习作，是屈从于当时的刊物要求所创作的套路化作品，他自己并不满意。海勒是因为长篇小说获得声誉，长篇的开阔篇幅也可以让他展示更完整的世界。并且，他的长篇创作几乎延续了一生，从30多岁的成名作《第二十二条军规》到去世时留下的遗作，其间每隔几年就有一部长篇小说出版。可以说，所有这些长篇作品共同构成了海勒创作的一种完整性表现。

第二，视野层次的完整性。针对小说的伦理研究，我们选择了系统的"小说伦理学"视野。与传统小说伦理批评最大的不同即在于，"小说伦理学"采用了更清晰完整的理论视角：一方面，将小说当作一种具有统一性的整体，另一方面又以尽量全面的视角层次让文本获得展开。即，从文本的内在构成上，将小说分为故事、叙述、修辞三个不同层面，然后分别去探索其各个层面在伦理表达上的可能性。这一理论视角既重视作品内容，又关注作品形式，既显示出一定的宏观视野，又注意每一个细节的微妙表现，既要呈现作品的显在伦理指向，又不放过隐藏在暗处的伦理意味，从而能够在最大可能上获得对于作品伦理观念完整性的发现与理解。[①]

第三，问题指向的完整性。伦理本身具有一定的系统性与完整性，它触及生活的各个领域。我们在这里也是将问题同时伸进了伦理的各个关键领域，以追索出其中更为完整的伦理姿势。所以，在第一章对故事伦理的探讨中，就是将作品主要关注的伦理问题分成了社会伦理、个体伦理、宗教伦理、审美伦理四个重要方面。伦理问题本身就分为社会伦理及个体伦理两大领域，它们几乎可以涵盖所有的伦理现象。这也构成了其他具体伦理问题所要展开的基础。在这一基础之上，我们又专门关注了宗教伦理与审美伦理问题，这两者是伦理学中非常重要的领域，对海勒来说也同样如此。而之后的形式伦理分析都是在这些基本问题之上获得进一步展开。可以说，我们在这里对海勒小说所触及的最重要的伦理问题都有涉猎，并尽量以完整的伦理学视野去进行把握。

从而，在研究对象、视野层次和问题指向三个方面共同所面对的完整性基础之上，再在各个章节中，对问题进行细化分析，这即是我想要实现的一种目标。或者说，这一完整性目标是海勒的创作与我的研究共同所想要获得的一种可能性。当然，我们也清楚地认识到，这其中，每一种向"完整"的靠近定然都是相对的：仍然忽略了海勒的一些短篇小说和个别剧本；即使"小说伦理学"的框架可以覆盖到文本的不同层次，但在每一个层次内部，能够触及的细节仍然有限；而文本所展开的伦理姿势是无限的，不可能铺陈出一切。作家的写作本身就已经是对生命进行了提炼。文字也只能以相对的形式，构成作为文本镜像的完整性。在这写作之上的写作，也就是我们的研究作为进

[①] 这一理论视野的具体展开方式会在后面专门论述。

一步的提炼，也成为相对之中的相对。

　　而我的意愿是想要更靠近作家本身的完整性，即使以相对的方式，也可以选择更具有整体性的镜子。正因如此，我在结构上没有按照常规以观点自身的逻辑去循序论述的模式，而是选择以更为完整的小说伦理学的目光去"穿越"作品，让它们彼此交往，并以这种方式，让关键问题尽量都得以展开。所以，最终的结论也并非就是一种结论，研究本身就是一种阅读的伦理姿态，是研究者的写作与作家的写作之间的一场伦理性的对话。

绪　　论

"小说伦理学"视野下的海勒

　　约瑟夫·海勒（Joseph Heller，1923—1999），20世纪美国黑色幽默代表作家，一生共创作7部长篇小说、3部戏剧、2部回忆录、若干短篇小说[①]和3个电影剧本，其中以长篇小说最为重要。他的成名作《第二十二条军规》（*Catch-22*，1961）（以下简称《军规》）风靡世界，被视为"美国60年代反文化的圣经"[②]。小说所创造的"Catch-22"一词，因形象而深刻地表现了社会权力与人生命运的悖论，成为一个特定的词汇，被收入韦伯斯特词典，并以极高的频率出现于媒体与公众话语中。海勒的成功不仅在于这一部作品，其他6部长篇小说也题材不同，风格各异，显示出其丰富的创作技法与广阔的关注视角。

　　伦理问题是海勒小说中最重要的问题之一，不仅表现在主题上，在小说形式上也有着个性化的显示。海勒小说的成功，与其对当代社会中人的生存伦理境遇的关注有着重要的关系。但学界对其小说伦理问题关注还很不够，更多是从政治和文化角度进行探讨，虽常会涉及伦理，却较少从伦理视角对作品展开全面分析。在汉语研究领域，关于海勒的主要期刊论文有300多篇，优秀硕士论文有50多

[①] 海勒共发表过13篇短篇小说，其中8篇发表于他出版《军规》之前。
[②] Judith Ruderman, *Joseph Heller*, New York: The Continuum Publishing Company, 1991, p.20.

篇，却鲜有直接讨论其小说伦理问题。关于海勒的专著有三种①，分别为褚蓓娟的《解构的文本——海勒和余华长篇小说研究》，成梅的《小说与非小说：美国20世纪重要作家海勒研究》，以及唐文的《权力·死亡·荒诞：对约瑟夫·海勒黑色幽默小说的解读》。其中成梅和唐文都对海勒所有长篇小说做了较为全面的研究。成梅主要关注各作品的思想及艺术特点；唐文以"黑色性"为中心，对权力、生存、荒诞、幽默等问题进行了探讨。西方的海勒研究，研究视角相对广泛，也有不少文章涉及小说伦理问题，但往往只集中于一点，既没有对海勒全部长篇小说的伦理问题做出总结，也没有关注其完整的伦理思想，更没有从系统的伦理视角来展开研究。无论是从作品的覆盖面，还是问题的全面性，以及视角的系统性来说，其小说伦理研究仍处于起步阶段。所以，我们所要进行的海勒小说伦理的系统性研究具有重要的学术价值。

  从伦理研究视角来说，现代文学伦理学批评更多是偏重小说的"故事伦理"（ethics of story），对小说"叙述伦理"（ethics of narrating）尤其是"修辞伦理"（ethics of rhetoric）的关注有所欠缺。这里所采用的"小说伦理学"（ethics of fiction）思路，同时引入了叙事学与修辞学视角，将小说文本分为故事、叙述及修辞三个层面，从而，海勒的小说伦理研究，也分别从故事伦理、叙述伦理及修辞伦理三个层面展开，在系统性的"小说伦理学"视野下，海勒的伦理姿态将会获得更为完整的展现。

---

  ① 另有两种由汉语学者所写的英文著作，分别是王祖友的《后现代的怪诞：海勒小说研究》（*Postmodern Grotesqueness: A Study on Heller's Fiction*）（厦门大学出版社2009年版），以及唐文的《论约瑟夫·海勒小说中的"黑之色彩"》（*On the Blackness in Joseph Heller's Fiction*）（上海译文出版社2014年版），后者于2015年以中文修订版形式出版。

第一节 "小说伦理学"的可能性

一 小说伦理研究的新思路

1. 小说伦理研究的基本问题

首先要明确的是，何谓"小说伦理"？小说伦理，既是研究对象，又是研究思路。它同时承载着研究客体与研究方法的双重性质。作为研究客体，它指向"小说"文本中所显示的伦理问题，对其研究就可直接称为"小说伦理研究"。作为研究方法，它是指用伦理学的批评方法、批评视角来审阅小说文本，从中得出相关的认识与结论。对于后者，既可称为"小说伦理研究"，也可称为"小说伦理批评"。相较而言，"小说伦理研究"的说法更具包容性，同时囊括了作为研究客体的伦理问题及作为研究方法的伦理视角。

作为研究客体的伦理问题相对比较明确，可以通过相关伦理学思维给予确认。"伦理学"与"伦理"在英文中为同一个词：Ethics，源于希腊文 Ethos，最早意为品性、气质，或风俗、习惯等。从古希腊开始，伦理学就已经形成一门专门学科，其问题视域相对来说比较明确，又称"道德哲学"[①]。"伦理"和"道德"（morality）在西方的词源意义上比较接近[②]，在使用中常可互换。但也有一定区别，比如黑格尔对二者作了区分：道德主要指个体的道德修养，是主观法则；伦理则指客观的伦理关系。王海明认为，伦理学是关于优良道德，即道德价

[①] 伦理学与道德哲学在某些时候也有区别，比如阿多诺说，"伦理学概念实际上是把理应揭示任何一种道德或伦理问题的深刻思考的主题范围予以缩小而加以简单化了"，就是在强调伦理学与道德哲学之间的区别。参见［德］T. W. 阿多诺《道德哲学的问题》，谢地坤、王彤译，人民出版社 2007 年版，第 16 页。

[②] Morality，源于拉丁文 Mos，也指品性、品德，或风俗、习惯，跟"伦理"意义相近。但两者在中文词源意义上有所不同，其中"道德"主要指人的社会行为规范，而"伦理"既包括行为规范也包括人际关系的存在本身。所以"道德"更多是作为规范性的"伦理"而存在。

值的科学①。按这一视域，伦理学又根据问题的具体对象分为元伦理学（meta-ethics）、规范伦理学（normative ethics）、美德伦理学（virtue ethics）三门伦理学理论学科，以及在与其他学科的实践性联系中，又形成了各种应用伦理学（applied ethics）学科。这些学科各自的研究对象是较为明晰的。由此，小说伦理研究所要面对的伦理问题也同样有着较为明确的针对性。在此基础上，需要对作为研究思路的"小说伦理批评"进行确认。

2. 新的文学伦理批评

伦理学批评的重要性毋庸置疑。伦理是在世之人所必然遭遇的生命处境，文学作为"人学"，也从各个方面经历着这一伦理境遇。社会伦理环境、作家伦理认识、作品的伦理色彩、作品的伦理影响，以及读者的伦理接受构成了一个完整的文学伦理循环系统。文学伦理批评恰是对这一重要的文学现象与其内在可能性的挖掘与阐释。

聂珍钊解释："我们所说的文学伦理批评，也可以称之为伦理学批评或文学伦理学，还可以称之为文学的新道德批评。实际上，它不是一门新的学科，而只是一种研究方法，即从伦理道德的角度研究文学作品以及文学与作家、文学与读者、文学与社会关系等诸多方面的问题，对存在的文学给以伦理和道德阐释。"②聂珍钊将文学伦理批评作为一种文学批评方法论提出，但笔者以为，文学伦理批评尚不能构成一种方法，而只能作为一种思路。迄今为止，并没有产生一种系统的文学伦理批评方法。作为学科的伦理学，跟宗教学等学科一样，都是根据研究对象而进行的学科划分，并没有明确的属于其特有的研究方法。

伦理学研究一定有其方法，但方法在于针对伦理问题而选用的所有可能的哲学或其他学科的研究方法。比如："元伦理学"运用了语

---

① 王海明：《伦理学原理》，北京大学出版社2005年版，第1—4页。
② 聂珍钊、杜娟、唐红梅、朱卫红等：《英国文学的伦理学批评》，华中师范大学出版社2007年版，第6页。

言哲学与逻辑学方法；"规范伦理学"会用到社会统计学方法；"美德伦理学"借鉴了心理学方法；等等。这些方法并非只属于伦理学，而是社会学科所共同面对的。所以，在文学批评中，伦理学并非是作为一种方法，而是作为一种笼统的视角或思路而存在。伦理学批评就是用伦理学的问题意识去探测文本，而这种意识其实就是将伦理问题作为一种研究对象。可以理解为，文学伦理学批评中的伦理学视角就是从文学文本中寻找伦理问题，并利用伦理学学科中所有可能的观点与方法对其进行探究。从这个角度看，伦理学批评与宗教学批评、社会学批评、政治学批评一样，是从其他学科的视野来对文学进行观照与理解，更多偏重的是对文本中相关学科问题的探索，而不是某种批评方法的实践。

但是，在这一基础之上，伦理学意识与文学理论在更为频繁的交往中，会生出独属于文学的一种伦理学审视技术，或者是文学与伦理学共有的一种新的方法可能，从而在传统的文学伦理批评思路之上，产生出某种具有方法论色彩的新的文学伦理批评。我们在这里就是要探索这一可能。现代主义时期，传统文学伦理批评被唯美主义、形式主义等所强调的艺术自律性要求所排斥，从而地位迅速下降。但是后现代有了对伦理批评的回潮[①]，文化研究中的文化伦理研究成为一个热门，伦理问题重新得到重视。我们的"小说伦理学"就是受惠于这一潮流，汲取了后现代伦理批评观念，尤其是接受了叙事学等形式主义批评及后现代文化伦理思想的影响，从而产生的一种"新"的文学伦理研究思路。

传统文学伦理批评主要是对作品内容层面所显示的伦理观念进行

---

① 20世纪80年代以后出现了一系列文学伦理研究的重要著作，例如：希利斯·米勒（J. H. Miller）的《阅读伦理学》（1987），吉姆·梅罗德（Jim Merod）的《批评家的政治责任》（1987），韦恩·布斯（Wayne Booth）的《我们所交的朋友——小说伦理学》（1988），亚当·纽顿（Adam Newton）的《叙事伦理学》（1995），以及克里斯蒂娃（Julia Kristeva）在《语言中的欲望》（1980）中专章讨论伦理问题等。

分析，尤其偏重于对叙事文本（如小说、戏剧、叙事诗等）中的故事内容进行伦理批评。而新的文学伦理批评强调完整意义上的伦理批评，既要把握作品的内容，也要探索出作品形式中所隐藏的伦理意识，从形式与内容，从故事、叙述、修辞等文本的不同层面来分析作品或作家复杂的伦理观念。在某种意义上可以说，新的文学伦理批评就是关注了文学形式的伦理批评。形式主义作为20世纪最重要的批评脉络之一，直接影响到了这一可能。形式主义将形式作为文学的本体性构成，强调"文学性"首先应该体现在文本的形式上。在这一观念下，我们认为，包括伦理批评的各种意识形态批评，都不能脱离文学自身的本质，必须要落实到具体的形式表达上。

形式主义强调形式的自足性。新批评主张"细读"（close reading）[①]，就是在突出文本形式的自我构成性。形式主义经常被当作一种纯粹的审美技术，而在本质上，其真正目标是凸显文本的重要性，强调形式，就是让文本以自身的形式姿态获得在场机缘。什克洛夫斯基强调"词——是物"[②]这一观念时，就是在表达词语的物质实体性，从而显示出文本以实体姿态所获得的"在场性"。并且，由此形成了一种批评的"文本"（text）转向，即，传统批评面对的是具有明显"作者性"的"作品"（work），现代批评则将作者悬置起来，凸显文本自身的可能性。罗兰·巴特在《从作品到文本》一文中明确表示，"在作品的面前……我们需要一种新的对象，可以通过对以前的范畴移植或颠覆来形成这个对象，即文本"[③]。

[①] close reading 也可译为"封闭式阅读"，指排除外在环境，只关注文本内部问题，翻译为"细读"，偏重的是阅读的精细，这与新批评的主旨并不完全一致。我认为可将其译为"密读"，"密"既有紧密之意，与 close 的"亲密"之意相关，又有"秘密"之意，扣住了文本的内在性，并且还有"细微"之意，也包含了传统译法的用意。

[②] ［苏］维·什克洛夫斯基：《散文理论》，刘宗次译，百花洲文艺出版社1994年版，第3页。

[③] ［法］罗兰·巴特：《从作品到文本》，转引自钱翰《二十世纪法国先锋文学理论和批评的"文本"概念研究》，北京大学出版社2015年版，第21页。

形式主义只是在凸显形式本体时，悬置了外在世界，并未否认文本与外界的联系，并且在追索形式的可能中，反而追究出形式所隐藏的更深层、更细微的意识形态色彩。解构主义批评的一个主要方向，就是捕捉寄寓在形式中的意识形态。罗兰·巴特对于"神话修辞术"（mythologies）的批评即在于此。[1] 这同时涉及另一个非常重要的问题，即文本中形式与内容的关系。传统批评似乎更偏重对作品内容的分析，形式主义则更突出形式的意义。进而，今天的批评是将两者融合在一起。批评的"文本"转向，"文本学"[2]的产生，其实就是在强调文本的肉身时，让形式与内容相互交融。文本本身是浑然一体的，并没有形式与内容之别，但同时，也可以在二元视野下发现文本的另一种可能。一方面，形式是对内容的实现，内容也是对形式的完成，两者共同构成完整的文本世界；另一方面，形式与内容所内含的矛盾性，又促进了文本的多义性与暧昧性，并以矛盾的方式呈现出文本的完整意义。这正是形式与内容辩证性的存在姿态。

新的文学伦理批评更注意文学形式与内容之间的辩证关系。韦恩·布斯就是从这一角度来把握文学文本的伦理可能。他说，"当给予人类活动以形式来创造一部艺术作品时，创造的形式绝不可能与人类意义相分离，包括道德判断，只要有人活动，它就隐含在其中"[3]。可以说，新的伦理学批评就是既探索文本内容上的伦理问题，也挖掘文本形式上的伦理意义，并将两者放在一起，考察其所具有的相成性与对立性，从更深层次上探索作品中所隐含的复杂的伦理意识。

---

[1] 在《神话修辞术》一书中，罗兰·巴特正是借用了符号学的方法，来揭露资本主义神话的创作过程。参见［法］罗兰·巴特《神话修辞术/批评与真实》，屠友祥、温晋仪译，上海人民出版社2009年版。

[2] "文本学是关乎文学作品自身的学问，它主要研究文学作品的存在形态或生成方式。"参见傅修延《文本学——文本主义文论系统研究》，北京大学出版社2004年版。然而更完整的文本学应该不仅限于文学文本问题。

[3] ［美］韦恩·布斯：《小说修辞学》，华明、胡晓苏、周宪译，北京联合出版公司2017年版，第367页。

另外，新的伦理批评更注重宏观批评与微观批评的结合。伦理问题本就是宏观与微观的交互，可划分为社会伦理问题与个体伦理问题。文学文本所开展的伦理表达，正是将社会问题与个体问题结合在一起，既表现出伦理的宏观性，又呈现出伦理细腻的微观个性。比如，现实主义小说中，既有对社会伦理的宏观批判，又在具体的人物中见出细微的人的伦理心理与伦理困境。内容层面所显示的问题比较鲜明，但形式层面的问题却更细致微妙，更需要一种微观层面的分析与把握。就文本的"文学性"而言，形式上所体现的伦理意识，也许才是对于文学、对于作家、对于作品来说更重要的一种伦理意图。布斯说，"没有什么比形式之爱更具人情味。"① 作家对于形式的投入本身就是一种写作的伦理，正因如此，作家内在的伦理意志与信念才更为充分地显示在形式之中。这正是新的伦理批评所要展开的目标。

二 叙事伦理与"小说伦理学"

不同形式的文本在展现伦理性时也有不同的表现。相比其他艺术，文学在呈现伦理问题时要更为直接明确。因为文字符号可以直接呈现意义，而艺术符号，比如图像与色彩，声响与节奏就无法直指意义。就文学而言，叙事文要比抒情文更突出地显示出伦理问题。不过这也是相对的，有些抒情文可以直接抒发伦理情感，而有些叙事文则主张客观显示现实，反而更具有伦理的暧昧性。总体而言，抒情文更多是对个体心理的表达与呈现；叙事文则可以更多显示社会现实，将伦理问题袒露出来。如此，小说与戏剧就比抒情诗的伦理色彩更显浓重。戏剧往往以对话为主体，对话本身就是一种伦理关系的展现。为此，在三种主要文体中，戏剧显示出最为鲜明的伦理性。但戏剧包括剧本与演出双重文本，其伦理问题比较复杂，超越了文学领域，还涉及舞台上的布景、音乐、表演等多种艺术要素。如此，相对来说，小说伦

---

① [美] 韦恩·布斯：《修辞的复兴：韦恩·布斯精粹》，穆雷等译，凤凰出版传媒集团/译林出版社2009年版，第135页。

理问题更具有代表性，如努斯鲍姆所指出的，小说"是我们文化中普遍的、吸引人的以及道德严肃的最主要虚构形式"，并且"建构了一种伦理推理风格的范式"①。新的文学伦理批评实践也就自然地落在小说之上。

传统小说伦理批评实践已是汗牛充栋，但"小说伦理学"这一系统性批评思路却到20世纪末才得以产生，作为一种特定的问题视域（包括方法论与认识论）才刚刚起步，尚未得到学界重视。作为学术话语，这一词汇最早是由韦恩·布斯提出的。布斯一生最主要的成就就在于凸显了小说伦理问题的独特性与重要性。其《小说修辞学》一书影响很大，强调了修辞的伦理性在小说中的具体表现。而他的《我们所交的朋友——小说伦理学》更将"小说伦理学"问题提到了醒目的位置。但学界并未对这一问题给以充分的重视。汉语语境中，刘小枫首次用到这一组合词汇。他在其著作《沉重的肉身——现代性伦理的叙事纬语》（1999）中谈论昆德拉的小说思想时提出："小说叙事和小说理论成了伦理学——或者说伦理学成了小说叙事和小说理论，这是现代性事件。这一事件是如何发生的？昆德拉的小说伦理学提出了什么样的德性？"②刘小枫对这一问题没有做更详细的说明，不能不说这是一种灵感突现，作为优秀学者的学术敏感，把握到了问题的重要性。但是这个一闪而过的词组，并未在学界引起足够注意。

《沉重的肉身——现代性伦理的叙事纬语》中同时还提到了"叙事伦理"问题。在西方，"叙事伦理"或"叙事伦理学"（narrative ethic）"是伴随各种应用伦理研究的兴起而出现的伦理学的一个分支学科，主要探究如何有效地运用叙事达成必要的伦理效果"③。叙事伦理最初在医学、法律、儿童教育领域中获得极大重视，而在文学领域，

---

① [美]玛莎·努斯鲍姆:《诗性正义：文学想象与公共生活》，丁晓东译，北京大学出版社2010年版，第18—21页。

② 刘小枫:《沉重的肉身——现代性伦理的叙事纬语》，上海人民出版社1999年版，第143页。

③ 伍茂国:《现代小说叙事伦理》，新华出版社2008年版，第2页。

这一术语最早是由亚当·纽顿正式提出的。纽顿在其所著的《叙事伦理学》（1995）中指出，"叙事伦理同时由两方面构成——一方面是指叙事话语中的伦理形态；另一方面是指构成伦理话语形式的叙事结构，即能够使得叙事与伦理相互之间更具本质性和合理性的叙事形式"[1]。这一认识奠定了叙事伦理的基本问题视域。

刘小枫也是汉语语境中最早使用"叙事伦理"一词的学者。在《沉重的肉身——现代性伦理的叙事纬语》中，他对小说、电影、戏剧等多种叙事作品进行了伦理性分析，并将这种叙事伦理与理性伦理做出对比。他认为叙事伦理是通过个体口吻，在对伦理事件的叙述中将伦理现象直观地呈现出来，从而见出伦理的个体色彩及暧昧特征；而理性伦理则是从伦理学理论层面对各种伦理问题进行统筹把握。在他看来，叙事伦理更丰富，也更能见出伦理的复杂个性，并且强调，"讲个人命运的叙事，是原初的伦理学"，"叙事伦理学是更高的、切合个体人身的伦理学"[2]，由此凸显了叙事伦理的现代性意义。

刘小枫对叙事伦理的强调有着明确的问题意识，以评论集的形式来显示其重要性，成为汉语学界这一问题研究的先驱。王鸿生说，"《沉重的肉身——现代性伦理的叙事纬语》一书可谓影响深远，它几乎笼罩性地规范了此后国内关于叙事伦理研究的所有言路和概念"[3]。之后，汉语学界对这一问题才逐渐有所注意，部分学者开始有意识地从叙事伦理视角对作品进行分析，比较有代表性的是：伍茂国于2004年发表《叙事伦理：伦理批评新道路》一文，明确提出这一新的伦理批评的可能路径，然后于2008年出版其博士论文《现代小说叙事伦理》，2013年又撰写专著《从叙事走向伦理：叙事伦理理论与实践》，

---

[1] Adam Zachary Newton, *Narrative Ethics*, Cambridge：Harvard University Press, 1995, p. 8.

[2] 参见刘小枫《沉重的肉身——现代性伦理的叙事纬语》，上海人民出版社1999年版，其中"引子：叙事与伦理"部分。

[3] 王鸿生：《序言》，见伍茂国《现代小说叙事伦理》，新华出版社2008年版，第2页。

对问题进行了深化；另有张文红的著作《伦理叙事与叙事伦理——90年代小说的文本实践》，以及聂珍钊、邹建军、耿占春、曲春景、谢有顺、王鸿生等人的相关著作和文章等等。① 如此，叙事伦理研究作为一种批评思路在汉语学界越来越得到重视。

王鸿生在给《现代小说叙事伦理》所写的序言中指出：

> 至于叙事伦理研究，则又有狭义和广义之分。狭义的叙事伦理研究指一种新兴的文学批评尤其是小说批评的路径和方法，它要研究文学叙事与政治、审美、宗教的关系，叙事伦理与规范伦理、日常伦理的区分与联系，具体的、历史的文学评价变迁和超历史的伦理法则的关系，叙事秩序的一与多、显与隐，文学修辞的价值表征作用和价值生成能力，伦理叙事的生成机制及其效果，方言的价值和翻译的意义，怎样看待文本中合作与竞争的双重关系，如何应对语言中心主义和语言技术主义，如何处理消费主义的伦理诉求或快感、趣味的弱伦理满足，以及叙事实践穿越权力话语的可能性等等问题。广义的叙事伦理研究将考察更大范围的哲学、人文社会科学的叙事表达，文学叙事只是其中的一小部分，目前它主要回应的是现代性展开过程中所遭遇的价值危机和交往困境，如抽象化、多义性或多神论、相对主义、世界的虚拟化和不可理解、意义的缺失感及其现代性病症、由于缺乏共享价值而造成的认同困难等等。②

叙事的领域非常开阔，文学叙事只是其中一种。文学批评领域中的叙事伦理研究也就只属于狭义的叙事伦理研究。伍茂国将问题集中

---

① 关于叙事伦理研究在中外学界的发展，可参考伍茂国的《从叙事走向伦理：叙事伦理理论与实践》（新华出版社2013年版）和杨革新的《美国伦理批评研究》（华中师范大学出版社2016年版）等。

② 王鸿生：《序言》，见伍茂国《现代小说叙事伦理》，新华出版社2008年版，第4页。

于小说上，将刘小枫的小说伦理学构想及叙事伦理批评结合起来，从它们的交叉点即小说叙事伦理问题入手，意图"建构小说叙事伦理学"，这一想法是可取的。其"小说叙事伦理学"与布斯"小说伦理学"的思路具有某种一致性。只是伍茂国更多是从小说"叙事性"出发，借用现代叙事学理论，将小说伦理分为故事伦理与叙述伦理两大部分展开研究。布斯则从"修辞性"出发，利用"小说修辞学"思路，捕捉小说中各种叙述形式及叙述话语的伦理意识。两人的视角有所交叉。将叙事分为故事与叙述的思路对于把握小说内容与形式间的伦理张力有一定优势，而小说修辞理论将修辞学引入小说研究，也很有启发。我认为，可以将叙事学与修辞学思路同时引入到小说伦理研究中，构建出更完整的小说伦理研究体系。

三 "小说伦理学"思路

"小说伦理学"是叙事伦理研究在小说研究中的进一步发展。小说作为叙事艺术之一种，"小说伦理学"也属于"叙事伦理学"的一个分支。但小说伦理不仅有叙事伦理中的故事伦理与叙述伦理问题，也有修辞伦理问题。布斯所提出的小说修辞是基于一种泛修辞观念[①]，将小说叙事也包括在小说修辞问题中。为了更清晰系统地把握小说的文本层次，无论是采用叙事学思路还是修辞学思路都有些以偏概全。所以，我将叙事学与修辞学理论结合在一起，对小说文本层次进行了重新划分，将小说叙事分为故事、叙述和修辞三个方面。小说伦理研究也就分为故事伦理、叙述伦理和修辞伦理研究三大块。

如此，"小说伦理"就并非属于"叙事伦理"的一部分。它们只是存在着交叉关系。小说伦理中除了包括小说叙事伦理（故事伦理和叙述伦理），还包括小说修辞伦理。"叙事伦理"是从文本的表达方式

---

① 泛修辞观念是将文本中所有形式技巧都从修辞角度去理解。按照古希腊的修辞观，修辞就是一种"劝说"的技巧。泛修辞认为文本中所有的形式表现都具有一定的"劝说"功能。

上提出的伦理问题，"小说伦理"则是按照文本的文体类型所做的划分。刘小枫在提出了小说伦理学之后，并没有集中于小说文体问题，而是更多从文本表达层面，提出叙事伦理在现代性伦理中的重要性。在其基础上，这里所提出的系统性的"小说伦理学"研究，既能够更好地把握作品中完整的伦理意识，同时也能在这种研究实践中，探索小说伦理学所具有的方法论潜力。

我们对约瑟夫·海勒小说伦理问题的研究，就是采用这一"三分法"而展开。其中"故事伦理"研究偏重于传统伦理学批评思路，从小说故事中解读作者的伦理思想；而"叙述伦理"主要结合了叙事学理论，从小说的叙述技巧入手，探讨隐藏在叙述形式中的伦理意识；"修辞伦理"是结合了修辞学理论，更多从小说语言表达的微观层面，把握小说话语的修辞特征与伦理之间的微妙关系，探索其潜在的伦理声音。这种形式与内容并重，从不同方面探索文本伦理问题的方式应该是新伦理批评的确切方式，只有将三个部分统一起来，辩证对待，才能探究出文本真正的伦理个性，构成完整的小说伦理研究景象，系统而有机地把握小说中复杂多变的伦理意识。

第二节 海勒小说伦理研究的必要性

一 海勒小说伦理研究的重要性

伦理问题即人在共同体（社会或社会的某一部分）中建立人与人之间关系的问题。只要有处于共同体之中的人，就有关于人的伦理问题。一般情况下，人们都处于共同体之中，因此每个人都遭遇着伦理问题。另一方面，伦理学的终极目标就是研究人如何获得"幸福"[①]。而人的基本生活目标就是朝向幸福。所以在某种程度上，伦理学就是"人学"。严格地说，伦理学只是人学的某一组成部分，但却是人学中

---

① 只是"幸福"是一个相对概念，每个人所认为的幸福并不一样，甚至会针锋相对。

最核心、最重要的部分。我们也说"文学是人学",文学也是在表现人性的同时来呈现人在实现幸福的道路上所面对的各种困难。聂珍钊说:"从某种意义上说,文学的产生最初完全是为了伦理和道德的目的。文学和艺术美的欣赏并不是文学艺术的主要目的,而是为其道德目的服务的。"① 可以说,文学与伦理学有着共同的旨归——探索人的幸福之路,只是前者在于对这种探索的叙事表达,后者重于对这种探索的理论研究。所以,文学一定是与伦理密切相连的。并且叙事文比抒情文更直接呈现伦理问题。小说作为叙事文中最具丰富性表现的文体,在反映伦理问题上更值得注意。

从海勒自身来说,伦理问题也是其生命中重要的主题。人的伦理境况由两方面构成:一是社会伦理环境,二是生活伦理境遇。就社会层面,海勒亲身经历了第二次世界大战,感受过战争中的残酷伦理,更重要的是,海勒亲眼目睹了美国在二战后经济高速发展,道德迅速滑坡的社会现状。与此同时,美国社会还持续发生着各种动荡不安的事件,正如迪克斯坦(Morris Dickstein)所形容的,"六十年代的社会动荡更象发生在全国每一个角落的数百次游击遭遇战……大学、城市黑人区、最高法院、公开炫耀的新的性道德、争取民权和反对战争的大规模示威"②。这些无疑会影响到当时的美国作家。以海勒为代表的黑色幽默作家正是在这种环境中写出具有特殊伦理色彩的作品,以黑色幽默形式来反映那个动荡的时代。迪克斯坦总结道,"六十年代的黑色幽默小说……对自己时代的历史进行了令人惊叹的模拟"③。这也正是《军规》会以反映当时社会伦理现状作为主要写作目标的原因。另一方面,就个人生活经历而言,海勒也有着多样的伦理焦虑。这包括:他作为犹太人的特殊的民族身份,必然遭遇到的各种伦理问题;以及他5岁就死了父亲,年纪不大就出外打工,很早就获得对伦理的

---

① 聂珍钊:《关于文学伦理学批评》,《外国文学研究》2005年第1期。
② [美]莫里斯·迪克斯坦:《伊甸园之门——六十年代美国文化》,方晓光译,上海外语教育出版社1985年版,第129页。
③ 同上书,第127页。

广泛体验；最重要的是，到了晚年，他还与第一任妻子打了长期的离婚官司，让海勒对家庭伦理问题有了深刻的反思，而离婚也成为其小说中不断出现的伦理事件。这些经历并非就是海勒关注伦理的直接原因，但却构成了其小说中伦理意识的重要来源。

就海勒的7部长篇小说来说，伦理问题始终是其关注的焦点。《军规》正是以强烈的政治和社会伦理批判而备受瞩目；他的第二部长篇小说《出事了》（*Something Happened*，1974）以展示当代美国社会个体伦理境遇为主旨；而《上帝知道》（*God Knows*，1984）通过《圣经·旧约》中大卫王的故事，又集中表达了宗教伦理问题；另一部长篇《画里画外》（*Picture this*，1988）在谈论艺术中又显示出审美伦理的问题；等等。海勒的各部小说对伦理问题的呈现既尖锐又深入，构成其创作的主要特征之一，并且不同作品的表现既有相似又有不同，使其小说的伦理问题又具有一定的丰富性。这构成了我们研究海勒小说伦理问题的必要性因素。

二 海勒小说伦理研究的标本意义

1. 作为后现代小说伦理研究的重要意义

海勒小说伦理研究不仅对海勒研究有着突破性意义，同时还对理解后现代小说伦理趋向有重要启示。海勒是黑色幽默小说流派的代表，也是后现代作家的鳌头，通过海勒小说伦理研究，可以见出黑色幽默流派，甚至整个后现代小说的伦理趋向。后现代文学中常见的荒诞性、黑色幽默、反英雄、拼贴性、开放性结构等特征都在海勒小说中有所展现，在分析这些艺术特点所体现的伦理意味的同时，也能见证出后现代小说的许多重要伦理个性。笔者以为，黑色幽默小说是最具后现代伦理个性的小说类型之一，从中能够窥见整个后现代文学的伦理气质。如此，海勒小说也就具有了重要的代表性意义。

另一方面，海勒小说是20世纪后期美国社会伦理状况的见证。通过分析其作品，也能发现同一时期美国社会存在的各种伦理问题。在当前汉语的外国文学研究领域，海勒无疑是最重要的美国后现代小说家代表，这一点从各种文学教材所选的代表作家中就可见出。海勒是最多被设立专节进行重点介绍的美国后现代作家。海勒的小说被认为是对当代美国最重要的讽刺性作品。他通过7部长篇小说对美国社会从军事、政治、经济、文化、家庭、教育、宗教等各方面都进行了反映。伦理问题交织于这些问题之中，共同体现出美国文化的时代特征。

2. 与小说伦理学思路的契合性

海勒小说伦理研究之所以必须采用小说伦理学思路，在于其本身所具有的特点与这一思路的契合。

第一，海勒小说伦理的广阔性与小说伦理学的系统性思路相契合。海勒小说所涉及的伦理问题非常广泛，对社会伦理与个体伦理都有深刻的表现。其中对政治、经济、文化、审美、宗教、军事、教育等各个领域内的伦理境况既做出了鲜活的显示，又表现出自己独特的理解。从而，要把握其伦理态度，单从一个方面入手是无法窥其全貌的，只有采用系统性的小说伦理学思路，才能在更完整的视线中，梳理出其中整体的伦理观念。

第二，海勒小说形式伦理的重要性与小说伦理学强调形式伦理的思路相契合。海勒小说作为后现代小说的代表，有着对小说形式的特定追求。其中的伦理问题不仅附着于形式之上，而且通过形式与内容的结合，实现了小说伦理的艺术性表达。比如，其"碎片化"叙述结构与反讽的修辞技巧都呈现出独特的小说伦理个性。所以，只有通过小说伦理学思路，才能清晰把握寄寓在作品形式中的伦理精神，更全面深刻地理解海勒小说中的伦理问题。

3. 作为小说伦理学研究的范例价值

研究方法与研究对象具有互动性。好的研究思路能够推动对研究对象更深刻的理解；而恰当的研究方法，也能够使我们在对对象的切入中，进一步完善自己的方法。所以，不仅小说伦理研究对海勒研究有着重要的启发，海勒研究对于小说伦理学也有关键的范例意义。一方面是因为海勒小说的代表性。另一方面，是因为海勒小说伦理具有一种特有的"朴素性"，这种朴素个性为小说伦理学的首次批评实践创造了恰当的条件。

首先,海勒并非典型的"伦理型作家"。伦理问题对海勒是重要的,但其伦理态度却比较"单纯"。有两种伦理型作家。一种是以伦理深度见长,如陀思妥耶夫斯基、卡夫卡、杜拉斯、米兰·昆德拉、大江健三郎,以及同为美国犹太作家的索尔·贝娄(Saul Bellow)、菲利普·罗斯(Philip Roth)等人。这类作家善于展示人的伦理困境,尤其善于表现复杂的伦理心理与伦理境遇。他们更强调作品故事的伦理性,故事本身所呈现的伦理问题深刻而典型,使得其中人物的行为与心理甚至可以成为伦理学的研究案例。比如,昆德拉的《生命中不能承受之轻》与大江健三郎的《性的人》就是这样的代表。刘小枫在《沉重的肉身——现代性伦理的叙事纬语》中对《生命中不能承受之轻》的伦理分析正是源于思想家的兴趣,他仍然偏重的是作为故事伦理的叙事伦理,而并没有真正切入形式的伦理问题。刘小枫凭着思想家的直觉虽然发现了众多理论的亮光,但文学批评中的许多具体工作,还需要更多具有审美敏感性与专业素养的批评者来加以完成。与这些作家相比,海勒作品中的伦理观念更为直白。其伦理态度鲜明,指向明确,正是如此,才不会让我们流连于伦理问题本身的纠缠中,能够更好地从小说伦理学批评思路中找到作家的重要观念。需要明确的是,"单纯"并非简单,而是其中的伦理表现离真实的人生伦理境遇更为接近。这也是海勒总是选择非英雄式的日常生活中的人作为主人公的原因,即使在选择"伟大"人物时,也经过了这种"非英雄"的解构,将人物还原到庸俗的生活中,更见出伦理的日常性与平凡特征。所以海勒的单纯是相对的,其伦理的单纯性只是一种表面特征。而我们的研究正在于从这单纯背后,用小说伦理学思路,去发现隐藏于其中的复杂性。

另一种伦理型作家有着激进的伦理观念,在创作意图上具有极强伦理倾向,比如萨德(Marquis de Sade)、劳伦斯(D. H. Lawrence)、詹姆斯·巴拉德(James Ballard)、三岛由纪夫、亨利·米勒(Henry Miller)、诺曼·梅勒(Norman Mailer)、凯鲁亚克(Jack Kerouac)等。

以伦理深度见长的作家，往往是从存在论角度来呈现伦理的现代性处境。而这些持有激进伦理观念的作家，是以直接呼告的方式来展开现代性伦理。这类作家多是在生活与个性上就有着伦理的叛逆性，从而在作品中也反映出不同寻常的创作个性。其文本个性本身就是一种形式的伦理姿态，但因为个性过于鲜明，反而杜绝了人们从更多层面去分析作家伦理意识的可能。比如亨利·米勒，他几乎所有小说都具有统一的独白气质，个体伦理意识非常强大，在新浪漫主义的抒情姿态中，却缺少了多种伦理姿势的回旋机遇。相比而言，海勒却在不同作品里尝试了不同的叙述手法，并且还保持了叙述者与主人公之间的特定距离，这种距离的伸缩变化，能够展示出更为丰富的伦理姿态。

即使同样是美国黑色幽默作家，其他几位重要代表也与海勒不同。托马斯·品钦（Thomas Pynchon）被认为是最难读懂的作家之一，他的代表作《万有引力之虹》被称为是美国的《尤利西斯》，其深奥玄密，非一般读者所能把握。巴塞尔姆（Donald Barthelme）的作品创造了一种"垃圾美学"，形式的碎片化与情节的荒诞性让主题过于暧昧。冯内古特（Kurt Vonnegut）的作品融入了大量的科幻色彩，在语言上更自由随意，虽然他后期的影响力超过了海勒，但在汉语境遇中，却没有一部作品能产生海勒那样大的影响。原因在于，海勒虽属于后现代，却并没有过于玩弄形式，没有利用太多繁复的技巧，也没有将形式引到极端的地步，以至于让多数读者无法接受，为此海勒才具有了广泛的读者群。正是这种在主题与形式上所具有的一定意义上的"朴素性"，让他更容易为读者所接受。所以其作品具有某种程度上的"流行性"。《军规》也成为了畅销作品，并且在其推动下，海勒以后的几部长篇也产生了不俗的影响。这一方面意味着海勒的代表性价值，另一方面也见出了其伦理意识与普通人的接近性。正因如此，其作品中所表现出的伦理主题更为鲜明而坦白。虽然从作品深度来说，他不如品钦等人，但这种单纯的个性，让他的伦理态度更有迹可循。

海勒作品不是为了讨论复杂的伦理问题，也并非强调某种单一的伦理冲动，而是表现最贴近社会现状与普通个体的伦理境遇，正是如此，显示出一种现实的切近性。这种"切近性"让他的作品更容易引起人们的共鸣。而在这一基础上，要把握海勒作为一个创作者超越于这种现实性表达之上的伦理姿态，就必须要进入到对于作品形式的分析中，在叙述结构与话语形式中，去窥视他所展示出的更深入的生命伦理意识。或者说，只有从系统的小说伦理学思路中，才能窥见海勒完整的伦理观念。在这多方面的因素之下，海勒作品与小说伦理学互相论证，小说伦理学揭示出海勒的可能性，同时，海勒的作品也成为展示小说伦理学之方法论的恰当范本。

第 一 章

海勒小说故事伦理研究

传统小说伦理批评主要是从小说故事①入手，通过分析故事情节，探讨作品人物之间的关系与言行，总结作品的伦理思想。这一过程仍是伦理批评中最关键的一步，作为新的伦理批评思路的组成继续发挥着重要作用。相比小说的叙述伦理及修辞伦理，故事伦理是小说中最直接、最突出地显示其伦理意图与伦理精神的部分。所以海勒的小说伦理研究，首先应该从传统的故事伦理研究开始。一般意义上，故事伦理研究属于内容层面的分析，在分析技巧上没有太大难度，偏重于主题探讨。本章的分析也是对小说故事内容进行总结，提炼出海勒最为关注的几个伦理主题或问题。其7部长篇小说核心关注的伦理问题分别是：

第一部：《第二十二条军规》（*Catch-22*，1961）——社会伦理问题

第二部：《出事了》（*Something Happened*，1974）——个体伦理问题

第三部：《像戈尔德一样好》（*Good as Gold*，1979，以下简称《戈尔德》）——社会伦理、个体伦理问题并重

第四部：《上帝知道》（*God Knows*，1984）——宗教伦理问题

---

① 这里的"故事"并非经典叙事学意义上的"故事"，而是指传统意义上的故事内容。

第五部:《画里画外》(*Picture this*,1988)——审美伦理问题

第六部:《最后一幕》(*Closing Time*,1994)——社会伦理、个体伦理问题并重

第七部:《老年艺术家画像》(*Portrait of an Artist, as an Old Man*,2000,以下简称《画像》)——审美伦理、个体伦理问题并重

从以上 7 部作品的偏重点,我总结出海勒关注的四大伦理问题域,即:社会伦理问题、个体伦理问题、宗教伦理问题、审美伦理问题。这一划分并非依照同一标准。按照人的两种存在方式,伦理问题可分为社会伦理和个体伦理两大领域[①]。前者偏重共同体下的宏观伦理景观与观念,后者偏重私人领域里的个体伦理状态与意识,两者互为补充,相互促动。而宗教伦理与审美伦理是根据不同社会文化领域中的伦理问题所做的划分,与之相对应的还有经济伦理、军事伦理、教育伦理、职业伦理等多种类型。社会伦理与个体伦理在伦理问题的构成中占有最重要的位置,所以分别从这两方面进行探索,是把握海勒的伦理精神与观点的基础。而海勒作为"犹太人"的宗教身份,以及作为"作家"的审美身份,自然也使得他非常关注宗教与审美问题,宗教伦理与审美伦理也就成为我们研究的重要部分。

这里的故事伦理研究是按照伦理的问题视域进行分类的,为把握海勒的基本伦理思想打下基础,之后的叙述伦理及修辞伦理研究才能从小说技术层面做出更细致深入的分析,并与故事伦理研究构成对话。

第一节 社会伦理观念

"社会伦理"(social ethics)是一个总体性概念,是指社会的宏观伦理观念与伦理境况。伦理问题的两极是个体与共同体。社会伦理更

[①] 高兆明认为:"在规范伦理学的立场,从主体实践的角度来看,整个伦理学研究领域可以分为两个基本组成部分:一个是关于个体的,这就是个体道德;一是关于社会的,这就是社会伦理。"参见高兆明《伦理学理论与方法》,人民出版社 2005 年版,第 131 页。

强调共同体的存在，这也是个体作为伦理性存在的基础。共同体的问题同时又是政治问题。从这一角度看，社会伦理与政治具有很大的重合性，只是在学科意识上，伦理的落脚点是个人，而政治偏重的是群体。海勒的小说被公认具有浓烈的政治色彩，他自己也称《军规》是一部"政治小说"，由此也可以认为，这些作品反映的也正是社会伦理问题，并且在伦理视角下，更容易窥见其中所反映的个体与社会之间的张力关系。

一　从人的生存状况看社会伦理问题

伦理的出发点与落脚点都是个体。所以，无论是对作品的分析，还是就问题本身的理解而言，把握社会问题，都要先从个体开始。社会问题直接显示于人们的生活境况与心理状态中。个体的生存状态既是个体现实，也是社会伦理的表现。一般而言，个体问题如果是个体的特殊表现，那么这问题更多在于自身，但当个体问题具有了普遍性，那么就直接显示出了社会的境况。可以从以下几种个体状况来对社会问题进行把握。

1. 恐惧

在伦理学中，恐惧具有发生学意义。《军规》与《出事了》都是从"恐惧"开始。《军规》一开始，主人公约塞连就因为恐惧战争而在医院里装病；《出事了》开篇第一句就是："一看见紧闭的门，我就心惊肉跳"[1]。保罗·利科（Paul Ricoeur）从人类学角度提出了"恐惧"对于伦理的发生学意义，并从现象学角度进一步给出证明。他说，"经由害怕而不是经由爱，人类才进入伦理世界"[2]。克尔凯郭尔与海德格尔也从各自的角度强调了"恐惧"的存在学价值。克尔凯郭

---

[1] Joseph Heller, *Something Happened*, New York: Alfred A. Knopf, Inc., 1974, p.3.

[2] [法] 保罗·利科:《恶的象征》，公车译，上海人民出版社2014年版，第27页。

尔说："那恐惧显现出来，这是一切所围绕的中心。"① 海德格尔也说："畏之所畏者就是在世本身。"② 当恐惧成为存在论的起点，也就构成了伦理学的基点。

《军规》与《出事了》作为海勒最早的两部长篇小说，也是其直陈伦理问题最关键的两部作品，都以"恐惧"作为故事的起点，显示出海勒对于存在论问题的直觉。但更重要的是，海勒所呈现的恐惧是对人的生存困境的直接展示，其恐惧更多是来自外在世界。《出事了》中主人公的恐惧一方面是对他人的恐惧，另一方面是对未知危险的恐惧。这种恐惧既显示了个体伦理心性的缺陷，又表现了社会伦理现状的问题，相较而言，其中更多是对个体伦理问题的反映。而《军规》中的恐惧则主要是由社会伦理的非人道所造成，约塞连感到，"到处潜伏着灾难，多得难以计数"③，这种泛滥式的恐惧感就是社会伦理对人的压迫所造成的生存体验。以至于，如同利奥塔在《后现代道德》中所说的，这个时代的人们"因恐惧而疯狂，因恐惧而瘫痪，因恐惧而呈灰色，因恐惧而沉默"④。

2. 疯狂

"因恐惧而疯狂"，疯狂既是恐惧的结果，也是比恐惧更严重的恶劣的生存体验。或者说，疯狂正是恐惧走向极端之后做出的反应。《军规》整部作品就在显示一种可怕的人与世界的疯狂。采用词频分析法⑤，对《军规》中"疯狂"一词进行统计，会发现这一词汇出现的频率极高，有"疯狂"之意的几个英文单词出现次数分别为：crazy

---

① ［丹麦］克尔凯郭尔：《概念恐惧·致死的病症》，京不特译，上海三联书店2004年版，第65页。

② ［德］海德格尔：《存在与时间》（修订译本），陈嘉映、王庆节译，生活·读书·新知三联书店1999年版，第215页。

③ Joseph Heller, *Catch-22*, New York: Dell Publishing Co., Inc., 1979, p.180.

④ ［法］让-弗朗索瓦·利奥塔：《后现代道德》，莫伟民、伭晓笛译，学林出版社2000年版，第151页。

⑤ 词频分析是文体学中常用的分析方法，即对文本中特定词汇的出现频率进行统计，从而显示文本在话语或文体风格上的某些特征。

出现 121 次，wild 出现 45 次，mad 出现 24 次，insane 出现 9 次，frenzied 出现 4 次等，总计共 200 多次。而在杨恝等人所译的《军规》①中，"疯"一词的出现次数为 191 次。约塞连说，"除了我们，所有人都是疯子"②。连拥有信仰的随军牧师也变得精神错乱。《最后一幕》里，"善解人意的精神病医生说，牧师的精神错乱在我们那一代的美国人中并非异常"③。所以这并非个体的发疯，而是普遍人类的疯狂。约塞连正是处于一种"众人皆疯我独醒"的状态，反而被他人视为疯子。正如迪克斯坦所说："《军规》预示了越南战争毁灭灵魂的疯狂。"④ 如此，社会伦理的非人道表现也就非常鲜明了。

3. 贫穷

贫穷是个体伦理在物质生活上的恶劣表现。大量个体的贫穷就构成了一种社会问题。尤其是国家整体经济已经发展到一定高度，部分人已经很富有，却仍然存在着大量贫穷人口，就明显表明社会有着巨大的问题。贫富差距代表着社会失去了公平。《军规》中，除了对米洛作为暴发户的资本家形象进行讽刺外，对现实经济问题表现较少。而在其续篇《最后一幕》中，大量描写了美国社会贫富差距巨大的现实伦理问题，尤其是对"汽车终点总站"如同"地狱"一样的残酷现实的描述，展现出美国社会的重大经济问题，而这也是社会伦理现状的重要表现。

4. 堕落

个体的堕落是个体伦理问题，整个社会道德风气的沦落，就是重要的社会伦理问题了。海勒小说从整体上表现了当代社会伦理的堕落

---

① 参见［美］约瑟夫·海勒《第二十二条军规》，杨恝、程爱民、邹惠玲译，译林出版社 1998 年版。
② Joseph Heller, *Catch-22*, New York: Dell Publishing Co., Inc., 1979, p. 14.
③ Joseph Heller, *Closing Time*, New York: Simon & Schuster, Inc., 1994, p. 259.
④ ［美］莫里斯·迪克斯坦：《伊甸园之门——六十年代美国文化》，方晓光译，上海外语教育出版社 1985 年版，第 127 页。

现实。《军规》里，丹尼卡医生大发感慨："我们生活在一个毫无信任、精神准则日趋坠落的时代。这是可怕的事情。"①《最后一幕》里，约塞连感叹道，"他从未见过如此残酷而丑恶的现象布满他的周围，并且这腐烂的领域还在不断扩展着"②。《上帝知道》中也借古讽今，大卫说道，"随着经济发展，我们进入到一个奢侈、悠闲和堕落的时代"③。现代经济伦理本身作为社会伦理的组成就有着堕落的一面。伦理学家赵汀阳说，"现代社会所制造的'集体堕落'终将毁灭人性和生活"④。这是从个体到集体全面的伦理境遇，这也是海勒小说所要呈现的社会现状。

5. 毁灭

当社会伦理问题过于严重，社会也离毁灭不远了。《军规》通过斯诺登之死显示了社会伦理对肉体的毁灭；在《出事了》中主人公无意中令儿子窒息而死表现了人的精神毁灭；而在《最后一幕》中更是直接呈现了"世界毁灭"的一幕，其中，蒂默大夫将社会问题比喻为癌细胞，以癌细胞可怕的生命力，预示世界必将遭受毁灭的结局。而作为大资本家代表的米洛所宣扬的疯狂观念：只要是为了赚钱，"我们可以让地球成为不能再住人的地方，但我们不会毁灭它"⑤，正是这种可怕的伦理观念，必然将世界引向毁灭。

二 对社会伦理现状的批判

海勒小说最突出的特征就是批判。成梅在《小说与非小说：美国20世纪重要作家海勒研究》中用大量篇幅论述了海勒的批判指向。其批判锋芒指向了美国社会的方方面面，在《画里画外》等作品中，视

---

① Joseph Heller, *Catch-22*, New York: Dell Publishing Co., Inc., 1979, p.41.
② Joseph Heller, *Closing Time*, New York: Simon & Schuster, Inc., 1994, p.51.
③ Joseph Heller, *God Knows*, New York: Alfred A. Knopf, Inc., 1984, p.25.
④ 赵汀阳：《论可能生活——一种关于幸福和公正的理论》（修订版），中国人民大学出版社2004年版，第132页。
⑤ Joseph Heller, *Closing Time*, New York: Simon & Schuster, Inc., 1994, p.253.

野甚至覆盖了整个人类历史。我们在这里是要从伦理层面对问题进行细化，主要关注政治伦理、经济伦理、文化伦理三个方面的问题。

1. 对政治伦理的批判

政治伦理学是应用伦理学的一种，属于政治哲学与政治学之间的一门学科，也可归属于政治哲学，其研究对象就是政治伦理问题。政治伦理主要指发生于政治活动中的各种伦理行为与伦理观念的总和。社会伦理追求的核心目标是"公正"（justice，也可称为"正义"）[①]。罗尔斯说，"正义是社会制度的首要价值……每个人都拥有一种基于正义的不可侵犯性"[②]。公正就是给每个人他应该得到的。王海明说，"公正是平等（相等、同等）的利害相交换的善的行为，是等利交换和等害交换的善行"[③]。按照朴素的常识，公正就是恶有恶报、善有善报，就是在利害分配过程中，人的付出与其所得应该相对等。"公正"是整个社会伦理的目标，无论政治、经济还是文化伦理都是如此。对于政治伦理来说，公正的目标显得最为迫切并且重要。

海勒小说呈现出了一个鲜明的现实：公正是不存在的。对这一问题的批判最为有力的就是《军规》，这部作品正是以富有智慧的政治批判为海勒带来了荣耀。关于这一点的研究很多。比如詹姆斯·哈罗德指出，"《军规》的道德控诉针对的不是个人，而是制度，包括军事权力、经济以及其他各方面制度"[④]。而加里·戴维斯（Gary W. Davis）也说："海勒该小说在最明显的层面上，揭露出我们商业、

---

① 公正、正义、公平和公道等可以算同一个概念，不过也有论者表示其意义并不一样。罗尔斯（John Bordley Rawls）的《正义论》发表以后，政治哲学、政治伦理学都将"正义""公正"当作最核心的概念，关于这一问题的讨论也成为当今学术的热点。

② [英] 约翰·罗尔斯：《正义论》，何怀宏、何包钢、廖申白译，中国社会科学出版社1988年版，第3页。

③ 王海明：《伦理学原理》（第二版），北京大学出版社2005年版，第221页。

④ James Harold, *The Ethics of Non-Realist Fiction: Morality's Catch - 22*, Philosophical Quarterly of Israel, 2007, Springer, p. 158.

军事、知识及文学体制中存在的极端的荒谬。"① 荒谬意味着与常识相悖，意味着极端不公正。《军规》有着"战争小说"的外形，被一些评论家认为是美国反映二战的最佳小说。但是其成功恰恰在于它是对战争小说题材的超越，以战争题材来表现当代美国社会的现状。故事发生于战争之中，其中社会伦理的极端与反常就如同一种政治常规，所谓的公共伦理与政治道德完全不存在，只有集权化的"军事伦理"。正是如此，它更如同一种充满民主假象的集权政治的寓言。

同时，《军规》还揭示了这种权力统治所采取的伦理手段：一是在道德意识上强调爱国心与荣誉感；二是在道德规范上制造权力圈套。作品中曾多次提到爱国问题，比如要求宣誓、签字、唱国歌等都属于发动"爱国精神"的道德形式。对"爱国"的强调，无非是为了让士兵服从纪律，愿意牺牲。齐格蒙特·鲍曼（Zygmunt Bauman）说，"在我们这个时代中，自我牺牲的观念已经非法化了"②。刘小枫也指出，"盲目的爱国主义是一种使人坠落的恶，因为它肯定了以现世国家为根据的嫉妒和仇恨，肯定了为此世的牺牲和屠戮都是合理的"③。约塞连也是在不断地获得道德觉醒后，最后认识到这种"爱国精神"的欺骗性。当丹比少校说，"你必须只考虑国家的利益和人类的尊严"④ 时，约塞连回答道："别再对我说那些为祖国而战的废话。……祖国已经没什么危险了，而我却正在危险中。"⑤ 这正是他看清了"国家精神"对"个体性"的强权压迫，亲身感受到自身所受到的威胁，从而激发出如此的愤慨之言。

另一方面，配合这种"爱国精神"的是对荣誉感与纪律的强调。

---

① Gary W. Davis, *Catch - 22 and the Language of Discontinuity*, *Critical Essays on Joseph Heller*, Edited by James Nagal, Boston: G. K. Hall & Co., 1984, p. 73.
② [英] 齐格蒙特·鲍曼：《后现代伦理学》，张成岗译，江苏人民出版社 2003 年版，第 3 页。
③ 刘小枫：《拯救与逍遥》（修订本），上海三联书店 2001 年版，第 110 页。
④ Joseph Heller, *Catch - 22*, New York: Dell Publishing Co., Inc., 1979, p. 455.
⑤ Ibid.

鲍曼指出这种军事化的伦理策略,"在权威的官僚体系内,关于道德的语言有了新的词汇。它充斥着像忠诚、义务、纪律这样的概念——全部都朝向上级。上级是道德关怀的最高目标,同时又是最高的道德权威。事实上,它们全部可归结为一点:忠诚意味着在纪律规范的限制下尽个人的义务。当它们凝聚并相互强化的时候,作为道德准则,它们的力量大到能够废止与排斥其他所有道德考虑的程度——首先就是那些与权威体系对自我再生产的倾注相左的伦理问题。它们划拨、驾驭以实现官僚体系的利益,并垄断了所有道德自我约束的通常的社会—心理手段。"① 鲍曼所分析的大屠杀中的伦理问题,正是《军规》所要表现的现代社会伦理的残酷本性。小说中卡思卡特上校为了功绩意图轰炸贫民区,就是这样一种发生于纪律下的屠杀计划。"通过荣誉,纪律取代了道德责任。惟有组织内的规则被作为正当性的源泉和保证,现在这已经变成最高的美德,从而否定个人良知的权威性。"② 这种可怕境况,与《军规》里的社会伦理现实完全一致。

不仅如此,海勒更是揭示了政治伦理背后的权力圈套。其最极致的表现就是"第二十二条军规"(Catch – 22),这也是作品里最核心的象征,是对美国社会的政治伦理以至整个社会伦理的最突出的隐喻。在《军规》中,它是指美国空军的一条规定,即,疯了的人可以申请退役回家,但如果他要申请,说明他没有疯,所以不能回家。这实际上是一个圈套,在赋予人权利的时候并没有给予他享受权利的机会。其悖论游戏就是让伦理陷入到虚无中,让人们看不到道德的希望。海勒自己也指出,这是一种"有组织的混乱"和"一种制度化了的疯狂"。罗伯特·布鲁斯坦(Robert Brustein)说,这"是这个邪恶、机械而无能的世界中纯粹罪恶的原则。因为这条军规,正义受到嘲弄,

---

① [英]齐格蒙特·鲍曼:《现代性与大屠杀》,杨渝东、史建华译,译林出版社2002年版,第210页。

② 同上书,第30页。

无辜者成了牺牲品"①。并且在《军规》的续集《最后一幕》中,它还被得到了继承。其中的牧师在遭到逮捕时,"他们宣读了他的权利,又说他没有这些权利"②。这就是典型的"第二十二条军规"的悖论。在这部作品中,美国总统完全是个无能、滑稽、说话不着边际,每日只会玩游戏的人,最后因为玩游戏错按了核装置按钮,让地球走向毁灭。这一疯狂的结果显见出整个政治制度的疯狂。

政治伦理的根本问题就是权力分配问题。"第二十二条军规"的实质就是以权力("军规")的名义,剥夺人的权利。其政治伦理的表现,就是以"民主"的外表实行集权化统治。《军规》中"克莱文杰的审判"一段最能体现这一点。叙述者说,"指控克莱文杰一案,结果是一目了然的。唯一缺少的,就是以什么罪名来控告他"③。而在审判中,"身为裁定委员会的一名成员,沙伊斯科普夫中尉同时也是其中的一名法官。他必须对起诉人控告克莱文杰一案的是非曲直,进行仔细的考量。而沙伊斯科普夫中尉本人又是起诉人。有一名军官为克莱文杰辩护,而他便是沙伊斯科普夫中尉"④。可见,这种政治伦理连程序公正都做不到,更不用说结果公正了。甚至,"如果可能,他们会用私刑把他处死"⑤。所以,正如约塞连所感叹的:"在这个世上,除了那些擅长权术、卑鄙无耻的一小撮人外,其他所有人都得不到应有的温饱和公正待遇。这是一个多么令人憎恶的世界啊!"⑥

2. 对经济伦理的批判

经济伦理作为社会伦理在经济领域中的伦理表现,也是新兴的应用伦理学的研究范畴。经济伦理的核心目标仍然是公正,即参与经济

---

① Robert Brustein, *The logic of Survival in a Lunatic World*, *Critical Essays on Joseph Heller*, Edited by James Nagal, Boston: G. K. Hall & Co., 1984, p. 28.
② Joseph Heller, *Closing Time*, New York: Simon & Schuster, Inc., 1994, p. 62.
③ Joseph Heller, *Catch-22*, New York: Dell Publishing Co., Inc., 1979, p. 73.
④ Ibid., p. 77.
⑤ Ibid., p. 83.
⑥ Ibid., p. 421.

活动的人们应该有公平的机会。公正的经济制度保证人们获取公正的收益。然而在海勒小说中，公正的经济伦理环境是不存在的。当代经济伦理学主要考虑的是伦理精神如何更好地制约经济行为①。而小说所呈现的现实是，在资本主义的经济环境中，良好的道德与伦理精神无比脆弱，不断遭受着社会现实的摧残。经济伦理问题在海勒小说中显示出更复杂的面貌，大概存在以下三种形态。

第一种是疯狂的资本主义经济伦理形态。这在《军规》中表现得最为鲜明。其中所表现出的经济伦理与政治伦理一样，也呈现出权力化、非理性化、极端反人道化的特征。海勒塑造了一个代表美国最疯狂的商人形象的人物——米洛。他本来只是一个司务长，从为中队食堂采购食品开始，利用各种手段，以优质食品为诱惑吸引各中队都将采购任务全权交给他，并将军用飞机变成他的商业运输机，逐渐建立了辛迪加联合集团公司。其公司的特殊性在于，似乎所有人都属于其中的一员，按他自己所说，"人人都有股份"②，所以每个人都要为此做出贡献。但是，却从未有人真正享受过作为股东的益处。甚至在斯诺登快死的时候，约塞连打开急救包找吗啡注射针管时，却发现没有针管，只有米洛公司留下的字条："有益于 M&M 辛迪加联合体就是有益于国家。"③ 将国家与集团公司捆绑在一起，既是借用国家名义为公

---

① 陈均认为："经济伦理的实质性含义是经济行为背后的伦理动因，是伦理道德原则对经济行为的制约力。简言之，经济伦理所探讨的就是人们如何运用特定的伦理道德原则去指导、规范群体和个体的经济行为。"（陈均、任放：《经济伦理与社会变迁》，武汉出版社1996年版，第4页）强以华认为："经济伦理学所研究的是经济与伦理趋向统一的内在过程，并以此为基础研究伦理对经济活动过程和经济行为的调节作用（包含调节的方式、途径、作用等），实现促进经济发展和伦理建设的双重目标。"（强以华：《经济伦理学》，湖北人民出版社2001年版，第11页）多数伦理学家在考虑经济伦理问题时，首先关注的是伦理对经济行为的调节与制约，但在现代化的经济环境下，经济发展对伦理的影响更大，社会伦理已经从主动的调节退守为被动的防守。这在海勒小说中也表现得较为突出。

② Joseph Heller, *Catch - 22*, New York: Dell Publishing Co., Inc., 1979, p. 238.

③ Ibid., p. 446.

司谋利，甚至将国家道德也变成了公司责任，又以集团利益形式，将个体变成国家的牺牲品。这一双重圈套，深刻体现了资本主义国家的经济伦理与政治伦理相互合作的阴谋。在其中，个体的利益甚至生命也变得毫不重要，其反人道的伦理可见一斑。正如米洛自己所说："这些道德准则中有一条就是，只要实际情况允许，无论开价多少，也不算是罪孽。"[①] 将"利益最大化"当作信条的经济伦理，完全丧失了人性与道德，甚至连法律都可以不顾。对于行贿问题，米洛辩称："行贿是犯法的，这你应该知道。可是做生意是不犯法的，是不是？所以说，法律不能阻止我为了赚点钱而去贿赂别人，不是吗？不，这当然不算犯法！"[②] 以"做生意"为合法理由抛开一切法律和道德，就是完全疯狂的经济伦理观念。正是出于这种认识，米洛在战争中与敌我双方同时做生意，一方面按照跟美军的合同去轰炸德军基地，一方面按照跟德军的契约用大炮轰击美军飞机。约塞连的一位同屋就是在这次履行合同的事件中丢掉了性命。这样的夸张也许正显出了美国社会经济伦理的真实现状。在《最后一幕》中，米洛仍然作为关键人物受到关注。这种疯狂是海勒所要批判的首要目标。

第二种形态更多是集中于经济组织内部，从人们之间的管理与工作关系来显示经济伦理的另一个层面。这属于企业伦理或企业管理等方面的伦理问题。对这方面的表现，海勒显得比较节制，但仍采用了尖锐的讽刺手法。《出事了》中，海勒用斯洛克姆所在公司的情况，来显示整个美国社会经济组织内部的伦理状况。其内部关系仍然是以利益和权力为核心，公司各人员之间没有真实的合作，只有不断的斗争。作品第二章"我工作的办公室"开头就说：

在我工作的办公室里，我怕5个人。这5个人中的每个人又分别怕4个人（重复的不算），总共就是20个人，这20个人中的

---

① Joseph Heller, *Catch-22*, New York: Dell Publishing Co., Inc., 1979, p. 66.
② Ibid., p. 272.

每个人又怕6个人，全部就有120个人，他们每个人又至少让1个人害怕。这120人中的每个人又害怕其余的119位，而所有这145人又都怕12个人，这12位就是公司的最高领导，他们创建了公司，现在执掌着公司的一切。①

　　荒诞的数字计算透露出伦理的真相：经济社会的整体道德心性遭到破坏，经济共同体内部失去了人性化的伦理氛围，协同性的人际伦理环境中，显见出的却是恐惧与斗争。

　　第三种指向了普通人的经济生活。《最后一幕》中总算出现了一丝人性的亮光。作者多次以第一人称形式讲述了约塞连的两位朋友，即萨米和刘作为普通人的经济伦理生活，尤其是特别讲述了犹太人刘的发家历程。刘子承父业，从处理废品开始，最后变成一位实业家，虽没有大富大贵，却靠自己脚踏实地的努力有所成就，过上了比较幸福的生活。同样是活跃而坚决的经济人，刘与米洛在伦理态度上却完全对立。他们所坚持的经济伦理观或商业道德完全相反。海勒以少有的朴素笔法来描绘刘，正是为了更好地见出这一人物本身的朴素性，以及他在朴素的生活中所得到的幸福。对其他人物海勒多是用一贯的黑色幽默笔法进行嘲讽。从这种叙述基调的对比上，就可见出海勒更为认同的经济伦理观：商人应该脚踏实地，勤奋用心，而不是投机倒把、丧失人道。所以，在萨米和刘身上体现了海勒所要建立的一种经济伦理可能。

　　整体而言，海勒对资本主义的经济伦理状况是悲观的。在具有历史色彩的著作《画里画外》中，海勒描述了荷兰著名画家伦勃朗在经济巨变的历史中的悲惨命运，将他生前的穷困潦倒，与死后作品价格不断攀升的情况做对比，以揭示经济与历史本身的非理性与非人道特征。在这种社会现实中，如何找到符合人性的经济道德，本身就是一

---

① Joseph Heller, *Something Happened*, New York: Alfred A. Knopf, Inc., 1974, p. 13.

个非常困难的问题。

3. 对文化伦理的批判

广义上的"文化"无所不包，以上所提的政治、经济等都属于其中。这里指的是狭义的文化，即作为经济基础与政治体制之上的意识形态部分，如宗教、文艺、教育等。以下所讨论的宗教与审美伦理问题，也都属于文化伦理范畴。海勒是将文化伦理放在整个社会伦理之中进行批判。在反人道的政治与经济环境中，文化的道德力量也显得非常脆弱，同样被卷入到疯狂之中。比如在《军规》里，宗教只有被利用谋取功利时才显出价值。卡思卡特上将巴不得在军队祈祷仪式中加入让炸弹炸得更准确些这样的话，而不是关心士兵们的生命安全。随军牧师塔普曼被所有军官看不起，并且遭受精神上的虐待，以至于一度失去信仰。宗教人士的命运也就意味着宗教本身的命运。《画里画外》则深刻表现了在资本主义的历史中，艺术遭受着与宗教同样的待遇，被反人道的经济伦理卷入其中，审美本身已经丧失了审美道德，完全变成了一种价值符号，失去了美应该具有的伦理意义。

在可怕的社会伦理现状中，教育也完全失去了作用。《出事了》中，斯洛克姆预测女儿进入大学后将会遭遇的事情，其实就是他所认为的美国的学生们在学校里普遍会遭遇的情况："等我把她送到大学去的时候她就会吸大麻，她遇见的每个有兴趣的人也早已经在吸了。她会被人搞上床……她会通宵狂欢和扯淡，抱怨她的老师和课程要求，对各门学科都毫无兴趣。"[①] 大学本是育人向善之地，但在斯洛克姆看来，现实却完全相反。因为时代已经掉入欲望的旋涡，越是人群汇聚的场所，越是恶的集中地。斯洛克姆看清了这一现实，其反讽的语气显示出的正是一种绝望中的逃避。所以，当政治伦理与经济伦理已经崩溃，文化伦理自然也一样会崩毁，并且当文化伦理丧失底线的时候，整个社会伦理就已经到了绝境。

---

① Joseph Heller, *Something Happened*, New York: Alfred A. Knopf, Inc., 1974, pp. 181–182.

三　个体对社会伦理的反抗与突破

在这样的社会环境中，不同的人会有不同的反馈态度。《出事了》中的个体与社会都"出了问题"，看不到希望。但是美国导演萨姆·门德斯（Sam Mendes）却以这一小说为蓝本，写出了一部赋有希望的剧本《美国美人》（*American Beauty*，1999），并将其拍成电影，获得了奥斯卡最佳影片奖。电影的成功正在于导演在悲观中显示了希望，或者说，电影从另一角度对作品进行了阐发，以表现小说中所具有的潜在希望。海勒的作品在批判的同时，确实也呈现出了某种可能性，展示了某些与疯狂的社会伦理相对抗的精神，并且这些更是我们要去探索的。

1. 个体对政治伦理压迫的逃避与反抗

政治伦理的压迫往往是最极端的，也是让人最难以抵抗的。《军规》中所展现出的极端军事化压迫着每一个人，尤其是那些没有权力的普通军人。这种压迫就是要让他们去死，比如不断增加的飞行次数，无法摆脱的"第二十二条军规"，让他们不断冒着生命危险去执行任务。并且军官们为了博取战功，为了个人私利，还要故意选最危险的任务让他们去执行。在这种环境中，多数人已经被折磨得精神失常。亨格利·乔每日做噩梦发出恐怖的叫声；麦克沃特开着飞机就不要命地玩惊险动作；多布斯不断计划着要去杀死自己的上司。乔做噩梦是一种完全被动的精神反馈；麦克沃特的冒险是一种自我放弃，一种陷入疯狂的逃避；多布斯也只是在绝望中生出一种复仇的念头。他们最后都没有得到好结果：乔因为精神脆弱，生病死掉；麦克沃特因为飞机开得太低，螺旋桨将正在海上冲浪的战友打成了两半，自己也撞在山上自杀；多布斯也没有真正采取行动。这些都属于被动的疯狂举措。而除此之外，作品还呈现出其他一些面对压迫的行为。

第一，自我麻醉。

在《军规》里，士兵们利用各种方式来忘记恐惧。比如，他们通过看电影来自我麻醉，所以剧院也成为"这些即将捐躯的士兵每日娱乐的场所"①，而更重要的方式是投入到性爱或爱情中。性爱就是用肉体的放荡来印证自己短暂的自由，所以他们总是隔段日子就要去罗马找妓女。在那里，约塞连会"疯狂爱上所有这些女人"②，这种疯狂就是对恐怖压抑的政治气氛的对抗。当他找到妓女后，"跟这个女人他能怎么下流就怎么干，只要能发泄欲望，得到快乐就行"③。即使是在基地里，约塞连也会想办法勾引护士，跟她们发生关系。但如果过于泛滥地采用这种方式，就会变成纵欲式的麻木，变成《出事了》里的主人公那样，不但不能解救自己，反而成为自戕的手段。相比而言，情感的投入能够引来更多有益的影响，作为一种健康的个体伦理姿态，可以对丧失人性的社会伦理产生一定程度的对抗。比如：约塞连在医院里爱上了达克特护士；内特利爱上罗马的妓女；牧师始终怀有的对家人的思念；等等。但即使个体的情感伦理再充实，也并不能改变外在的现实。这些个体行为，只是人们在压力的缝隙中找到的一种自我麻醉的方式，并不能从根本上解决问题。

第二，被动逃避。

被动的逃避就是寻求自保。对《军规》中的人们来说，就是要想办法活命。约塞连充分展示了个体在恐怖的政治伦理环境中寻求安全与自由的努力。从一开始，他就不断寻找能够不用飞行、逃避死亡的办法。他最常用的办法就是装病，不过这并非一劳永逸的办法，装病总会被看出来，出院是早晚的。他"早就拿定了主意，不是永生，就是在永生中死去。他每次上天执行任务，唯一的使命便是活着返回地面"④。任务对他毫无意义，他"毫不在乎自己是否击中目标"⑤。他很清楚，政治伦理完全是权力伦理，个体永远无法拥有选择的自由。所以他想尽办法寻找出路，求助过还有些人情味的梅杰少校，但少校

---

① Joseph Heller, *Catch-22*, New York: Dell Publishing Co., Inc., 1979, p. 26.
② Ibid., p. 160.
③ Ibid.
④ Ibid., p. 730.
⑤ Ibid., p. 31.

却性格懦弱，跟这个可怕的环境无法融合，自己也选择了逃避，在挤满人的基地上"成功地做上了隐士"①。相对于政治权力，个体力量是非常微薄的，正常的反抗无法实现，约塞连只好用尽一切智慧突破常规地去行动。在卡思卡特上校为了升官要他们去轰炸最危险的地方时，大家一直在绝望中等待，约塞连却在轰炸前一天偷偷挪动了地图上的图标，让人们以为美军已经占领了那里，不用再去执行任务，从而逃过一劫。荒诞的伦理，只能用荒诞的行为去对待，这是约塞连用自己的行动所给予的启发。而他最有象征意味的一次反抗，就是在战友斯诺登战死之后，他脱去军装，很多天都一丝不挂地在军营里走来走去，甚至在领取勋章时也赤裸着身子。这一举动直接构成对政治伦理的反抗。虽然这是缘于对死亡的本能拒绝，但这种身体姿态所达到的伦理效果却是令人震撼的。这一行为除了在颁发勋章时令上校颜面扫地，构成对权力的挑衅，同时还让牧师误以为看见了天使，重新焕发出信仰，戏剧性地显示出个体自由所具有的伦理召唤力。

第三，主动反抗。

《军规》中，约塞连对政治的反抗是小说的核心线索。随着故事的开展，他的反抗行为逐渐加强，并且在最后通过自身的道德觉醒让故事达到高潮。当卡思卡特上校将飞行次数提高到80次后，约塞连直接表示拒绝执行。这一行为无论是对权力方，还是对其他士兵都产生了巨大的震撼。因为抗拒命令，约塞连担心被暗杀，总是倒着走路，而从路上随时会冒出某个战友偷偷地对他表示支持。这既表现了他的行为所承受的恐怖的政治压力，同时也显示出这种态度所具有的伦理感召力。正是这种自由伦理的巨大影响，反而令卡思卡特上校感到畏惧，进而向约塞连提出条件：只要他放弃强硬态度，就可以让他返回家园，让他升职给他勋章，如果不肯，就送他进军事法庭。这个时候约塞连要面对另一个伦理难题，即自我利益和道德信念之间的冲突。卡思卡特说："你要么加入我们，要么对抗你的祖国，这是摆在你面

---

① Joseph Heller, *Catch-22*, New York: Dell Publishing Co., Inc., 1979, p.104.

前的两条路。"① 一种是迎合当前的政治伦理，获得所谓爱国的虚假道德；一种是追求自己的道德信念，而投身于危险。这一伦理困境显示出政治伦理与个体自由伦理之间的道德张力。约塞连最终选择了良知。他的反抗就是对个体伦理极大的肯定。作为主人公，他身上承载着作者所赋予的最重要的道德情感与伦理意志。他从朴素的生存伦理角度所展开的行动，以及在最后所呈现出的力量，都代表了海勒想要表达的对于生命的一种坚持与希望。

除此以外，《军规》中还有另一个同样具有鲜明反抗性的人物，就是约塞连的同屋奥尔。与约塞连的直接反抗不同，奥尔选用了另一种更具智慧的方式：通过无数次紧急迫降的实验，终于在一次飞行中故意遭受危险，迫降之后逃到了瑞典。这如同一个奇迹给了约塞连和牧师极大的信心。牧师甚至兴奋地说："这是个奇迹！奇迹！我又信仰上帝啦！"② 奥尔追求自由的行动更具有伦理的感染力。作为海勒奇想般的人物，他给出了另一种反抗的希望，就是通过智慧、勇气、毅力从可怕的命运中逃出。当约塞连在道德抉择的犹豫中感叹着现实的黑暗："我看见人们全在想办法赚钱。我看不见天堂，看不见圣人，也看不见天使。我只看见人们不放过任何一次机会大把大把地赚钱。"③ 奥尔的行为给了他最终选择的力量。他决定逃走，并且坚定地认为："我没有逃离我的职责，我正朝它而去呢。为了拯救自己的性命而逃跑，这并不算消极。"④ 而性格软弱的牧师也同样被约塞连和奥尔激励着，一方面支持约塞连逃走，一方面自己也下定决心，要"不屈不挠地坚持下去"⑤。

由此，《军规》通过约塞连以及其他不同人物的行动，展示了一个从自我麻醉到被动逃避，再到主动反抗的个体伦理的变化路线，既

---

① Joseph Heller, *Catch-22*, New York: Dell Publishing Co., Inc., 1979, p. 433.
② Ibid., p. 458.
③ Ibid., p. 455.
④ Ibid., p. 461.
⑤ Ibid., p. 463.

让人们更深地感受到政治伦理现状的黑暗,又是在呼告着,在这一现实中个体所应该付出的伦理行动。

2. 个体对经济伦理状况的反抗

经济伦理对人的制约源于人的生存性需要。人要活着,必须依靠经济环境,如果经济伦理不人道、不公正,人该如何既保持人性又能够活着,甚至要活得更好,就构成了伦理难题。《军规》里的人们主要遭受的是政治的压迫,对经济问题无暇顾及。约塞连对米洛的经济活动也比较冷漠,他甚至说,"让辛迪加也见鬼去吧,即使它也有我一份"[1]。但在《最后一幕》里,约塞连为了生活就不能不考虑经济。为此他甚至与米洛合作,成为米洛公司的一个"半顾问"。米洛公司所做的军火生意是严重违反人道的,但约塞连仍然与他合作,意味着这个时候他的道德底线下降了。为了赚钱,他也投入到这种资本主义的经济伦理之中。另一方面,因为米洛向约塞连保证,他们的军火只是一种构想,而无法真正生产出来,如此约塞连才愿意合作。并且约塞连的身份非常特殊,叫作"道德监督员"。正如他所说,"我不赞成那些不合乎我的道德标准的事情。……我代表公司的良心,是公司道德的体现"[2]。这里见出作者的双重用心,既是对这种经济伦理进行讽刺,又是在显示约塞连独特的生存智慧:在保持道德底线的同时,又能够获得利益。但约塞连的这种行为并不能构成对经济伦理的反抗,更多是一种油滑的伦理智慧。对普通人来说,经济伦理比政治伦理的渗透力更强,在日常生活中,生存利益之争更为重要而普遍。多数情况下,经济伦理并非受制于严格的道德原则,个体可以采用更灵活的方式,去创造自己的利益。这也是海勒站在个体生存伦理角度对约塞连的一种认同。

在《军规》里,曾经有一位军人抗议米洛公司,说既然人人都是股东,他却没有得到任何利益,所以要求退股。为此,米洛给了他一

---

[1] Joseph Heller, *Catch-22*, New York: Dell Publishing Co., Inc., 1979, p.239.
[2] Ibid., p.29.

美元。这是个体从自身利益角度所提出的要求，同时也构成了对社会经济伦理的一种反抗。通过米洛对他的轻蔑，可以清楚地看到，在庞大的经济伦理环境中，个体行为显得微不足道，要反抗是很难的。所以，更多的个体为了利益，不得不融入到大的经济环境中。《出事了》中的斯洛克姆就是一位融入其中的"得道者"，当他弄清了所有这些伦理规律后，就能游刃有余地处理好一切，所以才能挤走老朋友，获得最后的升职。在作品结尾处，斯洛克姆恰到好处地处理了已经疯掉的公司职员。在他的成功与疯掉的职员的对比中，更可见出这种疯狂经济伦理下的人的命运。

在某种层面上，反抗经济伦理比反抗政治伦理更为艰难。对于这种反抗，海勒在他的小说中也未能给出更多的展示。只是在《最后一幕》中，通过萨米和刘的经济生活与米洛进行对比，显示出另一种经济伦理的可能。萨米作为知识分子，以自身的技能获得生存机会；而刘靠自己强健的办事能力，也将家庭经济操持得风风火火。这些更朴素的个体经济活动，代表了社会大多数老百姓的生存方式。普通人的经济生活虽然显得较为平庸，但却具有更真切的人性色彩，作为朴素的经济伦理与社会经济伦理构成对立，并且，正是因为其朴素性，与疯狂的经济伦理保持了一定的距离，从而他们能够保留一些真诚的道德心性，如此才有获得幸福的机遇。

3. 个体对文化伦理环境的反抗

文化伦理的压迫是无意识的、隐秘的，而渗透力却是最大的。这种影响遍布在生活的每一个角落，往往不被注意，在不知不觉中将人们带入到混乱之中。《出事了》中的斯洛克姆一家所遭遇的宗教信仰危机、个体道德混乱、感情冷漠、精神空虚就是个体伦理随着社会文化的崩溃而崩毁的典型写照。作品中几乎看不到对社会文化伦理反抗的希望。其中所出现的人物中，只有斯洛克姆的妻子仍然保持着一定的伦理关爱。在斯洛克姆挤掉了老朋友的职位时，她对斯洛克姆非常失望。同时她还坚持去教堂参加宗教活动，对教会人士保持极大的好感。但海勒并没有对这种正面的道德意识投入更多的笔墨。

在《军规》里，最有正面文化伦理力量的人物是随军牧师。作为有宗教信仰的人，他与人为善，节制欲望，却处处不讨好，总是受欺负，所以由此显见的也是这种正面伦理的脆弱性。而在《最后一幕》中，牧师仍然延续了这种个性与境遇。不过两部作品的共同之处就是牧师在结尾处的忽然改变。《军规》里因为奥尔与约塞连的反抗，牧师重新获得希望；《最后一幕》里因为世界要毁灭，牧师获得了自由。并且他在肉体获得自由的同时精神也得到了自由。面对文化伦理对人的制约，个体的精神自由显得更为重要。当他用脆弱的信仰无法对抗这个道德沦丧的社会时，放弃以前的精神桎梏，反而从自由中找到了出路。所以海勒通过牧师要显示的，正是精神自由对于腐朽文化伦理所具有的反抗可能。

艺术作为表达精神自由的重要手段，也构成对文化伦理现状的反抗。《最后一幕》中，约塞连与萨米都曾热衷于写作，虽然现实使得两人都放弃了创作，但艺术所具有的内在力量却一直影响着他们。萨米在妻子和最好的朋友死后，决定实现自己环游世界的计划，这也是一种对精神自由的呼唤，艺术的目标虽然最终没有达成，但旅行却成为艺术的替代品，帮助他实现了自由。在《画里画外》这部大量谈论艺术的作品里，精神自由问题更显重要。其中苏格拉底就是一个彻底的精神自由者。正因为他在精神上的绝对自由，才自称找不到一个比他更幸福的人。而另一个关键人物伦勃朗在坚持艺术的同时，因无法对抗经济的非理性伦理，陷入到生活的悲惨处境中。所以艺术是否能够达到对社会文化伦理的反抗，实现个体的自由和幸福，本身也是一个难题。在海勒死后出版的遗著《画像》中，对此给出了最后的答案。作品通过展示作家波特的创作历程，彰显了写作对于个体的重要伦理意义：写作作为一种主动性的创造力量，构成了人之生存意义的来源，也构成了对于生命力的表现，成为对抗荒芜的文化伦理的最好的行动之一。这也是海勒从自身出发，站在作家角度对于创作的一种肯定。

海勒小说中还显示了另一种对抗社会文化伦理的可能方式就是宗

教。但他对宗教的正面描写并不多，直接以信仰方式来反抗残破的文化伦理的情况也非常少。其问题较为复杂，将在第三节的宗教伦理问题中再详细谈论。

四 从"生命政治"到"生存伦理"

海勒对当代社会的伦理问题态度鲜明，以批判为主旨。《军规》在20世纪60年代发表，以"政治小说"的姿态获得成功。因为那正是一个政治运动风起云涌的时代。其批判精神与美国60年代的反叛潮流相应和。可以说，批判本身就是海勒最为关键的政治态度与伦理精神。以《军规》为开端，这一精神也延续到他后续的作品中。

20世纪60年代是一个特殊的时代，詹姆逊（Fredric Jameson）曾说："60年代的老战士目睹了大量事物年复一年的戏剧性的变化，思考起问题来要比其前辈更具历史意识。"[①] 海勒就属于这样的"老战士"，并且他亲历过战争，既是战场上的战士，又是精神的战士。60年代所进行的是世界性的文化战争，海勒就是以创作《军规》成为这一战争中的关键角色。但就是在这个时期，社会文化发生了"断裂"性的变化，各种新思想汇聚在一起。詹姆逊说："我们已把60年代描述成一个全球规模的资本主义的扩展，同时带来社会能量的巨大解放，带来未经理论化的新力量大量释放的阶段：其中有黑人及'少数族裔'构成的种族力量，或者普遍的第三世界（解放）运动，有地区主义、学生、妇女运动中一批新的具有'剩余价值意识'的斗士，以及其他形式的斗争力量。"[②] 政治上的新左派（new left）、新自由主义（new liberalism）、毛主义（maoism）、无政府主义等，与文化上的解构思想相互碰撞，在如此激进与混杂的历史境遇下，海勒的思想也被席卷在其中。

[①] ［美］弗雷德里克·詹姆逊：《60年代断代》，张振武译，载王逢振主编《先锋译丛3：六十年代》，天津社会科学院出版社2000年版，第2页。

[②] 同上书，第51—52页。

海勒是一位作家，对作家而言，最重要的不是要表达某种主义与系统性思想，首先是要显示生命自身的困境与价值。所以，在海勒的作品中并不能确认其明确的政治思想。并且，那个时代本身就是混杂的，正如詹姆逊所说的"带来未经理论化的新力量大量释放"。对海勒来说，他的作品就是这样一种被释放的新力量，但其本身并没有一种明确的"理论化"指向。在《军规》中具有观念引导性的主人公身上，既可以窥见新自由主义个性，也可以识别出左派的冲动，还可以感受到无政府主义倾向。这是生命自身的混杂性表现。正是如此，就像很多作家与艺术家一样，他们并没有一种明确的体系化政治观念，但他们却以生命自身的存在来证明人的现实力量。可以认为，这一政治伦理的态度就是"生命政治"（biopolitics）理念及"生存伦理"（ethics of existence）姿态。

"生命政治"这一概念最早出现于20世纪20年代，是由瑞典政治学家鲁道夫·契伦（Rudolf Kjellén）所创制。它的出现受惠于当时正在流行的"生命哲学"潮流。契伦将国家视作一个有机生命体。意大利政治哲学家埃斯波西托（Roberto Esposito）认为，这一观念影响到纳粹的"国家的活力主义"概念[①]。"生命政治"问题在当代成为显学，主要是受福柯影响。福柯认为，现代政治在17世纪形成了"规训权力"（disciplinary power），针对个人的身体实行规训，福柯称其为"身体的解剖政治"，然后在18世纪进一步形成了"生命权力"（biopower），即国家针对整个人口进行调节，被称为"人口的生命政治"。这两种权力类型相互补充，"构成了现代社会权力运作的两个维度：一个权力针对着个体，一个权力针对着全体人口"[②]。

"生命政治"将人的"生物性"与"政治性"结合在一起。在这一观念上，福柯与亚里士多德正好相反。亚里士多德认为，人因为主

[①] 关于"生命政治"观念的演变，可参见吴冠军《"生命政治"论的隐秘线索：一个思想史的考察》，《教学与研究》2015年第1期。

[②] 汪民安：《从国家理性到生命政治：福柯论治理术》，载汪民安主编《福柯在中国》，河南大学出版社2016年版，第34页。

动参与到政治中,而脱离了动物;福柯却认为,人是被动地受到政治的管制,现代政治让人变成了动物。以卡夫卡为代表的现代文学中的动物寓言,以及所反映的人之"异化"形态,在某种意义上,就表现出了这一现代政治现实。在军事化管理与战争环境中,最能够显示出生命政治的本性,这个时候,人口被进行数据化的控制,哪些人需要服兵役,不同的人被编制在不同的组织中,对生命与死亡的选择与操纵等等,都属于国家对于生命的政治性管理。所以,《军规》就是在这一意义上,充分展示了对于"生命政治"的揭示与反思。福柯强调,生命权力"曾经是资本主义发展必不可少的因素,资本主义的发展只有依靠肉体纳入生产机构和使人口现象适合于经济发展程序才能得到保障"①。所以,生命政治正是现代资本主义经济社会的一种内在需要。正是在这一意义上,《军规》将经济伦理与军事结合在一起,在米洛的故事线索中,展示了资本主义经济的内在逻辑。米洛能够以经济原则来破坏一切正义原则,将军用物资直接当作商品,以至于可以不顾及他人生命,就鲜明地显示了这一现代的生命政治的真相。

而海勒对这些政治伦理的批判就是在展开一种新的道德。福柯专门强调了"批判"的伦理意义。他说,"在批判中有某种类似于德性的东西"②。他将批判称为"不被统治的艺术",并且它"既是政治的也是道德的态度,是一种思想方式"③,国家权力与对这种权力的批判彼此牵连,相互作用。福柯强调:"主体自己有权质疑真理的权力效果和权力的真理话语。这样,批判将是自愿的反抗的艺术,是充满倔强的反思艺术。批判本质上将确保在我们可以用一个词称之为的'真理的政治学'的语境中解除主体的屈从状态。"④也就是说,国家权力是必要的,但如果这种权力是"不公正"的,人们有权力也有必要对

---

① 杜小真编选:《福柯集》,上海远东出版社2003年版,第375页。
② [法]米歇尔·福柯:《什么是批判:福柯文选Ⅱ》,汪民安编,北京大学出版社2016年版,第172页。
③ 同上书,第174页。
④ 同上书,第177页。

这种不公正进行批判，而这种批判就是一种"美德"。

不仅如此，要与这种将人变成动物的权力相抗拒，海勒必然要去展示另一种对抗的力量，就是生命本身的价值。在海勒的小说中，现代社会让人们处于恐惧、疯狂、贫穷、堕落与毁灭的现实中，这种对于生命价值的伤害与剥夺就是当前社会最主要的问题，由此也构成了社会伦理的"罪恶性"表现。而恶劣的"生命政治"就会变成一种"死亡政治"，极端的人口管理包括了战争、毒杀、种族灭绝等可怕的政治行为，从而将人引向死亡。"促生的保护安全的生命权力最终导致了死亡权力。生命政治导向了死亡政治。"①《军规》中人们为了活命，就是要反抗这种"生命—死亡政治"，才展开了各样的行动可能。由此，生命政治的治理术就与人的生存伦理之间构成了张力。海勒对于社会伦理的批判，就是通过提出"生存伦理"的价值来得以展现。或者说，海勒是以强调生存伦理来抗拒这种恶劣的社会伦理。所以，那些个体的反抗行为都是建立在对生命自身价值确认的基础之上。

可以说，在《军规》里，或者在海勒所呈现的社会伦理境遇中，个体最直接表达的就是自我生命的价值，就是生存伦理的重要性。"生存"是生存伦理的第一条件与目标，并且，就是在这种与社会伦理的张力关系中，被最强烈地表达出来。然后，在海勒之后的作品中，生存伦理的问题又不断地得到深化。

第二节 个体伦理意识

如果将作家分为外倾型和内倾型，那么，外倾型就比较偏重批判社会伦理问题，内倾型比较注重反思个体伦理困境。海勒是典型的外倾型作家。在性格上，他的幽默豪爽与他的文风是统一的。在关注的题材上，他的视野也较为开阔，善于展现社会各方面问题。不过，作

---

① 汪民安：《从国家理性到生命政治：福柯论治理术》，载汪民安主编《福柯在中国》，河南大学出版社2016年版，第41页。

家在本质上是内倾的，关注人性，关注个人伦理问题是文学的必然指向。海勒也不例外。《军规》之后，海勒将视角从反映社会的广阔层面集中到个体的生存状态上。从《军规》到《出事了》，相隔13年，从60年代到70年代，社会文化也发生了转变，海勒小说的主题与风格也都有所改变。《军规》是战争，用一个岛见证出世界的真相；《出事了》则是和平中的人，以独白形式呈现个体复杂晦暗的内心。作家的观察模式从万花筒式的镜头变换，变为显微镜式的镜头聚焦。这样的转变，一外一内，前者显示社会伦理景观，后者呈现个体伦理心性，作为伦理世界的两翼，构成了一个有趣的对比与组合。

个体伦理是生活于共同体中的个人的伦理意识及伦理行为，一方面受到社会伦理观念的影响，一方面又有着自身的自由性，所以既复杂又往往处于冲突之中。正因如此，作家多会选用具有张力的个体伦理事件作为显示人的生存困境与人性矛盾的题材。个体与社会一直处于紧张关系之中，社会直接对个体有所制约，个体在被制约中，又对社会产生一定的反馈。个体伦理的核心目标是幸福。亚里士多德称最高的善就是幸福。[①] 刘小枫也说，"伦理问题就是关于一个人的偶然生命的幸福以及如何获得幸福"[②]。与之相对应，社会伦理的目标是公正，而公正的最终目的也是更好地实现个体的幸福。[③] 然而，海勒小

[①] 参见［古希腊］亚里士多德《尼各马可伦理学》，廖申白译注，商务印书馆2003年版，第7页。但亚里士多德这里的"幸福"强调的是一种"好的生活"，这种生活是要灵魂与肉体共同实现圆满才能达成。

[②] 刘小枫：《沉重的肉身——现代性伦理的叙事纬语》，上海人民出版社1999年版，第72页。刘小枫进一步指出："幸福还不是最高的伦理价值，美好才是。"（第72页）并且说明："幸福也可以通过单纯身体的感官享乐获得，但美好的幸福只有通过身体成为灵魂居所……来获得。"（第73页）刘小枫所提出的"美好"一说，对于伦理学中常见的以"幸福"为伦理终极目标的说法是个很好的补充。而这一"美好"也更接近于亚里士多德所谓的"好的生活"。

[③] 赵汀阳说："幸福和公正是关于生活的两条不可商量的先验原理，是全部生活的两个基本价值，其他所有的价值都无非是幸福和公正的具体表现或者派生的需要，因此它们是伦理学的两个基本问题。"参见赵汀阳《论可能生活——一种关于幸福和公正的理论》（修订版），中国人民大学出版社2004年版，第129页。

说中所呈现的伦理现实却是，社会问题百出，个体伦理状态难以维持正常与健康，个体难以实现幸福。海勒对个体伦理的各种问题进行了批判，同时也为伦理的复活寻找着出路。

一 个体伦理心性状态

个体伦理心性状态是个体伦理问题的内在表现。了解内在心性，是把握伦理生存状态的必要过程。海勒小说中所显示出的个人精神状态中最基本的表现就是"痛苦"。这在《出事了》中最为突出。正如主人公所说，"没有人是开心的；所有人都痛苦阴郁"[1]。产生痛苦的原因众多，最主要的是伦理问题，或者说是因为个体缺乏健康的伦理心性。比如斯洛克姆感叹道，"当我意识到一生中无论做什么事，身边都总有人比我做得更好，我不能不感到难过而挫败"[2]。这痛苦就是由伦理关系生发而出，就是源于不健康的伦理心性。又如斯洛克姆对女儿的评价："哪儿来的道义、责任、良知要把她改造成一个我不喜爱、她也可能永远不会变成的好人。我清楚这结局……她正变成一个孤独的、神经质的、当代的女人……我无法阻止这些。我无力跟整个文化、环境、这个时代以及它的过去宣战，以废除这一切。"[3] 这里提到"当代的女人"，并且将孤独与神经质当作时代的特征，清楚地表示了这个时代人们的伦理心性状态，就是这样一种丧失活力与伦理精神的孤独痛苦的状态。在这一基础上，小说中人物的伦理心性又主要表现为两种对立的状态：一种是恐惧，一种是麻木。

1. 恐惧

在个体伦理问题中，恐惧更具有发生学的意味。《出事了》是对个体问题显示得最为鲜明而充分的一部作品。海勒特别采用了第一人称叙述，叙述声音完全等同于叙述者，直接将主人公的内在想法与心

---

[1] Joseph Heller, *Something Happened*, New York: Alfred A. Knopf, Inc., 1974, p. 133.

[2] Ibid., pp. 1 – 2.

[3] Ibid., pp. 179 – 180.

理状态呈现出来。作品名为"出事了"（Something Happened，又被译为"出了问题"），就意味着当代人的心灵（伦理心性）出了问题。斯洛克姆的问题直接表现为恐惧。他恐惧家人，恐惧同事，恐惧每一个相处的人。"我有一种感觉，附近的某个人很快就会发现我的某件事，意味着我就要完蛋了，虽然我想象不出那到底是件什么事。"① 他从恐惧具体的人蔓延到恐惧所有人，以至于形成抽象的对人的恐惧，并且继续泛滥，变成对一切事物的恐惧。"我的某个地方确实出了毛病，使我失去了信心和勇气，并且让我害怕被发现和改变，对可能发生的一切未知事情都万分恐惧。"②

其他人似乎也同样如此。斯洛克姆提到，"在我生活的这个家里我害怕4个人。这4个人中有3个人害怕我，并且这3个人中的每个人又怕其他的两个人。在这个家里，只有一个人谁都不怕，而他是个白痴"③。他的儿子"仅仅9岁就已经害怕所有事物，怕高、怕诱拐、怕骗子、怕怪脾气的人，怕醉汉，怕盯着他的大人，怕警察，怕肮脏的勤杂工，怕战争，怕意大利人，怕我……"④ 所有人都陷入恐惧的氛围中。可以说，对世界的恐惧是从对他人的恐惧引发而来的，对人的恐惧体现了直接的伦理心性问题，对世界的恐惧就是这种心性的扩大化。并且，恐惧既是一种恶劣的伦理现实的结果，又是进一步造成这种伦理现实的原因。正如阿格妮丝·赫勒（Agnes Heller）指出："正是畏惧，我们人类已经失去我们已经获得的一切，不论是财富、地位、荣誉、信念、信任、与我们亲近的人，还是其他的什么。"⑤

作品里的恐惧主要指向的是伦理问题。但在叙述者的口吻里，恐

---

① Joseph Heller, *Something Happened*, New York: Alfred A. Knopf, Inc., 1974, p. 16.

② Ibid., p. 8.

③ Ibid., p. 355.

④ Ibid., p. 165.

⑤ [匈牙利] 阿格妮丝·赫勒：《道德哲学》，王秀敏译，黑龙江大学出版社2014年版，第102页。

惧又被过于强调，以至于似乎成为生活的本质表现，从而具有了一定存在论的意味。海德格尔将"畏"以及"烦"（sorge）称为人的在世处境。这种存在论视角与海勒所强调的有所不同，但却有一定联系。《出事了》中人物的"恐惧"，虽然是个体在伦理生活中体验到的伦理心性，但这恰恰是人在生存中所遭遇的最重要的一种境遇。正是在这里，存在论与伦理学被融合在一起。伦理境遇就是一种存在境遇。或者说，在海勒这里，伦理问题有着朝向存在问题的可能，不过与那些更具存在学深度的作品有所不同。比如克尔凯郭尔的《恐惧与战栗》、陀思妥耶夫斯基的《地下室手记》、卡夫卡的《地洞》、安德列耶夫的《墙》、萨特的《厌恶》等，这些作品以各种不同类型的恐惧意识，显示着深渊般的人的存在境遇，虽然同样呈现着人的伦理处境，但其直接的指向在于存在。而海勒作品中的恐惧虽然指向存在，但主旨仍然在于伦理，这也是海勒作品所具有的伦理的朴素性表现。

2. 麻木

恐惧虽然负面，但也仍具有意识的能量。而麻木意味着已经放弃了精神与感情的反应，属于个体内在更为糟糕的状态。在海勒小说中，近似于麻木的人格反应非常普遍。其中又分为绝对麻木与相对麻木，绝对麻木是对一切事物都不关心，相对麻木是对普通状态下人们应该关心的不再关心。前者是近于绝望的状态，属于极端情况。海勒更多呈现的是后者。其中又可以分为以下几种类型：

第一，对他人生命的麻木。这是典型的缺乏人性，丧失伦理情感的表现。"对他人苦难的无动于衷本身就是一种道德缺陷。"[①] 其又分为两种，一是有意识地忽视他人生命。这里尤指那些权力者，为自己的私利，可以草菅人命。《军规》里的很多军官，比如佩克姆将军、卡思卡特上校，以及作为资本家的米洛就是如此。另一种就是事不关己高高挂起。这在普通人中较为常见。赵汀阳指出，"所谓'现代人'

---

① ［德］简·克劳德·沃尔夫：《引论》，见［德］爱德华·封·哈特曼《道德意识现象学——情感道德篇》，倪梁康译，商务印书馆2012年版，第8页。

就是失去生活目的之人，是仅仅为利益活着的人，也是因此而敌视他人甚至漠视他人的人"①。海勒小说所表现的正是这一类麻木的"现代人"。《军规》里很多人就是如此。比如，阿费强奸了一个妓女，并将她扔出窗外，摔死在外面。他对此感觉无所谓，唯一害怕的是自己杀了人，将会被警察抓住。《最后一幕》里，地球将要毁灭，有钱有权者可以逃入地下避难所，对百姓的死活毫不在意，甚至对留在外面的亲人也同样如此，只是当他们意识到自己的鞋没人擦洗，才想着需要找一个擦鞋匠进来。老百姓对他们而言只有为其服务的工具价值，而没有作为人的生存价值。如果说权力方不顾他人生命，体现了社会伦理的残酷，那么老百姓的冷漠，就显示了更普遍的人的良好心性的丧失。这意味着丧失人性的伦理状态已经扩散到整个社会中。比如在《军规》结尾处，约塞连夜晚走在罗马街头，看见到处充斥着暴力与痛苦，但是路过的人们对这一切似乎早已习惯，熟视无睹。以及在《最后一幕》中，作者特意描述了一个重要的伦理场景——汽车终点站，那个如同地狱一样的地方，显示着人类对生命的漠视所创造出的末日般的景观。

第二，对交流的麻木。交流本身就是一种伦理行为，对交流的麻木就是对伦理关系的麻木。其本质一方面在于自私；一方面是因自私而陷入孤独，因沉陷于自己的感受，对他人的感受无法体会，也不想去体会，所以形成了沟通的困难。海勒小说里很多对话段落都极富有个性，显示出独特的艺术风格。其中的对话经常会陷入到交流的失败中。这种失败分为两种情况。一种集中体现在《军规》中，大量对话以悖论形式出现，对话本身就体现出"第二十二条军规"的悖论主题。形成悖论的原因很多，比如权力的不平衡、理解的障碍、权力化的陷阱、生命本身的悖论。另一种在《出事了》中表现得更为突出，多是由于个体心性的破损造成的失败。同样是对话问题，两部作品作

---

① 赵汀阳：《论可能生活——一种关于幸福和公正的理论》（修订版），中国人民大学出版社2004年版，第101页。

为一组有趣的对比，各自强调的重点不同：《军规》更多显示了社会权力问题，《出事了》则偏重个体心性问题。

第三，对自己的麻木。弗洛姆（Erich Fromm）指出，"我们的道德问题是人对自己的不关心"①。对自己麻木其实就是放弃了伦理的最根本目标，即自身的幸福。有的人是对生命某些部分的麻木，尤其是对那些鲜活的有生命力的事物丧失了兴趣，这与对他人的麻木构成了对比。后者是因为过于在乎自己的权益。有的人是对各种事物都失去了兴趣，对他人对自己都麻木。《军规》里那些被社会伦理压迫而失去反抗之心的人，以及《出事了》中当代社会的一般人，都属于这一类型。他们丧失了生命感，对生活没有热情，或者是融入到腐朽的社会伦理中，拼命争取利益，本质上对自己的生命质量，尤其是对精神乐趣失去了兴趣。对自己麻木，就是放弃了生命中许多重要乐趣，而这些乐趣恰恰是形成幸福的关键因素。为此，麻木也作为幸福的最大敌人之一，构成恶劣的个体伦理表现。

第四，对真、善、美的麻木。对真善美的追求是人的精神需要。丧失这种热情，就等于置精神需求于不顾，如此构成个体伦理心性的缺憾。宗教情感就属于其中的关键。《出事了》中，斯洛克姆就是一个完全失去信仰的人，多次对宗教情感进行嘲笑。宗教情感中直接蕴含着对善的追求。当斯洛克姆失去了对善的体验的时候，对家人与朋友的感情也变得淡漠，对幸福也几乎失去了感受力。与之对立的是，在《最后一幕》中，仍有某些人残存着对真善美的追求。比如约塞连与萨米都曾有过从事文学创作的想法与行动，只是在现实的压迫中，最后都放弃了这些追求。可见在这个时代，"生活"几乎成为一种消泯人之热情的东西，现实的伦理本身就是反道德的。不过其中几个人物对自由的追求也属于精神追求的一部分，这在牧师、约塞连和萨米身上都有所体现。至于《画里画外》及《画像》这两部以艺术家为主

---

① ［美］埃·弗洛姆：《为自己的人》，孙依依译，生活·读书·新知三联书店1988年版，第223页。

人公的作品，更多表现了对艺术的执着追求，只是在这种追求以及追求的痛苦经历中，显示出的却是整个社会对于艺术的麻木。《画里画外》中的伦勃朗所经历的贫穷以及苏格拉底所遭受的死刑，都反映出人们对艺术与真理的漠视。

总之，麻木就是主动放弃了幸福，或者放弃了与幸福相连的各种事物。由此，麻木也成为道德的最大敌人之一。个体心性遭到破坏，可能出现的极端处境还有疯狂。疯狂与麻木也构成了对照，前者是精神或感情接近崩溃，后者是失去了感受的能力。相比而言，疯狂要显得更为直接明显，而麻木往往不被注意，但却显示着更深刻的个体心理问题。疯狂既可能是社会伦理的不公所引起，也可能是个体伦理的失衡所造成。而疯狂走到绝望的极端行为就是自杀。自杀直接显示出个体伦理最糟糕的境况。在《出事了》中，主人公就提到了公司里的自杀情况："我们每年平均有3个人自杀：两个是男人，通常是中层领导，每12个月会有一次自杀事件，基本都是用手枪；还有一个是女人，通常还未婚，或者分居，或者已经离异，一般是服安眠药自杀。"[①] 这种自杀被数据化的表达，显示出主人公在叙述中的冷漠，更深刻地表现出其个体心性已经到了无可救药的地步。

二　个体伦理生活问题

1. 家庭伦理——情感博弈

家庭是个体生命最为重要的生长环境、情感单元及组织构成。对社会而言，家庭是最小的也是最稳定的社会组织形式，是以情感与血缘为纽带连接起的最基本的经济结合体。"家庭是道德化的原初主体。"[②] 家庭伦理是构成生命幸福最重要的因素之一。幸福家庭与幸福个体之间有着直接的因果关系。家庭伦理问题，也成为个体伦理问题

---

① Joseph Heller, *Something Happened*, New York: Alfred A. Knopf, Inc., 1974, p. 21.

② 笑思：《家哲学——西方人的盲点》，商务印书馆2010年版，第532页。

最重要的组成部分。

《出事了》中的个体伦理问题，一半是以家庭问题形式出现。小说分7个章节，其中多个章节直接以呈现家庭问题为核心，如第二章"我的妻子不高兴"，第三章"我的女儿不高兴"，第四章"我的儿子不高兴"等。这些章节正如标题所言，就是描述了家庭中各成员的生存现状。他们作为家庭的一份子，直接与家庭的伦理环境相关。当家庭成员处于不健康的状态中时，家庭成员间的关系，以及整个家庭的状态都处于病态与问题之中。比如斯洛克姆作为一家之主，对家庭其他成员表现出的却是冷漠与厌恶，对交流失去信任，而以他为核心，其他成员也表现出同样的问题。其问题主要表现在以下几个方面：

第一，家庭情感淡漠。

情感淡漠问题前面已经提及。在家庭环境中，各成员之间多是以亲情关系作为最基本的情感联系。亲情关系既是个体内在的感情组成，也属于必然的生存伦理需要。亲情的淡漠既构成内在伦理感情的丧失，也构成外在伦理理性的匮乏。没有充分的亲情情感，家庭伦理必然要失去基础，陷入不幸的处境中。比如《最后一幕》里，约塞连反思道，"他的家是一个典型的现代家庭、一个不协调的新时代家庭。在这个家庭里，只有母亲真正爱所有的家人，而且知道为何爱大家。他怀疑，别的人全都像他一样不懂得去爱其他的人，同时又不时地感到伤心懊悔，至少私下是这样的"[1]。约塞连认为他的家已经失去了亲情要素，而这种境况却是"典型的现代家庭"特征，从而见出这是时代的普遍问题。

《出事了》中的斯洛克姆就是一个感情淡漠的人，在讲述母亲晚年重病的场面时，语气就非常冷漠，并且他不愿将母亲接到自己家中，甚至母亲的离世对他来说反而是松了一口气。同时，他与女儿之间也是格格不入，两人的对话总会演变为博弈的游戏。而对于白痴儿子，他也是充满了憎恨，很多时候都想将其遗弃，只是出于伦理压力没有

---

[1] Joseph Heller, *Closing Time*, New York: Simon & Schuster, Inc., 1994, p.55.

付诸实施。海勒作品中表现得最为突出的是夫妻之间的冷漠。在这个时代,离婚已成为社会常见事件。海勒各部小说里提到的中年人物,多数都离过婚,或正在闹离婚,或想着要离婚。《戈尔德》中的戈尔德因为要发展事业,准备跟老婆离婚,换一个对自己更有帮助的女人。《出事了》中的斯洛克姆说,"关于离婚的事我的确想了很多,并且一直在想,甚至结婚以前我就在想着离婚了"[①]。而《最后一幕》中约塞连已经离婚两次。努德尔斯闹离婚已经是家常便饭,每次跟约塞连谈话时,他们中都会有一个人问对方:"离婚进展得如何了?"[②] 甚至约塞连的儿子迈克尔也开玩笑似的说,"他打算攒结婚的钱之前,先攒好离婚的钱"[③]。离婚现象如此普遍,可见夫妻之间的感情已经越来越淡漠,早已失去了稳定的伦理关系。当夫妻关系混乱时,整个家庭的关系也就陷入混乱,不再有所谓的家庭和谐与幸福。

第二,家庭情感不均衡。

所谓不均衡,是指感情不对等,既包括彼此情感投入的不对等,也包括个体对各人在感情上的亲疏之别。从人性角度来说,这样的情况是比较正常普遍的。情感投入的不对等最突出地体现在两代人之间。一方面是因为时代演变所造成的价值观的转变,老一代人更注重家庭伦理,年轻人对传统道德越来越不在乎。另一方面是因为生命体验的不同,老年人更喜欢跟孩子一起生活,享受天伦之乐,孩子们却喜欢自由,不愿意陪伴老年父母。尤其是在这个变化巨大的时代,两代人之间的道德观念差距太大,使得矛盾更为明显。这在《出事了》与《戈尔德》中都有深刻反思。这也属于个体情感淡漠问题,是因为单方面的淡漠,所造成的情感的不对等。另一种不均衡是指个体基于某些伦理原因,而对各人的态度有所区别。比如在《出事了》中,斯洛克姆对三个孩子的态度就明显不同。他更喜欢长子,是因为这个孩子

[①] Joseph Heller, *Something Happened*, New York: Alfred A. Knopf, Inc., 1974, p. 333.

[②] Joseph Heller, *Closing Time*, New York: Simon & Schuster, Inc., 1994, p. 158.

[③] Ibid., p. 55.

聪明；讨厌小儿子，是因为他是个白痴。这种感情的不均衡就会引起家庭整体伦理状态的失衡。

第三，家庭内部权力问题。

家庭作为社会的最小组织形式，也有着组织内部的权力等级关系，这直接构成了家庭伦理的某种内在形式。组织内没有权力结构，就无法获得稳定性。所以家庭伦理是否能够得到和谐发展，不在于是否有权力问题，而在于权力结构本身是否得当。人类社会进入到父系社会以后，家庭就是以父权为中心，构成特定的权力结构。在中国，所谓的家庭伦理观念的"三从四德"同时也是一种家庭权力结构的认定。到了今天，这种传统的家庭权力结构遭到了极大的破坏，传统的家庭伦理体系已经不复存在，家庭权力关系也变得混乱。

海勒小说对此问题有着深刻的表现。一方面，传统父权伦理遭到质疑与破坏，父亲作为一家之主的绝对权力已经不存在，由此形成的对父亲的尊重与服从性也就完全丧失。对父权的质疑与解构是社会发展的必然，也是家庭伦理观念获得进步的结果。但是，当父权解体，又没有建立出新的更为和谐平等的权力结构时，就引起了家庭伦理态度的混乱。《出事了》中，斯洛克姆与女儿之间的关系最能体现出这一点。女儿对父亲不再尊重。父女之间只要一说话就会发生争论，以至于争吵。另一方面，正是因为现代家庭没能建立起一种和谐的家庭伦理关系，所以父权仍然以某种方式存在着。斯洛克姆的家庭就是这样，既处在混乱之中，又有着鲜明的父权痕迹。父亲在与女儿的对话中，总是有意无意运用自己的权力获得论战的胜利，并且这种对权力的运用更为隐晦与卑鄙。显见的权力被解构了，但却可以借助话语中内在的父权特征，以及整个社会残存的父权德性来对家庭各成员进行压制。其中还有一个关键的要素在于经济权力，越是掌握经济主动性的人越具有权力。斯洛克姆是家庭的主要经济支柱，所以他必然拥有一种因经济优越性而赋予的权力。正是在这种权力既被解构又同时拥有某种特权的情况下，斯洛克姆获得一种复杂而混乱的伦理地位。他一方面无法得到情感上的认同与尊重，一方面又尽力发挥社会赋予男人与父亲特有的权力，任意发脾气，对孩子粗暴。正是这种矛盾表现，让家庭伦理更是处于一种紧张的状态中。

第四，家庭情感的博弈。

因为各种伦理问题，家庭的整体关系不仅无法呈现出和谐，反而变成一种情感的博弈。《出事了》中，一方面，家庭各成员都在期待其他人对自己的爱与尊重；另一方面，他们又各自对他人感到厌恶甚至憎恨。每个人都处于挣扎中。并且因为这种博弈，他们变得更为冷漠。家庭中各人既需要感情，又对感情充满厌恶；既需要他人，又厌恶他人，由此构成家庭情感博弈的伦理现状。具体而言，情况又更为复杂。

斯洛克姆作为叙述者，也作为家庭伦理关系的核心，与其他成员的关系最能够显示出整个家庭伦理的外貌。他与妻子作为夫妻，在感情与生活上都需要紧密联系，但他对这种关系的依赖仅仅出于习惯。在某种程度上，他们之间的联系仅仅在于经济上的联盟。斯洛克姆依然随时找机会与其他女人做爱，而妻子也非常乐于与其他人调情。斯洛克姆与女儿的关系更具有代表性，其情感博弈境况最为集中而激烈。他与女儿的几次对话都鲜明地昭示出这一真相。斯洛克姆对女儿做出描述：

> 可能她真的希望我老婆和我快点死去……如果我女儿摆出架势，如果她在谈论我老婆或我的时候，撇着嘴、似笑非笑，一副沾沾自喜、邪恶阴险的样子，她也并非真的就那么强烈地希望我老婆和我感到痛苦，或者死去。她只是为了得到这种效果，为了刺痛我们，情不自禁地采用这种幼稚的举措（可以说，就是要说些话来发泄）。她凭直觉感到划开这个敏感的旧伤口就可以轻易地让它痛苦流血。（我女儿喜欢伤害我们。她有时候感觉后悔了，也不会让我们知道。）如果她高声尖叫或者断断续续地哽咽、歇斯底里哭泣地倒出她的话，那么就不能忽视她那强烈的憎恨与无底的悲伤的真实性。正如我说的，她很不开心。（在这些时候她

是可怜的。如果她是别人的女儿,我的心都会碎掉。)①

女儿的这些表现,以及斯洛克姆的这种分析,都显见出亲人之间情感的斗争。他们在爱与恨,想爱与想恨之间博弈。家庭成为情感的战场。人们结合在一起是为了生存,而发生情感的战争也是为了生存。所以女儿才会抱怨"我(斯洛克姆)这个父亲不像个好父亲,我老婆不像个好母亲,家不像个家,亲人也不像亲人"②。这样的家庭伦理带给人们的不但不是幸福,反而是更多的痛苦。

2. 工作伦理——权力斗争

工作单位被称为是人们的"第二栖居地"。工作伦理对个人的重要性仅次于家庭伦理。它既包括工作单位中所具有的社会伦理问题(经济伦理、企业伦理问题等),也包括其中具体的人与人之间的个体伦理问题。对于这一方面,海勒小说既反映出宏观的社会经济伦理问题,又反映出微观的个体工作伦理问题。《出事了》对此表现得最为集中与深刻。其中作为导言的第一章结束后,紧接着第二章就是"我工作的办公室",呈现出办公室中的微观伦理景象。海勒小说中的个体工作伦理问题主要表现为:

第一,伦理的权力化。

办公室作为一种工作环境,呈现出特定的合作与管理关系,阿格妮丝·赫勒将其称为是横向的"对称性互惠"关系及纵向的"非对称性"关系,后者即权力关系③。《出事了》中,在公司的权力等级关系中,表现出两种相反的伦理态度。一种是下级对上级的恐惧,比如斯洛克姆说,"我怕那些管事儿的,不敢径直走向他们,也不敢正眼看他们,没胆量针锋相对地讲出正确的看法,即便我知道自己是对的并

---

① Joseph Heller, *Something Happened*, New York: Alfred A. Knopf, Inc., 1974, pp. 131–132.

② Ibid., p. 147.

③ 参见[匈牙利]阿格妮丝·赫勒《道德哲学》,王秀敏译,黑龙江大学出版社 2014 年版,第 103 页。

且是安全的（我永远无法相信自己是安全的）"[1]。另一方面，上级对下级出于工作伦理的需要，意图建立良好的人际关系。正如斯洛克姆对领导阿瑟·拜仑的形容："他对我（还有每个人）总是非常热情，并且总是和蔼体贴。"[2] 其中的括号表示插入性的补充，呈现出"我"与"每个人"的雷同性，意味着对领导而言，个体并不具有特殊性，只是作为工作伦理的需要而存在。斯洛克姆同样如此："我对很多我讨厌的人都是热情体贴的（我想我差不多是对每个人都热情体贴，除了我的前女友还有我的家里人）。"[3] 在这里，工作伦理与家庭伦理构成对比，工作环境里充满虚伪的友好，而在家庭中却是没有温情的真相。但是工作中的这种"热情"是有特定范围的，"能够有这种亲密之举的往下到不了秘书、打字员、发邮件的小伙子，往上不能越过两级，到达部门主管"[4]。如此，工作伦理是完全实用主义的。其中的个体情感只是一种形式，所以才需要保持在特定范围内，不能随便逾越。并且，"保持领导与下级、雇主和雇员的距离总是会更好，更安全，更有效，甚至在床上也如此（尤其是在床上）"[5]。即使在"床上"这样一种更为私人的伦理场所中，也不能超越工作关系的伦理位置，可见这种工作伦理在功利主义的社会中有着强大的影响力。

第二，人际的焦虑与斗争。

即使在没有权力差异的关系中，仍然存在人际交往的恐惧感。办公室中的伦理关系涉及微妙的权力博弈，即使同等级的人，也处于权力的角逐之中。这在《出事了》中表现得细致入微。斯洛克姆与各同事的交往充满了谨慎的考虑。他甚至对敲门这样的小事也分外担心，"我记得，在公司里我也害怕开门，即使是某位律师或理赔人让我去

---

[1] Joseph Heller, *Something Happened*, New York: Alfred A. Knopf, Inc., 1974, p. 15.

[2] Ibid., p. 59.

[3] Ibid., pp. 40–41.

[4] Ibid., p. 42.

[5] Ibid.

取一份重要文件，或者取三明治也是如此。我不知道是先敲门还是径直进去，是恭敬地轻轻敲门还是大声拍门让人立刻听见然后让我进去。不管用哪种方式，我都会碰到厌烦的表情（或者说是我这样觉得。我不是到得太早就是太迟）"①。这既显示出办公室中人们的伦理焦虑，又折射出经济环境中人际关系的形式化，以及个体丧失人格个性的现实。

第三，工作对人性的异化。

恶劣的工作伦理环境下，人也会遭受异化的命运。《出事了》中，人们除了经受生存的恐惧、疲劳与斗争，甚至有些人过着非人的生活。斯洛克姆说，"在一个人的本性中肯定会有一些东西能够促使他不仅仅是个推销员，也想成为一个人。"② 有些工作甚至不被当做正常人能够接受的，工作本身就已经是一种非人性的状态，为工作所累的人们无法获得劳动的快乐。这突出地显示出马克思所指出的，资本主义环境中，个体在劳动中被异化的现实。最有代表性的就是斯洛克姆所做的"开心图表"：将公司的人列表分类，标准是以各种焦虑心理为基础，比如"妒忌、希望、恐惧、野心、受打击、好胜、怨恨或沮丧等"③。这就是按照被异化的各种状态所做的分类。斯洛克姆"把那些拼命向上爬的人放在最不开心的类型中"④。可见，他也清醒地认识到，人们对于世俗的工作伦理，即"不断向上爬"的"成功道德"越是追求，越是得不到快乐。吕克·费希（Luc Ferry）在《什么是好生活》中专门强调，"成功"的理想，"正在迅速形成一种新型暴政"⑤。如此，正是为了对抗这一点，人们又追求另一种欲望的满足，比如

---

① Joseph Heller, *Something Happened*, New York: Alfred A. Knopf, Inc., 1974, pp. 14–15.

② Ibid., p. 27.

③ Ibid., p. 34.

④ Ibid.

⑤ [法] 吕克·费希：《什么是好生活》，黄迪娜、许世鹏、吴晓斐译，吉林出版集团有限责任公司 2010 年版，第 7 页。

"玩女人"。斯洛克姆指出,"玩女人(或者谈论玩女人)是每届公司例会的重要组成部分……公司里人人都玩女人……事实上,这种事在公司例会中已被认为是相当得体的……"① 如同《军规》中,权力方通过适当解放个体的身体欲望,从而实现对个体的更强大的控制,这既是福柯提出的"生命政治"的策略,也是马克思所谓的资本主义的阴谋。现代企业正是通过鼓励身体道德的堕落,达成对个体更有效的管理。正是如此,不道德也成为人们的正常状态。斯洛克姆说,当里弗斯"知道我酗酒、撒谎、经常找妓女,因此才感到我是值得信赖的"②。正因为堕落,里弗斯才感觉他是同类人,是值得信赖的。这种个体对道德堕落的需要,作为对压抑的工作伦理的宣泄,恰恰显示了现代社会异化的工作伦理形态。

3. 文化生活伦理——丧失自主性

作为作家的海勒,每部长篇小说都必然显示出个体的文化生活部分。文化伦理是按照伦理应用的领域而做的划分,其中既有属于社会伦理的部分,也有属于个体的部分。前者是指在社会宏观层面,处于公共文化领域内的社会伦理要求与人们的道德表现;后者指微观的个人生活层面,个体在各种文化生活中所经受的直接与个人相关的伦理问题。

就作品中的整体表现而言,个体的文化伦理态度最突出的特征就是冷漠。这与前面所指出的个体本身的伦理心性相一致。相比而言,文化伦理的冷漠现象更为严重。因为,在家庭生活、工作环境及其他必须参与的生活领域中,个体无法逃避相关的伦理问题,即使在态度上有着冷淡的一面,但又不得不从生存角度考虑,或出于其他利益需求,对某些问题保持重视。然而文化生活主要属于个体精神需要,并不具有生存的紧迫性,所以,个体更有可能

---

① Joseph Heller, *Something Happened*, New York: Alfred A. Knopf, Inc., 1974, p. 66.

② Ibid., p. 44.

对其采取拒绝态度，放弃文化与精神乐趣，甚至放弃整个文化伦理的可能性。

《军规》中，整个美军基地所有人都表现出对文化的冷漠。其中人们对牧师的忽视与精神虐待更见出宗教文化遭受的可悲命运。《出事了》中，斯洛克姆一家人都很少关注文化。女儿和儿子都在读书，但都不关心文化。儿子在学校里对他人充满了恐惧；女儿在学校里学到的也不是文化，而是年轻人腐朽的生活态度。只有妻子偶尔参与的宗教活动有一定的文化意义，但也显得淡漠而且形式化，并且一直遭受着斯洛克姆的讽刺。《最后一幕》在制造"末日寓言"的同时，对生活的希望进行了更多的反思，其中涉及不少个体的文化伦理问题。比如约塞连与萨米都曾创作过小说，都曾有过文化激情，只是被生活现实消磨掉了。所以，这种冷漠也是被现实的利益化伦理改造的结果。《戈尔德》中的戈尔德倒是个"文化人"，作为大学教授，其工作就是从事文化活动。虽然如此，但比之一般人，他并没有显出更强烈的文化意识，当受到权力诱惑时，就打算放弃自己的文化事业，开始从事政治，作为"文化人"对文化的冷漠，更深刻地显示出人们的文化麻木状态。《画里画外》直接讨论文化，更多是从历史的宏观角度去显示这种冷漠。只有《画像》有所不同，作为自传性作品，表现出了对文化的热情，可以说构成了一个反例。不过它也并非单纯的正面形象，其中所反映的文化伦理问题反而更为复杂。

三　个体伦理问题的解决出路

解决伦理问题，很大程度上就是建立良好关系的问题，不是指表面的良好形式，而是从内在心灵层面，能够在人和人之间构成和谐、生动与美好的关系。海勒小说也表现了某些健康、生动的人伦关系，显示出人们建立良好关系的可能。这主要从两个方面呈现出来，一是某些人物（尤其是主人公）对建立良好关系所做的努力，二是已经具备良好关系的人物之间所显示出的伦理特征。如此，海勒小说显示出下面几点重要建议。

1. 对话

伦理关系的破损经常在于彼此的不理解。伦理学家莫兰（Edgar Morin）说，"不理解在人类关系中处于支配地位"①，所以首先应该建立一种"理解的伦理"。而要实现理解，一是依赖个体的反省，"理解始终需要一种主体的自觉"②；二是需要人与人之间恰当的交流。交流与反省互相推动，才能促成彼此之间的理解可能。就外在的行动而言，"对话"是交流的最直接而重要的方式，也构成了实现理解，建立伦理关系最重要的渠道。麦金太尔（Alasdair MacIntyre）在谈论美德时，就强调了对话的重要性："对话，广而言之，乃是人类交往的一般形式"③，对话隐藏着诸多可能性，"一场对话就是一部戏剧作品，哪怕是很短的一部，其中，参与者不仅是演员，而且还是合作者，他们在认同与分歧中设计其作品的模式"④。查尔斯·泰勒（Charles Taylor）也说道："我想唤起的人类生活的一般特点是其根本意义上的对话特性"⑤，而"我们的同一性是在与他人的对话中，是在与他们对我们的认同的一致或斗争中形成的"⑥。可以说，对话既是发现又是解决伦理问题的关键行动。

《出事了》中斯洛克姆也意识到这一点。对于他最喜欢的长子，他试图通过对话来达到彼此之间的理解。

（"你在担心什么？"每当我觉得他在一个人发愁的时候，就忍不住要问。

---

① ［法］埃德加·莫兰：《伦理》，于硕译，学林出版社2017年版，第163页。
② 同上书，第164页。
③ ［法］阿拉斯戴尔·麦金太尔：《追寻美德：道德理论研究》，宋继杰译，译林出版社2011年版，第267页。
④ 同上。
⑤ ［加］查尔斯·泰勒：《本真性的伦理》，程炼译，上海三联书店2012年版，第41页。
⑥ 同上书，第56页。

"我没担心。"他回答道。

我希望我能对他有更多帮助,我希望他愿意让我试试。)

"你在担心什么?"我会再问一遍。

"我没担心。"他回答,惊异地抬起头来看了我一眼。

"什么事儿让你看起来这么郁闷?"

"我在想事儿。"

"你在想什么?"我固执地问,脸上带着笑,"让人看起来这么愁闷?"

"不知道。我已经忘了。"

"你看起来这么郁闷。"

"我不明白你的意思。"

"伤心。"

"我不伤心。"

"累了?"

"可能我困了。"

"你总睡很晚吗?"

"有时候我不是马上就能睡着。"①

这样的努力对斯洛克姆是常有的。从这段对话中能够看到几种现实:第一,斯洛克姆想要了解孩子,才会做出努力,如"脸上带着微笑"。第二,他态度强硬,才会"固执地问"。虽然他用微笑制造出柔和的气氛,但他内心却仍然是强硬的。第三,他过于执着于自己的主观认识,认为孩子是忧伤的,虽然这也是一种事实,但主观认识与强硬态度结合在一起,形成了他的固有看法,难以改变。第四,孩子年幼,对自身缺乏清晰的理解,或者说,孩子对大人对他的看法并不理解。所以才有了第五点,结果是交流的失败。

---

① Joseph Heller, *Something Happened*, New York: Alfred A. Knopf, Inc., 1974, p. 225.

斯洛克姆与儿子之间也有过成功的对话，他曾感叹，"我和他有着活泼的苏格拉底式的对话，谈任何话题都可以这样（对话在具有节奏的问与答之间轻快地跳跃），我们都很喜欢这样"[1]。但是因为斯洛克姆所固有的一些内在问题，所以即使他想要交流，最后仍然会失败。并且由此，他越来越感到厌烦，儿子也对他非常失望，两人的关系变得更为恶劣。以至于到了最后，他对交流充满了厌恶与绝望，对本已失望的女儿，更是选择了回避。虽然女儿曾多次想与他交流，但都被他用各种方式回绝。正因为对话的失败，家庭成员们一直处于恶劣的关系中。失败的核心原因在于，对话者总是以自我为中心。斯洛克姆形容女儿："她最喜欢考虑的是她自己，她最感兴趣的是她自己，她盘算最多的是她自己，她最爱谈论的是她自己。"[2] 他知道自己也是这样："我想，我跟她也差不多。"[3] 正是如此，他们各自都不知道该怎样与他人对话。斯洛克姆也承认，"我不知道应该怎么跟他们谈话"[4]，以至于说话本身都变得相当困难。他总结说，"我的一生好像就是被不会说话的人包围。我母亲最后不能说话了，我最小的孩子德里克从一开始就不会说话。我和我姐姐几乎从不说话。（我们只不过互相寄个明信片。）我不跟堂（表）兄弟姐妹们说话，我可能再也说不出话。在梦里，我总是说话困难"[5]。

《出事了》中既显示了意图对话的努力，更通过对话的失败，见出个体伦理心性与对话之间密切的联系。失败的对话在海勒小说中比比皆是，在《军规》中同样如此。不过《军规》中失败的原因更多是在于权力的不平等，反映的是社会伦理问题。《最后一幕》与《军规》相似，更多反映了社会中虚假的对话关系。在《上帝知道》中，大卫

---

[1] Joseph Heller, *Something Happened*, New York: Alfred A. Knopf, Inc., 1974, p. 288.

[2] Ibid., p. 133.

[3] Ibid.

[4] Ibid.

[5] Ibid., p. 354.

与上帝的对话作为伦理性与宗教性的对话，问题更为复杂。其中的失败更缘于个体信仰的失落。成功的对话案例在海勒小说中非常少见。海勒更多是通过批判而进行启示。不过在《最后一幕》中，在对萨米与刘等人的生活描述中，在少有的几次对话里，也能感受到一种和谐的可能。另外，当约塞连的儿子被抓到警局后，约塞连冲到警局大发脾气，副局长麦克布莱德却以非常平静的态度应对他的愤怒。在这里，正是麦克布莱德坚持了正确的伦理态度，才建立了与约塞连的正常对话，并且最终他还与约塞连成为了朋友。由此可见，良好的对话是可以建立良好关系的。

2. 打破常规

打破常规就是对惯性的拒绝，对自由的召唤。《出事了》中，斯洛克姆对日常生活的惯性伦理——所谓的工作伦理或生活伦理也期待过改变，比如对一张发票的微小想法："现在我却时不时想捣个鬼……会发生什么呢？"[1] 只是这种破坏常规的想法如此微小，以至于随时会被淹没，"什么事也不会发生……我的叛逆行为就像被大海吸收的雨滴那样，消失得毫无踪迹。我没能激起任何涟漪"[2]。生活常规就像大海，淹没着各种微小的"反叛"。这种反叛也并非真正的反叛，并不能改变常规，也无法超越人本身的伦理惯性。斯洛克姆常会想到"我的天性是什么"，然后又进一步反思，"我有天性吗？"[3] 这说明他其实已经丧失了自己的个性。所以他才会喜欢模仿，"我有个坏毛病就是模仿别人。而且不管是谁我都模仿，即使是我讨厌的人"[4]。现代生活具有复制性的特点，人们没有自己的个性，就不由自主去抄袭他人的个性，或从媒体中、从时尚中去模仿。因为模仿是一种轻松的方式，不用去选择，放弃自己的本质与目标，只要被动地模仿就可以了。

---

[1] Joseph Heller, *Something Happened*, New York: Alfred A. Knopf, Inc., 1974, p. 19.

[2] Ibid., p. 19.

[3] Ibid., p. 73.

[4] Ibid., p. 72.

而在这个时代，色情成为了最主要的冒险形式。《出事了》里斯洛克姆会感叹，"我总是被她和其他男人的性冒险给迷住"[①]。《最后一幕》里约塞连也是"一生喜欢女人，而且在生命的绝大部分时间里，他同时爱着不止一个女人"[②]。《上帝知道》中大卫到了老年，还是不断回忆年轻时的欲望与感情经历。这些都是个体所追寻的一种欲望历程，对于克服常规性的个体境遇有着一定的意义。但是，在现代社会，欲望伦理本身就构成了一种常规。更多的人意图通过欲望来逃避被工具理性控制的现代性伦理生活，但欲望并不能将人从伦理困境中拯救出来，反而使人失去了真实的生活道德，幸福变得更加遥远。海勒的各部小说对这种欲望伦理的双重性悖论都有所表现。

3. 爱

个人幸福感丧失的一个最关键因素，就是失去了人性中的爱的体验。海勒小说中个体伦理心性状态的几种表现，比如恐惧、麻木等，既是个体伦理问题的结果，也是其原因。其中恐惧是爱的对立性情绪，麻木是情感的匮乏表现。爱作为幸福的关键因素，在海勒小说中也有着鲜明的表现，只是作品更多是从反面来进行展示：缺爱的社会无法获得公正；缺爱的人也难以得到幸福。

海勒多数作品都鲜明地昭示出无爱的后果。对于爱的积极作用，海勒给出的正面例子并不多。但从少数几个例子中也可见出爱的关键性影响。《最后一幕》中克莱尔在回顾自己的一生时，所提到的最重要的就是她与刘之间的爱情。在最后，她对刘最好的朋友萨米说："他是笑着死去的。"[③] 这意味着刘在人生的终点仍然感觉到幸福。这是对刘一生的总结，即，他获得了幸福。而能够得到这种幸福，正在于他是爱着的，他爱着克莱尔，以及他的好朋友萨米等人。所以，克

---

① Joseph Heller, *Something Happened*, New York: Alfred A. Knopf, Inc., 1974, p. 84.

② Joseph Heller, *Closing Time*, New York: Simon & Schuster, Inc., 1994, p. 302.

③ Ibid., p. 405.

莱尔还开玩笑地对萨米说:"他笑的是你。"① 同样地,萨米也因为遇到自己最爱的女人而感到幸福。到了老年,萨米仍坚信"作为我当初的女友和现在的妻子,没有任何一个女人会比她更好了",如此他才会感到,"在我一生的光阴中,那一段日子是最美好的。因为那时我从未有过一丝一毫的懊悔"②。

所以,越是有爱,越是幸福。这种浅显的道理,在海勒的小说世界中却显得那么艰难。《画里画外》与《画像》展示了另一种爱的可能,即对艺术、对文化以及对理想的爱。这种爱因为其特殊性可以单独分析,作为审美伦理问题会在之后专门讨论。还有一种是博爱,以及因爱的升华而产生的信仰,这又属于宗教伦理问题。海勒小说对宗教式的爱表现得并不多,且多是从反面来进行呈现。从某方面说明,海勒并没有把伦理世界的获救可能放在宗教爱的基础上,虽然这种爱是很重要的。

4. 理想的建构

海勒小说呈现的多是一种无理想的社会及个体状态。道德理想及价值目标是伦理存在的基本条件,人类没有对价值的期待,没有对美好道德及与之相连的理想生活的期望,伦理本身就没有意义。海勒批判的伦理问题正是与人们的无理想状态直接相关的。《军规》与《出事了》也是最有代表性的故事案例。《军规》里的权力者都有着强烈的权力欲,但欲望不等于理想。它仅仅是一种本能,需要升华为能达至幸福的生活目标,才具有理想的意味。欲望只是一种原始的伦理动力,而理想却是优良道德的支撑物。《军规》与《出事了》中的众多人物并不缺乏欲望,他们是因为缺少真正意义上的理想,才没有机会得到幸福。《军规》里米洛作为资本家有着强烈的赚钱欲望,但他所有的感受都与幸福无关。即使到了《最后一幕》中,米洛已经进入老年,也仍然没有收获到幸福。

---

① Joseph Heller, *Closing Time*, New York: Simon & Schuster, Inc., 1994, p. 405.
② Ibid., p. 384.

相比而言，越有理想的人物越有可能得到幸福。《军规》里的约塞连没有太多的理想，只有逃生的欲望。《最后一幕》里的约塞连已经年老，对生活也不再抱有理想，所以也难以体会到幸福。不过他与萨米一起回忆年轻时创作小说的经历时，所表现出的对于理想时代的怀念，也印证了理想所具有的幸福的诱惑力。尤其是萨米在获得了爱之后，也在生活中得到了幸福。当妻子死后，他开始从另一种理想中寻找幸福，就是环球旅行。"所有这一切和比这更为丰富的内容让我怅然若失。我已错过太多，而现在我不再拥有这一切，这种心情也绝非幸福二字可以形容。"① 一方面，萨米从实现旅行的理想中获得幸福，一方面他依然失落。这意味着旅行作为一种现代社会常见的个体行动，其理想的性质变得越来越微薄。所以，萨米仍在期待更多的理想来帮助他达成幸福。

《画像》中波特是一个怀有理想的典型。虽然他的生命已经衰老，生活的乐趣也日趋减少，但他对理想与爱的需要却更为强烈，所以总是在与当年的情人见面中怀念过去的感情。写出好作品也是他一直的追求，正是这成为支撑他与衰老相抗争的动力。《画里画外》中的苏格拉底就是一个为理想而献身的历史人物。他在临死前说："在我所认识的人们中，没有一个人过得比我更幸福，更快乐。"② 另一个重要人物伦勃朗，因为坚持理想而变得贫穷。但他贫穷的原因是多方面的，比如他不善于理财，以及社会经济发生巨大的变化等。即使如此，他仍然不愿放弃对艺术的追求。学生模仿他的作品都能卖出更好的价钱，他却不愿媚俗，坚持着艺术的理想。这是艺术家拥有的一种更为内在的幸福感，也是一种独特的审美伦理体验。

总之，海勒小说所显示出的对理想的建构与追求是构成幸福的重要因素之一。只是海勒作为后现代作家，黑色幽默的艺术风格本身对理想有解构的性质，但解构理想并不意味着否定理想，只是从一种更

① Joseph Heller, *Closing Time*, New York: Simon & Schuster, Inc., 1994, p. 393.
② Joseph Heller, *Picture this*, New York: G. P. Putnam's Sons, 1988, p. 322.

四 对"人的境况"的反思与个体伦理行动

《军规》与《出事了》组合在一起，表现了一个完整的伦理世界。《军规》以战争下的特殊境遇来凸显社会伦理问题，但落脚点是在这种社会困境中，激发出的人在生存伦理姿态下所展开的可能选择。《出事了》则集中到个体伦理问题上，其中人物完全陷入到困境中，似乎连获救的机遇都没有显示出来。这一章主要以《出事了》为分析对象，展示其中的问题，但对问题的解决出路，却更多表现在其他作品之中。那么这就引发了一个疑问：《出事了》难道仅仅只是表达"出事了"，而没有指出解决之道吗？对这个问题，需要从下面几个方面来解释。

第一，《出事了》名为"出事了"（出了问题），自然是以显示问题为主。对这一作品，海勒的主旨定然在于揭示与批判。前面论及，批判就是一种德性，尤其是在面对社会问题时，批判就是一种政治勇气的展现。同样，对于个体问题，也需要一种自我面对的德行，即"反思"。《出事了》采用了第一人称自述形式，就是为了构成这一反思可能。虽然哈奇森（Francis Hutcheson）认为"道德感并不依赖于反思，而是先于反思"[①]，这是从道德主体角度对于道德意识的一种现象学认识。但这里的反思有两个重要指向：一是作品中人物自身的反思可能，二是读者的反思。就前者而言，作为道德主体，在其道德感已经被淹没的情况下，反思就会成为一种可能性的唤醒道德感的方式。哈特曼（Eduard von Hartmann）也是从现象学出发强调道德意识的前反思状态，但他也指出"无意识的伦常性与有意识的道德性的统一"

[①] 参见［德］爱德华·封·哈特曼《道德意识现象学——情感道德篇》，倪梁康译，商务印书馆 2012 年版，第 16 页。

的重要性，并且认为"被反思的道德性始终坚守潜伏位置"①，以强调反思所具有的潜力力量。

《出事了》由"恐惧"开始，按照保罗·利科的观点，"畏惧的危险本身是伦理的"，人经由"害怕"而"进入伦理世界"②。所以整部作品以独白形式展开的就是一种伦理性的内心自述，虽然更接近于一种恐惧与自我厌恶中的宣泄式表达，但这些独白里却必然融入了反思。或者，这种反思并不是充分的、辩证的、合理的，而是充满着自我辩解、遮蔽、自我中心，以至于叙述者并不能在独白中最终找到正确的方向与答案，但却为此形成了一种道德化的心理话语文本，由此引出了另一重意义上的反思，即读者的反思。它可以让读者从这种带有负面色彩的意识中，以相反的方式，找到更为合理的出路。在叙述者的自我陈述之上，还有一个更高的隐含作者的伦理目光在审视着他。这种审视就显示出了一个更高的伦理指向。正因如此，我们才需要对其中的问题进行细致而全面的总结，然后在这一基础之上，引出之后更完整的反思。

第二，《出事了》反映了一种人的在世境遇。并且，将它与《军规》放在一起，才能呈现出更完整的"世界境况"。《军规》是宏观的社会境遇，《出事了》是微观的个体境遇，它们是"人的境况"的不同层面的表现。阿格妮丝·赫勒认为，"要考察现代社会的道德状况首先要考察'人的境况'"③。这一思路其实与关注伦理的作家的思路是一致的。海勒作品的主要特征就是要展示这一"人的境况"。赫勒指出，道德问题应该从"一般伦理学"开始，而"一般伦理学的开端

---

① [德]爱德华·封·哈特曼：《道德意识现象学——情感道德篇》，倪梁康译，商务印书馆2012年版，第182页。
② [法]保罗·利科：《恶的象征》，公车译，上海人民出版社2014年版，第27页。
③ [匈牙利]阿格妮丝·赫勒：《一般伦理学》，孔明安、马新晶译，黑龙江大学出版社2015年版，"中译者序言：在'人的境况'下重建伦理道德"第6页。

必须要讨论一般的'人的境况',以及道德是其中最具决定性的方面。"[1] 她用"人的境况"问题来取代传统的"人性"问题,并将其放在了道德本体的位置上。相较而言,人性问题更具有哲学的抽象性,而"人的境况"更偏重人的现实处境,并且它同时包括了宏观的外在处境和微观的个体处境。

汉娜·阿伦特(Hannah Arendt)在《人的境况》一书中对此有过系统的探讨。她在前言里说道:"对于这些当务之急和困境,本书不打算提供一个答案。这样的答案每天都在给出着,而且它们是实践政治的事情,受制于多数人的同意;答案也从来不在于理论考虑或某个人的意见,仿佛我们这里处理的问题能一劳永逸地给出解答似的。我下面打算做的,是从我们最崭新的经验和我们最切近的恐惧出发,重新考虑人的境况。"[2] 这一段话非常适合我们对于海勒作品的理解。作家并不会轻易给出答案,而是显示"最崭新的经验"以及"最切近的恐惧",所以《军规》与《出事了》都是以"恐惧"的人物心性为主要出发点,以反映时代中的"人的境况"。

不过,阿伦特也给出了一种理论线索。她认为"有三种根本性的人类活动:劳动,工作和行动……它们每一个都相应于人在地球上被给定的生活的一种基本境况"。其中"劳动的人之境况是生命本身";"工作的人之境况是世界性";"行动,是唯一不需要以物或事为中介的,直接在人们之间进行的活动,相应于复数性的人之境况"[3]。如此,劳动与工作属于生存的必需,倾向于生存性需要,而"行动"却更为特殊。"通过言说和行动,人使自己与他人区别开来……它们是人(人之作为人,而不是作为物理对象)相互显现的方式","我们以

---

[1] [匈牙利]阿格妮丝·赫勒:《一般伦理学》,孔明安、马新晶译,黑龙江大学出版社2015年版,第14页。

[2] [美]汉娜·阿伦特:《人的境况》,王寅丽译,世纪出版集团/上海人民出版社2009年版,第4页。

[3] 同上书,第1页。

言说和行动让自己切入人类世界，这种切入就像人的第二次诞生"①。由此，阿伦特这里的"行动"是一种存在性行为，它具有自我认同性与创造性，它可以切入政治，建立伦理关系，进行表达与创作。所以，能够让人适应新的时代命运，能够摆脱恐惧的根本行为就是"行动"。

正是从这一角度，更能够理解海勒作品在展示"人的境况"时所显示的重要启示。前面章节所论及的个体的所有反抗行为都属于"行动"的部分，它们也正是阿伦特所要强调的"积极生活"（vita activa）中最容易被忽视但也是最重要的部分。《军规》中约塞连等人能够在恶劣的社会伦理环境中生存下来，并且最终得到突围，就是因为采取了必要的"行动"。《出事了》中的斯洛克姆之所以最终也没有从恐惧中摆脱出来，也在于他没有真正付之于"行动"。从这种对比中可以看出，在当代社会，个体伦理问题比社会伦理问题更为严峻。如此，"行动"的意义也更被得以突显。

第三，《出事了》与海勒的其他作品构成对话。前面提及"对话""打破常规""爱""理想的建构"等都属于解决问题的不同"行动"。这些在《出事了》中表现得较少，但在海勒后续作品中却有着更丰富的展示。这正是我们从系统层面去把握海勒小说整体个性所发现的一种现象。海勒的不同作品，既朝向了不同的伦理问题，也探索着不同的获救之路。我们在后面将会讨论的宗教与审美问题，就是指向了另外两种重要的伦理的"行动"表现。克尔凯郭尔专门论述了审美、伦理和宗教三者之间的关系。他认为它们既是生活的三种类型，也构成了人生的三个阶段。人在早期倾向于审美，成熟后开始认同伦理，但最终要走向宗教，由此形成了一种精神的等级结构。但克尔凯郭尔并没有将它们固化，而是强调它们各自的特点与彼此之间的张力——三个方面经常并行在一起，交织碰撞，以至于让人们产生非此即彼的选择焦虑。对一般人而言，伦理生活是始终存在的，审美与宗教却是偶

---

① ［美］汉娜·阿伦特：《人的境况》，王寅丽译，世纪出版集团/上海人民出版社2009年版，第138—139页。

然的，但却构成了突破伦理困境的一种可能途径，分别以"向下"与"向上"的精神姿态，以回避、超越、化解等各种方式，来处理伦理问题。审美与信仰既可以构成新的"对话"，也具有"突破常规"的潜力，又同时显示着强烈的"爱"及特殊的"理想"，所以，它们以各自的可能性引导着人物的"行动"。正是如此，本章的四节内容被紧密地联系在一起，以显示出海勒作品所要呈现的更为完整的伦理世界。

　　最后，还要强调的一点是，"小说伦理学"的一个重要意义在于对"形式伦理"的关注。在这里，故事所呈现的是小说的基本伦理问题。而作者所选择的创作形式隐藏着更为重要的伦理意图。形式不仅仅是在配合内容，让故事的表达更为准确与充实，同时，形式也具有自身的可能性。形式是一种艺术性的操作，其本身是创造性的，这种创造性让它能够传达出更为积极的精神要素。对作家而言，他所选择的写作自身就是一种"言说"与"行动"，就是一种用批判去介入的政治行为与伦理姿态。如果说，写作的内容是在揭示问题，那么附着在这种写作中的姿势，以及由这些姿势所运行出的文本形态中，就隐藏着作家更为深层的伦理目标与道德信念。所以，对于这里所反映的诸多问题，还需要在后面的形式伦理中去进一步探索可能的答案。

第三节　宗教伦理思想

　　在宗教文化环境下，宗教被认为是伦理的根源与基础。宗教与伦理都将善作为目标。布拉德雷（F. H. Bradley）说，"宗教是通过我们存在的每个方面来表达善的全部实在的企图"[1]。宗教所强调的终极之善构成伦理善的根基。当宗教文化衰落后，不少人认为宗教与伦理并不相容，它们分属于彼岸的超越性与此岸的现世性，两者并没有直接关系。而主张道德义务论的伦理学家认为，伦理必然指向宗教，此岸

---

[1] 转引自程炼《伦理学导论》，北京大学出版社2008年版，第35页。

的现世存在是与彼岸的理想存在直接相关的，伦理心性在本质上依赖于信仰或宗教信念。所以伦理内在地具有宗教伦理问题，如此就有了宗教伦理学（ethics of religion）。其所要研究的对象就是宗教伦理，包括两个方面：一是指与宗教或宗教意识，即信仰意识有关的伦理问题；二是指宗教文化下的宗教生活中所具有的伦理问题。

海勒小说中涉及的宗教主要是基督教与犹太教。海勒作为犹太人，作品必然涉及犹太教问题，尤其是以犹太人为主人公的两部作品——《戈尔德》及《上帝知道》，并且后一部直接来自犹太教经典《旧约》。其中一个描写世俗生活，一个讲述英雄经历，分别从不同角度谈论到犹太人的生活与信仰问题。《上帝知道》整部作品就是人与神之间的一场纠结的对话，各种宗教伦理问题被一一呈现。同时，海勒作为当代美国人，作品也定然涉及基督教问题，比如在《军规》及《最后一幕》中，随军牧师就是一位重要的人物。另外，《画里画外》还涉及古希腊的政治历史文化，其中也偶有提及古希腊的传统宗教问题，等等。宗教在海勒作品中虽不是显见问题，却藏匿在各个角落，呈现出多重的宗教认识。

另一方面，海勒小说的宗教感并不强烈。虽然他是犹太人，但作品中并没有显示出明显的"犹太性"[①]，虽能从其黑色幽默风格及隐秘的哀伤基调中感受出一些，但海勒本身性格开朗，作品语言中那种明朗的气质冲淡了其中的悲伤。他的 7 部长篇只有 2 部是以犹太人为主人公，而《戈尔德》中主人公的犹太身份其实并不明显。《上帝知道》倒是地地道道关于犹太教的作品，但并非是在宣扬宗教思想，反而是对人性问题的思索要大于其宗教主题了。

一 海勒小说中的宗教伦理意识

海勒小说并不特别强调宗教，但宗教问题又是其不可剥去的重要因素之一。在其中，宗教总是与伦理交织在一起。海勒并不喜欢谈论

[①] 即作家身上或作品中所具有的犹太民族个性。

纯粹的宗教性话题，而是将宗教放在生活中，展示出在当代资本主义社会，在这个怀疑宗教、"上帝已死"的时代，宗教在人们生活中所要承担的伦理责任与道德希望。他与很多犹太作家不同，习惯在作品中弱化犹太人的声音，往往是以非犹太的声音来传达其伦理观念，很多时候，作品中对于基督教伦理的思考更多于犹太教，或将两者融合在一起，并没有严格区别。所以，我们这里也是从整体宗教的角度来进行讨论。

海勒小说中对宗教伦理问题表现最为突出的是《上帝知道》。小说开篇，叙述者大卫就对其命运中最关键的转折进行了强调，"我失去孩子的同时，也失去了上帝"[1]，这是大卫一生中最重要的宗教伦理事件，是指他占有了拔士巴后，派遣拔士巴的丈夫去前线最危险的地方送死，然后娶了拔士巴。正因为这件伦理上的"恶"事，让上帝对他失去了信任，为了惩罚他，夺取了拔士巴与他第一个孩子的性命。所以在大卫看来，这孩子的死既有关宗教，又关乎伦理。他内心中纠结着孩子的死因："因为我，或者因为上帝，或者因为我们两个——随你选择。我知道该责备谁。应该责备上帝。"[2] 他将责任分摊到自己与上帝身上，从而见出，他的生命转折点，或者他的整个生命经历就是一个巨大的宗教伦理问题。相比于《上帝知道》，海勒其他小说中的宗教问题相对比较分散，但也构成其宗教伦理思想的一部分。

二 宗教伦理问题表现

海勒小说对宗教伦理问题也首先是以批判的姿态呈现出来。其中所反映的主要是具有后现代特征的当代社会，人们普遍对宗教持有怀疑，宗教问题非常突出，尤其对于有着基督教文化传统的西方国家更是如此。传统中宗教情感与宗教伦理对生活伦理起着关键的作用，当人们失去信仰后，整个伦理世界为此失去了平衡，人们失去了幸福的

---

[1] Joseph Heller, *God Knows*, New York: Alfred A. Knopf, Inc., 1984, p.19.

[2] Ibid., p.6.

根源。海勒在小说中对这些问题作出了认真的反思。

1. 宗教伦理心性的丧失

海勒小说直接反映了当代社会的宗教伦理现实，即人们失去了信仰，宗教感情淡漠，丧失了宗教伦理心性。马修·阿诺德（Mathew Arnold）说，"宗教是被感情所拔高、所激发、所陶醉的伦理"[1]。在心性层面，宗教信念与伦理信念往往直接联系在一起。宗教心性的丧失即是伦理信念的失落，缺乏宗教感，人们的伦理意识也会失去方向与根基。

海勒的小说世界中，除了少数几个人物外，人们普遍失去了宗教信仰。宗教对人们而言可有可无，或者只是作为一种实用性事物被加以利用。《军规》与《最后一幕》中随军牧师的命运即展示了这一点。人们厌恶并且取笑宗教，牧师为此受到各种屈辱。"只有一个人似乎察觉到了牧师也是有感情的，这个人就是惠特科姆下士，而他的最终目的只是想去伤害这些感情。"[2] 在这种环境中，牧师甚至一度丧失了信仰。"虽然他不断地向上帝祈求，但那个一直存在于万物之中的上帝自那次之后再也没有出现。"[3] 约塞连也说道，"上帝的工作没有那么神秘，他其实没在工作，是在玩儿。不然就是他已经把我们给忘了。这就是你们这些家伙所说的上帝——一个乡巴佬儿，一个笨拙的、自命不凡的、粗鲁愚昧的乡巴佬"[4]。

《出事了》中斯洛克姆也对宗教抱有明显的嘲笑态度。他嘲讽妻子去教堂，"我是正式的共和党员（我却几乎总是偷着投票给民主党）。但是我相信我比她更接近上帝"[5]。在他眼里，妻子的信仰就好像他的党派身份一样，完全没有精神上的意义。这种意识在新一代年

---

[1] 转引自程炼《伦理学导论》，北京大学出版社 2008 年版，第 35 页。
[2] Joseph Heller, *Catch-22*, New York: Dell Publishing Co., Inc., 1979, p. 278.
[3] Joseph Heller, *Closing Time*, New York: Simon & Schuster, Inc., 1994, p. 260.
[4] Joseph Heller, *Catch-22*, New York: Dell Publishing Co., Inc., 1979, p. 184.
[5] Joseph Heller, *Something Happened*, New York: Alfred A. Knopf, Inc., 1974, p. 510.

轻人中更是明显。斯洛克姆在谈到女儿与宗教的关系时说:"我女儿不像我老婆,她不愿意上教堂。(她每隔三四个礼拜去上一次,仅仅为了安慰下我老婆,还还她的感情债,为此日后就可以领取高额报酬。在那里她取笑那些仪式,和我儿子一起互相对着笑,他们已经发现整个特别典礼实在是很傻。)"① 《戈尔德》中,虽然戈尔德是个犹太人,但却没有什么犹太教的信仰。《上帝知道》虽然故事出自《圣经》,但强调的却是大卫失去信仰后的心态。故事一开始就是老年大卫在感叹:"我不再跟上帝对话,并且上帝也不再对我说什么了。"② 作品是以讨论失去信仰的方式,来揭示宗教心性的重要性。

2. 宗教伦理生活的形式化

对教徒来说,宗教是生活中必不可少的部分,对严格的教徒来说,宗教渗透在生活的每一个角落,如此,生活中的伦理状态也就是宗教伦理状态。海勒小说中,当代西方社会中人们的宗教伦理生活明显有着形式化的特点。一方面人们对宗教抱有实用主义的理解,缺少高格的宗教心性体验。另一方面人们在缺少宗教心性的情况下,却仍然遵循着某些宗教传统习惯,只注重宗教的外在形式,不注重宗教的内心体验。

对于第一种情况,海勒小说表现得非常突出。比如在《军规》里,唯一的信仰者牧师发出感叹,"在这样一个以成功为美德的世界里,他自认为是个失败者"③。将"成功"当作"美德"正是现代社会庸俗的实用主义④伦理观念的重要表现。随着经济发展及现代工具

---

① Joseph Heller, *Something Happened*, New York: Alfred A. Knopf, Inc., 1974, p. 181.

② Joseph Heller, *God Knows*, New York: Alfred A. Knopf, Inc., 1984, p. 7.

③ Joseph Heller, *Catch-22*, New York: Dell Publishing Co., Inc., 1979, p. 274.

④ 实用主义包括两种含义,一种是庸俗的实用主义价值观,另一种是指实用主义哲学流派的思想,后者具有深刻的哲学认识,作为一种伦理观,对现代伦理的发展有着重要的积极影响。现代伦理的发展,同时在正面与负面层面都受到了实用主义观念的影响,构成了相对立的两种不同的实用主义价值观。

理性的影响，这种观念已经深入人心，成为时代的大众伦理认识。在其影响下，追求精神价值的人就丧失了大众的认同感，成为人们眼中的"失败者"，宗教信仰要么显得毫无意义，要么只是被用来达到某种实用性目的。如同卡思卡特上校"一心想成为将军，宁愿尝试任何手段，甚至不惜利用宗教"①。他建议在飞行前举行祈祷仪式，以显示工作成绩。他还与牧师开展了一番关于宗教实用性的讨论。牧师说，"在每次执行任务之前做祷告是十分道德的，而且是值得赞美的做法"②。这就是一种宗教伦理性的考虑。但在卡思卡特看来，只有将宗教实用化后，才能对此加以认同。所以他说："那就让我们找些新的祷告词。……比如把炸弹投得更密一些？难道咱们不能祈祷把炸弹投得更密一些吗？"③ 又如在《出事了》中，斯洛克姆感叹道："我们非常乐意上帝做我们的牧羊人，因为不管我们已经得到了多少，却还有太多想要的。要不是这样我们就会解雇他，让他退休，或者让他靠边站。"④《上帝知道》中大卫也同样表达了这一观念："当命运与你同行时，接受它是件好事。如果它没来，就别称它为命运，叫它不公平，背叛，或者简单点，就叫背运。"⑤ 不过这里还显示了大卫的一种阿Q精神，相比于其他人纯粹的实用主义，大卫的观念还有着更复杂的特征。

第二种情况，某些人在生活中惯性地维持着宗教道德，但他们的行为已经丧失了内在心性意义，即使参与宗教活动，也不具有充分的宗教信仰。这又具有两种意味：一种是正面的，即宗教对生活伦理产生正面的规约与引导作用，但这种意义在实用主义社会中已经影响甚微。而更明显的是，人们在缺乏宗教心性下的宗教活动中，更多表现

---

① Joseph Heller, *Catch-22*, New York: Dell Publishing Co., Inc., 1979, p. 194.
② Ibid., p. 195.
③ Ibid., p. 197.
④ Joseph Heller, *Something Happened*, New York: Alfred A. Knopf, Inc., 1974, pp. 510–511.
⑤ Joseph Heller, *God Knows*, New York: Alfred A. Knopf, Inc., 1984, p. 20.

的只是一种形式主义。当个体遇到伦理矛盾时，这种宗教道德便立刻遭到遗弃。在《军规》中，"让牧师感到最虚伪的就是主持葬礼"①。这是因为牧师深刻感受到人们已经失去了内在信念，只是完全按照习惯进行一件大家都觉得毫无意义的事情。为此，牧师觉得像是在演戏，对自己的行为感到怀疑，对他人的参与感到痛苦。当宗教心性丧失，宗教行为的宗教性已经不存在，其中的伦理色彩也显得单薄，并且随时会遭受破坏。

3. 宗教伦理对生活伦理的压制

宗教对生活伦理的压制在传统社会中就是一个突出的问题，它延续到今天，与现代社会的其他宗教伦理问题交织在一起，显得更为复杂。海勒小说对这一方面的表现显得矛盾而隐晦。在现代伦理的内在矛盾中，宗教伦理的双重性也表现得非常明显。对西方人来说，伦理的现代性进程，就是一个不断"去昧"的过程，不断地将宗教性从伦理中去除。现代伦理的进展本身就是对宗教弊端的拒绝。其最主要的弊端就是对个体生活伦理的压制，既包括对个体精神心性的压制，也包括对个体外在自由的压制。海勒小说对此都有表现。

《最后一幕》中小米洛的境况就有着极强的代表性："在神学院两年半的日子给小米洛留下了不可磨灭的记忆，凡是精神事物他都唯恐躲避不及……他们共同显露出一种信念，他们的德性是神圣、圣洁的，连同他们的自尊在内，都是非他们莫属的。而这些人的行为在小米洛眼中都是邪恶的、令他作呕的。"② 很显然，宗教伦理遭到了小米洛的严重反感。可以认为，海勒在这里也借此表现了对传统宗教伦理的嘲讽，但是小米洛的实用主义观念也是被海勒所批判的。所以在这种双重批判中，也显示出海勒自身对于现代宗教伦理的矛盾态度。

---

① Joseph Heller, *Catch-22*, New York: Dell Publishing Co., Inc., 1979, p. 279.

② Joseph Heller, *Closing Time*, New York: Simon & Schuster, Inc., 1994, p. 192.

《上帝知道》中的大卫就是一位对宗教持有极大怀疑的犹太人，作品中多次出现大卫对宗教伦理的嘲笑。比如，他提到那些关于战斗与清洁的律法："你们在跟女人同床后至少要三天才能参加圣战，或者跟男人如此也不能参加圣战，甚至跟一只绵羊，或是山羊，或是火鸡在一起都不行。"[①] 这种反讽是对宗教戒律的虚无化的否定。在作品中，海勒对大卫进行了现代性的叙述处理，通过移置[②]手法，将大卫置换到现代性伦理背景下，从而使其与传统宗教伦理发生明显对立。这既见出海勒对传统问题的批判，也见出他的深刻忧虑。正是如此，海勒将问题的复杂性呈现出来，显出他的独特体验以及对这些问题的多重性反思。

三 对宗教伦理的反思

现代伦理是在不断反驳传统宗教伦理的基础上形成起来的。所以伯纳德·威廉斯（Bernard Williams）说，"伦理意识的发展的确意味着宗教的坍塌"[③]。从文艺复兴开始，西方文学已经对宗教伦理展示出鲜明的批判姿态。而逐渐发展到现代及后现代，西方文学却开始更多反思宗教与现代伦理之间复杂的悖论问题。海勒作品也表现出了这种反思性。

1. 宗教心性与现代伦理

宗教心性与伦理心性密切联系在一起。对现代伦理来说，两者之间的张力是巨大的。海勒作品一方面显示了宗教心性对现代生活的压制，一方面又呈示出宗教心性的丧失所造成的伦理问题的泛滥。在人走向幸福的途中，心性起着关键性的作用，而宗教心性对于获得心性

---

① Joseph Heller, *God Knows*, New York: Alfred A. Knopf, Inc., 1984, p. 10.

② 移置（displacement），以前译为"置换"，指在叙述中，作者不断用看起来更为现实的东西"置换"传统情节中已经显得不可信的东西，或将传统情节"移置"到现实的背景之中。

③ [英] 伯纳德·威廉斯：《伦理学与哲学的限度》，陈嘉映译，商务印书馆2017年版，第43页。

幸福又有着直接的影响。斯特伦（Frederick J. Streng）指出，宗教是"造化各种安全、欢乐、宁静和正义的源泉"①，卢梭也说，"没有信仰，就不可能有真实的正直和安稳的幸福"②，都是在强调这种心性的相关性。这种影响又主要表现在宗教爱对伦理爱的影响，宗教理想对道德目标的影响，宗教信念对道德意志的影响三个方面。在这三方面的共同作用下，宗教心性与现代伦理之间又显见出独特的张力关系，构成新的综合性的宗教伦理问题。海勒小说对这四个方面都有思考，但偏重点有所不同。

第一，宗教爱与伦理爱。

刘小枫在对基督教心性做现象学分析中说，"神圣的爱是基督教意义上的终极状态，其意向上的体现即是爱感"③。可以说，"爱感"是基督教的核心心性体验与心性要求。爱是人能够获得幸福与人之间伦理关系中最重要的情感要素。为此，宗教爱与伦理爱对于"爱"的共同强调，将两者紧密地联系在一起。但两者也有极大区别，可以说，宗教爱具有终极性特点，而伦理之爱更是一种日常性的感情状态。所以，前者指向彼岸，后者停留于此岸，前者更抽象，后者更具体。虽然基督教同时强调此世的博爱，但博爱本身就有抽象性的特点。所以在两者之间有一道实践性的鸿沟。

海勒对这一点的理解是非常清醒的。在他看来，伦理之爱是无法真正沉陷在宗教的纯粹爱之中的。所以在《军规》中，对于作为宗教人士代表的随军牧师，叙述者指出："他深情地爱着他的妻子，思念着妻子，这情感中既夹杂着强烈的肉欲，又饱含着高尚的热情。"④ 相

---

① 参见［美］斯特伦《人与神——宗教生活的理解》，金泽、何其敏译，上海人民出版社1991年版，第42—43页。
② ［法］卢梭：《文学与道德杂篇》，吴雅凌译，华夏出版社2009年版，第173页。
③ 刘小枫：《拯救与逍遥》（修订本），上海三联书店2001年版，第149—150页。
④ Joseph Heller, *Catch-22*, New York: Dell Publishing Co., Inc., 1979, p.293.

对于牧师爱上帝的一面，他对妻子的爱就是世俗的伦理之爱，而这种爱本身又划分为伦理的高尚热情，以及发自本能的欲望之爱。这是伦理之爱的内在复杂性所决定的。但是基督教中的宗教之爱，虽然认同了前者，却对欲望之爱抱有一定的排斥性。

《上帝知道》中大卫也说，"我认识到我一生都需要爱"①。这种人情之爱也就是伦理之爱。然而他的伦理爱却与宗教爱发生了对立，他的爱中更蕴含了欲望。并且他认为这才是更真诚的爱，"我认为我是世界上第一位带着真诚、热情、欲望、浪漫和伤感去爱的成年人。实际上是我发明了这种爱"②。在他看来，伦理爱尤其是欲望之爱比宗教爱更充溢着生命感，"所有那些堕落、自然、健全、鲜活的生命迹象都是惊人的适宜，直截了当地提醒我一切都是暂时的；它们带着过去的和几乎压倒一切的饥饿，把我拽向我的情人，让我凌乱的男性身体像过去一样有力地压在她凌乱的女性身体之上"③。这是大卫充满生命感的体验，与阴郁的宗教感形成了对比。

还有一种可能，当伦理爱被升华后，会形成一种具有宗教色彩的爱，如同《神曲》里但丁对贝亚特利采的爱。《最后一幕》中，海勒对世俗爱给予了最多的正面呈现。其中，克莱尔对刘的深情就有着深刻的感染力。当刘死去后，克莱尔坐在飞机上，忽然有一种特殊的体验，"她把飞机上所有人都当成是犹太人，甚至那些和她一样样子像美国人，怀疑神的人"④。在克莱尔的心中，所有人都被融合在了一起，好像每个人都像他的丈夫一样是犹太人，她都可以用爱去理解他们，这就是一种接近于"信仰"的内在体验。并且在这里，海勒用浓郁的抒情笔调，对这种由现实之爱所升华出的信仰体验给出了极高的赞美。这对海勒来说是难得的，正是如此，更显出它的重要性。

第二，宗教理想与道德目标。

---

① Joseph Heller, *God Knows*, New York: Alfred A. Knopf, Inc., 1984, p. 109.
② Ibid., p. 9.
③ Ibid., pp. 89-90.
④ Joseph Heller, *Closing Time*, New York: Simon & Schuster, Inc., 1994, p. 456.

宗教心性有着指向终极的内在激情。这种激情除了强烈"爱"感之外，同时有着特定的宗教理想期待。理想具有内在与外在多重方面，既包括世界理想与生活理想，也包括精神理想。无论何种理想都是与伦理目标结合在一起的。生活理想与世界理想为伦理目标定出了共同体的伦理期待和对生活状态的伦理要求，精神理想则从内在为伦理提供动力。所以，具有宗教理想的人，往往也具有高格的道德目标。相反，当人们失去信仰，甚至连最低的道德目标即道德底线都已经丧失时，就会陷入到彻底堕落的世界中。

海勒一边批判宗教心性丧失的伦理后果，一边又怀疑传统宗教伦理在现代伦理社会中的价值。在《上帝知道》中，他借大卫之口发出诘问："魔鬼也能为他的目的引用《圣经》吗？"[①] 从而对宗教心性的合法性表示了怀疑。宗教伦理的道德目标是否能够成为世俗伦理的道德目标，其过程是复杂的。刘小枫质问道："道德心性所依据的天道再高玄也是自然形而上之天，没有经批判的理性澄清形上给定的道德心传的根据，就可以肯定某种道德心传的正当性？"[②] 如此，宗教伦理理想指向天道，但人道与天道还是有距离的。所以作为作家的海勒更多是从人道，或者说是从生存伦理角度来反思天道的可能性。

《上帝知道》中，作者也对宗教理想中的上帝形象，以及《旧约》中所写的犹太人历史进行了反讽。一方面说，"上帝有这种自私的习性，将所有他自己的过错，全部发泄到别人身上，难道不是吗？"[③]另一方面又说，"上帝许诺给我们福地。那里有蜂蜜，但是奶却是我们带去的羊产的。上帝给了加利福尼亚人一条壮观的海岸线、电影工业和贝弗利山，给我们的却是沙漠。他给了夏纳一个热闹的电影节，我们得到的却是巴勒斯坦解放组织。我们冬天雨水不断，夏天又烈日炎炎。对那些不懂得怎样给手表上发条的人，他给了他们大片的地下石

[①] Joseph Heller, *God Knows*, New York: Alfred A. Knopf, Inc., 1984, p. 299.
[②] 刘小枫：《拯救与逍遥》（修订本），上海三联书店 2001 年版，第 7 页。
[③] Joseph Heller, *God Knows*, New York: Alfred A. Knopf, Inc., 1984, p. 42.

油。对我们他给的却是疝气、痔疮和反犹太主义"①。在这里，海勒借大卫之口对上帝进行了抱怨，表示出对神的怀疑，但并非真的要反对信仰，而是从伦理意义上重新去理解上帝。大卫一生都在宗教与伦理的矛盾中进行挣扎，最终得出的结果是，"从上帝那里永远、永远不要期望得到任何怜悯"②。而大卫对上帝"杀死"他孩子的事情总是念念不忘，不断地质问："现在，在上帝的世界里，正义何在？……用无辜者的生命来报复罪恶吗？"③ 正如陀思妥耶夫斯基在《卡拉马佐夫兄弟》中，曾感叹无辜的孩子遭受摧残，借此怀疑上帝的存在，大卫的抱怨也具有同样的意义。或者，即使并未质疑上帝的存在，作品也表现出宗教伦理与生活伦理之间的距离。宗教理想因其形而上的彼岸色彩，在面对现实的伦理问题时，经常与道德理想相悖。宗教心性并不能直接被贯彻在伦理心性中，否则善也会变成恶。由此就涉及宗教心性的第三个问题，即宗教信念问题。

第三，宗教信念与道德意志。

信念是影响行动的最强力的主体精神要素。宗教信念是宗教心性中重要而独特的精神力量，当它影响到个体生活时，就会成为强大的道德意志，作用于人的伦理行为。一般而言，宗教感越强，宗教信念也就越强烈。④ 宗教信念作用于人的日常行为，就构成伦理意志，引导人的道德行为与伦理选择。海勒小说中，丧失了宗教信念的人们也丧失了道德意志，往往按照个体欲望或实用利益来进行伦理抉择。他们失去了道德义务感，丧失了美德心性，整个社会也陷入到只注重利

---

① Joseph Heller, *God Knows*, New York: Alfred A. Knopf, Inc., 1984, p. 40.
② Ibid., p. 81.
③ Ibid., p. 287.
④ 关于这一点，不同的宗教情况略有不同。以基督教为代表的一神论，比较强调人们对上帝（神）的绝对信仰，所以对信念心性要求较高。但在东方的一些宗教认识中，信念并非一个重要的因素，比如佛教与道教反而主张对"执"的解脱。在某种程度上，西方宗教，以至于整个西方精神体系，比较强调信念与意志力量，而东方一些传统宗教与精神体系对"信念"并不重视。在这里，因为海勒小说所反映的是西方文化问题，所以主要是以基督教（包括犹太教）的精神作为重点分析对象。

益的经济伦理为主导的可怕状态中。然而即使对于经济伦理中必要的道德要求，宗教信念也构成其中的重要要素，如彼得·科斯洛夫斯基（P. Koslowski）指出，"道德行为中的担保和信任仅仅从伦理学中是不能获得的，而只有通过宗教对道德的论证才能获得"①。

海勒小说反映了无信仰状态下的社会的堕落。但另一方面，反拨宗教德性本身也是现代伦理产生的基础。《上帝知道》中大卫在某种程度上已经不仅是历史中的大卫，而是活生生的现代社会的大卫。作者借大卫晚年的反省来反思宗教："那是在我青涩的年代，我还没什么判断力，相信了许多我现在正怀疑的东西。我相信未来，也相信上帝，甚至还相信过扫罗。我一生中有三个父亲——耶西、扫罗和上帝。但他们三个都令我失望。现在我有很长时间没和上帝一起生活了，甚至我也可能学会离开上帝，自己去死。"② 大卫的青春，代表着传统，而他被神所遗弃的晚年，则隐喻着现代社会。他的反思就是现代伦理的反思。大卫用欲望伦理取代宗教伦理，就显示了人类社会进入现代性伦理的过程。大卫说："亚伯拉罕是圣徒，或者，是个傻子。"③ 这一说法明确表现了宗教伦理与日常伦理的矛盾。圣徒式的人物正是拥有着强烈的宗教信念，所以在某种程度上是反日常伦理的，他们作为伦理的理想形态，从日常的道德角度看来，是令人难以承受的。

所以在《上帝知道》中，大卫对宗教伦理的反思是非常深刻的。他认为，"善良的动机铺平了通向地狱的道路"④，如此直接显示出宗教的伦理悖论，宗教之善的信念促动了伦理之善的意志，但是这种善如果没有经过现实考量，很可能恰恰是一种恶。上帝也质问说："哪里写着我必须仁慈？"⑤ 所以上帝其实是"非伦理"的，或者说信仰是

---

① ［德］彼得·科斯洛夫斯基：《伦理经济学原理》，中国社会科学出版社1997年版，第31页。
② Joseph Heller, *God Knows*, New York: Alfred A. Knopf, Inc., 1984, p. 73.
③ Ibid., p. 50.
④ Ibid., p. 262.
⑤ Ibid., p. 22.

非伦理的，由信念所引导出的道德意志本身是值得怀疑的。正如程炼指出的，"宗教只是伦理信念的象征，而不是基础"①。刘小枫也说，"信念不是抽象的，总是具体地体现为个体对世界的态度。"② 这句话搭起了宗教信念与伦理意志的桥梁，同时也意味着，信念是要灌注到具体的行动中，才能成为现实的道德。海勒小说对信念的怀疑是深刻的。但在这种怀疑中，他也表达出了自己对信念的双重性态度。

第四，宗教心性与现代伦理精神。

如此，可以试着把握一下海勒在整体上对宗教心性与现代伦理精神之关系的理解。根据前面几点分析，其具体认识可以总结为：

（1）批判现代伦理因失去宗教心性根基，而彻底腐败的现状。

（2）认为当代社会的宗教心性已经发生了变异，失去了宗教心性中更为有力的宗教理想与宗教信念。所以在《出事了》中，斯洛克姆的妻子作为一位普通宗教人士，被形容为"极易同情有宗教信仰的人家，黑人除外，还有犹太人也除外"③。这既表现出人物的宗教情感，又显示出其种族歧视观念，以反讽方式对宗教情感的超越性，以及它所具有的伦理限度都做了反思。

（3）将宗教思想放到整个当代文化中，弱化其绝对性，将其当作人类文化的一部分去重新理解。如《最后一幕》中，约塞连提到老年危机时说，"你不仅能从《圣经》里找到它，还能从弗洛伊德那里找到它。我对这一切都不再感兴趣了"④。这与《上帝知道》构成了互文关系。《上帝知道》正是关于老年危机的神学作品。《圣经》与弗洛伊德，宗教与精神分析一样都是作为文化的一部分，作为生活的智慧，分别从不同角度向我们阐释生活，给予我们指导。但约塞连的这一表达，却显示出一种虚无主义的意识。

---

① 程炼：《伦理学导论》，北京大学出版社 2008 年版，第 44 页。
② 刘小枫：《拯救与逍遥》（修订本），上海三联书店 2001 年版，第 43 页。
③ Joseph Heller, *Something Happened*, New York: Alfred A. Knopf, Inc., 1974, p. 458.
④ Joseph Heller, *Catch-22*, New York: Dell Publishing Co., Inc., 1979, p. 241.

(4) 一方面肯定宗教心性，一方面又怀疑宗教内在的心性基础。如《上帝知道》中，大卫感叹扫罗，"我们犹太人那个时候并没多少宗教，并且今天我们仍然没有。……这种道德真空使扫罗孤独绝望，他没有判断对错、识别善恶的眼光。他对上帝说话，却没有得到回答。现在他只能陷入空旷之中——去信仰上帝，却找不到他存在的迹象。难怪他走向了疯狂"[1]。大卫通过扫罗真实的宗教伦理经历，强调了宗教心性的重要性。又比如，大卫说，"我不能确定我们是否真的需要一个上帝，就好像过去，我们似乎如此需要对上帝的信仰"[2]。这段话又显出他对宗教心性的怀疑。

(5) 对宗教心性的逻辑基础进行了怀疑。如《上帝知道》中大卫说，"现在他拯救我们，现在他又残杀我们。人民像苍蝇一样死于他的瘟疫"[3]。如此，上帝的行动似乎完全没有理性可言，人们对上帝的行为根本无法猜度。大卫对这种非理性现实的怀疑，就已经是对信仰本身的重新思考。这种意识与现代存在主义思想有着深刻的相似性。海勒小说本就受到存在主义尤其是无神论存在主义的影响，所以对上帝的怀疑远大于对上帝的肯定。

(6) 认为在某些特定时刻，比如在陷入伦理困境时，宗教心性具有更重要的意义。《上帝知道》中大卫说，"当我掉入痛苦的深渊时，我感到离上帝近了"[4]。这显出宗教心性本身具有一定的伦理力量。

(7) 认为宗教心性并非指向外在的形上事物，而可能是内在所具有的一种意识。在《上帝知道》中大卫说，"我从他（上帝——引者注）那里得到的回答，都是我最想听到的，常常就好像是我在对自己说话"[5]。这也属于现代人本主义思维对神学思维的解构。

(8) 认为在某种程度上，宗教心性是非常重要的，它的存在比不

---

[1] Joseph Heller, *God Knows*, New York: Alfred A. Knopf, Inc., 1984, p. 97.
[2] Ibid., p. 118.
[3] Ibid., p. 253.
[4] Ibid., p. 338.
[5] Ibid., p. 19.

存在更利于伦理。正如《最后一幕》里的约塞连，"他从终身所持的怀疑论里悟出了一个道理，这是一种信念，哪怕是一种十分幼稚的信念，总比什么都不信要更让人受益"①。这种认识非常接近海勒本人的想法。在《出事了》临近结尾时，主人公发出呼声，"我希望我信仰上帝"②。可以说，海勒在根本上认同信仰的重要性，但同时也认为信仰并非如此简单，而是有着复杂的内在矛盾。

高兆明认为，"在现代性社会道德理性化过程中，我们面临的基本任务之一，就是以理性的力量与方式，从人类的历史与经验中，庄重地寻求人的存在意义与终极目的性，寻求道德神圣性，寻求信仰"③。他的说法代表了现代多数伦理学家的观点。但这一表述有些过于简单。海勒在作品中也并非是要展示一种结论，而是要呈现出现实问题的复杂性。

2. 宗教生活形态与现代伦理

涂尔干（Emile Durkheim）定义宗教为："宗教是一个与神圣事物相关的信仰和实践的统一系统，神圣事物是超然物外的和冒犯不得的，这些信仰和实践将其所有信奉者结合成一个单独的、名曰教会的道德共同体"④。作为社会学家的涂尔干更多强调宗教作为一种社会历史存在所创造的道德共同体的组织实体，以及宗教所具有社会实践性。文学作品承担的正是这种对实践性生活的反映，而不是形而上的讨论。在这一点上，海勒小说所呈现的伦理世界中，宗教性与伦理性也都是以生活的实践形式获得发生，并且显示出其宗教伦理形态的多种问题与可能。

同样，现代生活与传统宗教伦理之间有着张力关系。海勒小说呈

---

① Joseph Heller, *Closing Time*, New York: Simon & Schuster, Inc., 1994, p. 308.

② Joseph Heller, *Something Happened*, New York: Alfred A. Knopf, Inc., 1974, p. 496.

③ 高兆明：《伦理学理论与方法》，人民出版社2005年版，第83页。

④ [法] 涂尔干：《宗教生活的基本形式》，转引自程炼《伦理学导论》，北京大学出版社2008年版，第35页。

现出两个批判指向：一是批判传统宗教伦理的非生活性，这与现代伦理对传统宗教伦理的批判相一致；二是批判现代社会所形成的宗教伦理生活形态的形式化与实用主义色彩。这些在上文都已指出。但从更深层来看，小说中所表现的生活实践问题远比批判要复杂。其反思包括以下几点：

第一，宗教性的伦理生活形态在当代西方已经失去了根基，个体已失去了宗教心性。这在前文已做出充分说明。

第二，宗教性的伦理生活在很多时候只是一种伦理惯性，这种惯性在失去根基之后，似乎也失去了伦理价值，但有些时候也承担着微弱的伦理意义。《最后一幕》中，萨米回忆他在战争期间因斯诺登出事被迫发生的改变，"从那之后每次执行任务前我都要向上帝祷告，尽管我不相信上帝，也不相信祷告"[1]。萨米并没有信仰，但这种继承下来的宗教伦理行为却构成了对心灵的安慰，赋予他一种不可见的安全感。这并非海勒所要提倡的，只是作者对现代人精神匮乏、缺少力量的一种悲叹，其中并没有太多嘲讽。这也是在疯狂与悲哀的基调中，海勒对萨米这种朴素的人物所给予的质朴的同情与反思。

第三，现代伦理对传统宗教伦理进行了实用主义转化。对这一问题，海勒给予了强烈的嘲讽。《最后一幕》的最后，逃入地下避难的权势者忘记了选神职人员一起下来，负责人说道："至于神职人员，我相信咱们的信仰都在几大信仰之内。在我们分别找到他们之前，这儿有一个没有任何信仰的人，他早已准备好为满足各种不同信仰的人的精神需求而效劳。"[2] 这不仅表现出人们庸俗的实用主义信仰态度，并且显示出，宗教生活本身应该具有的形态在遭受抹灭的同时，人们还在期望宗教可能带来的好处。这是完全的工具理性下的势力伦理，被海勒所厌恶。并且，正因为宗教被实用化，宗教伦理也失去了真正的力量。正如《军规》里牧师所感觉到的，"他对任何人的不幸都无

---

[1] Joseph Heller, *Closing Time*, New York: Simon & Schuster, Inc., 1994, p. 386.
[2] Ibid., p. 450.

能为力，尤其对他自己更是如此"①。

第四，在这些认识的基础上，海勒也表现出普通人所持有的宗教伦理态度。《军规》里，叙述者讲道，"跟上帝保持联系是一回事儿，他们都赞成这一点，但让上帝一天二十四小时都待在身边就是另一回事儿了"②。这是现代宗教常见的一种现实，意味着宗教与伦理之间必须拥有现实的距离。

第五，海勒对禁欲的宗教伦理抱有敌意，一般是以揶揄的方式进行嘲讽，但嘲讽背后也有着悲哀。对比于现代伦理中的纵欲倾向所造成的问题，海勒也显出了困惑与矛盾。一方面，在《上帝知道》中，大卫说，"难怪我们从那以后的道德家们总是显得闷闷不乐、喜欢挑剔、主张禁欲"③。这里将禁欲与"闷闷不乐"联系在一起，就是对这种宗教伦理缺乏生命感的嘲讽。另一方面，在《出事了》中又显示出当代社会欲望泛滥与道德堕落的伦理困境。

第六，《上帝知道》探讨了犹太历史中宗教伦理自身的悖论现象。比如，大卫提到，"我们可能在迦南的寺庙停下，与神职人员一起加入他们的寺庙性交的宗教活动中，从而为集体的幸福做些贡献"④。如此特有的宗教伦理活动就是将禁欲与纵欲结合在一起的伦理行为。并且大卫在提到犹太教历史时说："我们却生活在温暖丰裕的地方，享受着淫秽与一夫多妻的生活。我们喜欢近亲通婚，近亲繁殖，远亲繁殖，我们总是如此。"⑤ 可见犹太教与基督教的宗教伦理是不同的。但海勒要强调的并不是这一点，而是宗教伦理本身的历史性。

第七，海勒在作品中显示了更具活力与丰富性的生活，这种生活本身是超越宗教与伦理的。比如，他借大卫之口称赞了"老撒拉的笑话——她嘲笑并且欺骗上帝，让我也从中得到了乐趣。撒拉慷慨大方、

---

① Joseph Heller, *Catch-22*, New York: Dell Publishing Co., Inc., 1979, p. 213.
② Ibid., p. 206.
③ Joseph Heller, *God Knows*, New York: Alfred A. Knopf, Inc., 1984, p. 31.
④ Ibid., p. 28.
⑤ Ibid., p. 31.

高尚美好的品质,还有女人独有的妒忌,几乎使她成为活生生的人了"①。

第八,《上帝知道》的结尾处,大卫说了一句,"我想要上帝回来,可他们却给了我一个姑娘"②。这句话看起来非常简单,却几乎涵盖了整部作品想要表达的宗教、伦理、人性、历史,甚至存在意义上的问题。在这里,个体对信仰的精神需要与对女人的欲望需要构成对立。但其中的"他们"到底是谁?笔者以为,"他们"至少可以意味三种事物,即世俗伦理中蕴含的人性需要,人类历史中蕴含的历史性选择,以及世界的荒诞性表现。"他们给了我一个姑娘"是一个伦理行动的结果,它对立于"想要上帝回来"这种宗教性需要,从而显示出伦理的现实性大于宗教性的宗教伦理特征。大卫作为历史人物,承担着犹太教的部分历史。"姑娘"是历史交给他的,也是他自己选择的。大卫的人生就意味着犹太历史中的宗教伦理精神。

3. 宗教伦理规约与个体自由

对前面两个问题的反思,就指向了这第三个问题。宗教心性及宗教伦理生活与现代伦理的关系,包括了宗教伦理规约与个体自由的问题。在这里,笔者从另一个角度来总结海勒关于这一问题的反思。如果说前两个方面关注的方向是宗教伦理所具有的现代性可能,或者说是与现代伦理的融合可能,那么在这里,更多要关注的是海勒小说中的人性主题与宗教伦理之间的张力。

海勒将最重要的问题仍然落在人身上。伦理问题的人道主义表现就在于对人性的深入理解。《上帝知道》就是一部从人性角度去把握宗教伦理的深刻作品。大卫说,"上帝是死是活都没多大关系;无论怎样,我们还是一如既往地待他。上帝应该向我道歉,可他不肯让步,我也就不让步。上帝知道我的缺点,我甚至可能是首先承认缺点的一

---

① Joseph Heller, *God Knows*, New York: Alfred A. Knopf, Inc., 1984, p. 5.
② Ibid., p. 353.

个，但就在这个时刻，我从骨子里认为我是个比上帝好得多的人"①。大卫将上帝与人去做比较，并且认为，人比神更好、更真实、更丰富。在这里，海勒并不是要用人性去否定信仰或宗教，而是在强调人性所拥有的内在基质，并且让真实的人性需求与宗教伦理构成张力。

正是在对个体自由的认同中，作品显示出人性与宗教伦理间的多方面张力关系。对宗教心性与宗教形式而言，海勒更认同的是心性体验。所以大卫说道，"没有了上帝，你就会转向巫术和宗教之类的东西"②。大卫将宗教放在与巫术同等位置上，用来跟信仰相对，可见他认同的是信仰，而不是宗教。对信仰的强调就是强调宗教的内在心性，而不是外在的社会形态。但宗教作为一种社会历史形态，是不能被否定的历史实在，而海勒作为犹太人，更是深刻感受到犹太人的历史实在的真切性与历史感。如此，他才能从更具生命感的角度去表达这种在历史中形成的宗教伦理。大卫说，"我们是犹太人，不是希腊人。如果告诉我们再来一次洪水，我们将学会如何在水下生活。性格就是命运"③。并且在之后大卫甚至提出，"弗里得里希·尼采会理解的"④。可见这里被艺术化处理的大卫，正是犹太民族历史与精神的代言人，他身上具有了作家身上的现代精神，这一精神包括如同尼采这样对宗教伦理进行反思的力量。海勒正是延续了现代伦理中对人性的新鲜理解。大卫说，"我是大卫，不是俄狄浦斯，我会把命运砸成碎片。"⑤ 这样一种自我认同感很强的话，就如同德勒兹在其著作《反俄狄浦斯》中所显示出的现代（包括后现代）精神对命运的新的理解。

在大卫的角色中，海勒寄予了太多人性的声音。大卫说，"没有什么像战争——或者教义那样能够吸引人全身心投入进去的事物——

---

① Joseph Heller, *God Knows*, New York: Alfred A. Knopf, Inc., 1984, p. 8.
② Ibid., p. 55.
③ Ibid., p. 56.
④ Ibid.
⑤ Ibid., p. 18.

能够缓解内心生活强加给我们的对孤独的恐惧"①。战争的激情和杀戮，与教义的克制和道德完全是对立的，在这里被放在一起，同时构成了对人之困境的一种拯救可能。因为在大卫看来，"疯狂之中有智慧，所有责难中都极大可能隐藏了真理，因为人是完整的，每个人都可以做任何事"②。人应该是完整的，不应该被宗教所限制，即使是做错事了，受到责难了，他也是作为一个人而存在。大卫说，"我不像摩西和亚伯拉罕那样天生就有影响上帝的才能。但是摩西和亚伯拉罕是完全献身于上帝的虔诚的人。而我既不虔诚也未奉献过什么。我现在也没把自己奉献给他。如果上帝想要结束我们之间的紧张状态，他必须先让步才行。我有我的原则，并且我什么都记得"③。大卫有着自己的原则，无论这种原则是对女人的欲望还是对荣誉的期待，但这是属于大卫自己的伦理。正因如此，他不会全力投入到信仰之中。这大概也是海勒自己所坚持的一种宗教伦理原则。大卫说他能够影响上帝，正是作为历史中鲜活的人对历史本身以及对宗教的影响。但在大卫的种种焦虑、矛盾与抉择之外，他仍然深切体会到，"我的背上有只猴子，我怎么都甩不掉，我现在知道那猴子是谁：他的名字叫上帝"④。可见在《上帝知道》中，海勒承认对上帝的信仰是人必然要背负的一种心性基础，这一基础构成了人类无法逃避的个体生活与命运的轨道。

四 现代生存伦理与宗教伦理

《军规》与《出事了》分别从社会与个体伦理层面呈现了"人的境况"。《上帝知道》又更为具体地呈现了人的宗教伦理境况。如此，海勒仍然主要是在展示问题，而不是在解决问题。就像作品的标题"上帝知道"（God Knows），也可以被翻译为"天晓得"。天晓得出路在哪里？天晓得该怎么办？正是如此，我们才以全面细致的方式将问

---

① Joseph Heller, *God Knows*, New York: Alfred A. Knopf, Inc., 1984, p. 61.
② Ibid., p. 7.
③ Ibid., pp. 50–51.
④ Ibid., p. 337.

题汇总，展开，铺陈在这里。但是，在这"天晓得"之中仍然隐藏了一种"知道"。即，并非没有出路，只是这出路人类自身并不清楚，但是"上帝知道"。如此，人只要与上帝对话也许就可以找到新的出路，或者，这种对话本身就是一种可能的方向。

所以，《上帝知道》本身就是一场人与上帝之间的对话。它并没有以"天晓得"的心态，而完全放弃提问，虽然在其中上帝一直都没有回答，大卫也越来越清楚上帝不会给他答案。在前面所总结的问题之上，这整个展示问题的"对话"过程中，作品以其特有的话语姿势却揭开了某种更为深层的问题。这涉及后面将要论及的叙述伦理问题。《军规》的全知视角有利于展开整个社会的问题。《出事了》的第一人称视角，有利于深入个体内在问题。《上帝知道》采用了与《出事了》同样的第一人称形式，但却隐约有一个对话者，并且还是特殊的听话人，即上帝。那么这就引出了两个非常重要的问题：一是这种话语所具有的对话性，不再如同《出事了》那种单方面的宣泄，而更多是一种"质疑"和"反思"，从而将"反思"的可能性进行了进一步的提升；另一方面，以上帝为听话者自然将话题引入到了宗教与信仰问题中，于是，为对话打开了一个朝向信仰的内在方向，而这一方向就是问题的症结所在以及获得解救的潜在可能。

有关叙述形式的伦理问题，后面再具体分析。在这里，"上帝"所引出的并不仅是宗教伦理问题本身，而更是一种伦理朝向宗教的可能性。故事的节点是大卫失去了上帝。这直接显示着伦理境遇的变化，从被上帝守护的状态坠入到没有上帝的伦理世界中，这正是现代性伦理的境况。刘小枫说，"现代性问题可以简约为人心秩序和社会秩序的失序，人心秩序的失序是社会秩序失序的根源"[1]。其秩序的主体就是伦理秩序，个体的伦理心性与社会的伦理系统分别构成了人心秩序与社会秩序。现代人的基本特征就是："工商德性的心性气质战胜并

---

[1] 刘小枫：《编者前言》，见［德］马克思·舍勒《道德意识中的怨恨与羞感》，林克等译，北京师范大学出版集团2014年版，第2页。

取代了神学——形而上学的心性气质"①,"神学——形而上学"为西方人的心性建立了根基与完整的系统,资本主义的物质崇拜与实用理念摧毁了这一系统,为此,"生命价值与实用价值的高低秩序发生了结构性颠转"②。正是在这一意义上,《军规》与《出事了》中所呈现的现代经济伦理,都体现出了利益至上的特点,并且这一伦理成为整个社会与个体伦理的基本现实。

基督教同时是神学与形而上学的结合。《上帝知道》所反映的问题并非局限于犹太教,而是对宗教与信仰本质的思考。正是在这一意义上,大卫象征了整个人类的命运,但他又并非群体性的集合,而是有着自身独立的生存处境。大卫为得到拔士巴而做了"恶"事,遭到上帝遗弃,作恶就是破坏了伦理秩序,在这里,并非是因为作恶而遭受遗弃,而是人类的作恶本身就是一种远离信仰的行为。大卫为此"遭受惩罚",失去了儿子。子嗣代表了个体伦理的完整性,也代表着未来。所以,孩子的死就意味着现代伦理所带来的生命破损与缺乏希望的现状。大卫的自述也发生在他已经年老,接近死亡的时刻。一方面,这意味着现代性问题正在将世界引向终结,另一方面,也说明当生命越靠近终点的时候,人们越需要一种能够与死亡相抗衡的力量。当生命直接遭遇威胁的时候,生存伦理的需求就会变得更为强烈。

《军规》中的约塞连也正是在面对死亡的威胁中,最终生出了道德的"决断"与"行动"的意志。无论是约塞连,还是《出事了》中的斯洛克姆,以及《上帝知道》中的大卫,他们的共性就是都体会到了"恐惧"。这种恐惧来自于社会的不公,人心的破损,以及上帝的离去等不同原因,但共同点都是传统秩序的崩毁,正是如此,各种"恐惧"又在面临"死亡"时汇聚在一起,问题都集中到了伦理信念以及宗教信仰之上。克尔凯郭尔就是从"恐惧"来开启所要朝向的信

---

① 刘小枫:《编者前言》,见[德]马克思·舍勒《道德意识中的怨恨与羞感》,林克等译,北京师范大学出版集团2014年版,第3页。

② 同上。

仰之路。他说，恐惧是"自由的现实性作为那可能性之可能性"①，如此，恐惧本身就是一种伦理性问题，它是人朝向可能性中的对于选择的畏惧。

在《上帝知道》中，"恐惧"跟"罪"直接相关。克尔凯郭尔、舍勒与利科等都强调了这一点。克尔凯郭尔说，"那由罪所携带着而跟入世界的恐惧，这种恐惧或许更确切地说是在那个体的人自己设定那罪的时候才出现的"②。然后他指出，"罪就是：在上帝面前和在绝望之中要是自己，或在上帝面前和在绝望之中不要是自己"③。如此，对生存而言，上帝是一种悖论性存在，或者，在上帝面前，生存也成为一种有着"罪"的悖论。这也正是大卫的心理处境，所以他才会认为上帝不存在了，却还要与其不断地对话。克尔凯郭尔同时表示："罪的反面是信仰"④，要摆脱罪感与恐惧感，只有选择信仰。他将信仰生活当作比伦理生活更高的一种境界，也就是认为，伦理问题的最终化解只能是通过归于宗教的信仰。

从克尔凯郭尔到海德格尔、舍勒等都指出了一条从恐惧意识引向道德觉醒的心性之路，似乎为海勒小说中的伦理问题指出了一个方向，但这并非海勒所完全认同的。前面之所以要展示海勒作品中各种细密的观点，就在于，我们并不能将思想家为现代道德疾病所找的良方作为作家的目标。在这里，海勒确实与克尔凯郭尔有相通之处，但并非是在解决问题的观念上，而是他们都是从"生存伦理"的角度来领会生命。海勒是从人的生命价值出发来呈现现实问题，克尔凯郭尔却是要建立一种生存伦理的价值道路。其中"生存"（existence）并不仅仅是指"活着"（live），同时还有"存在"（being）的要求。所以克尔

---

① ［丹麦］克尔凯郭尔：《概念恐惧·致死的病症》，京不特译，上海三联书店2004年版，第62页。

② 同上书，第81页。

③ ［丹麦］克尔凯郭尔：《致死的疾病》，张祥龙、王建军译，中国工人出版社1997年版，第71页。

④ 同上书，第73页。

凯郭尔影响深远的"生存伦理学"（ethics of existence）也可被称为"存在主义伦理学"，只不过"存在主义"一词让问题显得过于学术与抽象化，而"生存"却让问题直接对应着人的现实境遇。

海勒小说中的宗教伦理观念既有其矛盾的表现，也有其坚决的一面。这种矛盾与坚决，正在于海勒有着自身的立场，即他是站在人的生存伦理角度来理解宗教与人之间的伦理关系。坚决是因为生存本身就是人自身明确而核心的目标。矛盾在于，生存的现实境遇是一个流动的过程，它没有绝对的结果与方向，"境遇"决定了人的选择与可能性，它是"反本质主义"的。海勒的生存伦理观念接近于存在主义的伦理观，他受到了存在主义的影响，但他并非存在主义作家。存在主义思想分为无神论与有神论两种倾向，前者对于宗教伦理基本报以否定态度，后者将宗教与伦理紧密相连。海勒小说并没有明确对宗教给予肯定或否定，原因在于，海勒并没有为故事赋予一个先在的精神立场，而是在展示"人的境况"之中，让人物在境遇里去表达自己的生存意愿。这种意愿会与宗教发生摩擦与碰撞，从而生出各种宗教伦理的现实表现。在这种意义上，海勒的小说更接近生命的真实现象。

我们在这里主要是从故事层面来进行分析，并且总结了故事中所展露出的各种伦理态度，这些复杂而烦琐的观念表现，正在于生命现象自身的混杂与流动性。相比而言，展示这些问题的小说文本本身却是稳定的，这种稳定正是由其形式所构成的，如此，只有在对小说文本的形式伦理的探索中，才能发现更深一层的海勒的伦理态度。

第四节　审美伦理态度

审美伦理是指审美领域内发生的与伦理有关的问题。审美和宗教在与伦理的关系上有所不同。宗教与伦理作为密切相关的两个领域，往往具有相辅相成的互动性。而审美与伦理虽然也紧密相连，但一方面它们有着共同的指向，另一方面，审美（尤其是现代审美）因为其所具有的超功利性，而与注重"功利性"① 考量的伦理有着对立性的关系。有时候，审美生活构成了与伦理生活相对立的另一种生活形态。所以审美与伦理如何结合在一起，这首先就成为一个问题。

"审美伦理"一般包括如下几种问题：1. 审美与伦理关系问题②；2. 审美所引发的伦理问题；3. 审美领域内的伦理问题；4. 审美性作品所传达出的伦理精神；等等。如果仅就文学研究领域内的审美伦理问题而言，大概可以包括：1. 作家生活上审美性与伦理性的关系问题；2. 作家对审美与伦理关系问题的思考；3. 文学创作行为的伦理问题；4. 文学传播的伦理问题；5. 文学批评及文学阅读的伦理问题；6. 文学作品本身所具有的审美性与伦理性的关系问题；7. 文学作品中直接传达出的对于审美与伦理关系的理解；等等。其中，作家生活领域内的相关问题研究属作家生平研究；作家自身的审美伦理观念研究属作家思想研究；文学创作行为的伦理问题研究属文学心理学及文学社会学研究；文学传播的伦理问题研究属文学传播学研究；文学批评及文学阅读的伦理问题研究属文学批评学及文学社会学研究；文学文本本身所具有的审美性与伦理性关系问题，以及文学作品中直接传达出的对于审美与伦理关系问题研究都属于文学文本研究领域。这里所做的海勒小说伦理研究属文学文本研究，所要研究的审美伦理问题，也是狭义上的文学审美伦理研究，主要集中于文学文本内在的审美伦理问题。

一 海勒小说中的审美伦理意识

维特根斯坦在《逻辑哲学论》中有一句著名的论断："伦理和美

---

① "功利性"是相对意义上的。在伦理学中，功利性并非必须要考量的对象，不同的伦理学说对功利性的认同性不同。笔者以为，一般意义上的伦理问题，是离不开"功利性"问题的。对于审美问题，其"超功利性"当然也是相对的。

② 在审美与伦理的关系问题中，除了包括审美领域里的伦理问题，即审美伦理外，还包括伦理中的审美问题，有论者称其为伦理美学。比如刘锋在《伦理美学——真善美研究》中对"伦理美学"有系统性研究。参见刘锋《伦理美学——真善美研究》，百花文艺出版社1998年版。

学是同一个东西。"①李吟咏在《审美与道德的本源》中指出，"在本源的生命活动中，审美的活动必然要求符合道德的意愿，道德的意愿往往必须满足审美者的生命意志"②。刘小枫也在《拯救与逍遥》里提到，"德感是乐感的根据，乐感是德感的显发"③。作为审美性的乐感与作为伦理性的德感在某种程度上紧密地联系在一起。尤其是在中国传统文化中，乐感与美感是直接结合在一起的。苏格拉底有名言"美即是善"，亚里士多德说，"美是一种善，其所以引起快感正因为它是善"④。而在美德伦理学中，"美"与"德"的并置本身就是将审美与伦理捆绑在一起，其中非常关注的"良心"概念就显示出，"作为一种善，良心包含真与美的形式要素"⑤。关于审美与伦理这种内在可能联系的说法，在东西方都不少见。在这一理论前提下，文学作品本身所具有的审美性与伦理性的交织就成为必然。小说所具有的审美性，与小说以人为主体的伦理诉求，都属于小说文本必然的属性。因此可以说，审美伦理意识是小说的内在伦理声音。

　　海勒作品对伦理性的强调毋庸置疑，而作为文学创作，审美主题也是其中无法回避的问题。除了各种有关审美问题的情节，《画里画外》及《画像》更是将审美作为故事的核心主题。其中《画里画外》是从宏大的历史视野展开，《画像》则偏重个体自身的审美心理。而海勒最为关注的是现代性伦理与审美之间的张力。这也是当代文化的重要现实问题之一。海勒选取了多种不同的审美主体类型，表现了不同的审美伦理问题。《画里画外》与《画像》直接表现艺术家生活，其他作品则更多展现世俗人物的审美生活。前者将审美作为生活中的

---

① [奥]维特根斯坦：《逻辑哲学论》，贺绍甲译，商务印书馆1996年版，第102页。维特根斯坦主要是从伦理与美共有的超验性和不可言说性来进行类比的。
② 李吟咏：《审美与道德的本源》，上海人民出版社2006年版，第1页。
③ 刘小枫：《拯救与逍遥》（修订本），上海三联书店2001年版，第145页。
④ [古希腊]亚里士多德：《政治学》，吴寿彭译，商务印书馆1997年版，第418页。
⑤ 崔平：《道德经验批判》，上海文化出版社2006年版，第60页。

关键部分，后者更重视日常伦理生活。并且，同样是艺术家，《画里画外》中的画家伦勃朗与《画像》中的作家波特也构成了不同审美生活之间的对比。即使在《画里画外》中，执着于艺术的伦勃朗与执着于真理的苏格拉底之间也显示了不同的审美伦理人生。这些丰富的审美主体形象及其故事，构建出了一个丰富的审美伦理世界。

二 审美生活所具有的伦理意义

1. 审美对自我的伦理意义

舍勒肯斯（Elizabeth Schellekens）指出，"艺术所能产生的道德知识，不仅有助于加强我们对道德概念的把握，而且还能加强我们对他人的理解以及对人生首要目标与第一要义的感悟"[1]。刘小枫也指出，"审美是不完善的生活在完整和谐的形式中的自救"[2]。审美本身就是一种关于自身的伦理行为，审美行为本身就具有伦理意义。《上帝知道》中大卫说道，"摩西有《十诫》，这是真的，可我有比他好得多的诗行。我有诗歌和激情，有野蛮的力量，有闪着原始文明光辉的朴素的悲伤故事"[3]。《十诫》是犹太教最高的宗教戒条，也是犹太教与基督教的宗教伦理要求，对于犹太人来说它是神圣的，但大卫却说他有更好的东西，就是诗歌，所以在大卫看来，诗歌作为审美艺术比宗教和世俗伦理更有魅力。

审美行为与世俗行为的区别，在于其精神性特征。审美是一种精神的愉悦，是对生活意义的提升、对自我的确认及对存在感的体认。《画像》中，老作家波特明确表示，"我认为写作是我唯一能够证实自己的方式。如果我不能继续创作，我根本不知道自己是谁，活着到底

---

[1] [英]舍勒肯斯：《美学与道德》，王柯平、高艳萍、魏怡译，四川出版集团/四川人民出版社2010年版，第50页。

[2] 刘小枫：《拯救与逍遥》（修订本），上海三联书店2001年版，第36页。

[3] Joseph Heller, *God Knows*, New York: Alfred A. Knopf, Inc., 1984, p.5.

干什么"①。他一辈子写作，到了老年，对其他事情越来越无力的时候，更是认为写作对于确认自身的存在有着重要的意义。赵汀阳说，"生活意义是伦理学惟一的不可怀疑的理论根据"②。从这一角度看，以审美方式追求生活意义的行为，正是一种积极的伦理性行为。刘悦笛也指出，"在人类幸福的意义上，美构成了'善的理想'。或者说，从'生活理想'的角度看，生活伦理学的逻辑归宿正是美学"③。所以，审美理想就是一种道德理想。《画里画外》中，如果伦勃朗没有这种类似的理想，就不会放弃赚钱的机会，而坚持自己的绘画原则。苏格拉底选择死是一种道德性的选择，这种选择则在于他对人生善之理想与美之境界的持守。也正如今道有信所认为的，"考察美……实际上，无疑往往是在考察人类的最高道德"④。伦勃朗与苏格拉底的坚持正代表了这种"人类的最高道德"。

2. 审美对他人的伦理意义

这里是指个体的审美行为对于他者的意义。审美对于自我的意义是指对于个体内在的影响，而对于他者的意义就是个体审美的外在影响力。海勒作品同样也显示了审美的这一特征。《上帝知道》中，扫罗曾说，"音乐有平息狂乱心绪的魔力"⑤，这种音乐的作用既可以针对自我也可以针对他者。但在这里更多强调的是音乐的外在影响。并且这种影响力是因人而异的，每个人因审美潜质的不同而有所不同。所以大卫提到，音乐对某些人来说，"不但没能使他那狂乱的本性安静下来，反而总是激怒了他"⑥。但是大卫的音乐却对扫罗起了作用：

---

① Joseph Heller, *Portrait of an Artist, as an Old Man*, London: Simon & Schuster UK Ltd., 2000, p. 226.

② 赵汀阳：《论可能生活——一种关于幸福和公正的理论》（修订版），中国人民大学出版社2004年版，第95页。

③ 刘悦笛：《生活美学与艺术经验》，南京出版社2007年版，第115页。

④ ［日］今道有信：《关于美》，鲍显阳、王永丽译，黑龙江人民出版社1983年版，第176页。

⑤ Joseph Heller, *God Knows*, New York: Alfred A. Knopf, Inc., 1984, p. 119.

⑥ Ibid.

"我那哀怨的曲调渗透了扫罗超载的心灵,这时我又一次有幸看到由我的天才而产生的减缓痛苦的治疗效果。"并且大卫认为:"一个心中没有音乐的人更喜欢成为叛徒、搞阴谋以及腐化堕落。"[1] 这就确认了审美能力与道德的直接关系,越是对审美缺乏敏感性的人,越容易作恶。或者,审美情感淡漠的人,较难被美所打动而获得善之激情。如此也可以说,审美对他人的伦理意义也是因各自审美情感的不同而不同的。

另一方面,审美者对审美的外在伦理性的认知也是不同的。《画像》中,在很多时候,波特对于自己的著作,更在意的是其能否获得成功,而不是它能给世界带来什么影响。这说明他更在乎写作的功利性价值,而不是写作作为审美的外在伦理价值。《画里画外》中的伦勃朗则与之相反,他始终坚持着自己的审美理想,而宁愿放弃现实的利益,所以才会导致晚年生活的悲惨处境。但是,当伦勃朗死后,他的作品却得到世界的认同,越来越富有价值,并且这种价值是无法用金钱来衡量的。海勒将伦勃朗生前的贫穷与死后作品价值百万相对比,表达了两种伦理态度,一是对经济伦理统治下人们残缺的审美心性的讽刺,同时也是在强调,伦勃朗正是因为坚持了审美的理想,才能在最后获得认同,这种认同就是对审美伦理性价值的一种确认。

三 审美伦理的双重性悖论

1. 审美伦理与世俗伦理的悖论

世俗伦理是指人们日常生活状态下的伦理表现与道德个性。世俗伦理随着时代不断变化,所以不同时代的世俗伦理表现差异很大。相较而言,审美伦理与宗教伦理都属于特殊类型的伦理表现,其不同时代的共性大于差异性。在世俗眼光下,审美生活往往会遭遇三种不同的伦理评价。第一,审美生活是一种令人羡慕的富有魅力的生活;第二,审美生活是一种令人厌恶的堕落的生活;第三,审美生活就是一

---

[1] Joseph Heller, *God Knows*, New York: Alfred A. Knopf, Inc., 1984, p. 130.

种普通的生活,与世俗生活并无区别。《最后一幕》中的克莱尔说,"艺术家不过是艺术家而已"①。这一观念就属于第三种,将审美伦理当作日常生活的常态,这在海勒小说中表现得比较少。不过按照海勒对克莱尔的身份设定与角色安排,这恰是代表着一种更为朴素而重要的认识。正如赵汀阳所说,"生活的创造性主要表现在日常生活的普通细节中,而不是表现为创造出伟大艺术品和思想"②。这也是海勒从后现代的大众视角对于艺术的一种反思,包括对作家自身身份的反思。

　　审美伦理的悖论更多显示在前两种不同的伦理评价中。《上帝知道》中,大卫说,"我必须承认我很快就被吸引到诗歌创作中,而很少想到扫罗和他儿子们的死,以及非利士人的大获全胜。诗歌创作就是这样"③。这显示出审美对生活伦理具有一定的超越性。尤其在现代艺术观念中,以唯美主义为代表的作家们普遍认为美是无关伦理或者是超越伦理的。就作品所采用的反讽语气来看,海勒并不认同审美的超越性。就好像大卫不能通过审美来超越自身的肉体一样,他的衰老与疾病、孤独与痛苦仍然是直接而尖锐的。不过在小说结尾处,大卫眼前出现了自己曾经年少英俊,拿着八弦琴弹琴的样子,这既是对青春健康的无限怀念,又是对那个富有单纯审美个性的时代与精神的召唤。在这个时候,审美在一定意义上就构成了对于现实境遇的超越。

　　《画像》里,审美与生活的矛盾显得更为突出。作家波特一方面有着审美的精神需要,一方面又向往着作品能够获得成功。创作的成功本身有着对审美意义的确认,但波特表现出的更多是希望世俗意义上的成功,是一种名誉和利益上的欲望要求。波特正是陷于这种伦理矛盾中,总是不知道该写什么才好,为此既影响了自身的审美体验,创作上也遇到了困难。另一方面,他在考虑写《我老婆的艳情史》这样吸引人的题材后,又开始担心老婆会不会受影响。他的老婆也会有

---

① Joseph Heller, *Closing Time*, New York: Simon & Schuster, Inc., 1994, p. 400.
② 赵汀阳:《论可能生活——一种关于幸福和公正的理论》(修订版),中国人民大学出版社2004年版,第276页。
③ Joseph Heller, *God Knows*, New York: Alfred A. Knopf, Inc., 1984, p. 217.

这样的担心，但是出于家庭经济的考虑，并没有阻止。这种担心就是一种世俗伦理的考量。这些现实的庸俗与复杂性构成了对审美的反讽。同样，这也是海勒对作家身份的一种伦理反思。

对于用世俗伦理嘲笑审美生活这一问题，海勒并没有做直接的描述。但从《军规》到《出事了》，以及《最后一幕》中，海勒已经明显地显示出人们对艺术的麻木。人们在麻木状态下，对审美也完全处于遗忘中，也就没有机会去进行嘲笑。作品中偶尔会出现这样嘲笑的画面，如《军规》中，卡吉尔上校说："这年头，傻瓜也能捞钱，大多数傻瓜都可以。可是有才智的人又如何呢？举个例子，有哪个诗人会捞钱。"① 这里就是将诗人的才智，即审美品质与生活伦理摆在了对立的位置。当温特格林举出"T. S. 艾略特"时，所有人都不知道这位当时英语世界最出名的诗人是谁。审美意义在这种社会伦理环境中，是几乎被遗忘的。佩克姆将军倒是引用过莎士比亚，不过是用文化包装自己，或者对莎士比亚做实用主义的处理，需要的也是艺术对生活的功利意义而已。

2. 审美伦理与经济伦理的悖论

审美与生活的矛盾，常常表现为与经济伦理的矛盾。人们对审美生活的选择与放弃，经常是与经济上的得失联系在一起。由于资本主义的发展，商业性经济伦理融入到生活领域中，从而促成个体主要以利益作为伦理选择的标准，庸俗的实用主义伦理就是经济伦理观念进入生活伦理的表现。而这种经济伦理在很大程度上是反审美伦理的。

《上帝知道》中大卫对审美伦理的实用性也怀有期待，他说，"我从不怀疑我精湛的弦乐技艺和卓越的诗歌天赋总有一天要为我敲开成功的大门"②。这种对审美的价值期待还不算真正意义上的实用主义伦理。大卫对音乐的喜好并非出于功利，只是对音乐的可能性结果做一个评价而已。但在现代社会的伦理现实中，这种将审美实用化，或者

---

① Joseph Heller, *Catch-22*, New York: Dell Publishing Co., Inc., 1979, p. 37.
② Joseph Heller, *God Knows*, New York: Alfred A. Knopf, Inc., 1984, p. 25.

对实用事物进行审美上的包装，其本质是借助审美的光环增加实用性事物的吸引力，是一种庸俗的实用主义审美伦理。如在《最后一幕》中，约塞连参与了一个"促进大都会艺术博物馆文艺活动附属委员会每月一次的例会"，会议"提出的议案中被搁置到下次会议进行全面讨论的问题有集资艺术、着装艺术、解决问题的艺术、宣传的艺术、时装设计艺术、高攀上层社会的艺术、美食艺术以及主持会议的艺术，即会议顺利无不同意见地连续召开两个小时后能按时结束，从而给与会者留下美好的、无意外事故发生的、毫无困惑的印象，同时又觉得这样的会可开可不开"①。这里讽刺的即是一种世俗化的伪艺术。这是庸俗审美与伦理结合的产物，或是形式主义及实用主义伦理观被挂上了审美的牌子，可称其为审美的"媚俗化"，生活伦理用审美的形式进行了虚伪的升华，审美伦理本身就是虚伪与庸俗的。

《画里画外》中明确显示了经济伦理对审美生活的伤害。海勒对伦勃朗一生的经济状况做了统计学般精细而冷静的显示：

> 货币的发明……使得画家伦勃朗能够在仅仅支付 1200 荷兰盾的首期付款后，就能搬进他的大房子。
>
> 6 个月之后，他又支付了 1200 盾，这之后的 6 个月后，他再次支付了 850 盾，12 个月里的 3 次付款达到总款数的 25%。
>
> 剩下的钱可以在 5 年到 6 年内付清，另外还要按惯例每年偿付 5% 的利息。伦勃朗觉得这样挺方便。
>
> 这所房子的总价是 13000 荷兰盾。
>
> 对于付清房款，伦勃朗信心十足。②

伦勃朗的信心来自两点：新的经济模式，以及自己的绘画手艺。这是对经济伦理与审美伦理的双重认定，同时，还显示出经济与审美

---

① Joseph Heller, *Closing Time*, New York: Simon & Schuster, Inc., 1994, p. 77.
② Joseph Heller, *Picture this*, New York: G. P. Putnam's Sons, 1988, p. 51.

具有一种互相激励的可能性。审美可以变成确切的经济价值，首先来自人们对它的认同。经济价值在一定程度上代表了审美的世俗价值。但是海勒之所以将这些数字如此清晰地呈现出来，是为了构成一种反讽。因为这种乐观的状态很快就会遭到破坏。"1653年靠近年末的一个下午，当伦勃朗将他拥有的罗马皇帝和希腊名人的塑像在他的工作台上摆成两行的时候，他唯一想知道的就是所有这些东西作为珍藏卖出时，到底能卖多少钱。"[1] 显然，这种数字的游戏里隐藏着现代经济更隐秘的诡计。另一方面也呈现了一种历史性的现实，即荷兰经济的滑坡所造成的人们命运的转变，但这也同时说明了资本主义经济的欺骗性与脆弱性。而在这种历史的动荡中，个体便显得更为脆弱。对个体而言，他所面对的审美价值根本无法对抗历史的经济伦理。所以，海勒反讽地说，伦勃朗买不起自己的画。在他死后，他的画价一路飙升。1961年其作品《注视着荷马塑像的亚里士多德》获得创纪录的2300000美元的拍卖价。海勒写道：

> 苏格拉底和伦勃朗最终都很穷。
> 苏格拉底一无所有，一无所欠，他并不难过。
> 伦勃朗却是非常痛苦。[2]

苏格拉底与伦勃朗被并置在一起，正是为了比较他们不同的审美伦理态度，以及不同的时代精神与历史命运。两个人都为世界留下了丰厚的精神财富，也都很穷，但苏格拉底在贫穷中却感到幸福，伦勃朗则相反。所以，苏格拉底的审美伦理是和谐的，是与自身轻视欲望的生活伦理观结合在一起的。而伦勃朗却一方面重视经济上的利益，在欲望上需要生活的富足，一方面却坚持自身的审美原则，两种伦理观在他身上构成了矛盾。为此，他无法得到伦理上的满足，最终不幸

---

[1] Joseph Heller, *Picture this*, New York: G. P. Putnam's Sons, 1988, p. 189.
[2] Ibid., p. 46.

地死去。在这之外，他的悲剧同时在于，新的资本主义经济伦理与传统的审美伦理之间在本质上就是矛盾的。

3. 审美伦理与宗教伦理的悖论

审美与宗教的关系更为复杂。在克尔凯郭尔的观念中，审美、伦理、信仰既有着境界的"等级"，也可以从并列的角度去进行理解。伦理生存是人的必然生存模式，它同时包括了不同的层面，可以在伦理视域下，将人生化为审美伦理、世俗伦理及宗教伦理三种模式。在西方传统中，尤其是在中世纪，宗教伦理占有极重要的位置，而现代性的重要变化就是宗教伦理的衰落，世俗伦理开始占据核心。进而，现代主义的精英群体还有一种要求，就是用审美伦理取代宗教伦理，将审美本身变成一种更重要的伦理生存模式。伊格尔顿所说的，"对于一个'后宗教'世界来说，文学已然成为道德范式"①，就有着这一意味。并且正是在这一意义上，宗教意识与审美崇拜构成了传统伦理与现代伦理的对立。这种对比在《上帝知道》中表现得最为突出。

《上帝知道》中曾多次提到了艺术的影响力。不过在其中，海勒并没有将艺术与宗教做更多的比较，而主要是让宗教与个体欲望伦理发生碰撞。海勒从人的生存角度出发，将宗教伦理与个体自由伦理并置在一起。大卫作为这两者的交织者，其欲望表达就显示着某种审美性的自由。欲望属于世俗伦理的一种。但是在这里，在与宗教的对立中，欲望伦理更显示出一种身体的审美性，即，欲望的诉求正是一种个体审美式生活的呼告。列维纳斯在研究犹太教的宗教伦理著作《塔木德四讲》中说："欲望的欲望刻画的也许是西方人的生活状况。尤其是在生活习俗方面。他们赞同开放性的生活：他们强烈地渴望尝试一切，渴望体验一切，……于利斯（Ulysse）② 的生活尽管不幸，在我们看来则是一种美好的生活，唐璜的生活虽然结局悲怆，在我们看来

---

① ［英］特里·伊格尔顿：《文学事件》，阴志科译，河南大学出版社 2017 年版，第 66 页。

② 常见翻译为"尤利西斯"。

却值得向往。在成为实质性的和单一性的存在之前，应该富有，挥金如土，多姿多彩。"① 尤利西斯与唐璜都是西方艺术中的重要角色，并且都具有一定的浪漫主义特性，作为文学形象，其本身都属于审美式的人物。浪漫主义的人生就是审美式的人生。列维纳斯所举这些其实正是表现了西方人的一种浪漫的审美幻想与希望，表达了一种审美式的生活理想。

而这也是《上帝知道》中大卫的一生所展现的。只是在大卫这里，更多显示着审美与宗教伦理的悖论，甚至还有与世俗伦理的纠结，所以情况更为复杂。我们无法判断海勒更偏向哪一边，但可以看到海勒对人性的重视，以及在这种重视中，他对伦理悖论付出了多种关注。并且正是在这些对比中，可以窥见人物的审美伦理态度中所具有的现代伦理个性，这既是现代性文化个性的体现，又显示出审美伦理在现代社会的现实意义。在作品最后，大卫眼前出现自己年轻时浪漫歌手的形象，同时心中又想念着上帝能够回到身边，可以说这是对审美与宗教的双重召唤。正是在结尾处，他感叹道上帝没有回来，却得到了一个姑娘，意味着宗教伦理在这个时代是如此珍贵而难得，人们更容易得到的是欲望的满足。这里的欲望也同时承担着审美伦理的需求。而这也不能不说是一种审美伦理向欲望伦理的下降。

四 作为理想的审美与现代性伦理

在表达审美伦理问题时，海勒终于呈现出了具有理想色彩的形象。《军规》与《出事了》中的主人公都是"非英雄"的"小人物"。《军规》中的约塞连身上也有正面的部分，但所显示的也是普通人在面对非正义现实时所具有的可能性，与负面的社会问题构成了对立。《出事了》主要呈现的是个体自身的问题，所以斯洛克姆身上几乎都是以问题为主，很难看到积极因素。《上帝知道》中的大卫作为犹太民族

---

① [法]列维纳斯：《塔木德四讲》，关宝艳译，商务印书馆2002年版，第42页。

的王者是一位"英雄",但作品讲述的却是他英雄不再,成为一个衰颓老人的落寞境遇。他也并非是正面的。这几部作品都主要是在显示"人的境况",所面对的问题也在不断深入。从《军规》的外在问题,到《出事了》中更切入人性的问题,再到《上帝知道》更深入到精神领域里失落的信仰问题,然后在之后的《画里画外》和《画像》等作品中,开始寻找新的具有积极倾向的伦理形象。

从这一脉络可以看出海勒整个创作过程的统一性与发展性。在两部凸显审美伦理问题的作品中,主要呈现了三个知识分子形象:两个历史人物苏格拉底和伦勃朗、一位虚构作家波特。海勒在生命的最后,对于知识分子的关注,也是老年作家对于自我的一种反思和确认。尤其是《画像》更具有一定的自传性,老年的海勒表达了老年作家的困境与期待。同样作为知识分子,三个形象也有所不同。可以说,他们又分别代表了三个时代的三种类型的文人。苏格拉底代表着古典时代,并且处于古希腊雅典的"黄金时代",作为那个时代最优秀的代表,他道德高尚,专注于真理与美德,能够为了坚持原则,勇敢赴死。所以,他是一个完美的理想形象,显示着古典伦理最高的精神品质。

伦勃朗也处于荷兰的"黄金时代",17世纪是荷兰历史中的巅峰时期,经济、科学和艺术各方面都非常强盛。正是在这个时期,现代性的文化因素开始在荷兰萌芽,尤其是在绘画领域,荷兰走到了前列,其中有两个明显的现代性表征:一是风景画的兴盛,一是自画像的新发展。伦勃朗在这两个方面都做出了突出的贡献。柄谷行人在《日本现代文学的起源》中将"风景之发现"作为现代性的一个重要标志,并认为风景作为"风景"被发现最早是从欧洲的风景画开始。[①]"风景"(landschap)一词最早就出现于荷兰,最初就是指"风景画"。米切尔(W. J. T. Mitchell)说"'正确的'风景感知只可能是一种'现

---

① 参见[日]柄谷行人《日本现代文学的起源》,赵京华译,中央编译出版社2013年版。

代意识'"①，由此强调了风景画与现代性之间的联系，并且指出，"风景画的'兴起与发展'可被解读为资本主义兴起与发展的征兆"②。这也显示出伦勃朗的时代正在经历着资本主义兴起的关键时期。同时，自画像又从另一方面印证了现代性的出现，即自画像代表了主体的觉醒。正如让－吕克·南希（Jean-luc Nancy）所说："'画一幅肖像'的单纯意图就包含了所有这些问题，整个主体哲学。"③ 伦勃朗让自画像创作达到了新的高度，甚至他的创作"让自画像成了一种自成历史的独立门类"④。正是如此，他也被认为是"最先尝试，构建连贯'自我'的艺术家"⑤。这些都展现出了伦勃朗对于现代性的特殊的敏感性。并且，正是因为这些自画像，让伦勃朗成为"第一位整个创作生涯的模样都广为人知的艺术家"⑥。所以，无论是从艺术家对于自身的充分显露上，还是从对于现代性的重要表现上，都使得伦勃朗成为海勒特别关注的对象。在伦勃朗的身上，鲜明体现了时代精神的转变。资本主义经济伦理成为一种新的价值观，既影响到人的现实生活，也改变着人们的内在心性。如此，艺术家的生存模式也发生了变化，他不再是传统的宫廷画师，而成为一个个体画家，他必须要考虑客户对于作品的要求，同时作为艺术家，他还要坚持自身的艺术原则。如此他的身上就充分体现了审美伦理与经济伦理之间的悖论。

苏格拉底与伦勃朗身上都有着正面的力量，也都构成了一种审美

---

① ［美］W. J. T. 米切尔编：《风景与权力》，杨丽、万信琼译，译林出版社2014年版，第11页。

② 同上书，第7页。

③ ［法］让－吕克·南希：《肖像画的凝视》，简燕宽译，漓江出版社2015年版，第2页。

④ ［美］詹姆斯·霍尔：《自画像文化史》，王燕飞译，上海人民美术出版社2017年版，第152页。

⑤ ［德］汉斯·贝尔廷：《脸的历史》，史竞舟译，北京大学出版社2017年版，第183页。

⑥ ［美］詹姆斯·霍尔：《自画像文化史》，王燕飞译，上海人民美术出版社2017年版，第150—151页。

的理想形象。同时他们的结果又都显示出一定的悲剧性,都呈现了现实与理想之间的冲突。但这两人又有着历史性的差别。苏格拉底之死是因为真理与城邦法制或政治伦理之间的矛盾。其选择更突显了古典伦理的神圣性。伦勃朗所经历的是时代发展中,新观念取代旧观念的历史命运。正是在这一意义上,海勒作品的历史感被凸显出来,对于现代性伦理的反思也变得更为开阔而深刻。这是对《上帝知道》中历史性主题的进一步延伸。只是,《上帝知道》更倾向内在心理的质问,《画里画外》却从更开阔的历史层面来反思伦理观念的变化及人的命运。但就是在这种历史性的思考中,更彰显出他们身上的理想精神的重要意义。或者说,在海勒的创作体系中,《画里画外》就承担着这一建构理想的责任,相比于其他作品中所表现出的那么多的问题,这种理想的表达就显得非常特别。当然,即使在这部作品中,也仍然是以反讽及"历史悲剧"的方式来传达这种力量。

在海勒这里,这种理想形象是以审美伦理的方式来展示,或者说,审美本身成为一种理想,与社会制度的不公正、个体心性的颓败、宗教意识的破损形成了一种对立。审美所具有的伦理可能性,也成为改变社会伦理、个体伦理及宗教伦理现状的一个重要契机。《上帝知道》所展示的是失落的信仰,《画里画外》却是要重新窥见这种信仰,但却不是以恢复宗教的方式,而是以"审美"的方式。这也正是现代性伦理的一个重要表现。审美取代宗教,成为一种新的信仰。周宪在《审美现代性批判》中说:"宗教衰落了,官僚化(或科层化)遍及各个领域,科技活动和道德活动的规范压制着个体。在这种情况下,审美和性爱则成为一种'救赎'之途。"[①] 这是周宪对韦伯(Max Weber)观点的总结,但也代表着审美现代性的一个重要思想脉络。刘小枫也说到这一现代现象:"上帝死了,意味着生命的意义问题不复存在,生命的自然本性成为唯一的价值尺度。把生命的意义转换为生命本然,以生命本然取代生命的意义,审美精神便诞生了。……在精神

[①] 周宪:《审美现代性批判》,商务印书馆2005年版,第25页。

沉醉和自我吟哦中，诗人找到了安身立命之处，自然生命自身的感性成为真神和救主。"①

然而，海勒所表达的审美伦理作为理想的可能，并非是对现代性审美主义潮流的简单接受。海勒既肯定了审美的意义，但更多是在表现审美与社会、个体、宗教之间的悖论。他虽然在苏格拉底与伦勃朗身上显示了理想性，但同时也呈现了问题的复杂性。其中，苏格拉底并不是一个审美主义者或浪漫主义式的斗士，他追求真理的姿态让他具有一种审美式的理想个性，但他更为倡导的是古希腊的理性，即使最后的选择也是出于政治理性的考虑，他的信仰也是一种理性化的信仰。简单而言，他显示了审美的理想，但却并非是现代性过于"沉醉"化的理想，他所表现的不是尼采所强调的具有浓郁审美气质的"酒神精神"，而是属于古典时期注重和谐与理性的"日神精神"。同时，伦勃朗身上本来就体现了时代精神的复杂性，他也完全不是浪漫式的艺术家，艺术对他而言并非是一种拯救，也无法让他从困境中摆脱出来。海勒强调的正是这种始终存在的现实张力，所以他提出审美，并非是将审美当作救赎，而是当作一种切身体验到的能够面对现实的富有力量的行动。

如此，海勒才会在《画像》中，创造一个并不具有理想气质的作家形象。主人公波特正是处在当代西方的后现代文化环境之中。他在个性与道德素养上并没有高于普通人。这种切身性，正代表着海勒一直面对现实的姿态。波特在生活与创作中都充满了各种世俗的欲望与焦虑。海勒在波特身上仍然展示着"人的境况"，但却是一种更为独特的审美伦理境况，关于审美的问题与可能性同时被显示出来。从这一意义上说，海勒仍然是站在"生存伦理"的角度对审美可能与伦理现实做出了思考与期待。但海勒所坚持的生存伦理并非是现代意义上的，而是让其遭遇后现代的现实境遇，其中有着进一步反思的后现代的生存伦理意识。而这一点，要从海勒的小说艺术中才能更清晰地把

---

① 刘小枫：《拯救与逍遥》（修订本），上海三联书店2001年版，第43页。

握到。当我们在整理这些故事伦理时，故事本身就已经在分析中被条理化了，或者说，是在用现代性的话语方式去重新讲述这个故事及其意义。而海勒小说采用了很多后现代的技巧，这些技巧所意味的伦理也同时具有着后现代的性质。正是如此，需要对海勒小说的叙述形式与修辞技巧进行伦理分析，才能进一步窥探出其中更为细密的伦理用心。

第 二 章

海勒小说叙述伦理探索

因研究者出发点不同,现代叙事伦理研究形成两种不同的走向。一种是伦理学家从伦理学视角出发,关注叙事对于伦理问题的推进可能。比如麦金太尔强调叙事对于伦理认知的意义:叙事就是让行为获得秩序,从而让我们能够更好地理解行为内在的意义,进而获得更完整的伦理理性,而这种秩序也为行为朝向美德创造了可能。正是如此,麦金太尔说,"讲故事在美德教育中具有关键作用"[1]。保罗·利科也指出了麦金太尔的这一认识,说他"以叙事的形式把生活聚集起来的观念是能给'美好'生活的目标提供一个支点的唯一东西,这种生活目标是他的伦理学的关键"[2]。利科还进一步从现象学角度提出叙事的伦理可能,"叙述同一性的观念导致了接近自我性概念的新方法"[3]。自我正是通过叙述获得自我的同一性,在叙述中构成了一种"承诺"[4],从而去承担自己的命运。所以,叙述中寄寓着人的伦理意志与

---

[1] [法]阿拉斯戴尔·麦金太尔:《追寻美德:道德理论研究》,宋继杰译,译林出版社2011年版,第274页。

[2] [法]保罗·利科:《承认的过程》,汪堂家、李之喆译,中国人民大学出版社2011年版,第88页。

[3] 同上书,第87页。

[4] 利科说,"关于承诺的现象学将与关于叙述同一性的现象学联系在一起,正是在叙述同一性的现象学中,这种辩证法获得了它的首次表达"。参见[法]保罗·利科《承认的过程》,汪堂家、李之喆译,中国人民大学出版社2011年版,第107页。

伦理期望。刘小枫也是从伦理学进入叙事，将叙事伦理作为与"理性伦理"对立的一种伦理表达。这些思想家的共性是以伦理问题为出发点和落脚点，叙事只是构成了伦理的可能。

另一种是批评家从叙事文本的角度出发，更强调文本所具有的多项可能，伦理只是其可能之一种，不是从伦理进入叙事，而是先确证文本自身的结构，然后将叙事导向伦理。相对而言，伦理学家对叙事伦理的探讨更为灵活，不会限于某种叙述技术之中，而批评家更善于从技术层面剖析文本，对文本自身的把握更为细微。伦理学家是在揭示叙事共通的伦理表达潜力，批评家却更能窥见不同文本之间的差异。所以刘小枫提出叙事中显示着共同的"自由伦理"，麦金太尔与利科也强调了叙事所具有的"同一性"。而布斯与詹姆斯·费伦（James Phelan）等却更关注不同叙事技巧中所呈现的各异的伦理指向。可以说，两种取向各有优势。而我们一方面要借鉴伦理学家对于叙事的创造性理解，另一方面，仍然要从文学批评的思路中，进入到文本之内。或者说，我们的叙事伦理研究主要是一种文学批评，凸显"文学性"的关键就在于，要以文学文本为中心，对文本进行结构性分析与技术性解释，或者说，要凸显文本形式对于内容的独立性及创造性价值。

关注形式至少有三种重要意义：第一，理解形式本身的意义，即理解形式在伦理表达上的必要性，认识审美形式与意识形态之间的关系，从形式凸显主题的角度更全面地把握形式的多重可能。第二，理解形式与内容的关系。形式伦理与故事伦理是结合在一起的，它们相辅相成，密不可分。第三，全面理解叙事文本中的伦理问题。在很多方面，形式所表现出的伦理问题是内容层面无法直接展示的，它具有一定的独立性。形式伦理研究是对故事伦理思想的证明与补充，甚至是在故事伦理基础上，对于更深层伦理现象的发现与创造。从而，只有包括了形式伦理的研究，才是全面的小说伦理研究。正是在这一意义上，将叙述形式从"叙事"中独立出来专门进行伦理性的探讨，是系统性小说伦理学思路的必要过程。

第一节 小说叙述与小说伦理

一 叙事与叙述

如果将伦理问题当作作品的主题指向，那么就会以统一的伦理方向将文本所有形式汇聚在一起。而这更接近于伦理学家的思路，对于思想探讨是好的，但容易忽视文本自身内部的差异。即，文本不同层面，不同细节所具有的各种姿势将会被"先验"地统一在一起，从而失去了这些姿势各自的活力，也让文本失去它丰富的可能性。很多叙事伦理研究就是以这种方式展开，在清晰的伦理观点的带动下，文本自身的技术被轻易地融合在一起。故事、叙述、修辞三个层次，以及每个层次中更为具体的表现，都没有得到充分展开。而我们要努力的方向是，更为完整地打开文本的伦理姿态，所以，首先面对的问题，就是要将"叙述"从"叙事"中"独立"出来。

"叙述"与"叙事"经常被混淆。这两个词都来自"叙事学"（法文 narratologie）。托多洛夫（Tzvetan Todorov）在1969年出版的《〈十日谈〉语法》一书中首次提出这一概念。70年代叙事学成为西方文论的热点，英美批评家将其译为 narratology。汉语学界对这一词有两种常见译名，即"叙事学"与"叙述学"，但它们在概念的适用性与表达对象上却有着微妙的区别。普林斯（Gerald Prince）在《叙述学词典》里对 narratology 的定义是：1. 受结构主义启发有关叙事（narrative）的理论。它研究叙事的本质、形式和功能，尤其关注"故事"与"叙述行为"（narrating）之间的关系。2. 强调对叙事的语词模式的研究（以热奈特为代表）。[①] 正是这两种不同的思路，构成了两种"叙事学"，第一种是广义的，可被翻译为"叙事学"，第二种是狭义的，是将叙事中"故事"问题悬置，而集中关注叙述话语，可被译

---

① 参见［美］杰拉德·普林斯《叙述学词典》（修订版），乔国强、李孝弟译，上海译文出版社2011年版，第152页。

为"叙述学"。这两种思路一直存在,并且还会经常交织。正是在这种情况下,"叙述"与"叙事"问题常被混淆在一起。

简单而言,"叙事"范围更大,同时包括了"故事"与"叙述话语"。申丹的解释是:"'叙述'一词与'叙述者'紧密相连,宜指话语层次上的叙述技巧,而'叙事'一词则更适合涵盖故事结构和话语技巧这两个层面。"① 但在这种区分中,也会涉及两个问题。一个是就文本的统一性而言,故事与叙述并不能完全分开。叙述是由叙述者引出,但很难将叙述者抽离出来,让"故事"以独立方式存在。所以两者的区分是权宜性的。传统的内容与形式二分法也是如此。而这种二分法也来自于古希腊哲学一开始所建立的现象/本质的二元性结构思维。它所引出的问题是:相对于多变的现象,本质是不变的,相对于可感知的现象,本质是抽象的,并且本质要高于现象。在这一思维影响下,文本的"内容"就显得抽象,并且缺少与形式的互动性,同时内容显得比形式更重要,形式似乎只是为内容而服务。文学在发展中,越来越强调文学的自律性与形式的可能性,形式主义批评正是响应了这一要求。正是在这一意义上,整个叙事学批评是偏重"形式"的,并且提出用"故事"和"话语"来代替传统的内容/形式二分法,一方面凸显了话语形式,一方面又强调了两者的互动性。并在这一基础上,叙事学还进一步提出"三分法"②,也是为了更好地解决这一问题。

将叙述从叙事问题中提出,并非是要让叙述完全独立,而是为了更确切地探索它们各自的可能性与互动性。我这里也采用了三分法,但与经典叙事学的划分并不一样。其中"故事"是指已经在叙事中获得完整性的"事件",这一点与叙事学中的"故事"观念有相近之处,但也并不一致,这里主要是要凸显它的"完整性"。这种完整性不是

---

① 申丹:《叙述学与小说文体学研究》(第三版),北京大学出版社2004年版,第1页。

② 叙事学中有不同的三分法,具体可参见申丹、王丽亚《西方叙事学:经典与后经典》,北京大学出版社2010年版,第16—20页。

叙述形式上的，而是意识层面的。正是在这种完整性中，"故事"并不以"结构"的方式被展示，虽然它拥有结构，但结构是融化在故事自身的肉身之中。也就是，这一"故事"更接近于传统的"生机论"（vitalism）意义中的故事"内容"。生机论本是反对形式与内容的区分，所以我们是将现代结构主义思维置入生机论之中，让文本既能够保持作为生命的完整性，又能够让形式与内容获得一定程度的分离。在某种意义上，后经典叙事学就有这一企图。然后，我又将叙事学中"话语"分成了"叙述形式"与"话语形态"，相对来说，前者显示着更多"叙述者"的叙述设计与观察角度，后者更内化于语言的微观形态之中，在某种意义上，后者虽然是由叙述者发出，但并不显示明确的叙述者位置。所以前者被称为"叙述"问题，后者更接近于文体学或修辞问题。这也是对叙事学与修辞学的相关思路进行了融合与灵活性的变通之后所做出的一种划分。

二 小说叙述的伦理意义

马克·柯里（Mark Currie）说，"作者从来就不应说教"[①]。当代小说界的一个较为普遍的认识，即认为作者不能在作品中直接传达道德指示与伦理要求，而是应该将伦理思想隐藏在叙述之中。所以叙述技巧并非只是出于审美需要，同时也构成作者呈现伦理精神的结构形式。柯里进一步说道，"小说是作者的一种口技，而口技表演者自己的论争则在傀儡的假声音中藏了起来"[②]。这一说法指出了叙述的双重伦理个性：一方面要让伦理意图不可见，另一方面又要偷偷发出伦理的声音。所以，伦理表达仍然是小说的必然性目标，只是它更应该与小说的技巧融合在一起，甚至可以说，适当地运用技巧本身就是一种写作伦理。这种写作伦理既包括技巧对于审美性的实现，也包括技巧

---

① [英] 马克·柯里：《后现代叙事理论》，宁一中译，北京大学出版社2003年版，第25页。

② 同上书，第23页。

以这种审美形式所可能实现的伦理表达。华莱士·马丁（Wallace Martin）指出，"叙事的形式就是某些普遍的文化假定和价值标准——那些我们认为是重要的，平凡的，幸运的，悲惨的，善的，恶的东西，以及那些推动着由此及彼的运动者——的实例"①。这里的叙事形式与叙事技巧都属于叙述问题。按照马丁的观点，叙述所要实现的效果中最重要的就是伦理效果。

叙述技巧作为实现伦理效果的手段，有可能是作者有意识运用的伦理诉求技巧。但对小说作者而言，对叙述技巧的选择，更多来自审美直觉，而不是伦理意图。在很多情况下，这种审美形式来自于作者无意识的伦理个性的选择。或者说，作者的内在伦理观念是被融合在自己的创作中，与创作形式交织在一起。作者通过小说故事所要传达的伦理思想，也会自然地选择与其相符合的审美形式。这就是小说内容与形式的自然契合，或者说是故事伦理与叙述伦理的自然契合。并且，这种叙述形式中的伦理诉求在进入现代以后，表现得更为明显。刘小枫曾指出小说作为新的叙事伦理形式的出现，本身就是一种现代性伦理事件。这种逐渐增强的形式感同时也增强了形式所能容纳的现代伦理声音。

对现代小说而言，叙述层面所涉及的各种叙述关系都意味着重要的伦理态度。布斯在《小说修辞学》中说，"任何阅读体验中都具有作者、叙述者、其他人物、读者四者之间含蓄的对话。上述四者中，每一类人就其与其他三者中每一者的关系而言，都在价值的、道德的、认知的、审美的甚至是身体的轴心上，从同一到完全对立而变化不一"②。布斯将其归结为"距离"的变化。"距离"本身就是一种具有伦理色彩的概念。同时，距离又会引发各自位置的变化。伦理关系就是一种人与人之间保持特定距离与位置的关系，在小说中，就是包括

---

① ［美］华莱士·马丁：《当代叙事学》，伍晓明译，北京大学出版社2005年版，第79页。

② ［美］韦恩·布斯：《小说修辞学》，华明、胡晓苏、周宪译，北京联合出版公司2017年版，第145页。

作者、叙述者、人物、读者等之间构成的特定伦理关系。费伦和玛丽·玛汀（Mary Martin）将布斯的"距离"进一步引入"位置"中，认为这些技巧会引起"读者的认知理解、情感反应以及伦理取位（ethical positioning）"，并且指出，"'位置'是我们的阅读伦理研究法的一个中心建构，这一概念把'行为缘由'和'所处位置'一并放在伦理视角之下"[①]。所以小说叙述在很大程度上就是通过调整这种关系的远近、疏密以及关系内在的感情色彩来带动读者的伦理情感与道德认知。

总之，现代小说叙述技巧的丰富性更显出叙述伦理的复杂性。小说叙述既具有表达上的显与隐的双重性，又具有审美与伦理的双重性。叙述中内在的伦理性扑朔迷离，需要仔细分析才能窥见作者真实的伦理用心。叙述技巧繁复多样，经过现代小说的不断实践，各种叙事理论的不断探讨，可以总结出的叙述问题也非常多样。其中各种技巧与伦理的关系疏密不同，所具有的叙述伦理问题也各不相同。

三　海勒小说的叙述伦理问题

海勒7部长篇小说有着相似的伦理个性，这是作家所必然存在的精神统一性表现。但同时，作家对作品又有着超越性的要求，在每一次创作中又会追求不同的叙述可能。因此，海勒多部长篇的叙述技巧各有特色，我们既要看到其所有小说拥有的共同的伦理思想，也要探索出他不同作品中蕴含的各异的伦理态度。

在这里，我们对所要关注的叙述技巧有所选择，并且对这些技巧进行了层次的划分。叙事文以自身的叙述姿势展开伦理姿态。这种叙述姿势可以分为四个层次。第一层次是结构，是指对整体的叙述逻辑

---

① 参见［美］詹姆斯·费伦、玛丽·帕特里夏·玛汀《威茅斯经验：同故事叙述、不可靠性、伦理与〈人约黄昏时〉》，载［美］戴卫·赫尔曼主编《新叙事学》，马海良译，北京大学出版社2002年版，第48页。

进行控制，相当于"大叙述者"①对于文本的整体性操作；第二层次是视角，是指对叙述者的视野空间进行设定，即具体的叙述者以自身位置所展示出的话语的整体方向；第三层次是话语，属于具体的叙述话语姿势表现，也就是话语在朝向被表达对象时所运行出的姿势；然后在叙述话语中又分出微观的话语修辞形态，也就是从修辞格的角度，在流动的话语姿势中捕捉到每一个姿势的瞬间表现。如果以人的身体运行作为认知的隐喻模式，可以分别比喻为：结构关注的是身体运动的整体性设计，比如整个体操的分节设置；视角是运动过程中每一次身体所要占有的位置与动作的朝向，比如踢腿运动的主要用力方向；话语是具体的身体线条与姿势变形，比如伸展时动作的弧度变化；修辞就是在静态的模式中所捕捉到的姿势的细节，比如某个瞬间中手指是张开还是合拢。其中前三个层次是这里所设定的叙述问题，第四个层次已经属于修辞领域。相对于叙述的动态分析，修辞更倾向于静态观察。

首先，我们会在第二节讨论结构问题。叙述结构既指故事的框架结构，也包括叙述中所采用的特定的叙述时间结构。叙事时间是指叙述中所内含的时间维度。叙事文是一种时间艺术。赵毅衡说，"叙述的时间问题，最贴近叙述的本体存在"②。时间是叙述内在的维度，不

---

① "大叙述者"（mega-narrator，法文 méga-narrateur）也被译为"最高叙述者"。安德烈·戈德罗（André Gaudreault）在讨论电影叙事问题时提到这一概念，"我建议以'最高叙述者'命名影片叙事的基本负责人机制，此最高叙述者身兼演示者与叙述者，以混合的方式实现叙事传播的两种基本规模——演示和叙述的融合"。参见[加]安德烈·戈德罗《从文学到影片——叙事体系》，刘云舟译，商务印书馆2010年版，第132页。之后戈德罗与弗朗索瓦·若斯特（Francois Jost）又在《什么是电影叙事学》中进一步讨论了这一概念，参见[加]安德烈·戈德罗、[法]弗朗索瓦·若斯特《什么是电影叙事学》，商务印书馆2005年版，第73页。虽然这一概念主要运用于电影叙事，但在文学叙事中同样可以适用，尤其是对于表达方式越来越丰富的当代叙事文学更是如此。

② 赵毅衡：《当说者被说的时候：比较叙述学导论》，四川出版集团/四川文艺出版社2013年版，第95页。

但重要，而且复杂。叙事时间包括故事时间、叙述时间、阅读时间等多种时间的交织，所以具有多层结构。时间秩序与时间体验内在于伦理秩序与伦理体验中，因此小说叙述时间直接与伦理相关。而叙述结构与叙述时间密不可分，叙述结构往往具有故事结构与时间结构、表层结构与深层结构之分，叙述伦理正是体现在这种双重张力之中。海勒小说对于叙述结构与叙述时间有着精巧的处理，比如《军规》的结构一直是海勒研究中备受关注的问题，其中隐含的伦理问题也曾被多人提到。

然后，第三节会分析视角问题。叙述视角在叙述学中是个非常复杂的问题，有些论者会采用不同的术语，比如视点（point of view），伍茂国称："研究视点问题是研究现代小说叙事伦理的元点"[①]，所以它对于叙事伦理问题也就非常重要。布斯在《小说修辞学》中所强调的"距离"调控往往就是通过叙述视角的变化来得以达成。海勒对于叙述视角的选择与运用也有着特别的用心，尤其是在凸显不同的伦理问题时，会选用不同的视角类型。这在他的不同作品中各有体现。

最后会探讨话语问题。叙述话语在概念界定上就很复杂，经典叙事学有时候将整个叙述问题都称为"话语"问题，它包括从宏观到微观的全部话语姿势，同时话语还涉及修辞格问题，修辞与叙述的问题不仅是宏观与微观的问题，更是修辞学视角与叙事学视角的区分。经典叙事学其实更倾向于"语法"分析，后经典叙事学对于"修辞"视角的糅入，已经涉及两种不同视角之间的对话。我们这里的"话语"主要包括话语的表达方式与叙述话语模式两大问题。前者是叙述者针对不同表达内容所选择的不同的话语形态，后者是叙述者针对其中的人物语言所选择的陈述形式。相对来说，后者涉及叙述者与人物之间的各种关系，所以伦理色彩比较丰富。海勒的作品也根据不同的伦理表达需要，做出了不同的选择，其中以直接引语所展开的"对白"，以及自由间接引语的大量使用都有着非常重要的伦理意义。而在整体

---

① 伍茂国：《现代小说叙事伦理》，新华出版社2008年版，第148页。

表达方式的选择上，海勒的伦理意图是较为隐晦的。

第二节 叙述结构的伦理意图

一 叙述结构与伦理秩序

叙述结构构成了对伦理结构的模仿与创造。亚里士多德最早在《诗学》中提到"结构"这一概念时，就已经将结构引向了伦理。他说"最完美的悲剧的结构应是复杂型"[①]，就在于悲剧是将现实中复杂的道德逻辑置入其内。戴维斯（Michael Davis）专门分析了亚里士多德的这一认识，他说，"悲剧讲的就是把人的一生看成有序部分之整体会导致什么样的后果"[②]，由此才会让接受者做出道德反思，并且"只有作为对德性之不完美的反思，这种德性才是可能的"[③]，悲剧的结构意义正在于此。这在麦金太尔与利科的叙事伦理研究中也都体现了出来。瓦莱特（Bernard Valette）说，小说的叙述"就在于将真实混乱无序而且经常是没有意义的发展变得有序——或者处理成一种巧妙的无序。换句话说，就是将逸事处理成宿命"[④]，这一说法就凸显了小说叙述结构的伦理意义。叙事的有序性正是对于伦理内在结构的一种可能性的表现。"叙述过程所带来的秩序感和连续性，实际上正是整个价值世界的基础。"[⑤] 如此，叙述结构同时构成了对于伦理的确认与反思。

叙事结构一般是指叙事的框架结构。正是叙事结构的存在，故事

[①] [古希腊] 亚里士多德：《诗学》，陈中梅译注，商务印书馆1996年版，第97页。

[②] [美] 戴维斯：《哲学之诗——亚里士多德〈诗学〉解诂》，陈明珠译，华夏出版社2012年版，第90页。

[③] 同上书，第103页。

[④] [法] 贝尔纳·瓦莱特：《小说——文学分析的现代方法与技巧》，陈艳译，天津人民出版社2003年版，第87页。

[⑤] 王鸿生：《序言》，见伍茂国《现代小说叙事伦理》，新华出版社2008年版，第3页。

才能按照一定的顺序及风格展示给叙事接受者。结构主义诞生后，对于结构的关注增加了这一概念的复杂性。叙事被分为故事层与叙述层，叙事结构也同样可划分为故事结构与叙述结构。叙事学视域里的"故事"作为从具体故事中提炼出的抽象概念，本身就意味着一个结构化的事件。"故事结构"一般是指故事的"情节结构"[1]，是指"事件"本身具有的自然序列与结构特征。"叙述结构"则更强调在对故事的叙述中所采用的结构，是作者在叙述技巧上对故事的处理。这里对海勒小说结构的研究更偏重于后者。

叙述结构作为叙述者对讲述故事的结构处理，既出于审美考虑，也有潜在的伦理企图。一般而言，小说的叙述声音是"单声道"的，文学作为时间性艺术，在空间想象上可以自由驰骋，但文学的写与读都是单一时间性的，叙述声音可以是很多种声音，却必须按照时间序列先后出现。作者无法让两个声音同时出现，虽然有些叙述或修辞技巧可以让不同声音产生类似于同步的样子，但并非真的处于同一时间[2]。叙述的结构处理，其实就是一种对叙述内容的时间性处理，结构问题在某种程度上就是时间问题。这种时间性又细分为多种叙述问题。比如：叙述者先讲什么、再讲什么是时序问题；详讲什么、略讲什么、跳过什么情节是时限问题；事件讲一遍，还是重复多遍是频率问题，等等。

叙述结构能够建构出人的伦理秩序，主要在于它的时间性以及由

---

[1] 在叙事学研究领域，对于"情节"的认识非常模糊，不同叙事学家对此的理解并不相同。普洛普与什克洛夫斯基的情节观代表了两种不同的认识倾向。普洛普认为情节是从事件内容抽象出来的一种按照自然时序排列的具有行为功能的故事结构，而什克洛夫斯基认为情节就是讲故事的过程中的所有技巧的总和。可参考申丹《叙述学与小说文体学研究》（第三版），北京大学出版社2004年版，第34—38页。根据这种区分，情节结构在普洛普那里更接近故事结构，而在什克洛夫斯基那里更接近叙述结构。

[2] 也有一些特定的写作技巧，让不同的叙述声音在同一个文本空间中以并置的手法同步出现。比如，克洛德·西蒙的《植物园》中部分地方就使用了这一技法。但是这种形式非常少见，而且具有很大的局限性。

此形成的特定逻辑。赵毅衡说，叙述是在"构造人类的'时间性存在'和'目的性存在'"①，就是指时间性与目的性相互对应，构成了叙述的结构秩序。伍茂国也强调，"小说叙述伦理也无可避免地寄身于时间之中，因为时间是小说艺术的须臾不可或缺的要素，它是小说家对生活的把握方式和对各种感受、体验和想象的组织方式，也是小说家结构作品的主要手段之一。"② 叙述是依赖时间的叙述，而同时，时间也是被叙述所填充的时间，人的时间意识正是被一种叙述结构所填充，叙述始终与时间缠绕在一起。时间意识中蕴含着伦理秩序，俄国哲学家巴奇宁说："过去、现在和将来不仅是一般哲学范畴，而且在某种意义上也是伦理学范畴……过去、现在和将来三个概念包含有重要的道德-世界观意义。"③ 所以，与叙述缠绕在一起的时间秩序，也构建出了特定的伦理秩序。

结构的重要性还在于叙述结构与故事结构之间的张力关系，从时间性角度来说，就是叙述时间与故事时间之间的双重性表现。故事时间往往是客观的，而叙述时间是由叙述者控制的主观时间，两种时间同时交织于小说叙事中。④ 所以，两种时间、两种结构建立起了叙述艺术的张力，同样地，寄予其中的两种伦理也构成了对话。这种对话正是作者意图实现的写作的审美与伦理的目标。海勒的7部长篇在叙述结构上既有共同点，也有不同点。我们首先对海勒小说的结构做一个整体分析，把握其共同点，以见出其整体上的叙述伦理特征。

---

① 赵毅衡：《广义叙述学》，四川大学出版社2013年版，第15页。
② 伍茂国：《现代小说叙事伦理》，新华出版社2008年版，第201—202页。
③ ［俄］巴奇宁：《论时间范畴的道德内容》，李海国译，《现代外国哲学社会科学文献》1986年第7期。
④ 伍茂国也指出："小说中的时间功能是双重的：即作为主题（时间的经验）和作为结构的因素（小说即描绘时间的艺术）。这两种作用紧密关联，因为时间结构的描绘可以暗示时间经验的特性。换一句话说，时间的这种双重作用实际上也就是两个时间的序列：被讲述的故事的时间和叙事的时间，因而对小说时间的叙事伦理的研究也当从两个维度展开。"参见伍茂国《现代小说叙事伦理》，新华出版社2008年版，第202页。

二 非线性结构与现代性伦理

叙述时间中最重要的问题就是叙述时序，即事件在故事中的编年时间与其在作品中排列的时间顺序之间的关系问题。常见的叙述时序包括顺时序、逆时序和非时序。其中顺时序就是叙述时序与故事时序相符，一般出现在单一线索的作品中，比如童话、民间故事等。逆时序是指叙述时序与故事时序相悖，包括闪回（又称"倒叙"），闪前（又称"预叙"），以及交错（闪回、闪前混合使用）等。非时序就是缺乏线性的时序，叙述中时间自由连接，又包括块状、点射和画面等几种表现形态。逆时序与非时序是现代小说常用的时序形式。现代小说，尤其是长篇作品，往往都是多线索交织在一起，再加上审美与伦理的需要，采用复杂的时序叙述已成为其基本特征。伊恩·瓦特（Ian Watt）认为现代小说对时间的重视，"打破了运用无时间的故事反映不变的道德真理的较早的文学传统"[①]。现代小说的叙述伦理首先就是通过叙述时间来表现的。

海勒小说对所有这些常见时序形式都有涉及，从整体看，在时序形式上是以非时序为主要特征。这一形式又可称为非线性结构，表现为打乱事件的时间顺序与因果关系，完全由叙述者对故事讲述顺序进行控制。海勒不同小说中，这种非线性叙述结构的具体表现并不一样，我们先分析其整体特点，再对不同作品进行比较。

海勒7部长篇小说全部都采用非线性叙述结构。其基本结构分别为：

第一部：《军规》——共42章。按照《军规》戴尔版（Dell Publishing）的英文原著，共463页，平均11页就是一章。这些章节多数既没有清晰的时间延续性，也缺乏明确的逻辑延续性。其中有37章以人名为标题，可见作品是以人物为焦点，在刻画人物的同时铺陈事件，

[①] ［美］伊恩·瓦特：《小说的兴起：笛福、理查逊、菲尔丁研究》，高原、董红钧译，生活·读书·新知三联书店1992年版，第16页。

这些章节将作品分成了几十块。即使在同一章节里，叙述仍然是非线性的，总是在一个事件尚未陈述完全，就伸出了另一条叙述脉络。《军规》的结构正是因为有着这样独特的形式，所以一直是海勒研究中的焦点问题之一。成梅指出，"无论是有关《军规》的争论，还是有关这部小说的研究，最初都大多集中在这部小说奇特的结构方面"[①]。在这其中，评论界首要关注的就是其叙述结构非线性特征的具体用意。

第二部：《出事了》——共9章。作为第一人称的叙述，这部作品在事件容量上要比《军规》稀薄，但正因为作品以主人公内心独白为主，所以其心理意象的密度又比《军规》大很多。这是由于两部作品偏重有所不同。《出事了》的事件较为单纯，关于事件的叙述并非作品的重心，叙述结构并没有围绕事件的发生而形成明确的叙述轨迹，而是以较为自由的近乎意识流的方式来呈现内心的想法。小说的9个章节，正是按照不同的伦理关系问题来进行划分，如此也将小说分成块状的非线性结构。《出事了》的每一个章节中，叙述也是非线性的。叙述者从标题引出准备要叙述的问题后，叙述就随着问题开始自由流动，其中看不到按照逻辑发生故事的轨迹。

第三部：《戈尔德》——共8章。这是海勒唯一一部按故事发展顺序来编制章节的长篇，与之前两部不同，它"读起来具有明显的线性结构，而叙述也比他之前作品更为有序"[②]。小说以戈尔德谋求政府职位的前后过程为基本线索，从开篇不久因离奇缘由卷入白宫政府职位的角逐，到最后放弃这一行动，然后由此触及整个美国社会的政治问题及戈尔德的各种家庭伦理问题。正因如此，其结构上的艺术个性显得较为平淡，但并未改变一贯的现实主义与超现实主义相混合的手法，在叙述时间上，仍然大量使用蒙太奇跳接技法，在基本的叙述手

---

① 成梅：《小说与非小说：美国 20 世纪重要作家海勒研究》，中国社会科学出版社 2009 年版，第 268 页。

② David Seed, *The Fiction of Joseph Heller: Against the Grain*, New York: St. Martin's Press, 1989, p. 129.

法上，保持了非线性特征。

第四部：《上帝知道》——共 14 章。作品的故事结构是清晰的，因为故事直接来自《旧约》。但海勒通过第一人称形式，由大卫的自述展开回忆，叙述画面任意跳跃于过去与现在，叙述声音甚至对发生于未来的一切也都掌握在心，可以达到最大的叙述自由。其叙述上的非线性是非常明显的，正因为故事本身是西方人所熟知的，所以作者更在此基础上尽情发挥叙述的自由性，呈现出人物内心的动态意识。

第五部：《画里画外》——共 16 章。同《上帝知道》一样，叙述者是站在历史的角度，对历史人物与事件进行讲述与评论，所以叙述者超越于历史现场，可以纵横古今，于时间中自由驰骋。并且其中有多个不同时期的历史人物，叙述者将他们穿插在一起，编织出非线性的复杂结构。

第六部：《最后一幕》——共有 13 部，34 章。作为《军规》的续集也延续了《军规》的多数风格。34 个章节在数量上接近《军规》，并且也是多以人物姓名为章节标题。不同的是，《最后一幕》中各章节内部的叙述时间多是按顺序模式，并且有较为清晰的叙述结构。

第七部：《画像》——没有分出清晰的章节。作品在结构上最主要的特征就是虚实结合，其中占主要部分的倒是作为作家的主人公所写的各种作品片段。这些片段交织在主人公的生活中，现实与虚构编织在一起，结构也变得多层化。

非线性叙述结构是后现代小说常见的结构模式，在这一方面海勒做出了积极的实践。这种非线性是有特别用意的，海勒曾明确指出，"我试图避免……小说的常规结构；我试图给它一种能够反映和补充这本书本身内容的结构，而这本书的内容真实地取自我们当前的环境，即一个混乱不堪的环境……在我的心中，《军规》并非远离常规的小说；同时在我的心中，它也不是一本毫无章法的小说。如果说确实有什么，那便是它实为一本几乎一丝不苟地刻意构思成表面上毫无章法的小说"①。海勒在结构上的这种用心，对于《军规》如此，对于其他作品也是如此。伍茂国指出，"现代性伦理首先体现在对古典时间秩序的解构"②。海勒正是通过解构古典时间秩序，表现出其现代伦理精神。这种非线性叙述结构其实具有多方面的伦理意图。

第一，碎片化是对当代社会人们破碎的伦理精神的表现。叙事结构、世界的存在结构及人的精神结构之间有着重要的同质关系，三者互相影响。"一部叙事作品愈写实，就愈加紧密地依附于社会惯例所提供的序列性结构方式。"③ 后现代小说喜欢采用混乱的结构，就在于他们认为世界是无序的，对于非理性的现实，作家不该为故事加入人为的因果关系。赵毅衡也说："情节的整齐清晰（主要是时序的整齐清晰）是整齐的道德价值体系的产物。但是历史现实本不应当服从任何一个道德体系。从这样一个观点来看，正因为非时间化没有提出一个新的道德体系，拒绝把历史现实规范化，从而可能更接近历史的真相。"④ 海勒在一定程度上认同这一观点，但他并非简单地认同。海勒的小说具有多重的后现代特点，但在某些方面，仍然延续了现实主义的追求，即对现实的反映与深刻批判。其结构的碎片化是基于对非理性现实的模仿，而他更要模仿的是深层的精神结构与伦理结构。破碎的伦理是社会与人的基本现状，海勒用碎片化形式进行了同构。

第二，碎片化结构不仅是被动的反映与模仿，也是对荒诞的社会伦理的反抗。正如刘小枫所说的"以碎片般的境界和怪异夸张的形式来攻击生活中的荒唐，把世界切碎以抗议荒诞"⑤。这一方面是用碎片

---

① 转引自 Judith Ruderman, *Joseph Heller*, New York: The Continuum Publishing Company, 1991, p. 48。
② 伍茂国：《现代小说叙事伦理》，新华出版社2008年版，第211页。
③ [美]华莱士·马丁：《当代叙事学》，伍晓明译，北京大学出版社2005年版，第93页。
④ 赵毅衡：《当说者被说的时候——比较叙述学导论》，中国人民大学出版社1998年版，第201页。
⑤ 刘小枫：《拯救与逍遥》（修订本），上海三联书店2001年版，第70页。

直接进行对抗，另一方面也构成了结构上的"戏仿"。戏仿手法主要运用于情节上，但也可以以形式方式出现于文辞与结构之中。戏仿在后现代文学中经常出现，具有解构的作用，解构就是后现代的一种抵抗与颠覆方式。正是在这一意义上，海勒小说也是典型的后现代作品。这在《军规》中表现得非常明显，正是通过混乱的叙述结构来对抗压迫人性的秩序和非人道的规约。所以非线性结构同时承担了模仿与反抗的双重伦理表达。

第三，碎片化结构还显示了一种特有的现代伦理精神。思想随笔与散文写作中有一种"碎片"式的写作，就是将思想片段与断章组合在一起，比如帕斯卡尔的《思想录》与尼采的诸多作品。《思想录》是因为作者生前未能完成，只留下了片段性的手稿。而尼采却是主动选择了这一形式。德勒兹将这一形式称为"块茎"式写作，其中所呈示的思想也被称为"块茎思想"。"块茎"文体就好像马铃薯被切成块，每一部分可以保持独特的生命力，生出新的思想组织。一方面"块茎"可以在其任意部分之中被瓦解、中断，但它会沿着自身的某条线或其他的线而重新开始"[1]，另一方面，"块茎"也会"不断地在符号链、权力组织，以及关涉艺术、科学和社会斗争的状况之间建立起连接"[2]。也就是它既可以随时断裂，也可以自由连接，按照陈永国的解释，"'块茎'基于关系，把各种各样的碎片聚拢起来；'块茎'基于异质性，把各种各样的领域、平面、维度、功能、效果、目标和目的归总起来；'块茎'基于繁殖，但不是个性的繁殖，不是'一'的繁殖，也不是同一性的重复，而是真正的多产过程；'块茎'基于断裂，'块茎'结构中的每一个关系都可以随时切断或割裂，从而创造新的'块茎'或新的关系；最后，'块茎'基于图绘，不是追踪复

---

[1] ［法］德勒兹、加塔利：《资本主义与精神分裂（卷2）：千高原》，姜宇辉译，上海书店出版社2010年版，第10页。

[2] 同上书，第7页。

制,不是制造模式或建构范式,而是制造地图或实验"①。由此,"块茎"展示出多种可能,而它最重要的本性是"生成性"。"块茎"不仅可以作为一种特定思想性文本类型,也可以作为一种文学性文本类型,比如德勒兹在论及这一问题时提到了威廉·巴勒斯(William Burroughs)的小说。与思想性作品不同,小说"块茎"的主要目标并非是为了生长思想,而是展示生命本身的生成性。由此见出这一形式所具有的生存伦理意义。在面对巨大的国家机器与意识形态时,个体的生命虽然显得无比脆弱,但同时也呈现出生命在自身的每一个片段下,每一个命运的际会里所获得的可能性。《军规》的42章绝大多数都是以人名为标题,其人名就是为了牵引出一个人物的际遇。这些分散的人物就是以自身的渺小命运与宏大的历史叙事进行着生命的抗争。这正是这一结构最重要的伦理价值。《出事了》采用了同一人物内在心理的片段性流动,是从另一种角度来展示内在生命片段的在场际遇。其他作品也同样如此。在某种意义上,这种由后现代的叙述形式所构成的生存伦理表达,与一般现代意义的生存伦理已经有所不同。现代更重视生命的整体性,而后现代更关注每一个断裂的片段,现代强调时间的统一性,这里则是生命事件与心灵意识以各自的随机性出场作为生存的真实经历。这就是海勒通过形式所要呈现的后现代的生存伦理。

第四,这种非线性结构只是作品表面的结构,在其背后,作品还有着深层的叙述结构。表层结构是直接的、明显的,深层结构却需要从非线性叙述结构之中去捕捉。表层更多是对客观现实的表现,而深层主要体现了作者主观的精神指向。所以,如果说表层结构是对现实伦理问题的反映,以及对生命在场状态的呈现,那么深层结构就隐藏着作者更富主动性的伦理用心。同时,深层结构是在与表层结构的对话中,才更显出其中重要的伦理意义。这种双重结构问题,是下面要

---

① 陈永国编译:《游牧思想——吉尔·德勒兹、费利克斯·瓜塔里读本》,吉林人民出版社2003年版,"代前言:德勒兹思想要略"第8—9页。

讨论的重点之一。

三 双重叙述下的伦理性对话

即使在叙述的时间碎片中，也仍然有着时间的序列。这种序列以两种形式呈现出来。一种是在单一的叙事碎片中，有其局部的时间序列。比如《军规》分成了很多个叙事片段，但每一个片段内部都有着较为完整的故事层次与发生逻辑。另一种是指由这些片段组成的整部小说有着一定的故事发展轨迹。如此，局部的话语逻辑，与整体的叙述结构，以及由它们共同形成的故事轨迹之间构成了一个复杂的交织关系。它们各自都有着特定的伦理意味，但更重要的是，就是在它们的交织与碰撞中，才形成了更为深入、更为完整的作品的伦理观念。除了不同层面基本的时间逻辑问题之外，还包括了叙述时间中的时序、时限、叙述频率等问题，它们在不同作品中有着不同的表现，体现了不同的伦理诉求。

1. 伦理性事件的双重走向

海勒小说往往是两条叙事线索同时展开，从而引出不同的伦理事件与伦理姿态，它们彼此交织，在叙述上既互相推动，又各自对立，由此形成了一种特有的结构性对话关系。在这一叙述的对应关系中，展示出伦理现实的对照与矛盾，并在其交织碰撞中，不同人物也呈现出不同的选择。核心人物往往处于两条线索的汇聚点上，也就是，这种双重性现实构成了他无法逃避的伦理境遇，以至于让他挣扎于其中，然后不得不去进行选择。

（1）《军规》中，一方面展示的是军队的非人道的社会伦理处境，其中主要包括卡思卡特、米洛等人争权夺利的伦理现实；另一方面展示了个体追求自由的伦理生活，主要是以约塞连为代表的底层军人的生活场景。故事最后在约塞连面对升官还是上军事法庭的道德选择中达到高潮，以约塞连选择逃离为结局。两种境遇的对话，将约塞连不断抛向不得不去选择的境遇中。正是在这种情况之下，约塞连也做出了最后选择，否定了弥漫于社会伦理中的权力道德，而选择了自己的个体良知与自由伦理。

（2）《出事了》中，斯洛克姆同时经受着两种生活内容，一种是在公司中的利益伦理生活，一种是在家庭中的情感伦理生活。最终结局是，斯洛克姆在公司中获得升职，而在家庭方面，却失手扼死了最爱的小儿子。单位里的"成功"与家庭的失败两相比较，其原因正在于，他所选择的是工具主义的经济伦理，而放弃了温情的家庭伦理。这也显示了另一种事实，即，对于现代人来说，经济问题可以采用更为技术化的方式来解决，而家庭伦理却需要付出更多的情感力量，所以更难以处理。

（3）《戈尔德》中，戈尔德分别连接着政治官场斗争与犹太家庭伦理的两条线索，在两者之间，他最终选择了放弃政治角逐，回归传统的家庭伦理。陈永国在其所著的《海勒》传记中指出，戈尔德"通过献身于家庭、朋友和产生于'美国犹太经历'的那些价值观而获得了'拯救'……选择的是自己民族的'种族性'和道德观，并以此取代了统治阶级的权力道德观"[①]。

（4）《上帝知道》中，一条线索是大卫回忆过去的生活，另一条线索是他正在经历的衰老与孤独。两条线索交汇的地方就是造成大卫命运发生转折的关键性伦理事件。他同时承受着过去和现在，曾经的福祉和后来的罪恶。两种伦理现实在大卫的内心中相互碰撞，形成了更复杂的内在伦理境遇。作品一方面凸显了造成这种命运改变的伦理抉择的关键意义，以证明"选择"的重要性，另一方面又让大卫在不断地回想中继续面对他应该做出的选择，或者，是去面对无法选择中的选择。

（5）《画里画外》中，两条线索分别由两个人物来引出，一是苏格拉底含笑而死，什么也没留下，却为雅典留下了荣耀；一是伦勃朗贫困潦倒而去，他的画作成为世界上拍卖价最高的作品。两条线索也有一定的交织，比如通过伦勃朗的作品被连接在一起。更重要的还是

---

① 陈永国：《海勒》，四川人民出版社2003年版，第170页。

海勒所采取的叙述手法，同时将他们进行并置叙述。如此，这一连接也构成了两个选择问题。一个是在历史性的连接中所意味的历史选择，让伦理问题也具有了一定历史哲学的广度和深度。另一个是通过这一并置叙述，呈现出了海勒自身的选择。正是前文所提及的，这种叙述代表了海勒意图赋予其中的伦理理想。

（6）《最后一幕》里，荒诞世界中的米洛等人为利益而角逐，与朴素现实中人们的日常伦理生活，分别构成了两条线索。约塞连成为连接的纽带，两种完全对立的伦理交织在他身上。在"最后一幕"（Finale），约塞连选择去找他喜欢的女人，代表了他最后的抉择。

（7）《画像》里，两条线索就是波特在审美与伦理两种生活中的两种生存状态。审美生活中的伦理理想与世俗生活中的伦理焦虑构成了波特的主要境遇。他最后认识到，两者都不能抛开，正是这两者的结合才是生活的真相，生活的意义就在于同时经历着现实，并创造着理想。

如此，主人公都处于两种伦理叙述的缠绕中，两种伦理观念交织在他们身上。在这种双重的故事结构中，人物所要完成的行为就是进行伦理的抉择。"所有的伦理学最终都依赖于把伦理选择本身作为一种价值。"① 选择几乎成为伦理学的基点问题。阿格妮丝·赫勒说，"存在的选择的模式本质上是对话式的"②，这种对话式的双重叙事，就是一种具有存在学意义的叙事形式。它直接展示出了现实生命的生存悖论，以及人所必然面对的自我存在的抉择。"选择"既是生存问题，又是存在性问题，或者说选择就是"生存伦理"的核心问题。生存本身就同时面对着生存与存在的双重性问题。所以，"选择"与"生存"具有着明确的对应性关系，正是如此，克尔凯郭尔强调"个

---

① ［美］黑泽尔·E. 巴恩斯：《冷却的太阳：一种存在主义伦理学》，万俊人等译，中央编译出版社2004年版，第8—9页。
② ［匈牙利］阿格妮丝·赫勒：《道德哲学》，王秀敏译，黑龙江大学出版社2014年版，第36页。

人的选择必定是至高无上的"[1]，并以此观念建立了存在主义伦理学，即"生存伦理学"的根基。

在萨特的存在主义哲学中，"选择"是确认自我存在的根本性行动。萨特特别强调人在境遇中的伦理性抉择。为了显示这一点，萨特创造了"境遇剧"（又称"情境剧"）的戏剧类型。正如他自己所说："我感兴趣的是，极限的情境以及处在这种情境中的人的反应。"[2] "如果人确实在一定的处境下是自由的，并在这种身不由己的处境下自己选择自己，那么在戏剧中就应当表现人类普遍的情境以及在这种情境下自我选择的自由。"[3] 萨特以戏剧的方式来展示人在两难处境下的抉择，这种选择有着极大的伦理性。而在小说中，他却更多显示人物的心理意识，更倾向于表现人的内在存在感。相比而言，海勒是将两者结合在一起，但又并非像萨特那样过于哲学化与观念化，而是更倾向于现实。也就是萨特作品中的人物要么是存在主义式的"英雄"（比如《苍蝇》《死无葬身之地》），要么是具有极大反思个性的知识分子（比如《厌恶》《理智之年》），要么显见出道德决断中的勇气与意志，要么展示了存在的意识深度。而海勒的人物更接近普通人，即使是作为知识分子的角色，其伦理处境与道德心态也多以日常性为主，他们往往既缺乏深思的能力，也不具有决断的勇气，在选择中更多是脆弱、犹豫、狡猾、纠结于利益。但他们在这种常人的心态与处境下的选择也更能够获得普通人的理解。这种人物的"非英雄"身份正是一种后现代式的人物个性。虽然同样是从生存伦理角度出发，萨特更倾向于现代精神，而海勒更有着后现代色彩。

2. 倒叙与顺叙的双重叙述时间

海勒小说叙述结构还有另一种双重叙述特征，即叙述时间的双重

---

[1] ［美］阿拉斯戴尔·麦金太尔：《伦理学简史》，龚群译，商务印书馆2003年版，第284页。

[2] ［法］让-保罗·萨特：《萨特文学论文集》，施康强等译，安徽文艺出版社1998年版，第455页。

[3] 同上书，第489页。

性。他往往将各种叙述时序结合在一起,顺叙、倒叙、插叙穿插使用。其中顺叙与倒叙构成两种相反的叙述时序。在以第一人称形式展开叙述的小说《出事了》与《上帝知道》中,主人公就是叙述者,其叙述摆动于现在与过去之中,构成了双重的叙述时间。而在其他偏重第三人称的作品中,叙述也都是从故事某一中点开始,然后在顺叙与倒叙中来回置换。《军规》开篇,就是约塞连在医院里逃避飞行,1—10 章主要构建和发展现今话题,11—16 章主要是倒叙,17—22 章又返回现今话题,22—24 章再次倒叙,25—42 章又继续现今话题,构成明显的过去与现在对比的叙述结构。[①]《戈尔德》也是一方面讲述戈尔德寻找新工作的经历,另一方面又不断回顾他过去的生活。《画里画外》中,苏格拉底与伦勃朗的古代生活与当代美国构成对比,叙述在历史与现实中来回移动。《最后一幕》采用第一人称时,主人公常会进行对过去的回忆,但用第三人称时就回到了现在。《画像》主要表现了主人公的生活时间与其所创作作品中的人物时间之间的双重性。这种双重时间的叙述结构,同样意味着时间伦理的对比与选择。其中最突出的就是将人物的过去与现在进行对比,并在故事结局中,以主人公的选择来突显作者的伦理取向。

另一方面,叙述中将过去与现在进行对比时,常常会用过去的美好来指责现在的丑恶。比如《出事了》中斯洛克姆回想过去时就感叹,"那时我们所有在那儿的人都感到快乐,并且彼此亲密,以后却再也没有过"[②]。斯洛克姆正是将过去与今天进行了伦理上的比较,并且用过去对现在进行了否定。伍茂国提到,"在朝向将来的时间意识逼迫下的伦理困境,回忆把现代性以来粗恶的机械时间浸染成温馨的

[①] 关于《第二十二条军规》叙述的深层结构,可以参考 Clinton S. Burhans, Jr. Spindrift and Sea: *Structural Patterns and Unifying Elements in Catch - 22*. James Nagel, *Critical Essays on Joseph Heller*, Boston: G. K. Hall & Co, 1984, pp. 40 - 51。

[②] Joseph Heller, *Something Happened*, New York: Alfred A. Knopf, Inc., 1974, p. 208.

伦理港湾"①。过去作为伦理善的象征，现在的痛苦就成为伦理恶的代表。在时间伦理上，这样的对比是为了凸显人物对当前状态的不满。比如《上帝知道》中，年老衰弱的大卫感叹道："我度过了充实、漫长的一生，不是吗？"②他总是不断回溯过去，并在回忆中，将今天与过去相比："清晨我还感到自己是个不可摧毁的年轻人，到了下午，我就感觉是个老头了。"③这样叙述时间所具有的伦理色彩就很明显了。今天冷酷的伦理局面来自于人物所失去的青春以及各种善心，比如信仰、爱、理想、激情等伦理心性都已经被淹没不再。利妮·胡福尔（Lynne huffer）指出，"怀旧中隐藏着伦理"④，因为相比于现在，过去是不会改变的，从而具有了乌托邦的色彩。乌托邦的完美与现在的残缺构成对比。人们之所以怀念过去，正是因为对现在的不满。海勒小说就是以这种用过去来否定现在的方式，构成了对当前伦理问题的批判。以及在这种对过去的乌托邦的想象中，升起对新的伦理可能的反思与期待。

但这双重时间性的对话也只是表层的叙述伦理表现。叙述时间是叙述形式中最具有存在论深度的构成。时间问题本就是存在学的关键。海德格尔在《时间概念史导论》中指出，从最基本的意义而言，"时间是对一般存在领域进行区分和划界的一种标识。就这种对存在者的一般领域进行划界的方式和可能性而言，时间概念提供了一盏指路的明灯"⑤。而在《存在与时间》中，海德格尔具体呈现了时间意识与存在意识之间的彼此确认。"时间被当作时间之内的状态，世内存在者就在这种'时间''之中'照面。""在时间的视野中将能够对一般存

---

① 伍茂国：《现代小说叙事伦理》，新华出版社2008年版，第203页。
② Joseph Heller, *God Knows*, New York: Alfred A. Knopf, Inc., 1984, p.4.
③ Ibid., p.5.
④ 参见 John J. Su, *Ethics and Nostalgia in the Contemporary Novel*, New York: Cambridge University Press, 2005, p.8。
⑤ [德] 马丁·海德格尔：《时间概念史导论》，欧东明译，商务印书馆2009年版，第7页。

在的意义作出筹划。"① 即，人既是在时间中成为自身的存在，又是在时间中"筹划"自身的意义。如此，叙述时间不仅是在展开存在，同时也是在不同时间序列中，伸出不同的意义指向。而其中的伦理也就以存在论的方式被显示为生存伦理的姿态。

巴恩斯（Hazel E. Barnes）在论述存在主义伦理学时说，"伦理性存在于个体的过去、现在和将来的统一性之中"②。海德格尔进一步指出，"时间性使生存论建构、实际性与沉沦能够统一，并以这种原始方式组建操心之结构的整体性"③。其中的"操心"（Sorge）就指向存在论，即"此在之在绽露为操心"④。但操心同时是关键的伦理心性表现。甚至可以认为，操心在原初本性上就显示着伦理性。所以海德格尔才会说，"要从存在论上把这种生存论上的基本现象清理出来，就须得同那些一开始很容易同操心混同的现象划清界限。这类现象是意志、愿望、嗜好与追求。操心不能从这些东西派生出来，因为这些本身奠基在操心之中"⑤。这一方面说明了操心是一种基础性的意识，另一方面强调了操心是切实的生存问题，它作为存在论是不能从其生存论问题中剥离而成为纯粹的形而上问题。所以，操心的存在论始终连接着生存论，而在这种生存论中，操心也始终展示着自身的伦理性。为此，海德格尔所打开的"操心"的存在论问题同时就是伦理性问题，由此呈现了一种存在论的伦理学，或者也可以称为"生存伦理学"。正是在这一意义上，孙小玲在谈论海德格尔的伦理学时说："在

---

① ［德］海德格尔：《存在与时间》（修订译本），陈嘉映、王庆节译，生活·读书·新知三联书店1999年版，第270—271页。
② ［美］黑泽尔·E. 巴恩斯：《冷却的太阳：一种存在主义伦理学》，万俊人等译，中央编译出版社2004年版，第8—9页。
③ ［德］海德格尔：《存在与时间》（修订译本），陈嘉映、王庆节译，生活·读书·新知三联书店1999年版，第374页。
④ 同上书，第211页。
⑤ 同上。

伦理行动的结构与此在的结构之间我们几乎可以找到完整的对应"①，并且指出，"海德格尔的存在论，即其关于此在的生存论分析旨在提供的恰恰是以自身为目的的伦理行动的存在论条件，并在此意义上，可以被视为关于伦理行动以及行动主体的存在论表述"②。如此，正是通过时间性问题，存在论与伦理学被汇聚在一起。叙事中始终存在的时间问题，让叙事也始终显示出存在论以及伦理性的指向。

从海德格尔的角度来理解，海勒小说中人物在两难处境下的"操心"，同时显示着生存的焦虑与存在的"筹划"。这种操心与筹划都交织于时间性的紧张关系之中。双重叙述时间就是凸显了这一时间性的存在论表现。利科使用了另一个概念"双焦点的时间结构"来对此命名，他在评论普鲁斯特的《追忆逝水年华》时说，"必须把《追忆》整部小说想象成一个椭圆形，其第一个焦点是寻找，第二个焦点是顿悟。关于时间的寓言便是在《追忆》的两个焦点间建立关系的寓言"③。这一"双焦点"在现代小说中较为常见，尤其在带有意识流色彩或具有存在主义个性的小说中更为普遍。闫伟在评论萨特的小说《厌恶》时就是从这一角度探索其具有存在论色彩的叙述伦理问题。他说，在这一双重时间中，"自我仿佛被分裂成两半，一个回到时间的深处，追问逝去时光的意义；一个被现在所裹挟，漂泊到一个不知何处的将来。过去与将来反向交织，成为一个错综复杂的时间之网，存在者就在这些网结点上不停地滑动"④。《厌恶》所展示的正是一种对于生存伦理的现象学式的反思，很好地呈现了这一双重性时间所具有的可能性。

---

① 孙小玲：《存在与伦理——海德格尔实践哲学向度的基本论题考察》，人民出版社2015年版，第125页。

② 同上书，第130—131页。

③ [法] 保尔·利科：《虚构叙事中时间的塑性：时间与叙事卷二》，王文融译，生活·读书·新知三联书店2003年版，第243页。

④ 闫伟：《萨特的叙事之旅——从伦理叙事到意识形态叙事》，中国社会科学出版社2010年版，第136页。

这一形式多是出现在第一人称叙述中，申丹专门分析了这种"第一人称回顾性叙述中特有的双重聚焦"问题①。在海勒这里，《出事了》与《上帝知道》就鲜明体现了这一特征。但在其他采用第三人称的作品里，海勒也同样使用了双重叙述时间。所以，它主要是一种叙述结构，而并非局限于某种叙述视角或话语类型。它所体现的不一定是由主人公直接发出的对于自我命运的反思，也可以是叙述者超越于人物之外，对人物命运进行的展示。第一人称或第三人称视角只是分别从内在和外在不同层面，显示了人的生存境况，但在展示的结构上，却都可以呈现出时间的双重性特征，并且，通过双重时间的交织，让生命以立体的方式进入三维时间的存在视域中。时间本身是三维的，双重性时间其实正是以双重的方式更直接地打开这种三维的可能性。比如，在过去与现在的交往对话中，同时就伸出了对于未来的存在论的以及伦理性的"筹划"。在海德格尔所论的时间的存在论中，这一点是非常明显的。所以，那来自过去与现在的双重性时间，就是为了激发出人朝向未来要去做出的"选择"。正如刘小枫所说，"在显示意义的过程中，历史时间中的对话开启了生命意义的未来向度。凡意义的显示都必定要指向未来，现时历史中的精神交谈已把过去与未来融合于现时意向之中"②。

并且就是在这种时间的对话中，引出了自我在"操心"的生存谋划中所具有的道德感与"良知"意识。"良知公开自身为操心的呼声"，"良知的呼声，即良知本身，在存在论上之所以可能就在于此在在其存在的根基处是操心"③。如此，在海勒这种叙述形式下，这一生存伦理的姿态已经非常明显。海德格尔将其称为这就是"常人"（das Man）的存在姿态。虽然海德格尔是从存在论角度去提出"常人"的

---

① 参见申丹《叙述学与小说文体学研究》（第三版），北京大学出版社2004年版，第238页。

② 刘小枫：《拯救与逍遥》（修订本），上海三联书店2001年版，第13页。

③ ［德］海德格尔：《存在与时间》（修订译本），陈嘉映、王庆节译，生活·读书·新知三联书店1999年版，第318页。

问题。海勒是从生存论角度去展示"日常的人"。但他们本身是相通的。所以海德格尔所指出的"常人迷失于它所操劳的纷纷扰扰的'世界'……除了在畏惧中暴露出来的此在本身的能在"①,其实正是海勒所呈现的"人的境况"。日常的人们就是在各种畏惧中呈现着自己仅有的"能在",却往往找不到一个明确的方向。海德格尔认为就是在这一处境中,才有了对于"良知"的呼唤,或者说是良知在呼唤他们,为他们找到一个方向。这方向不仅是存在论的,同时也是伦理性的。"良知"本身就是伦理学的重要概念,在这里,良知就是让"无家可归"的"常人"能够承担此在的命运,然后在这一呼声下做出伦理的抉择。正是如此,在这种不同生命时间的对话中,人物最后都要做出既是存在意义的,又是伦理性的"选择"。

四 叙述的道德逻辑

碎片结构是从叙述形态上对生命真实际遇的展示,双重叙事是进一步展示这种际遇中的伦理境遇,以显示人就是在一种无法逃避的伦理环境中,必须要做出选择。这种选择就构成了故事的道德逻辑。或者说这种道德逻辑并非是故事本身所具有的,而是由叙述来实现的。从小说的叙事特征来说,所有小说都具有双重叙事性,即故事逻辑与叙述逻辑的双重性。赵毅衡所提出的"叙述行为时间,与被叙述时间的分离、对比、错位"②,或者米克·巴尔(Mieke Bal)所谓的"双线性:句子序列中的文本,与事件序列中的素材"③,其实都表现为一种从故事到叙述的逻辑置换。或者说,叙述结构内在地具有双重逻辑,它们会在叙述中发生对话。叙述结构正是在这种与故事结构的对话中,

---

① [德]海德格尔:《存在与时间》(修订译本),陈嘉映、王庆节译,生活·读书·新知三联书店 1999 年版,第 317 页。

② 赵毅衡:《当说者被说的时候:比较叙述学导论》,四川出版集团/四川文艺出版社 2013 年版,第 95 页。

③ [荷]米克·巴尔:《叙述学:叙事理论导论》(第三版),谭君强译,北京师范大学出版社 2015 年版,第 75 页。

生出更为深层的意义。只是，不同作品的双重叙事性表现并不一样，有些更强调叙述逻辑向故事逻辑的靠近，而有些更强调两者之间的偏离。所以双重叙事的对话关系也是多样的。

故事逻辑是自然的与历史的，而叙述逻辑是叙述者赋予其中的审美逻辑与伦理逻辑。自然与历史是对"真"的显示，审美逻辑与伦理逻辑分别是对"美"与"善"的表达。好的作品是真善美的统一，也就是故事逻辑、审美逻辑及叙述逻辑的统一。三者间有着复杂的辩证关系，优秀的作品正是在这种辩证中获得张力。不过不同的作品偏重点不同，比如有"目的论"与"自发论"两种艺术观，目的论更强调善，而自发论更强调美。华莱士·马丁指出，多数读者会将"善"当作一种"真"，虚构的故事会因为符合道德逻辑而被相信为真相，"充满不可信与巧合之事的作品却有可能'真实'于诗的正义：劝善惩恶"①。海勒就是在荒诞的故事中，以道德逻辑来彰显作品的现实性。"从创作意图来看，海勒将伦理、道德置于重要地位的创作倾向已是评论界的共识。"② 如此，海勒小说的内在叙述结构也是偏向于伦理逻辑。

《出事了》中，叙述者话语的叙述逻辑就是按照自身的伦理逻辑来发展的。当他感叹："谁会关心呢？"紧接着立刻说道，"我关心。我想要钱。我想要声望。我想要称赞与祝贺。"③ 叙述话题从"不关心"很快转移到"关心"，其中的"不关心"是人物的伦理处境，表现为孤独；而"关心"是人物的伦理要求，指向欲望。这一叙述逻辑直接显示出叙述者的欲望伦理态度——以欲望为生活的基本目标。这种叙述的转移就是按照叙述者的欲望逻辑进行，符合人物内心的欲望

---

① [美]华莱士·马丁：《当代叙事学》，伍晓明译，北京大学出版社2005年版，第36页。

② 成梅：《小说与非小说：美国20世纪重要作家海勒研究》，中国社会科学出版社2009年版，第282页。

③ Joseph Heller, *Something Happened*, New York: Alfred A. Knopf, Inc., 1974, p. 136.

进程。但这还只是叙述逻辑的表面层，更多是对现实伦理的直接反馈。我们还要挖掘出体现作者真实伦理态度的深层叙述结构。格雷玛斯（A. J. Greimas）强调了叙事的"双重逻辑"性，并且指出伦理层面的逻辑在时间中可以通过逆向来读出。乔纳森·卡勒（Jonathan D. Culler）也指出叙事具有伦理层面和指涉层面的双重性，读者可以从小说的结尾开始，反向阅读，寻找出其中的伦理意义。[①] 这里就采取这一方式，从小说的结局来窥探作品中潜在的伦理逻辑。

叙述的结束意味着故事的结局，但这只是代表叙述逻辑的终点，并非故事逻辑的终结。所谓的"结局"是一种叙述的选择，其中所显示的是叙述者的逻辑。弗兰克·克默德（Frank Kermode）在《结尾的意义》中专门强调了小说"结尾"的重要性。很多时候，"虚构"就是要重建一种世界的秩序，而结尾是构成这一秩序完整性的关键，能够"使开头与中间之间的一种令人满意的和谐关系成为可能"[②]。虚构就是同时包括了"故事"与"叙述"两方面的"叙事"。"结尾"创造着"完整性"，所以，"结尾"也隐藏着一种答案，即作者赋予"结尾"一种可以"了结"整个故事的最终可能。哪怕结尾并没有一个绝对的答案，但这没有答案本身也构成了一种潜在的答案，或者说，它显示的不是"答案"，而正是一种"潜能"[③]，即潜在的可能性。

[①] 参见［美］华莱士·马丁《当代叙事学》，伍晓明译，北京大学出版社2005年版，第124—125页。关于叙述的"双重逻辑"，格雷玛斯在其著名文章《成果与设想》中进行了具体的讨论，参见［法］A. J. 格雷玛斯《成果与设想》，载［法］尤瑟夫·库尔泰《叙述与话语符号学：方法与实践》，怀宇译，天津社会科学院出版社2001年版。

[②] ［英］弗兰克·克默德：《结尾的意义：虚构理论研究》，刘建华译，辽宁教育出版社2000年版，第16页。

[③] 克默德认为，亚里士多德强调"完整"，而小说更倾向于"模仿一个具有潜在性的世界"，参见［英］弗兰克·克默德《结尾的意义：虚构理论研究》，刘建华译，辽宁教育出版社2000年版，第131页。但"完整"与"潜能"之间并不矛盾。另外，阿甘本对于文学潜能问题有着深刻的认识，可以参考［意］乔吉奥·阿甘本《潜能》，王立秋、严和来等译，漓江出版社2014年版。

我们看看海勒 7 部长篇小说的结尾，所分别呈现出的伦理诉求：

第一部：《军规》——故事最后一段是牧师与约塞连的对话。约塞连要追求自由，反对继续飞行，极大地鼓舞了一直在精神上遭受摧残的牧师，牧师最后说："我要在这儿坚持下去"，而约塞连在牧师的鼓励下"跑走了"。① 最后所显示出的就是一种个体伦理获救的结局。牧师的心灵变得坚强，而约塞连实现了逃离的愿望，强调精神性的牧师在精神上获救，强调身体自由的约塞连也获得了身体的自由，所以这是一种个体的双重获救表现。《军规》通过这一结局，显示了人物在面对强大的社会伦理压迫时，所可能采取的个体伦理道路。

第二部：《出事了》——在最后一段场景中，斯洛克姆新官上任，而公司职员玛莎精神崩溃，最终疯掉。斯洛克姆"像一位芭蕾舞大师处理好了这件事"②，最后"没有人为之不安"，"没有人不为我的处理感到满意"③。之前的叙述中，斯洛克姆一直显示着自己伦理上的困惑与痛苦，但在结尾处却消除了（即使是短暂的）这种不安，轻易地处理了问题，而且让同事们颇为认同。如此，这也表现了一种伦理上的"获救"。但却代表着资本主义实用伦理与经济伦理的胜利，家庭伦理问题却没有得到任何解决。在将近 600 页的作品中，这一章仅占了 6 页④。结合最后一章叙述语气的转变，与整本书痛苦的口气相比，最后获救的突然性以及叙述者充满胜利感的语调中散发出的反讽意味，让这一获救反倒显得像是对破败伦理的彻底认同，问题的化解并非伦理精神的胜利，反倒是道德沉沦的表现。反观主人公的现实，能够看到，斯洛克姆的所有伦理问题并没有真正得到解决。这种伦理的胜利是以牺牲内在良知为代价，只是一种暂时的自我麻醉。海勒以戏剧性的结尾，显示出的是一种深层的伦理悲剧。

---

① Joseph Heller, *Catch-22*, New York: Dell Publishing Co., Inc., 1979, p. 463.

② Joseph Heller, *Something Happened*, New York: Alfred A. Knopf, Inc., 1974, p. 568.

③ Ibid., p. 569.

④ 参见上书，pp. 565-569。

第三部：《戈尔德》——结尾是戈尔德放弃了再去追逐没有结果的政府职务，要开始一个新的人生。他去母亲墓前凭吊，又在犹太学校旁观年轻人玩垒球，最后想到，"他将从哪里重新开始？"① 可以说，虽然他还没有明确的答案，但已经有了要去改变的意志，这里的结局就意味着新的开始，意味着主人公抛开了过去那些盲目的追求，有了新的想法。在某种意义上，这个结局已经预示了人物的伦理性选择。成梅也提到，"戈尔德的最终选择既是家族的需要和召唤，也显示了戈尔德自觉的道德取向"②。叙述者所呈现的这一选择也意味着作者的伦理指向。

第四部：《上帝知道》——在最后，天色昏暗，大卫看见房子里出现了一个美丽的少年，弹着八弦琴，用无比优美的嗓音为他唱着歌儿。他认出少年就是年轻时的自己。这个时候，服侍他的少女亚比煞靠近他。他感叹道："我希望上帝能回来；但是他们却给了我一个姑娘。"③ 大卫的故事并没有结束。可以想见，大卫在死之前都会继续这样不断地回想，无法摆脱孤独。但是叙述在这里终止了，显示了一种没有结局的结局。大卫最后仍然希望信仰能够将其拯救，但温暖他身体的只是一个女人。结局似乎表示，宗教虽然有着让灵魂获得安慰的力量，欲望却有着更直接的现实力量。所以，信仰似乎一直在别处，人们向往着，却又无法真的靠近它。作者所要呈现的正是这样一种个体的生存伦理悖论。

第五部：《画里画外》——作为评论与叙述结合的作品，其真正的主人公应该是历史。所以在最后一节（第 37 节）里，作者做了简短的总结：

---

① Joseph Heller, *Good as Gold*, London: Transworld Publishers Ltd., 1979, p. 464.

② 成梅：《小说与非小说：美国 20 世纪重要作家海勒研究》，中国社会科学出版社 2009 年版，第 324 页。

③ Joseph Heller, *God Knows*, New York: Alfred A. Knopf, Inc., 1984, p. 353.

暴行之上仍然是暴行，只是一些比另一些更加残忍。

人类善于忍耐，一个星期前令我们惊恐的暴行，明天就变得可以接受。

……

从历史中你学不到任何有用的东西，这里没有思想，只有玩笑。

亨利·福特说："历史是废话。"

但是苏格拉底死了。

……

因毒芹汁而死并非像他描述的那样平静，毫无痛苦：而是恶心，含糊的呻吟，抽搐，以及无法控制的呕吐。

伦勃朗的《注视着荷马塑像的亚里士多德》也许并非伦勃朗所做。而是某位学生在大师的课堂上神赐般地创造了它，但他再无建树，直到他的名字被历史淹没。注视荷马塑像的亚里士多德注视的并不是荷马。亚里士多德也不是亚里士多德。①

这既是对历史的否定也是肯定，既承认了尖锐的现实，也显示出一定的虚无主义态度。作为结局，海勒给出的是一种辩证的、具有生命感的历史认识。苏格拉底死了，但其伦理的力量却带给雅典荣耀；伦勃朗作品的光芒如此耀眼，但在审美的背后却经历了残酷的伦理考验。结局只是又一次讲述了历史的真相，这也是这部关于历史的小说中所显示出的最大的伦理认识，即，在历史的洪流中，人性的力量虽然微弱，但也是应该存在的，并且应该被人们注意到。

第六部：《最后一幕》——"最后一幕"中，主要人物都做出了自己的选择。小说以蒙太奇形式显示了最后的景观：当世界即将毁灭，被拘禁的牧师获得了自由，从地下防御基地冲向大街；克莱尔在飞机

---

① Joseph Heller, *Picture this*, New York: G. P. Putnam's Sons, 1988, pp. 350 – 351.

上想念着刘，将飞机上的人们都当作了跟刘一样的犹太人；约塞连受到牧师的激励，也要回到地面；萨米正在自由的旅程中。最后一幕，这些被作者关注的人物都沉浸在获救般的幸福中。荒诞的世界毁灭了，但人的心灵却仍然怀有希望与幸福。这一结局显示出老年的海勒所坚持的伦理信心与道德希望。

第七部：《画像》——波特在反复尝试写出他想要的作品，一直为此焦灼，忙到最后也未能达成。然而在小说结尾时，作者却写道：

> 哦，妈的，老艺术家叹口长气，再次冲自己笑起来。
> 他没什么可惊讶的。他开始认真琢磨着将你刚刚看完的这本小说写出来。[1]

所以，这个已经感到有些无望的小说家，最后却找到了希望，他认识到：自己挣扎的整个过程，其实就是他最重要的生命体验，这些体验本身就构成他最深刻的作品。生命的意义就是寻找这一意义的过程本身。海勒在这部带有自传性的遗著中，显示了与自身有着密切联系的伦理问题。故事的结局构成了海勒对其整个生存伦理的反思与启示，让我们看到人的伦理存在的最本质的特征。

进而，结尾同时具有着存在论的意义。它既显示着命运中关键性的伦理抉择，也印证着自我的存在。正是在叙述的逻辑上，结尾显示着对于生命意义的最终确认。萨特在小说《厌恶》中通过主人公的自述呈现了这一存在性体验："事实上我们是从结尾开始的。结尾在这儿，虽然看不见，可是存在着，就是它给了前面那句话以开始的气势和价值……结尾在这里，它把一切都改变了……故事从后面叙述起，每一分钟时间都不是乱七八糟地堆砌起来，而是被故事的结尾紧紧咬

---

[1] Joseph Heller, *Portrait of an Artist, as an Old Man*, London: Simon & Schuster UK Ltd., 2000, p. 233.

住，拖着向前；每一分钟本身又把它前面的一分钟拖着向前。"[1] 或者说，并不是我们从结尾开始叙述，而是在我们叙述的时候，"结尾"就已经在结尾处等待着，并且正是这个被等待的结尾为整个叙述赋予了意义。在某种意义上，这就是海德格尔从时间的存在论角度所提出的存在的"筹划"与"操心"。"向死而生"正在于，死亡作为一个"结尾"是确定的，"向死存在基于操心"[2]，所以，才有了朝向死亡的对于生命的筹划。并且也正是在这种面对死亡的意识中，生命才有了意义。

如此，在叙述的层面上，海勒这些作品中主人公的最后选择（或无从选择），不仅标示着人物所将遭遇的未来的伦理可能，同时也是对前面整个现实生活的一种证明，不是证明生命是否富有意义，而是证明了生命无法逃避的在场性。选择一种意义，就是以意义的方式去证明，即使没有选择，无法选择，或者选择了不去选择，最后也呈现出一种对于整个历程的承受或者接受，这都是一种证明。正是这种选择的结局，让生存成为一种必须要去面对的"伦理"的生存。

第三节　叙述视角的伦理倾向

一　叙述视角与小说伦理意识

叙述视角是叙事学中最重要也是最容易混淆的概念之一。它的重要性在于，叙述视角直接决定了叙述的意义。因为叙述正是从特定视角开展的叙述，没有视角的叙事是不存在的。将叙事分为"故事"与"叙述"在很大程度上就是因为叙述是从特定视角来呈现故事，而不是单纯的故事本身。叙述视角就是叙述者对事件（故事）进行观察和讲述的角度，或者说，是叙述者站在怎样的位置给读者讲故事。这个

---

[1] ［法］让-保罗·萨特：《萨特小说集》（下），亚丁、郑永慧等译，安徽文艺出版社1998年版，第513页。

[2] ［德］海德格尔：《存在与时间》（修订译本），陈嘉映、王庆节译，生活·读书·新知三联书店1999年版，第297页。

位置，就意味着对故事理解的眼光与表达的状态，其中自然具有着特定的道德眼光与伦理状态。马克·柯里强调，"视角具有根本的重要性，它已被用来分析主体性的形成"①。视角所显示的主体性特征，正是从叙述的形式特征中散发出的主体意味。所以，伦理意识也正是在这种主体性的形式中被呈现出来。另一方面，叙述视角因为是叙述者对故事进行观察与讲述的位置，它同时决定了叙述者、故事、人物、读者（听故事的人），甚至作者之间的位置与距离，如此，也就建构出特定的伦理位置与道德关系。正如马克·柯里所指出的，"我们作为读者，发现自己被叙述者所控；我们的距离——不管是视觉上的还是道德上的——都被层层的转述声音和思维之间视角的微妙变化、被所给的或故意未给的信息所控制了"②。叙述视角自然成为反映作者特定伦理意识的重要的叙述技巧。

同时叙述视角又是小说叙述中最具复杂性的技巧之一，在这种复杂性中，自然也呈现出伦理表达与伦理态度的复杂性。在这一问题上，常见的关键词很多，并且容易混淆，比如叙述角度、叙述眼光、叙述声音、视点、观察点、聚焦、叙述人称、叙述方位等。这些概念之间既有重要联系，又有微妙区别，并且正是这种联系与区别，构成叙述形式的繁复表现，同时也构成叙述伦理的复杂意味。其中"观察点"概念产生最早，是在19世纪末由作家亨利·詹姆斯（Henry James）提出，并以此进一步产生了叙述角度、叙述模式、叙述焦点、叙述情境等多种概念的多项问题。不过早期小说理论对于叙述问题的理解较为粗糙，现代叙事学诞生后，这些逐渐被更细致的概念及思路取代。在叙述视角问题域里，与叙述伦理密切相关的包括叙述眼光、叙述声音、聚焦与叙述人称等几个问题。

首先应该区分叙述眼光与叙述声音。叙述声音是指叙述者的声音；

---

① ［英］马克·柯里：《后现代叙事理论》，宁一中译，北京大学出版社2003年版，第34页。

② 同上书，第26页。

叙述眼光是指充当叙述视角的眼光，它既可以是叙述者的眼光，也可以是人物的眼光，即叙述者柔用人物的眼光来叙述。两者的区别是"谁在说"与"谁在看"的区别。对于传统的全知视角的小说，叙述者无所不知，可以统领一切，包括控制叙述声音和叙述眼光。比如列夫·托尔斯泰在《安娜·卡列尼娜》中既用安娜的眼光，同时也按照列文的眼光去观察和理解事物，其叙述眼光可以不断变化，但叙述声音却是高于安娜与列文的。这个声音超越了小说中的人物，可以从更高的位置对人物进行评价与分析。这样区分的目的在于，当叙述者柔用人物的眼光时，这个人物的伦理意识便得到凸显。使用不同的人物眼光，就是在不同的伦理视线中不断移动。而声音与眼光的区分，可以让我们看到叙述声音作为叙述者的声音超越于人物的眼光之上，叙述声音中的伦理声音也是超越于人物的个体伦理态度之上的。在某种程度上，全知视角下叙述者的声音更接近"隐含作者"的声音，而与人物眼光下的观点是不同的。分清这一点，才能将杂糅在作品中的不同的伦理眼光与伦理声音区分开来，也才能找到更接近作者的真实的伦理观点。

其次是要对叙述视角进行分类。分类标准很多，我们主要参考热奈特的观点，引入"聚焦"（focalization）概念，按照叙述视野的限制程度，将叙述视角分为"零聚焦""内聚焦"和"外聚焦"三大类型[①]。因为"聚焦建立起了主体与客体间感知的连接"[②]，所以视角类型不同，连接方式即不同，其所张开的伦理可能也不同。1. 零聚焦或非聚焦，是指没有固定视角的全知型叙述。这是传统小说中最常见的视角类型，叙述者无所不知，比故事中任何一个人物知道的都多，像一位高高在上的上帝操控一切，所以这一视角又被称为是"上帝的眼

[①] 参见［法］热拉尔·热奈特《叙事话语》，王文融译，中国社会科学出版社1990年版，第129—132页。另外参见胡亚敏《叙事学》，华中师范大学出版社1994年版，第24—34页。

[②] ［荷］米克·巴尔：《叙述学：叙事理论导论》（第三版），谭君强译，北京师范大学出版社2015年版，第36页。

睛"，对表现大的历史动态与社会伦理方面具有很大的优势，这也是《军规》与《画里画外》非要用全知视角的原因。2. 内聚焦是叙述者仅说出某个人物知道的情况。叙述者完全凭借一个或几个人物的感官去看、去听、去想。这种从特定人物角度展示其所见所思，对于显示个体的内在精神有着明显优势，所以对表现个体伦理状态与内在伦理心性有着重要的作用。并且内聚焦用人物的眼光去理解事物，拉近了人物与读者的距离，有利于引起读者对人物的理解与同情，从而产生对人物的道德同情与伦理认同感。3. 外聚焦指叙述者是从外部来呈现事件，仿佛摆在外部的摄影机镜头只呈现客观环境、人物的行动、外表等。叙述者不能进入人物内心，所以所说的比人物知道的要少。在某种程度上，现代的"戏剧式小说"就属于这种类型。当叙述者像摄像机一样冷静客观，不作解释，让读者看不到人物内心时，事件本身的单纯性及模糊性就被凸现出来，从而具有了现象学式的直观性，将各种伦理观念悬置起来，让人们凭直觉去把握事件的本质，并将这种本质认识反馈于伦理，从而对伦理产生更深刻的反思。不过外聚焦在小说中的运用经常是局部性的，尤其是长篇小说，要从头到尾使用是比较困难的。各种聚焦形式各有长短，在作品中有可能被作者混合使用，为了达到更复杂的审美与伦理的可能性，作者不会囿于某一种，而是根据需要来进行选择。

最后还要说明一点，传统小说研究中对叙述人称的分类也是一种对叙述视角的分类。尤其从 18 世纪到 19 世纪末，小说批评多是关注作品故事的伦理性而忽视对形式技巧的分析，那个时候就是采用人称形式来对小说叙述形式进行划分。其中主要是对第一人称与第三人称的划分，第二人称叙述是现代小说才出现的数量不多的人称类型。第三人称在传统小说中使用最广，往往多采用全知视角。之后第一人称回顾性叙述与第三人称有限视角叙述逐渐增多，人称叙述视角问题也越来越多，叙述形式问题也变得更为复杂，小说研究开始采用其他的分类方式。不过叙述人称作为明显的叙述者外形，对于把握叙述形式问题，以及其中的伦理意识仍然非常重要。比如申丹说的"第一人称具有直接生动、主观片面、较易激发同情心和造成悬念等特点"①，其中激发同情，引起道德感触的特性，正是对叙述人称所具有的伦理性的一种肯定。

小说叙述视角是个复杂的课题，在小说实践中，不同叙述视角的选择与运用对于显示及表达伦理观念具有重要而复杂的意义。作家对某一作品的叙述视角的运用，以及作家全部作品所采用的不同叙述视角之间，都有着丰富的伦理意义，需要进行特定的分析与比较。

二　叙述视角选择的整体性伦理特征

海勒小说中对叙述视角的选择并非随意，而是作者出于审美与意识形态的需要而采取的叙述策略。其中审美性是与意识形态性结合在一起的，无法作出严格区分。伦理性即作为意识形态之一部分，在叙述视角中有着重要的表现。海勒的不同小说分别采用了不同的叙述视角，从宏观来说，海勒创作的整体意图是开放的，是对不同的伦理问题进行展现。而对同一部作品来说，海勒也喜欢变化叙述声音，给予不同作品人物同样的伦理表达机会。分别就海勒小说中不同的叙述视角进行分析，可以发现其更丰富的伦理思想。首先对海勒的 7 部长篇小说的叙述视角做一个整体分析。

第一部：《军规》——零聚焦（第三人称全知视角）

第二部：《出事了》——内聚焦（第一人称）

第三部：《戈尔德》——零聚焦（第三人称全知视角）

第四部：《上帝知道》——内聚焦（第一人称）

第五部：《画里画外》——零聚焦（第三人称全知视角）

第六部：《最后一幕》——多重聚焦：包括多重内聚焦（第一人称）和零聚焦（第三人称全知视角）

---

① 申丹：《叙述学与小说文体学研究》（第三版），北京大学出版社 2004 年版，第 260 页。

第七部：《画像》——多重聚焦：包括零聚焦（第三人称全知视角）和多重内聚焦（第一人称）

将以上的叙述视角类型与第一章开头对这 7 部作品的伦理问题关注点进行一下对比：

第一部：《军规》——社会伦理问题

第二部：《出事了》——个体伦理问题

第三部：《戈尔德》——社会伦理、个体伦理问题并重

第四部：《上帝知道》——宗教伦理问题（偏重个体伦理与宗教伦理的对话）

第五部：《画里画外》——审美伦理问题（偏重社会伦理对审美伦理的压迫）

第六部：《最后一幕》——社会伦理、个体伦理问题并重

第七部：《画像》——审美伦理、个体伦理问题并重（偏重个体伦理中的审美伦理困境）

在这一比较中，可以发现三个现象。

第一，单纯从这 7 部小说对叙述视角的选择来看，规律比较明显。即，海勒从整体上追求叙述视角的变化。按写作顺序，第一部作品采用了零聚焦模式，第二部变成内聚焦，第三部再次换成零聚焦，第四部再换为内聚焦，这样来回更换之后，在最后两部作品里，又同时对零聚焦与内聚焦进行来回更换。并且两部作品内部的聚焦形式变化的风格并不相同。《画像》中内聚焦的人物都属于波特创作出的作品中的人物，可以说，其中局部内聚焦的聚焦人物也并非"真实"的人物。所以海勒最后的这部作品具有"元小说"的特点，其叙述视角本身就是双重的。从这些变化可以看出，就像海勒通过《画像》中的作家波特的经历所要传达的那种创作观念，他不断追求变化，不断超越自己。这是作为创作者的海勒对于创作自身的审美性要求，也可以说这就是作家的一种"写作伦理"：要追求创造性，不能重复自己。

第二，进而，将这 7 部作品的叙述视角分别对应于其所重点关注

的伦理问题上,就能见出第二个对应性规律。零聚焦模式更适合呈现社会伦理境况,内聚焦更善于表达个体伦理状态。正是如此,《军规》与《出事了》作为海勒小说表现伦理问题的双翼,分别偏重于社会伦理与个体伦理问题,其写作手法也构成对比,在叙述视角上分别构成零聚焦与内聚焦的对照,显示出叙述视角与伦理之间的协同关系。《上帝知道》与《画里画外》都选择了历史人物作为主人公,但它们分别关注的是宗教伦理与审美伦理问题。其中《上帝知道》采用第一人称叙述,人物更能通过内心声音传达出个体伦理意识的复杂状态,呈现出个体内在宗教心性与欲望伦理之间的争斗。而《画里画外》采用了全知视角,同时表现了多个人物的生存经历,并在这种经历中穿插宏观的历史与文化景象,呈现出外在世界的历史性变化,以及个体审美世界在历史与社会伦理环境下遭受破坏的残酷命运。在这两者的比较中,可以见出海勒的另一重认识,即对于宗教伦理,更重要的问题是心性的矛盾,对于审美生活,更重要的是审美理想与外在世界的协调。而《最后一幕》与《画像》两部作品同时使用了两种聚焦模式,表达了作者更复杂的认识,或者说,正是为了呈现出更复杂的生活面貌,所以海勒采用了多种对照形式来突显问题,同时也显示出了多种的伦理可能。

第三,还有一个重要现象无法直接从这组对比中窥见。即,伴随着作家年龄的不断增大,作品中的叙述者,或者说作为叙述眼光的主要承受者的主人公的年龄也在不断增大。《军规》中约塞连只有 20 岁出头。《出事了》中斯洛克姆已经是三个孩子的父亲,大概 40 多岁。《戈尔德》里的戈尔德也是 48 岁,将近 50 岁。《上帝知道》里的大卫已经 70 岁。《画里画外》因为历史跨越性大,主要人物最终都死去,而叙述者的叙述声音既庄重稳健,又有着看破历史的口气,显出的是一位成熟智者的隐含作者形象,具体年龄无从判断。《最后一幕》中的主要人物也都到了生命的末期,作品一开始就显出人物的衰老状态。萨米作为第一个出场的主要人物,也是第一章的叙述者,就将这种衰老的气息传达出来:"我认识的那些人,不是正在朝坟墓走去,就是已在坟墓中安息。"① "20 年后我们这些老东西早已不复存在。"② 以及最主要的人物约塞连也已经将近 70 岁。到了《画像》时，主人公波特也是 70 多岁，已经是精力匮乏的老作家了。从整体上看，叙述者的年龄在逐渐递增。其中《上帝知道》及《画里画外》有些例外，因为采用的是历史题材，其中主要角色都是已经故去的人物。其他 5 部都是以当前现实人物为叙述者及主人公，叙述者所显示出的年龄非常接近作者本人创作时的年龄。可以说这是一种常见的创作规律，即，作者更容易采用与自己年龄接近的声音作为叙述声音，因为生活经验与感受本就是直接的创作动力与素材。

　　提出这一现象的意义在于，小说叙述者作为叙述的承担者，无论是作品中虚构人物还是更接近作家本人的隐含作者，他的视角个性是有个体生命力的。或者，视角一定是有其主观性和选择性，年轻人与老人看待世界的眼光是不同的，而被不同眼光涂抹过的事件，也会呈现出不同的伦理色彩。所以在《出事了》中斯洛克姆作为父亲，正处在人生的中间，既体会到与上一代人之间的情感压力，又感受着与下一代人之间的冲突，从而伦理的处境就被清晰呈现出来。在这种年龄状态中，他既有作为儿子的伦理体验，也有作为父亲的伦理感受，还有作为丈夫和公司领导的各种伦理经验等等。以及，在《军规》中对"幸福"还毫无知觉的年轻的约塞连，到了《最后一幕》中，以老年人的身份开始对幸福进行反思。由此可见，同样是幸福的伦理问题，不同年龄给出的伦理意识却是完全不同的。

　　所以可以说，这是叙述视角给予的特定伦理身份，更可以说，这些作品的整个序列构成了一个伦理生命体，所有作品的叙述者仿佛一个不断成长的生命，其叙述者的年龄在增长的同时，也让我们融入到这种成长的叙述眼光中，从而看到这些伦理观念的可变化性，以及作为整个人生的伦理意识的生长可能与生命自身的伦理状态。这是写作

---

① Joseph Heller, *Closing Time*, New York: Simon & Schuster, Inc., 1994, p. 13.
② Ibid.

的现象学所赋予创作本身的一种伦理命运。作家用一生的写作，完成了对于"一生"的整体性经历与理解。也正是这种写作者自身的生命轨迹，将其所有的作品连接在一起，构成了一种生命内在的"互文性"。并且，这也正是叙述伦理与生命伦理在写作中彼此融合的存在论现实，由此为作品的本体性伦理指向创造了契机。

三 内聚焦视角与个体伦理意识

海勒小说采用内聚焦视角的作品有《出事了》《上帝知道》《最后一幕》和《画像》。前两部用的是固定内聚焦，后两部是内聚焦与零聚焦结合，并且内聚焦也是移动内聚焦，有不同的聚焦人物。其中《最后一幕》内聚焦与零聚焦并用，但更偏重零聚焦。《画像》是以零聚焦统领全篇，只是在其中插入主人公的小说创作时，偶尔使用到内聚焦。对于不同作品，其中聚焦技巧分别显示出不同的伦理表达优势。整体上，内聚焦是与个体伦理直接相连，是表达个体伦理最恰当的聚焦模式。在海勒小说中，内聚焦对于个体伦理心理困境、个体伦理的申辩，以及个体伦理观念的对比方面有着重要的形式效果。

1. 内聚焦与个体伦理心理

内聚焦叙述表现为叙述者等于人物，一般采用第一人称形式，人物作为叙述者来讲述自己的所见所闻，所行所思。这种形式对于呈现聚焦人物的伦理心理有着最直接的优势。聚焦人物真实的伦理焦虑、道德心性、痛苦与快乐、挣扎与幸福感都能被真实地表现出来。伯纳德·威廉斯专门强调了第一人称对于伦理反思的绝对意义，"实践审思在所有事例中都是第一人称的"[1]，"伦理生活是一种要从内心深处来引导和反思的生活，是一种要从一个人自己的第一人称的观点来看待的生活"[2]。所以内聚焦形式可以直接检验人物的伦理心理状态与道

---

[1] ［英］伯纳德·威廉斯：《伦理学与哲学的限度》，陈嘉映译，商务印书馆2017年版，第85页。

[2] 参见［英］伯纳德·威廉斯《道德运气》，徐向东译，上海译文出版社2007年版，"译者序"第16页。

德精神品质。

《出事了》正是以内聚焦形式，集中于当代美国社会一个普通人的内在心理，对个体伦理世界的崩溃事实进行了深入刻画。小说一开始，就是主人公暴露出自己的"神经质的紧张"。整个叙述过程中，主人公几乎一直处于恐惧、痛苦、忧郁、焦灼之中，并且多次提到梦境，这些梦境也都晕染着恐怖与窒息的气息。内聚焦将读者带进主人公的内心之中，窥见那些已经丧失伦理心性、不再能体验到幸福的悲剧性的心灵。相反，《最后一幕》中对萨米、刘、克莱尔等人也采用了内聚焦形式，与作品中其他部分通过全知视角所展示的崩毁的社会伦理相对立，从三人的内心声音中，更可以窥见他们在保持道德心性之中所获得的幸福感。如此，内聚焦无论是在显示个体伦理心性的恶劣状态还是良好状态上都具有突出的作用。

更重要的是，内聚焦形式将心理的发生过程也呈现了出来，充分展露出了个体伦理形成的心理缘由与变化历程。它不仅为了外在的批判，更是为了让读者深切地看到人物完整的内心世界，并以这种方式，让读者与人物的距离拉至最近。马克·柯里提到，"同情的产生和控制是通过进入人物内心及人物距离的远近调节来实现的"[1]。当距离最近时，同情也最容易产生。同情之感本就是伦理情感，读者容易因情感的接近而体谅或认同聚焦人物的伦理境况。海勒曾在访谈中说道，"斯洛克姆可能是文学作品中最令人鄙视的那类人物"[2]，但令海勒自己都感到奇怪的是，他的朋友却总是对这一人物产生出同情与认同的心理。[3] 这就是内聚焦所创造出的心理效果。但也有另一种可能，当读者进入到斯洛克姆的内心中，也更容易感受到他的麻木状态，体会到他已经丧失生命力和伦理激情的内在心性，从而对这种内心产生出

---

[1] ［英］马克·柯里：《后现代叙事理论》，宁一中译，北京大学出版社2003年版，第26页。

[2] Joseph Heller, *The Art of Fiction No. 51: Joseph Heller*, The Paris Review, 2005, p. 7.

[3] Ibid.

更强烈的拒绝与反省，从相反的层面激起读者的伦理热情。

《上帝知道》也采用了内聚焦形式，叙述者大卫的内心体验也更为复杂。相比于斯洛克姆，年老的大卫反而显示出更多的伦理热情，尤其在他对于青春生活的怀念中能够见出这一点。在小说的开始，大卫就讲述道"书念的少女亚比煞像往常一样，洗净双手，给胳膊上涂满香粉，脱去长袍，然后走到床前躺在我的身上。她用纤巧的四肢温柔地环抱我，将小而丰满的胸部和芳香的唇贴紧我，我知道这对我没什么用处。我继续颤抖着，她也害怕着会再次失败。那折磨我的寒冷来自我的内部。亚比煞是美丽的"①。在这一段独白中，亚比煞的美丽与大卫身体的痛苦构成了对比，也构成了过去与现在，伦理期待与伦理现实之间的张力。大卫对女性魅力的欣赏与海勒其他作品中现代美国男性的视角大不一样，同样是带有欲望的眼光，大卫却显示了一种更为强烈的对美的热爱。其中所显示出的伦理心理的张力也就更为强烈。如此，与聚焦人物拉近，并不直接构成对人物的认同，而是溅起更深刻的情感浪花，让读者更深切地体验到人物的内心。拥有伦理热情的内心激起伦理上的同情，丧失道德情感的内心却反弹出对伦理的反思，而具有幸福感的内心给予读者更为平静的认同感。

2. 内聚焦与个体伦理申辩

内聚焦会将人物最隐秘的伦理心理呈现出来，让我们更清楚地窥见人物内在的矛盾与心性的复杂。人物作为叙述者会在多大程度上讲出自己内心的真实是受到多种条件制约的。比如，讲述意愿会决定他打算讲述多少真实。叙述者会因自身考虑，也可能因叙述技巧的设计而故意遮蔽某些问题，可以悬而不讲，也可以讲述虚假内容，或用语言的修辞技巧修改真相等。这既可能是叙述者有意所为，也可能是其无意识形成。即使第一人称叙述者以日记的形式出现的叙述，也并非就是在讲述真实。另外，还有叙述声音与叙述眼光不一致的情况。如果聚焦人物是一个智力不够健全的人，比如小孩、精神病人、智能低

---

① Joseph Heller, *God Knows*, New York: Alfred A. Knopf, Inc., 1984, p. 3.

下的人等，往往就会采用其特殊的叙述眼光，同时叙述声音却仍然具有一定的理性和逻辑，否则根本无法理解叙述出来的情节内容①。总之，人物自身具有不愿讲和不能讲的可能，所以内聚焦所反映的人物内心真实也是相对的。理解了这一点，才好把握海勒小说中使用内聚焦形式所要达成的可能伦理效果。

《出事了》直接呈现人物内在伦理心理，采用内聚焦是必须的，并且采用现代小说常见的第一人称叙述。早期小说为强调讲述的真实性，即使在使用内聚焦时也是套用第三人称形式，在其中以人物偶然发现日记等形式来引出第一人称的自述。但即使作为隐私性很强的日记写作，也有着期待中的读者，并不能做到完全的真实。现代小说的第一人称叙述，经常是没有明显的听话者，也就是其中的叙述并不需要实体的形式，其本身似乎更接近一种内心的反思，小说只是形式的承担者，叙述声音可以完全面对自己。这种现代形式的内聚焦更容易接近人物内心的真实。不过当叙述的听话人被突显的时候，叙述的真实性就会立刻下降。比如在《出事了》中有一次突然直接将"叙述接受者"呈现出来："就我自己而言（我服罪，尊敬的阁下，但需要解释一下，先生），我坦诚地认为……。"② 其中"先生"一词，就暴露出了听话者，他并非指具体的某个人，只是具有抽象色彩的故事阅读者。在这句反思中：他先是服罪，又进而解释说自己的动机是好的，当听话人直接出现时，后面的解释就不是说给自己的，而是专门对听话者说的。于是，这就形成了一种叙述者针对他者的自我辩解。听话人就像一种外在的"超我"，代表了叙述者某种内在的"良知"，这种自白就以与"良知"的对话形式出现，但其实这恰恰构成了一种自我的申辩，一种典型的个体内在的伦理辩解。

《出事了》中叙述者的伦理辩解并不很突出，因为主人公已经丧

---

① 这在福克纳的小说《喧哗与骚动》中就有典型的表现。
② Joseph Heller, *Something Happened*, New York: Alfred A. Knopf, Inc., 1974, p. 284.

失了伦理激情，对辩解也几乎失去了兴趣。而在《上帝知道》中，这种申辩的声音要浓郁得多。作品本身就是一次人与上帝的对话。虽然在一开始，大卫就感叹道，"我不再跟上帝对话，并且上帝也不再对我说什么了"①，并且在之后反复强调这一点，但正是如此，恰恰呈现了"对话"的重要性。在某种程度上，大卫所做的"独白"，其实正是在失去上帝后，对不存在的上帝进行的一场"对话"或"申辩"。不过对上帝他采用了第三人称形式，上帝并不是他的实际对话者。作品中确实出现过直接的听话人。比如有一次说道："现在你有了疑问，是不是？"② 这个"你"当然不是上帝，也不是某一个具体的人，只是臆想中的听话人（叙述接受者）。但从大卫的陈述中，从他与上帝纠结的感情变化中，可以看出他是将上帝当作了一个旁听者。他假装是在向某个人来讲自己，但其实他知道，或者说是怀有期望，上帝仍然在某个地方听着他的讲述，并且理解着他。这也是为什么大卫总要不断地重复讲述他与上帝曾经发生过的对话，无论是对之前成功的对话，还是对之后上帝的沉默，在这种不断地重复中，更显示出他对上帝的内在期望，以及对这种伦理辩解的强烈需要。

正是因为有这样一个隐形的聆听者，大卫的讲述中充满了各种复杂的伦理申辩，包括对上帝的抱怨，陈述他们过去的不可理解的理解，与现在可以理解的沉默。内聚焦的形式，让大卫能够站在一个更自由的伦理位置上与上帝对话。并且作为叙述者的大卫也显示出超出常规的认知性。在作品中，大卫并没有灵魂脱壳，但却具有一定超越自身知识的能力，整个历史都在他的视野下，他可以随意举出多年后发生的事件或人物。这并非是简单的"视角越界"技巧，而是海勒所创造出的这个大卫本身所具有的独特的形象个性。作为《旧约》中的历史人物，大卫又被宗教化而进入超历史的文化氛围中。海勒选择的就是这种超历史的大卫，但又把超历史的人物还原为具有复杂肉体人性的

---

① Joseph Heller, *God Knows*, New York: Alfred A. Knopf, Inc., 1984, p. 7.
② Ibid.

人。所以大卫就具有了双重视角，一重是超越历史的视角，一重是处于具体历史境遇中的视角，具有超历史视角的大卫看到的却是历史中的自己。大卫叙述自己人生的过程，就是两重视角相互对话的过程。《上帝知道》正是通过这种双重视角实现了更复杂的伦理申辩。直到作品接近结尾，这种申辩也没有结束：

> 但是亚哈为巴力神建了祭坛，并且屠杀耶和华真诚的信徒。他与妻子耶西别还犯下其他不计其数的罪孽，上帝因此而憎恨他们。可我做的不过是操了一个女人。
> "并且把她的丈夫派去送死。"如果我和上帝还能像过去那样说话，我能听到他对我的纠正。
> "是魔鬼迫使我干的。"我争辩着提醒他。
> "不存在魔鬼。"他会争辩着答复。
> "伊甸园里呢？"
> 然后他会对我说，"那是一条蛇。你可以去书上查。"[①]

内聚焦更好地实现了这种个体内在的伦理申辩。这一技巧将海勒小说中的宗教伦理思想的内在复杂性突出地呈现出来。正是交织于大卫意识中的宗教伦理与个体自由伦理的矛盾，以及历史命运与个体生存的矛盾，让读者从深层的位置贴近了这种伦理焦虑与生命体验，也更深切地感受到这一人物形象身上所具有的多重伦理悖论与生命张力，从而获得更深刻的伦理认知。作品在最后也没有给出人物的选择及答案，其实也正是为了说明，其目的就是为了见证现代人的心灵状态。

3. 不定内聚焦与伦理观念的对比

内聚焦又包括：（1）固定内聚焦，即聚焦人物始终为同一个人，《出事了》与《上帝知道》都是如此；（2）不定内聚焦，即视角在多个聚焦人物中发生了转移，同时有多个人物以第一人称形式来进行叙

[①] Joseph Heller, *God Knows*, New York: Alfred A. Knopf, Inc., 1984, p.338.

述，《最后一幕》中的萨米、刘及克莱尔等就是以第一人称形式讲述自己的故事；(3)多重内聚焦，即同样的事件被不同人物叙述多次，每个人只呈现自己所看到的那部分。

《最后一幕》中对于不定内聚焦的使用显示出海勒特殊的伦理用心，即聚焦人物之间的个体伦理心理构成了对比，既包括该作品内的人物对比，又超出该作品，与其他作品构成互文。不过某些评论家认为其中的三个聚焦人物在个性上过于接近，作为平庸的美国中产阶级代表在形象上有所重复[①]。笔者认为，之所以选用这几个人物用内聚焦形式来讲述自己的故事，正是为了让读者近距离了解到他们体验到的真切的幸福感。"幸福的家庭家家相似，不幸的家庭个个不同。"[②] 萨米与刘生活状态的接近，正在于他们都获得了人生的幸福。这种朴素的幸福虽然显得生命张力似乎有些单薄，但这正是幸福的本真面貌。通过内聚焦形式，这些人所体验到的幸福也能够带给读者更强烈的伦理感染力。除此之外，他们又与海勒其他作品中的内聚焦人物也构成了对比。比如《出事了》中斯洛克姆的麻木与恐惧、痛苦，以及《上帝知道》里大卫的孤独，都与萨米和刘等人在友情与爱情中体会到的幸福构成鲜明对比。这些不同个体的内在伦理体验直接构成了对立性的范本。

另外，小说中视角的转换可以使读者从多角度来看待同一事物，从而构成了对伦理问题的多向度理解。《最后一幕》选择了萨米与刘作为第一人称叙述，还有着另外的意义。比如对于《军规》里发生的故事，又由萨米进行了再次回忆，同样是对于军队生活的体验，在《军规》里，约塞连是充满了恐惧与逃跑的愿望，萨米的感受却与他大不一样。萨米感到，"住在那儿的日子让我感觉无比快乐，甚至怀

[①] 参见[美]约瑟夫·海勒《最后一幕》，王约西、袁凤珠译，译林出版社1997年版，译者序第7页。

[②] [俄]列夫·托尔斯泰：《安娜·卡列尼娜》，草婴译，上海译文出版社1990年版，第1页。

疑过那段时光的愉悦是否真实"①。"这一切都是我们的了。帐篷很舒适，人们之间没有敌意，这是最为难能可贵的了。"② 并且萨米还认为，在营地里，自己"和其他人是一样平等的，官员也不例外"③。这一方面是因为，《军规》与《最后一幕》两部作品的气质与表达重点不同；另一方面，萨米是以回忆的方式来呈现过去，作为一个老年人对年轻时生活的怀念，带有老年叙述者的主观伦理。正如我们在小说叙述结构中论及的，叙述时间的双重性正在于过去与现在的对比。这种主观伦理也正是一种存在性的生命伦理。在萨米的回忆中，过去被涂抹上了伦理的乌托邦色彩。同时，萨米对约塞连也做出了评价，他说："从感情上说，我跟约塞连站在一边，他幽默、敏捷，有点儿粗鲁，但和我一样在大城市生活过，是一个宁可死也不愿被打死的人。战争结束前夕他还半开玩笑地和我说一定要活到最后，即使死也要试试。我赞同他。从他那里我还学会了说不。"④ 这些评价构成了对约塞连的另一种理解。这种多重视角就具有了伦理的多角度性。

比较特别的还有海勒的遗著《画像》，作品在整体的零聚焦基础上，也几次使用了不同聚焦人物的内聚焦形式，不过这几个人物之间并没有明显的关系，并且只是作为作家波特所虚构出的人物而存在，比如古希腊女神赫拉，又比如一个微小而会思考的基因等。这些"人物"之间也可以构成一定程度的对比。只是其中内聚焦人物与其他人物处于不同的聚焦模式中，各人物与读者之间的距离感不太一致，这在对比两种聚焦的差异时已有论及，不再做具体分析。

四 零聚焦视角与社会伦理状态

海勒的7部长篇有5部采用了零聚焦形式，其中《军规》《戈尔德》与《画里画外》是完全的第三人称全知视角，《最后一幕》与

---

① Joseph Heller, *Closing Time*, New York: Simon & Schuster, Inc., 1994, p. 229.
② Ibid., p. 227.
③ Ibid., p. 14.
④ Ibid.

《画像》是以零聚焦为基础,同时穿插或多或少的内聚焦。第三人称全知视角非常适合表现宏观的社会伦理状态。除了《画像》,这几部作品对社会伦理状态的呈现都非常直接。《画像》意图显示的是老年的审美伦理与个体生活伦理之间的问题,之所以不采用第一人称内聚焦,是因为这一人物与海勒的现实身份过于接近,为了拉开与自己的审美距离(也是伦理距离),采用第三人称更为合适。这样海勒能够更好地把握人物的行动,而不至于引入太多的主观情绪。正如该作品中的主人公也是作家,同样也面临着这样的问题:审美要与生活有一定的距离,才能不破坏世俗的道德,这也是一个重要的审美伦理问题,在之前已经讨论过。这里需要关注的是,海勒在采用这种零聚焦视角中,所具体实现的伦理效用。

1. 全知视角对社会伦理问题的展示

零聚焦下第三人称全知视角作为对社会问题的展示具有最突出的优势,这在《军规》中有着充分表现。在自由的全知视角中,作者可以任意选用不同人物的眼光来看待问题,从全知叙述角度进入到每个人的观念中,在呈现缤纷多样的人物境遇时,显示出社会所面临的各种境况。除了选取人物眼光之外,叙述者也可以直接对事物作出评论,或者用高于人物的眼光去进行观察与叙述。所以全知视角作为"上帝"的眼睛最适合进行全景性把握。如果说《军规》是以各种人物视角的多重性来指出社会伦理的多方面问题,那么在《最后一幕》中,叙述者更是发挥全知视角的自由性,直接对各种事物进行观察。而在《画里画外》中,全知视角的优势发挥到了最大,因为这是带有历史评论色彩的作品,叙述者的视角穿越古今,关注对象从古希腊的苏格拉底到 16 世纪荷兰的伦勃朗以至于到当代美国,只有全知视角才能如此顺利地把握一切,将整个西方的历史囊括在视野中,从而既能够对资本主义社会伦理问题给出全面的批判,又可以在更开阔的历史视角下,去理解生命伦理的现实处境与历史性价值。

2. 多重叙述眼光下的伦理观念冲突

全知视角可以进入到每个人物之中,用不同人物的眼光来进行观察。同时，它与不同人物之间也有着不同的距离，这种距离就建立出一种伦理的亲疏关系。申丹指出："全知叙述者对某个人物的内心活动展示得越多，读者与此人物之间的距离就有可能会越短，反之则有可能会越宽。"[1] 而进一步，全知视角所选择的这些不同人物之间，也有着伦理观念的冲突与对话，因为与不同人物之间的不同关系，从而也制造出对于不同伦理观念的认同态度。

从《军规》到《最后一幕》，叙述者更多展示的是约塞连的内心活动，所以约塞连作为主人公与读者距离最近，甚至出现过叙述声音与约塞连的声音相融合的现象。比如《最后一幕》中，约塞连曾与盖夫内争论婚礼上的曲子是否是《启示录》，叙述者是以超越人物的声音叙说婚礼场景，但却忽然说道："是《启示录》没错，荒唐的是盖夫内却硬说不是。"[2] 这个时候，叙述声音就与约塞连的声音完全重合，意味着叙述者对约塞连这一特定人物的认同。约塞连的伦理行为与伦理观念也就显得最为重要。当约塞连被别人当作疯子，我们也能从他的叙述眼光中清楚看到疯的不是他，而是其他所有人。在《军规》里，叙述者以不同的叙述声音去表达不同的人物，声音中的褒贬也就意味着叙述者的伦理倾向。同样是黑色幽默，同样是反讽，对于卡思卡特与米洛，我们从中感受到的是厌恶，而对于最后依靠决心逃离了美军基地的奥尔，却感觉到一种可爱与生动的力量。

因此，不同的叙述眼光意味着不同伦理观之间的对话与矛盾，而叙述者与人物之间的距离就构成对这些伦理观的价值选择。《军规》中叙述者对约塞连的倾向，不仅仅是对约塞连自身伦理判断的认同，也是对约塞连在伦理道路上的心路历程，以及其个体伦理与社会伦理之间的斗争和张力给予充分的重视。相比成功逃出的奥尔，约塞连身上更具有这种伦理张力。所以，对叙述者而言，杰出的道德英雄并不

---

[1] 申丹：《叙述学与小说文体学研究》，北京大学出版社2004年版，第230页。
[2] Joseph Heller, *Closing Time*, New York: Simon & Schuster, Inc., 1994, p.425.

一定是被首选的对象,恰恰是约塞连这种陷入伦理困境中,并且不断寻找力量的"普通人"更值得关注。因为在这种人物身上,积蓄着更切实的伦理经验与更有现实力度的伦理启示。所以在《最后一幕》中,虽然对比于几位内聚焦人物,约塞连在道德距离上被叙述者放到更远的位置上,但在全知视角的部分,约塞连仍然承担着核心的叙述眼光,显示着他自身的一种生动的伦理境遇。

相比而言,约塞连并不是合格的幸福者,在道德上也并非成功者,但他身上却体现出一种激起叙述者与读者兴趣的伦理感召力。赵汀阳多次强调,真正的伦理是富有生活灵活性的伦理。而约塞连这一人物,最能够体现这种伦理的灵活性。在《军规》里,他充满了对抗死亡的热情,虽然他没有以积极的方式正面与政治伦理作对,或者意图去创造一种新的政治伦理,而是采用了"消极"的方式守护自身的自由。但正如伊赛亚·伯林(Isaiah Berlin)所指出的,这种"消极自由"(negative freedom)[①],对于生活于现代规约社会中的人们来说显得更为重要。伯林称"政治理论是道德哲学的一个分支"[②],就是因为他更多是从个体自由的角度,而不是社会"民主"的角度去关注政治问题,所以他认为伦理是更为基础的问题,个体的自由伦理才是社会政治的原点。正是如此,海勒小说从第一部《军规》到最后一部《画像》,其中所涉及的政治问题,或者说其中对于社会伦理的批判,都是从个体的生存伦理角度进行展开。所以他更为强调"消极自由"的意义。在选择叙述视角时,他更倾向于接近生命自身的表达,要么从人物内在出发,要么展示不同人物的外在状态,以此进行比较,可以说,他

[①] 伊赛亚·伯林将自由分为"消极自由"与"积极自由"(positive freedom)两种,积极自由主要是指想要自己治理自己,或参与控制自己生活过程的欲望,即自我主动行动的自由,而消极自由更多是指可能和希求一个能够自由行动的范围的欲望,即"自由就意味着不被别人干涉"。参见[英]伊赛亚·伯林《自由论》,胡传胜译,译林出版社2011年版,第170—183页。

[②] [英]伊赛亚·伯林:《自由论》,胡传胜译,译林出版社2011年版,第169页。

的视角就是为了更接近生存现实的真相。

第四节 叙述话语的伦理性

一 叙述话语的伦理色彩

从结构到视角再到话语是叙述姿态不断细化的表现。进一步细化，就是话语中微观的修辞姿势。微观修辞以修辞格形式出现，内属于话语，并与话语自身的姿势融合在一起，很难完全区分。相对而言，修辞可以从语句环境中独立出来，即使修辞的意义必须要通过上下文来进行把握，但它的修辞结构具有一定的独立性。而叙述话语却必须要显示出叙述者的身影。广义上的叙述话语包括整个叙述过程。即，在叙事学中常见的"故事"与"话语"的二分中，"话语"就等同于"叙述"，包括整个这一章所讨论的问题。这里仅指狭义上的叙述话语姿势，即叙述者以什么表达方式来进行话语呈现。这主要包括两个方面，一是针对事物的不同表达方式，二是针对人物语言的话语模式，两者有所交织。

表达模式是指对不同事物所选择的不同的展示姿势与话语逻辑，主要可分为叙述（陈述）、抒情、描写、议论、说明等五种类型。除"陈述"以外，其他几种也被称为"非叙事性话语"，其实就是对"非陈述"的一种总称，以突显"陈述"在叙述话语中的特殊重要性。在叙事文中，往往既包括叙事性话语，又包括非叙事性话语，在长篇小说这种既复杂又容量充实的叙事文中更是如此。这五种常见的表达方式所针对的表达对象有所不同，从而所要生成的话语逻辑也就有所不同，并在此基础上形成了不同的话语模式。"陈述"针对的是"故事"，所以主要依照的是故事发生的时间逻辑，即使讲述的时序可以千变万化，但其内在始终遵循着属于"故事"自身的时间逻辑，这种逻辑不是指"事件"的发生逻辑，而是指"故事"必将按照一定的时间性才能获得"讲述"。"抒情"针对的是"情感"，所以主要按照内在心理的逻辑，心理逻辑并不一定遵循外在的时间线索。"描写"针对的是"环境"(包括各种物象),主要按照以视觉为中心的身体感官逻辑。"议论"针对的是"观点",主要按照思维逻辑。"说明"针对的是"现象",主要按照科学的解释性逻辑。[①] 海勒小说对这些表达方式的选用有其特点,整体而言是倾向于伦理的隐蔽性。

话语姿态中最重要的表现就是对于人物话语的展开,由此构成了不同的"话语模式"。人物的话语既有通过口头与文字形式出现的外在话语,也有内在的心理话语。常见的话语模式有四种:1. 直接引语;2. 自由直接引语;3. 间接引语;4. 自由间接引语。[②] 这四种话语模式可以构成小说里人物语言的千姿百态。海勒小说对这四种模式都有所运用。海勒称自己对人物的行动不太重视,而重视人物的所言所思,所以人物话语在其小说中占有重要的地位。尤其是对人物对白的充分呈现,构成海勒小说的一个突出特点。人物对白直接展示出人物的伦理交流情境,从而具有浓重的伦理色彩。海勒小说中的对白采用了各种话语模式,但最多的是直接引语形式,这一形式最为简单,也最为实用,对于呈现生动的对话画面具有最直接的表现力。除此之外,海勒也大量使用了自由间接引语形式,这一形式作为最自由的一种话

[①] 另外,在后现代叙事文本中,还会插入这五种类型之外的其他表达方式。比如勒·克莱齐奥(Le Clézio)在《逃之书》中插入的词语与句子的片段,一种类似于诗歌的文字。这些片段又并非人物的意识流碎片,它并不单纯针对以上五种的任何一种对象,又不完全是一种文句的修辞。它具体是什么并不在我们的讨论范围内,但它内属于叙述。

[②] 话语模式又被称为人物话语的表达方式。在柏拉图的《共和国》第三卷中,苏格拉底就区分了"摹仿"与"讲述"两种方式:"摹仿"即直接展示人物话语;"讲述"是指诗人用自己的言词转述人物的话语。这大致相当于后来所提的"直接引语"与"间接引语"之分。英国批评家佩奇(N. Page)对小说人物话语的表达方式进行了较为细致的分类,共分八种,分别是:1. 直接引语;2. 被遮覆的引语;3. 间接引语;4. "平行的"间接引语;5. "带特色的"间接引语;6. 自由间接引语;7. 自由直接引语;8. 从间接引语"滑入"直接引语。热奈特将其分为三类:1. 叙述化或讲述话语;2. 间接形式的转换话语;3. 戏剧式转述话语。可参见申丹《叙述学与小说文体学研究》(第三版),北京大学出版社2004年版,第288—299页。我们这里采用常见的划分方法,将其划分为四种模式。

语模式具有丰富的表现力与复杂性，对于建立叙述者与人物的关系也具有活泼的表达能力，所以也能够展示出更为灵活的伦理效果。

二 对白对伦理问题的呈现

对白即是对话的直接呈现。直接引语的对话就是以现场戏剧的形式，将对话场景"摄录"下来。所以直接引语下的对话是最具画面的生动性与镜头般的现象学色彩。热奈特说，"一部小说人物间的对话显然是在该小说的虚构世界里发生的严肃的语言行为"[1]，就是在强调对白的重要性。直接引语将叙述者的声音排除在外，没有叙述者观点的插入与观念的影响，让对话者自身将对话直接呈现出来。除了这种现象学色彩的戏剧性表现外，作者还会在必要之时，为对白加入一定的叙述者声音。这种声音有些是必要的叙述技术上的辅助，有些是叙述者有意的解释与引导，同时又与直接引语下的对话场面构成对话。而这种对话就是叙述者的伦理声音与对白本身的伦理境况的对话。如此，也将对白的叙述伦理问题变得更为复杂。

在前面的故事伦理章节中，强调了对话对于解决个体伦理问题的重要意义。可以认为，对话在伦理中具有非常关键的意义。赵汀阳指出，"幸福是必须与他人商量的结果"[2]。也就是说，幸福不是一个人的事情，这一目标的实现就是作为处理人际关系的一种结果。赵汀阳说："如果只有我在而他人不在的话，'我'就被减弱为自言自语的单一心灵，这个单一心灵惟一有意义的作为就只能是自虐。"[3] 对话直接建立了自我与他人的关系，而这种关系首要表现为伦理关系。对话的伦理性非常突出，既体现在对话的内容中，又体现在对话的态度上。对话（即作为引语话语形式的对白）本身就是一种伦理态度的展示。不同的对白可以呈现出不同的伦理状态与意图。海勒小说中的对白作

---

[1] [法]热拉尔·热奈特：《热奈特论文选，批评译文选》，史忠义译，河南大学出版社2009年版，第88页。

[2] 赵汀阳：《没有世界观的世界》，中国人民大学出版社2003年版，第100页。

[3] 同上书，第105页。

为一种非常重要的话语形式，不仅在数量上占有极重的比例，在叙述结构与小说修辞上也具有关键意义。

1. 对话与伦理现状的呈现

海勒小说善于用直接引语形式直接呈现人物对白，这里主要强调的就是直接引语下的人物对话。正是直接引语将对话所具有的伦理性最直接地显示出来。对话作为人际关系的直接话语呈现，首要的伦理效果就是展示对话各方的伦理态度以及彼此之间的伦理关系。《出事了》与《上帝知道》都是以第一人称进行叙述，其中充斥着意识流式的内心独白，但对话场景却并没有采用"意识流小说"中经常采用的自由直接引语与自由间接引语形式，仍然选用了直接引语对对话场景进行再现。这正是海勒对于"对话"的特殊重视。

《出事了》中斯洛克姆在伦理关系上的失败，正是与他在对话上的失败密切相关。他自己就深刻意识到这一点：

> 我和老婆已经没法真正谈到一起了，但有时我却忘了这点，还想试试。我们不再亲密地坦诚相见了（虽然我们经常不断做爱，关系足够密切）。只要跟她说话，她就经常做出令人泄气的、受挫的、怨恨的反应，比如说"你应该"，或"你别总是跟大家顶嘴"，或"你别总是用那种方式冲我喊叫"。总是我顶她，或者她顶我（她也很会顶人），这就是问题所在。她说起来好像是那么回事，于是我再次停下来，好像狠狠地挨了一耳光，我感到晕眩，我再次感到遭受遗弃般的孤独，为了再次寻找安全，我又陷入到阴郁、黑暗的内心世界中，我感到寂寞，我还要面对这些没有人可以信任，没有人帮助自己的现实。[①]

斯洛克姆以直接引语方式将对话中出现的语词呈现出来，这些语

---

① Joseph Heller, *Something Happened*, New York: Alfred A. Knopf, Inc., 1974, p. 118.

词作用于他的情感,就"好像狠狠地挨了一耳光"。直接引语是将事件本身的动作直接浇注于人物的伦理情感之上,其内在的反思也是以直接的方式来达成,具有一种直达肉体的伦理感染力。可以认为,直接引语的对话,在伦理呈现上具有直接的感官感染力,这首先在于直接引语的直观性。它可以以自然的方式传达出声音与对话现场的效果,同时,它还具有特定的音响效果①,显示出声音的身体性与物理性,与伦理本身强调"身体"的特征连接在一起。比较有代表性的例子就是对白中词语的重复现象。比如《最后一幕》中,米洛向美国政府推销隐形飞机时的对话片段:

"去他妈的新闻界,"温特格林说,"让他们瞧瞧这些。"
"这些都是真的吗?"
"他妈的是真是假有什么他妈的关系?"温特格林问道,"他们要是他妈的证明咱们说了谎他妈的正给他们提供素材了。"
"先生,您现在正是用他妈的语言在说话。"一个海军陆战队高级指挥官的副官说道。
"那我该表扬你他妈的诚实,"一位上校说道,"上将?"
"我赞同。那个他妈的驾驶舱在哪儿?"
"在机翼里,所有东西都在那。"
"只配了一两个机组成员,"有人问,"能和他妈的四个人一样有效率吗?"
"更起劲儿呢。"米洛说。
"他妈的有效没效有他妈的什么他妈的关系?"温特格林问。
"我晓得你他妈的意思了,先生。"鲍依少校说道。
"我没明白。"
"我能明白他他妈的意思。"

---

① 参见申丹《叙述学与小说文体学研究》(第三版),北京大学出版社 2004 年版,第 302 页。

"我不确定我明没明白他他妈的意思。"①

短短十几句对话中，就有15个"他妈的"（Fuck/Fucking）。这个词汇的音响效果非常明显。首先，Fuck本身就是一个暴力性词汇，表达者在使用暴力性词汇时会有强烈的话语快感。但这种词汇也具有攻击性，说话人在使用时，说话语气会加重。或者说，这一词汇本身会加重整个话语的语气，如此，话语中的音响效果就变得非常突出。另一方面，在对话中，同一词汇如此高密度地重复出现，自然构成特定的节奏与声音效果。暴力词汇所具有的尖锐声响在对话的场景中不断炸裂，从而将对话引向一种超现实或荒诞的境遇中。再次，这一词汇本身并不具有实际意义，只构成一种语气与情绪表达，在话语中具有强烈的修辞效果，如此与自然的话语音响结合在一起，将对话现场的激烈状态呈现出来。所以在形式上，这是直接引语引发的对话效果，这种效果将对话各方的伦理关系也展示出来。暴力性词汇的攻击性特点，自然让我们感受到人与人之间的暴力性关系。在充斥着这种声响的对话中，富有意义的沟通是难以实现的，对话中只有利益的博弈与情绪的宣泄，完全没有情感交流。这种直接引语下的对话伦理问题也被清晰地显示出来，无论是作为这些丧失伦理追求的个体，还是对话环境中的伦理场域都呈现出破败的局面。由此还可以引出更具有伦理复杂性的对话问题，比如下面一组在家庭伦理关系中夫妻之间的对话：

"你用不着冲她喊叫。"我老婆说。
"我没有喊叫。"
"不对，你喊了，"她说，"你没听见自己在喊？"
"对不起，我喊了。"
"你也用不着跟每个人都顶嘴。"

---

① Joseph Heller, *Closing Time*, New York: Simon & Schuster, Inc., 1994, p. 248. 引文中部分文字的着重号形式，为笔者所加。

"再次对不起，我顶嘴了。"①

这是《出事了》中斯洛克姆与妻子之间的一组对话，与上组对话相似的是，这里也有重复问题。虽然并没有那么高密度与极端的重复，但重复的声音中所具有的声响张力却非常尖锐。从前面的"喊"（shout）的重复到之后"对不起"（sorry）与"顶嘴"（snap）的重复，这里的重复更具有伦理态度的变化与焦灼感。Shout 被重复了 3 遍（按笔者所提供的汉语译文，"喊"字被重复了 5 遍）。同样地，"喊"本身就具有强烈的音响特征，代表着尖锐与激烈的声音。所以在这部短小的对话里，"喊"在重复中面临着不同的声响变化，直接引语的对话将这种现场还原出来，让读者可以身临其境地感到对话双方陷入的争吵与难以解决的对话困境。在这之后所表现出的问题，正如前面斯洛克姆那段反思中所显示出的，声音直接给了他"狠狠的一记耳光"，从此让他对对话绝望，也就是对建立和谐的家庭伦理关系不再抱有希望。

2. 对话对伦理关系的毁灭

海勒小说中的对白主要承担着对失败的对话的表现。这种反面的对话情况非常普遍。这也是海勒小说直接的批判姿态。华莱士·马丁在强调巴赫金（M. M. Bakhtin）的观点时指出，"对话的本质特征最清楚地显露于意见分歧之时"②。因此，正是这种毁灭性的对话见出了对话的本性，而在海勒小说中得到了特别的重视，在数量上占有绝对的比例。这种缺乏沟通的失败对话在海勒小说中又具有多种类型，主要包括以下几种：

第一，权力不平衡造成的不平等对话。

这在《军规》中多次出现。最有代表性的就是"克莱文杰的审

---

① Joseph Heller, *Something Happened*, New York: Alfred A. Knopf, Inc., 1974, p.117. 引文中部分文字的着重号形式，为笔者所加。

② [美] 华莱士·马丁：《当代叙事学》，伍晓明译，北京大学出版社 2005 年版，第 150 页。

讯"一幕。克莱文杰因为在列队行走中绊了一跤而受到指控。在这场审判中，克莱文杰没有任何话语权可以去申辩。整个对话场面以戏剧性的笔法进行呈现，让这种基于不平等权力关系下的压迫性对话显得非常荒诞。正是因为这一段对白极有表现力，海勒之后将其改编为独幕剧，题为《克莱文杰的审讯》（*Clevinger's Trial*）于 1973 年刊登在杂志上①。

另一种不平等并非因为社会伦理中的政治权力，而是源于文化权力的差异。比如种族歧视问题，这在海勒小说的对话中也有体现，但只是偶尔带过，没有大笔墨刻画。其中最突出的就是在《上帝知道》中所呈现的人与上帝之间的不平衡，这更多属于个体伦理心性问题。作品中大卫与上帝的对话场面反复出现，其中既有真实又有臆想，还有大卫讲述的其他人与上帝之间的对话。比如大卫讲述的摩西与上帝的对话：

"这，疼……疼啊，"摩西呜咽着抱怨。
"谁说这不应该疼了？"上帝问道，"哪儿写着这不应该疼？"
"你让我们活得好难啊。"
"为什么要舒服呢？"上帝道。
"真是个艰难的世界啊。"
"为什么要容易呢？"
"我们为什么要爱你崇拜你？"
"我是上帝。我就是我。"②

在这组对话中，摩西的委屈与上帝的毫无道理构成鲜明的对比。与《军规》中克莱文杰受审的对话相比，这里更有一种精神上的压迫

---

① 这出独幕剧国内已有译本，参见［美］约瑟夫·海勒《得过且过》，郭国良、赵婕译，浙江文艺出版社 2006 年版，第 245—267 页。

② Joseph Heller, *God Knows*, New York：Alfred A. Knopf, Inc., 1984, p. 22.

感。对于摩西的抱怨，上帝全是用反问来回答，对于摩西的疑问，上帝根本不用讲道理。直接引语的对白形式将上帝与摩西的关系生动地呈现出来，并且显出一种特有的反讽意味。

第二，情感博弈造成的对话的不协调。

这种对话问题主要表现出的是个体伦理关系的不协调。《出事了》中这样的对话比比皆是。斯洛克姆所尝试的与家人的对话，基本都因为情感之间的博弈造成最后的失败。博弈是由于个体丧失了伦理心性，缺少健康的情感知觉与道德认识，在与家人的相处中，要么表现出冷漠，要么非要占领情感上风。其中斯洛克姆会采用各种方式来回避伦理问题。比如他因为对与女儿交流失去信心，甚至感到厌恶，所以常常采用各种方式来逃避与女儿之间的对话。这些方式既包括沉默，也包括权力压制，还有就是采用笑话的方式。例如，当女儿想要与父亲交流时出现的一段对话：

"我只不过想和你坦率地聊聊。"

于是，我带着明显的胜利者的表情决定说话。我决定以我熟练的方式展开进攻，我装出一副自鸣得意的镇定与故意嘲笑她的神气。

"不。"我故作神秘地说。

（而这使她迷惑不解。）

"不什么？"她必然会问。

"不，你不是。"

"不是什么？"她不得不问道，变得胆小而可疑，"你什么意思？"①

这组对话除了直接引语的对白，还有叙述者声音对人物内心进行

---

① Joseph Heller, *Something Happened*, New York: Alfred A. Knopf, Inc., 1974, p. 140.

剖析。叙述者也成为对话的一方，其剖析同时是对对话的解释。所以与前面不同，这里叙述者的声音占有了重要位置，更清晰地呈现出斯洛克姆内心的博弈状态，也展示出对话失败的根本原因。正如斯洛克姆后来的反思，"现在我明白了，我跟孩子们没多少共同语言，甚至跟自己的孩子也一样，而且我讨厌跟他们长时间交流。我真的一次跟他们多待两分钟都不乐意。对他们说的事情产生兴趣对我来说太难了，想说点取悦他们的话对我来说也太难。所以我懒得再尝试"①。

这种博弈有时候会变得更为严重，将对话引向争吵，甚至将双方变成争斗的敌人，伦理关系迅速恶化。在缺乏伦理心性的家庭里，争吵必然会发生。《出事了》中这样变成争吵的例子非常多。但在《上帝知道》中却出现了另一种情况，大卫在讲述他与拔士巴的关系时说，"我们的争吵总是能激起我的性欲"②，因为争吵也同时与欲望伦理交织在一起，争吵引发更多的占有欲。所以也可见出，大卫与斯洛克姆虽然同是对自己的伦理焦灼进行自白，但是大卫所具有的生命力与伦理激情却是斯洛克姆完全不具备的。

第三，没有交流欲望的无意义对话。

这往往是因为对话一方或双方缺乏交流欲望，对话者缺乏伦理激情，以至于无法通过对话建立伦理关系。海勒小说中对这种无意义对白的显示包括重复、答非所问及悖论三种形态。重复就是听话人以游戏的方式重复说话人之前说过的话，这在《军规》《上帝知道》里都有所体现。答非所问就是指对话双方说着完全不同的话题，如果是问答形式，回答方所答复的完全与问题无关。比如《上帝知道》里人们跟祭司之间的对话，回答里充满了无意义的隐喻。至于悖论式的对话，在《军规》里多有表现，就好像"第二十二条军规"本身，其中许多对话也陷入荒诞的圈套中，成为毫无结果、毫无意义的言辞。比如精

---

① Joseph Heller, *Something Happened*, New York: Alfred A. Knopf, Inc., 1974, p. 146.

② Joseph Heller, *God Knows*, New York: Alfred A. Knopf, Inc., 1984, p. 98.

神病专家桑德森少校与约塞连的一组对话：

（桑德森）"难道你从未想过，你胡乱追女人，不过是为了缓解你潜意识中对性无能的恐惧吗？"
（约塞连）"是的，长官，我想过。"
（桑德森）"那为什么还要那样做呢？"
（约塞连）"为了缓解对性无能的恐惧。"①

这组对话中还潜藏了一种对话的"认同伦理"，即在对话环境中，对话各方会有一种自然的趋同感，各自的某些观点会在对话过程中逐渐趋于一致②。在这里，海勒是借对话的"认同伦理"来对权力性对话进行讽刺。权力性的认同建立的不是正常的伦理关系，而是不平等的权力关系。其对话经常构成对话的圈套。这组对话则显出了约塞连对这一圈套的颠覆，他以无意义的回答方式呈现出权力的荒诞性。在桑德森少校与约塞连关于鱼的对话中，更显见出对话伦理的圈套以及约塞连的反讽性解构策略：

"让我们谈谈你总梦见的那条鱼吧。总是同一条，是吗？"
"我不清楚，"约塞连答道，"我不太能辨认鱼类。"
"这鱼让你想起了什么？"
"其他的鱼。"

---

① Joseph Heller, *Catch－22*, New York: Dell Publishing Co., Inc., 1979. pp. 306－307. 括号里的人名为笔者所加。

② 对话趋同性包括两种，一种是指在一组对话中，对话双方的观点会逐渐趋同；另一种是指在对话团体中，积极进行对话的团体中各成员在精神气质上会逐渐趋同，并构成团体个性。不过这种趋同是建立在和谐与积极的对话基础上，是作为一种理想对话而存在。趋同性不是指对话观点的彼此相同，而是指各方有意识地寻找与彼方的共同点，从而建立更有效的对话可能。可参考［英］伯姆《论对话》，王松涛译，教育科学出版社 2004 年版。

"那么，其他的鱼让你想起了什么？"

"其他的鱼。"

桑德森少校失望地向后靠去，"你喜欢鱼吗？"

"不是特别喜欢。"

"就你看来，到底是什么让你对鱼产生了如此病态的反应？"桑德森少校得意地问道。

"它们太平淡无奇了，"约塞连说道，"还有很多刺。"

桑德森点点头，表示理解，还露出了讨人喜欢的、虚伪的笑。"这是一个非常有趣的解释。但是我觉得我们很快就能找出真实原因。你喜欢那条鱼么，那条你已经握在手中的鱼？"

"我对它没有一点儿兴趣。"

"你不喜欢那条鱼么？你对它怀有什么故意的或者对抗的情绪吗？"

"不，一点儿没有。事实上，我挺喜欢那条鱼的。"

"那么，你喜欢那条鱼咯？"

"哦，不。我对它没有任何感觉。"①

这里将无意义对话类型的"重复"、"答非所问"及"悖论"形式都呈现了出来，非常集中地展示了一种生动而荒诞的对话场景。之所以如此，在于约塞连并没有打算跟桑德森少校做交流，因为这不是一次健康的伦理性交流，而是官方的事务性交流，并且含有预先的不对等关系，桑德森是把约塞连当作精神有问题的人来看，并且是作为约塞连的上级，是由官方派来的精神医生来对约塞连做检查。对于这种缺乏伦理平台的交流，约塞连完全不当回事，所以采用了各种方式来让对话陷入无意义中，并且在最后显露出一种表面上的"认同伦理"，但可笑的是，紧接着就被约塞连自己否定掉，从而构成对这一

---

① Joseph Heller, *Catch-22*, New York: Dell Publishing Co., Inc., 1979, pp. 303-304.

伦理的反讽，也是对官方权力的一种讽刺。其中暴露出的是对话中隐藏的伦理圈套，一方表示出虚假伦理性的关心，而另一方作出话语游戏，将这种虚假的关心引向空洞的结果。全知叙述者在这里有意对桑德森进行了描述，并且选用了反讽式的用语，作为对对白的叙述性解释，让我们清晰看到其中叙述者的伦理态度。叙述者的声音与对白的结合更显示出，作者是将对白中的人物摆在各自的伦理位置上，进行特殊的伦理评判。

3. 对话对伦理关系的建构

海勒小说中的对白主要是对对话（也就是伦理）问题的呈现，而较少显示对话建构伦理关系的可能。这是他一贯的态度。但其中也塑造了一些具有伦理感染性的人物，包括像约塞连这样充满伦理灵活性的人物，也有过着朴素的幸福生活的萨米与刘等个体伦理范例，还有追求道德理想的人物如苏格拉底等等。但其中却没有展示出更多富有美好感染力的人物对白。同样是关注对话的伦理性，小说家们更多是去表现人物对话中的裂隙与隐秘的博弈关系，而理论界却更乐于强调对话的伦理建构意义，并提出众多可贵的对话伦理思想[①]。在海勒小说所呈现的对话舞台上，可以感受到直接引语的对白所具有的戏剧感，以及在这种戏剧形式中所表现出的反讽色彩。似乎对话越是被直陈，越容易显示出对话的问题，而不是相反。是这个时代人们丧失了对话能力，还是对话本来就是不可能的？这些都是海勒小说所提出的重要问题。

海勒小说有着自身的语言特点，即使在使用对白中，也离不开他一贯的幽默风格，既包括黑色幽默，又包括反讽，在其小说对白中，也经常让人物说出取笑的、滑稽的话。这些对话中的玩笑，也有着独特的伦理意义。比如在《出事了》中，斯洛克姆跟妻子的一次聊天片段：

---

① 比如哈贝马斯在建构其"交往理论"中曾对"话语伦理"、"对话伦理"等进行过较多的论述。

(妻子)"去你的。"

(丈夫)"我喜欢你现在骂人的样子。"我对她开玩笑,"你说'去你的'比以前说得好多了。"

(妻子)"多锻炼。你告诉过我的。"

(丈夫)"我深感荣幸。"

(妻子)"只是跟你才这么说。因为你让我感觉可以很轻松地说'去你的'。"

(丈夫)"这方面你也做得更好了。"

(妻子)"你在抱怨吗?"

(丈夫)"现在没有。"

(妻子)"那好,再说一次'去你的'。"①

从前后情节看,这是一次和谐的聊天,虽然不是信息性交流的对话,但也属于情感上的沟通。它有着游戏的特征,并且既显得无聊,又显出一种随时可能激发出争吵的张力——对比小说中众多的争吵,不由得会做出这样的判断。尤其是丈夫,似乎在有意识压抑自己去迎合妻子,当妻子首先说"去你的"(fuck you)的时候,如果他稍微认真一点,就会发生争吵,但他却用玩笑的方式进行了化解。正是在这种紧张关系中,可以窥见对话者的特殊用心。现实生活中,这样的"无聊"对话其实有着重要的伦理意义,它不是为了交换信息,增强彼此的认知,而是为了增加感情,调节情绪。在这个片段中,最重要的不是引语的部分,反而是叙述者所做的补充。他说明"我对她开玩笑",正是这一点让我们了解到整个对话过程的张力和它被化解的可能性,了解到男人的伦理动机与获得和谐的机遇,以及交织于对话中的"玩笑"所具有的重要的伦理意义。

---

① Joseph Heller, *Something Happened*, New York: Alfred A. Knopf, Inc., 1974, pp. 262–263. 括号里的人名为笔者所加。

对话中的玩笑一般具有三种可能意义：第一，将对话变得无意义；第二，减轻对话压力，去除紧张感；第三，构成对对话本身的反思。在这一片段中，玩笑同时具有了这三种功能。只是每一种功能都非常微妙，以至于难以察觉，所以反而容易被人忽略它的伦理意义。强调这些，不仅是为了获得对这种对话的伦理性反思，更重要的是理解海勒小说中所具有的微妙的伦理气息。而"去你的"作为玩笑的词语功能，同时涉及之后要讨论的小说修辞学问题。其中在直接引语的对白现场加入叙述者的解释，作为一种微妙的伦理暗示，让我们体悟到现实对话境遇中细微的伦理意味。作家的这种把握，既是一种创作的直觉，更是出于对生命细节的关注。正是在这种细节中，显示了非常重要的生存伦理的细腻力量。

4. 对话的反思与伦理

赵汀阳说，"对话永远是极其重要的，是所有有意义交往的基础"[①]。正是为此，海勒小说反复呈现对话现场，并以直接引语的方式为主，将戏剧画面带到我们面前，同时在必要的时候，采用叙述者声音，将对话背后的伦理意识交给我们。虽然作家主要展开的是失败的对话，但这一展示本身，却让读者进入到对话的现实境遇中，去理解对话所具有的可能性。问题被打开在对话的舞台上，更多的反思交给了观众。这是海勒小说执着于对话的重要启示。赵汀阳又说，"倾听远远比发言更能够触及'接受他人'的问题"[②]。直接引语的对话带来的不仅仅是阅读，而是作为读者对于倾听的重视。这些倾听，既包括对话者相互之间的倾听，也包括读者对于文本中对话的倾听，同时，还有我们对作品中那些倾听者的倾听。

海勒小说虽然呈现出众多失败的对话与无意义的对白，但这种无意义背后却隐藏着重要的伦理启示。中国作家格非针对现代小说对白中的"无意义"现象指出，"对于读者来说，由于对话的实指意蕴的

[①] 赵汀阳：《没有世界观的世界》，中国人民大学出版社2003年版，第168页。
[②] 同上书，第107页。

消解与淡化，他在任何情形之下都没有理由对人物的对话或言语放松警惕，即便是当他面对一组看来是毫无意义的陈词滥调时，他也不能简单地将其归于作者的无能或者'语言的贫乏'"①。因为，对于后现代小说而言，往往越是在这些无意义的对白中，越是隐藏着作家寄予其中的重要的伦理声音。

三 自由间接引语的伦理性

自由间接引语是以第三人称形式从人物的视角陈述人物的语言、感受、思想的话语模式。这是最灵活的一种话语模式，同样，在这种灵活性中也显示出最复杂的话语形态。它呈现的是叙述者的描述，但在读者心中唤起的却是人物的声音、动作与心境。所以对处理叙述者与人物之间的关系，具有最大的复杂性。自由间接引语在人称与时态上接近间接引语，但在其他语言成分上又与直接引语相似，所以被利思（G. Leith）称为"准直接引语"。这是19世纪以来西方小说中极为常见并且非常重要的引语形式。②

自由间接引语同时具有直接引语与间接引语的特征，在建立叙述者与人物的关系上具有突出的表现力，可以引起对人物特殊的感情色彩。一般来说，这种话语形式最有可能引起具有伦理性的感情就是同情与反讽。前者呈现出伦理的认同感，后者具有伦理的怀疑性与否定性。按照申丹所说，"'反讽'与'同情'是两种较为典型的叙述态度。但在不同情况下，叙述者的态度会发生变化。无论叙述者持何种

---

① 格非：《小说叙事研究》，清华大学出版社2002年版，第106页。
② 它并非一开始就受到注意，英美评论界直到20世纪60年代才赋之以固定名称。卡莱普基（Kalepky）在19世纪末即注意到它，称其为"朦胧的话语"。洛克（Lorck）认为这是一种作者将自己想象为人物的引语形式，所以在1921年第一次使用了"被体验的风格"的名称，并沿用至今。查理·巴利（Charles Bally）在1912年将之命名为"自由间接风格"。这一命名影响巨大，之后英美评论界的"自由间接引语"概念便从之而来。可参见申丹《叙述学与小说文体学研究》（第三版），北京大学出版社2004年版，第290页。

立场观点，自由间接引语均能较好地反映出来，因为其长处在于不仅能保留人物的主体意识，而且能同时巧妙地表达出叙述者隐性评论的口吻"①。

1. 反讽色彩的绘制

希利斯·米勒特别强调了自由间接引语所具有的反讽色彩，并且指出，"间接引语内在的反讽悬置或者分裂叙事线条，根本无法将其简化为一个单一的轨道"②。这种类型的反讽，在海勒各部作品中都有充分表现。《军规》借用自由间接引语控制叙述声音与叙述眼光之间的距离，形成了对各种人物从强讽刺到反讽的各种伦理态度。其中在描述为升职不择手段的卡思卡特上校时，说道："所有人都在迫害他。卡思卡特上校凭借他的智慧生活在一个动荡不安、斤斤计较、时而蒙辱、时而享荣的社会里。"③ "所有人都在迫害他"其实是卡思卡特的内心感觉，是采用了自由间接引语形式。而根据事实，在卡思卡特所在的基地里，不是别人在迫害他，而是他在迫害每一个人。因此作者让叙述者按照人物的口吻说出这一句，对这一人物就具有了强烈的反讽色彩。申丹指出，"任一引语形式本身都不可能产生讥讽的效果，它只能呈现人物话语中或语境中的讥讽成分，但自由间接引语能比其他形式更有效地表达这一成分"④。再看另一段：

> 约塞连！一听到这个令人憎恶的、令人生厌的名字，他就开始血液冰凉、呼吸困难，甚至喘起粗气。牧师一提到约塞连！这

---

① 申丹：《叙述学与小说文体学研究》（第三版），北京大学出版社2004年版，第313页。

② Miller, *Reading Narrative*, 转引自申丹、韩加明、王丽亚《英美小说叙事理论研究》，北京大学出版社2005年版，第344页。米勒在《解读叙事》中的"间接引语与反讽"章节中专门讨论了这一问题，申丹说明，其中米勒的间接引语主要是指自由间接引语。

③ Joseph Heller, *Catch-22*, New York: Dell Publishing Co., Inc., 1979, p.193.

④ 申丹：《叙述学与小说文体学研究》（第三版），北京大学出版社2004年版，第307页。

个名字时，仿佛是在记忆中敲响了一面预示不详的锣。就在门栓咔嚓一声将门锁住的片刻，关于队伍中那个赤裸身体的军官的记忆全都涌现出来，这使他备受侮辱，那些刺痛他的细节像令人痛苦的、窒息的潮水一样劈头盖脸地朝他袭来。他开始冒汗、发抖。这个不详的、不大可能的巧合如恶魔般狰狞，除了解释为最耸人听闻的不祥之兆外，实在没有别的说法了。那天站在队伍中的那个从德里德尔将军手中接过优异飞行十字勋章的一丝不挂的军官也叫——约塞连！然而现在，他刚刚下达了要飞行大队队员飞行六十次的命令，同样有一个名叫约塞连的家伙却威胁说这道命令不得执行。卡思卡特上校百思不得其解，不知道这是不是同一个约塞连。①

　　其中既包括叙述者对卡思卡特的描述，也包括采用自由引语方式对卡思卡特内心感受的呈现。"约塞连"的名字都做了强调，并且都用了惊叹号，意味着这个名字在卡思卡特心中是以极端恐怖的声音惊呼出来的。而约塞连的各种举动让卡思卡特不知所措，甚至以为是有三个约塞连，这三个名字同时出现在卡思卡特的心里，让他倍觉恐怖。而我们越发感觉到，在这种自由间接引语中，叙述者虽然将自己融入到人物的意识中，以人物的感受去叙述，但在其叙述语调里却有着滑稽的色彩，似乎叙述者同时作为一个旁观者去嘲笑卡思卡特的愚蠢。所以这段叙述显示出叙述者典型的反讽姿态。如此，卡思卡特上校被摆在了接受嘲笑的位置上，构成海勒小说伦理世界中的典型的反面角色。

　　2. 同情关系的建立

　　反讽关系是因为叙述者假装跟人物站在一起，却仍然以看戏者的姿态去讲述，而当叙述者自然地向人物靠近时，就会生出对人物特有

---

① Joseph Heller, *Catch-22*, New York: Dell Publishing Co., Inc., 1979, pp. 213-214. 原文中的斜体在这里以加着重号标记。

的同情感。叙述者靠近人物，不仅是用人物的眼光去看，同时也是以更接近的方式去体会人物的内心，读者可以从中感受到人物更真诚的情感色彩。在《军规》的各样人物中，如果说卡思卡特是典型遭受讽刺的对象，那么那个让他感到恐怖的约塞连，作为他的死对头，就成为叙述者同情的对象。在小说靠近结尾的地方，有一段具有浓烈抒情色彩的篇章，就是第39章"不朽之城"。这一章的标题本身就具有隐喻的修辞色彩。不朽之城是指罗马，故事发展到这里已接近尾声，约塞连已经飞行了71次，卡思卡特又把飞行次数提升到了80次，紧接着约塞连的朋友内特利死了。约塞连再次拒绝飞行，并且逃到了罗马，又被喜欢内特利的女人追杀。当他晚上一个人在罗马城里漫游时，看到的一切都让他对世界充满了绝望。在这段夜晚的漫游中，叙述者基本一直采用约塞连的视角进行叙述，并且反复使用自由间接引语形式，直接将约塞连当时的感受呈现出来：

> 是记忆的错觉吗？这种不祥的巧合使他震惊，内心充满着疑虑与恐慌。这与他在前一个街区见到的情景十分相似，尽管其中的细节不尽相同。这个世界究竟发生了什么？会有一个矮胖的女人站出来央求那个男人住手吗？那男人会一巴掌打过去，把女人吓回去吗？所有人都一动不动。那男孩不停地哭喊着，如同沉浸在痛苦之中。那个男人不停地将巴掌狠狠地拍在他的头上，将他打倒在地，又猛地把他揪起来，再一次打倒。那些头上绑着绷带的围观者们似乎没有一个人对这个被打得晕头转向的男孩儿表示些许的同情，没有人愿意站出来加以阻拦。这男孩儿最多不过九岁。一个面无生气的妇女正埋在一块肮脏的洗碗布里哭泣。这男孩儿枯瘦如柴，他需要理理发了。[1]

这些段落的抒情既属于约塞连，又属于叙述者。在小说靠近尾声

---

[1] Joseph Heller, *Catch-22*, New York: Dell Publishing Co., Inc., 1979, p.424.

的地方，之前幽默荒诞的基调在这里忽然变成了伤感，自由间接引语正是于此将叙述者与人物的关系拉到了最近。约塞连的体验直接构成叙述者的感受，也直接引发读者的情绪。最后借约塞连的视角，叙述者也直接道出："一帮帮……一帮帮警察——一切都在一帮帮、一帮帮、一帮帮的暴徒手中，除了英国。到处都在一帮帮暴徒的控制之下。"① 自由间接引语形式在这里将叙述者与人物的态度重叠在一起，将《军规》中最尖锐的批判直接呼喊出来。其中在一句话里，"一帮帮"就重复了6遍，可见强调得如此之重，情感是如此强烈。作者对暴政与集权，对非人道的世界，对这个失去伦理良知的社会充满了愤怒。詹姆斯·哈罗德也曾鲜明地指出，在《军规》的最后部分，作者通过改变叙述语调，以更直接的方式，给读者带来强烈的情感压力，来引发读者的道德感知。②

这种情绪可以对比于海勒在《画里画外》的结尾处表达的对历史的态度。如果说《军规》是海勒最早表达激愤的作品，将自己前半生的情绪集中在一起发泄而出，充满年轻人激烈的伦理呼声，那么在《画里画外》中，海勒显得更为沉痛与绝望，作品的视角也更为广阔，已经不仅仅是对当代社会的批判，而是对整个人类历史的深沉喟叹。

四 隐蔽的话语伦理姿态

在批评的锋芒之外，海勒作品中还有着更为隐蔽的话语姿态。这在他对于表达方式的选择中可以有所了解。表达方式的分类是传统诗学关注的问题，并以此为基础构成了不同"文类"的区分。经典叙事学过于关注叙事文的语法性，用符号学的"科学性"思维来排斥传统"诗学"思维，本来是为了让文本可以获得更为谨慎与精致的理解，却越来越陷入到技术性的探讨之中，文学性本身经常会被遗漏。相对

---

① Joseph Heller, *Catch-22*, New York: Dell Publishing Co., Inc., 1979, p.426.
② 参见 James Harold, *The Ethics of Non-Realist Fiction: Morality's Catch-22*, Philosophical Quarterly of Israel, 2007, Springer, p.158。

来说，后经典叙事学更想要突破技术性的限制，所以才有了叙述伦理的转向。而保罗·利科等站在更开阔的视野中，将现象学及阐释学与叙事学结合，也让叙述问题进入到存在论与政治学领域中。同样，瑞士批评家施塔格尔（Emil Staiger）将抒情式（lyrisch）、叙事式（episch）、戏剧式（dramatisch）等概念引入到存在论视域之中①，也对我们重新关注这一问题有所启示。

如果将"小说"作为统一的叙事文，那么其中所有的表达方式，无论抒情还是议论，描写还是说明都必然是叙事的一部分，并以此构成某种特定的叙述话语。它们都是在叙述行为中所发生的整体性叙述话语的内在组成。也就是说，非叙事性也是重要的"叙述话语"，它们与直接的"陈述"构成了互动，一起实现着叙述话语的表达要求与叙述潜力。正是在这种交织的关系之中，它们让叙述伦理问题也变得更为复杂。

首先，它们在呈现态度上的显隐程度不同。相对来说，其伦理性从低到高大概可以排列为：说明—描写—叙述（陈述）—抒情—议论。"陈述"居于中间，具有更多的灵活性；"描写"相对较弱，西摩·查特曼（Symour Chatman）说，"环境描写是公开叙述者（overt narrator）最微弱的标志"②，就是强调了"描写"在叙述姿态上的隐晦性。而其实"说明"则更为隐晦，因为它倾向于客观的科学描述，所以伦理性最弱。就如同法国作家维勒贝克（Michel Houellebecq）在《地图与疆域》中直接摘录维基百科的词条以进行"说明"。"词条"本身并没有伦理针对性。③ 相较而言，"抒情"更容易凸显个体心性，

---

① 参见［瑞士］埃米尔·施塔格尔《诗学的基本概念》，胡其鼎译，中国社会科学出版社1992年版。

② ［美］西摩·查特曼：《故事与话语：小说和电影的叙事结构》，徐强译，中国人民大学出版社2013年版，第203页。

③ 维勒贝克说，"我希望使用这类材料后，能增加我的书的美感"。参见［法］米歇尔·维勒贝克《地图与疆域》，余中先译，人民文学出版社2012年版，第340页。这一想法本身透露出一种审美伦理姿态，并且在作品中，这种形式具有更深刻的反讽修辞意味。

具有较强的伦理表达力。"议论"是直接表达态度,甚至有些直接将伦理观点呈现出来,也就构成了最强的伦理姿势,所以也被称为"叙述者干预"(the narrator's intervention)①。查特曼也特别强调:"议论所传达的公开叙述的声音,比任何缺少精确自我提及的特征更为明显"②。

海勒作品在整体上具有很强的伦理性,其批判性的伦理态度非常鲜明。但当代小说有一种较为普遍的写作伦理:尽量减少公开评论,应该让故事本身去说话。叙事文始终是以"叙述"为中心,其他表达方式都必须减弱自身的姿势,尽量蜷缩在"陈述"的话语中,被潜在地进行表达。海勒的作品同样也是如此。所以无论是伦理姿势较弱的说明与描写,还是较强的抒情与议论都较少以公开的方式出现。这种在表达形式上的隐晦性如何实现其强伦理姿态的要求,就要通过进一步展开海勒小说的叙述艺术来得以了解。虽然海勒将"大叙述者"的态度隐藏起来,但却通过刻画鲜明的形象,让人物以自身的行动与话语来展示其伦理态度。一方面,他将不多的抒情与议论都交付于所倾向的人物角色,让他们的情感与意识具有主导性,比如《军规》中将最强烈的一次抒情交给了约塞连。

另一方面,即使各个人物具有着不同的情感与态度,叙述者也会以各种方式,拉近与倾向人物之间的距离。这种距离的拉近方法,在前面都有论及。比如在《最后一幕》中,叙述者同时展示了约塞连及其女友梅丽莎的态度后,说:"他这么认为,她可能不这么看。"③ 这就显示了叙述者与两人之间的距离不同,对约塞连的态度,叙述者完全可以确认,意味着他离约塞连更近,而对梅丽莎却只是表示"可能",无法明确的态度就是一种距离较远的表现。这种距离就形成了

---

① 即叙述者对故事(包括人物、事件、环境)的评价,被认为是最直接的叙述伦理策略。

② [美]西摩·查特曼:《故事与话语:小说和电影的叙事结构》,徐强译,中国人民大学出版社2013年版,第213页。

③ Joseph Heller, *Closing Time*, New York: Simon & Schuster, Inc., 1994, p. 22.

人们在伦理认知上更容易靠近约塞连，所以约塞连所抒发的情感与表达的意见也就更具有带动性。

还有一种与此相反的模式：并非要借人物之口来发表议论，而是将议论糅入到人物的境遇里。比如《军规》里叙述者说道："医院的外面依然战火连天。人们成为疯子，却被授予嘉奖的勋章。在世界的每一个地方，小伙子们在炮火中倒下，有人告诉他们，这是为了他们的祖国，但是没有人会在意，更不用说这些正在献身的年轻生命。眼前看不到什么结局。唯一可见的，是约塞连自己的结局。"① 虽然是叙述者发表的议论，却被自然地引入到故事里约塞连的命运之中，这一观点就在人物的身上获得了情感的感召之力，而并非显示为外在的声音。而在《最后一幕》同样有这样一句："医院的外面依然如故。人们成为疯子，却被授予嘉奖的勋章。"② 两个地方共同引出了约塞连，显出了海勒通过这一呼应，所要提出的观念：现在跟战争期间没有什么区别，世界仍然被暴力和荒诞、冷漠和恐惧统治着。这也显示了作者自身的统一性。这是海勒写作的一种基本模式，在《军规》《最后一幕》《画里画外》这些展示社会问题的作品中都常选择这一方式，而在《出事了》和《上帝知道》中，完全采用固定内聚焦形式，抒情与议论都来自于主人公自己，在这种情况下，没有了人物之间的价值观的对话，所呈现的问题前面已经讨论过。

海勒的整体话语姿势是让人物以自身的命运与选择去进行表达。这就是海勒在话语姿势上所显示出的生存伦理姿态。当约塞连在心里评论社会，"政府里都是庸才，和一切利己主义者。……冷战结束了，但是地球上仍旧没有和平。一切都毫无意义，无一例外。"③ 这一批判的姿态非常鲜明，但是后面叙述者又紧接着说道："约塞连玩弄着这些高深的思想，就像做白日梦的年轻人玩弄着自己的生殖器。"④ 这一

---

① Joseph Heller, *Catch-22*, New York: Dell Publishing Co., Inc., 1979, p. 16.
② Joseph Heller, *Closing Time*, New York: Simon & Schuster, Inc., 1994, p. 49.
③ Ibid., p. 20.
④ Ibid.

句让前面直接的批判性发生了扭转，引出了两个问题。第一，构成了对约塞连的反讽。即使约塞连作为聚焦人物，能够得到更多的同情，但作者仍然对他保持了一定的距离，反讽的距离引发的不仅仅是批判，更有对问题的进一步反思。这后面一句在拉开与约塞连的距离同时，却让隐含作者的声音偷偷显示了出来。问题指向了批判者自身：在批判的同时，还能做些什么？第二，将身体与思想对应，其实意味着思考者也有着自身的身体性处境与欲望，思考中既存在着简单的发泄，也有着肉体必然的冲动，而这，恰是证明了思考与生存之间的联系。这也正是生存伦理的一种表现。

可以说，海勒的某些态度是鲜明的，但他并非仅仅如此，他既将观点融入在人物的话语中，同时也对人物的观点保持一定的距离，在人物所展开的议论中，还隐蔽着另一种对于议论的议论，在鲜明的态度背后，还有着另一重的反思。这种反思是将社会伦理问题引入到了个体伦理之中，或者说，是让问题回归到更具体的生存伦理之中。而这种更为深层的伦理姿态，在话语的微观修辞中还有着进一步的表现。

第三章

海勒小说修辞伦理解析

对小说微观话语的研究主要有两种思路：一是文体学（stylistics）①研究，一是话语修辞研究。这两种思路有着多方面的重合，但在某些视角上又有着极大差异。"文体学是用语言学方法研究文体风格的学问"②，主要受到了结构主义语言学的影响，被认为是在修辞学基础上建立起来的。③ 因为叙事学也是在结构主义思维下产生

---

① stylistics 的汉语译名有多种，如文体学、语体学、风格学、修辞学等。顾玉兰建议应该根据不同的语境进行选择（参见顾玉兰《谈 style 和 stylistics 概念的内涵及汉译问题》，《外语研究》1993 年第 1 期）。但今天较多人将其译为"文体学"（比如申丹和刘世生）。但在汉语视域中，"文体"太容易被误解为"文学体裁"，"修辞"又会与 rhetoric 重合，相较而言，它以语言学为基本方法及视域，又不限于文学语言，所以更应该被译为"语体学"。但有些人认为语体学只是其中的一部分，译为"文体学"也有接近"文学语体学"之意。我认为，可以根据语境来选择适当的词汇进行翻译，但作为一门专门学科，译为"风格学"更好（比如史忠义）。现在的 stylistics 研究还明显限制在西方"语言学"视域中，译为"文体学"既会造成汉语语境的误解，又有着明显的被动接受性，译为"风格学"可以从中国文论角度对这一学科视域进行拓展，而不是陷入西方的思维框架中。

② 刘世生、朱瑞青编著：《文体学概论》，北京大学出版社 2006 年版，第 3 页。

③ 刘世生指出，现代新兴学科的出现，尤其是"结构主义语言学的产生和发展，人们在传统修辞学的废墟上逐步建立起现代文体学"，并且强调，"文体学正是在人们对修辞学的不满情绪中应运而生的学科，是修辞学的引申和发展，是对修辞学的挑战，可以说是一场突破性的革命"。参见刘世生《什么是文体学》，上海外语教育出版社 2016 年版，第 212—220 页。但这一认识存在着对于修辞学的误解。

的，所以文体学，尤其是小说文体学与叙事学之间也有着许多交叉。① 正是如此，文体学与叙事学一样都受限于语言学及结构主义思维。以至于，它们针对文学文本的研究姿态太过于科学化，对于文学性的把握有所缺失。所以，叙事学领域才有了后经典叙事学的诞生，以对经典叙事学的"科学性"进行协调。而就文学语体的研究而言，具有古典气质的修辞学其实有着更接近文学本性的可能。并且现代修辞学同样也继承了现代学科的有益思维，同时还保留了一定的古典意志，从而有着更丰富的阐释力度。尤其是在文学创作者的意识中，修辞具有着特别的意义，它在本质上有着一种对抗语言逻辑的创造力。正如佩雷尔曼（C. Perelman）所强调的，修辞的"在场以某种直接的方式作用于我们的敏感性"②，这种敏感性超越于"结构"，如果用语言学的结构思维去把握它，反而失去了对于修辞本身的理解力。

修辞学（rhetoric）的古典意义应该被译为"修辞术"，其本意为演讲的技艺，然后扩展为"说服他人的能力"③。亚里士多德在《修辞学》中第一句就写道："修辞术是论辩术的对应物"④，并进而解释，"修辞术的功能不在于说服，而在于在每一种事情上找出其中的说服方式"⑤。现代修辞学与古典修辞学并不一样。"新修辞学"的重要理

---

① 关于这一点可参见申丹《叙述学与小说文体学研究》（第三版），北京大学出版社2004年版。

② C. Perelman, *L'Empire rhétorique*，转引自［法］米歇尔·梅耶《修辞学原理：论据化的一种一般理论》，史忠义、向征译，中国社会科学出版社2016年版，第38页。

③ 英国古典学专家罗伯特·沃迪说："修辞术是说服他人的能力；或是这种能力在实践中的实现；或者至少是为了说服而做出的尝试，无论成功与否。"这一观点就是从古典修辞学立场引出的对于修辞的较为开阔的一种理解。参见［英］罗伯特·沃迪《修辞术的诞生：高尔吉亚、柏拉图及其传人》，何博超译，译林出版社2015年版，第1页。

④ ［古希腊］亚里士多德：《修辞学》，罗念生译，世纪出版集团/上海人民出版社2005年版，第19页。

⑤ 同上。

论家肯尼斯·博克（Kenneth Burke）认为，修辞行为发生于生活的各种环境中，从而，"修辞行为存在于有限的修辞环境中还是存在于普遍的人的生存环境中，成为新、旧修辞学的重要区别之一"[①]。博克将古典修辞学注重"规劝"的特性转变为对"认同"的强调，并将修辞学的视域扩大，泛化成一种文化形态，如同道格拉斯·埃宁格所说："修辞不仅蕴藏于人类一切传播活动中，而且它组织和规范人类的思想和行为的各个方面。人不可避免地是修辞动物。"[②] 这种泛化的修辞视野构成了广义的修辞学，认为人类生活中的所有话语及行为都具有修辞性，所以各种形式的表达都属于修辞学研究范围，包括诗学。在某种意义上，这正是对于古典修辞基本理念的一种演化，"认同"与"劝说"的不同仅在于，"认同"更开放、自由、平等，强调潜意识的影响，更接近后现代的多元对话理念，但在本质上，"劝说"其实就是一种主动要求的"认同"，从这个意义上，现代修辞是继承了古典修辞的精神，然后对其进行了后现代的拓展。除了修辞视野的扩张，20世纪还有一种将修辞本体化的趋势。海德格尔将修辞引入到存在论与阐释学视域中，"修辞学并非其他事物，而是对作为具体存在的人的澄清，是人本身这种存在的解释学"[③]。伽达默尔也强调，"修辞学构成了解释文本的典范"[④]。如此，修辞变成了一种表达与阐释的本体性需要。这对我们在之后阐释海勒小说修辞的生存伦理朝向，有着重

[①] 常昌富：《导论：20世纪修辞学概述》，[美] 肯尼斯·博克等：《当代西方修辞学：演讲与话语批评》，常昌富、顾宝桐译，中国社会科学出版社1998年版，第17页。

[②] Douglas Ehninger, *Contemporary Rhetoric: A Reader's Coursebook*，转引自常昌富《导论：20世纪修辞学概述》，[美] 肯尼斯·博克等《当代西方修辞学：演讲与话语批评》，常昌富、顾宝桐译，中国社会科学出版社1998年版，第20页。

[③] M. Heidegger, *Grundbegriffe der Aristotelischen philosophie*，转引自 [法] 米歇尔·梅耶《修辞学原理：论据化的一种一般理论》，史忠义、向征译，中国社会科学出版社2016年版，第19页。

[④] [德] 汉斯-格奥尔格·伽达默尔：《诠释学Ⅱ 真理与方法》（修订译本），洪汉鼎译，商务印书馆2010年版，第351页。

要的启示。

同时还有狭义的修辞学,专门针对文字艺术的修辞格进行研究。"研究修辞格的修辞学构成现代文体学的一个源头,而研究话语劝服力的修辞学与叙事学相结合,就产生了'修辞性叙事学'。"[①] 布斯的"小说修辞学"就属于后者,是广义性的小说修辞研究。这一章的小说修辞问题主要指的是狭义上的修辞。但狭义的修辞也一直保持着广义修辞的内核与它的可能性。我们是从修辞格进入小说话语,但并未受限于一般意义上的语言学中的修辞研究,而是从"新修辞"的视角去探索最基本的修辞格所具有的潜在可能,从而发现其中深层的伦理意味。

第一节 小说修辞与小说伦理

一 小说修辞学

小说修辞学即小说领域的修辞研究,主要是对小说文本的文学修辞研究,也可以涉及小说传播,以及围绕小说文本所发生的作家创作及读者阅读等相关修辞问题研究。我的小说修辞研究视域仅限于小说文本的修辞问题。小说修辞学作为一门学科尚未被建立起来。我们也只是借鉴现有的小说批评及修辞研究理论来进行一些基础性的问题探讨。

韦恩·布斯是小说修辞学批评最主要的倡导者与理论家。他的《小说修辞学》一书也成为这一研究思路的最重要的著作。李建军说,这部著作"不仅使'小说修辞'这一概念广为人知,而且还扩宽了修辞的意义边界,使之包蕴了小说技巧在内的旨在促进读者理解作品的所有因素,从而标志着一个富有新意、充满生气、前景广阔的小说理

[①] 申丹、王丽亚:《西方叙事学:经典与后经典》,北京大学出版社2010年版,第172页。

论流派的产生和形成"①。在布斯的影响之下，查特曼与费伦等也倡导以修辞方式来探索叙事问题。②李建军作为域内的小说修辞理论的倡导者，继承了布斯的主张，在其《小说修辞研究》一书中对小说修辞问题进行了总结。李建军并未用"小说修辞学"来为这一研究冠之学科名目。这首先是因为"小说修辞学"还没有真正实现系统化，小说修辞问题也没有从叙事学中独立出来，构成完整的小说修辞学研究体系。小说修辞研究仍然在很大程度上与小说叙事研究有着过多的交叉。

什么才属于小说修辞问题？布斯的理解是："小说之中的修辞，即公开的可辨认的手段（最极端的形式便是作家的评论），与作为修辞的小说，即'广义的修辞，整部作品的修辞方面被视作完整的交流活动'。"③布斯是从广义修辞角度来理解小说。按照这种认识，小说本身就是一种修辞性表达。小说的各种形式包括结构设计都是一种修辞。伯纳德·威廉斯也指出，"叙述的这些结构特征就是其修辞性质：它们是让听者或读者关切的东西"④。由此，各类文学作品都属于修辞性表达，那么这既没有将修辞从各种文学技巧中独立出来，也未能突显出小说修辞自身的独特性。布斯的贡献更多的是从修辞角度凸显了小说形式的伦理性可能，即小说修辞就是为了达到道德劝说目的而采用的各种修辞技巧。基于这种广义修辞观，其小说修辞研究是包括具有"劝说"功能的所有小说技巧的总和。查特曼指出叙事的修辞其实包括审美与伦理两种功能，"有两种修辞，一种意在说服我接受作品的形式；另一种意在说服我接受关于'现实

---

① 李建军：《小说修辞研究》，中国人民大学出版社2003年版，第1页。
② 查特曼的《术语评论：小说与电影的叙事修辞学》中最后一章题为"'小说'的'修辞学'"，而费伦也著有专著《作为修辞的叙事》。
③ ［美］韦恩·布斯：《小说修辞学》，付礼军译，广西人民出版社1987年版，第428页。
④ ［英］伯纳德·威廉斯：《真理与真诚》，徐向东译，上海译文出版社2013年版，第304页。

世界中的事物是怎样的'这样一个特定观点",前者即审美性的修辞,后者才更多指向伦理,如此,小说修辞研究应该是"探讨这两种修辞及其互动关系"①。费伦在此基础之上,更强调了读者对于修辞的接受,"修辞含有一个作者,通过叙事文本,要求读者进行多维度的(审美的、情感的、观念的、伦理的、政治的)阅读,反过来,读者试图公正对待这种多维度阅读的复杂性,然后做出反应。……修辞是作者代理、文本现象和读者反映之间的协同作用"②。如此,小说修辞既是审美的又是伦理的,既是创作的意图又是文本的表现,同时还包括了阅读者的接受,修辞的研究视域变得更为开阔,但其问题也变得更加泛化。

可以说,这种更广泛的小说修辞研究不失为一种理解小说的重要路径。以布斯为代表的小说修辞研究主要是从古典的修辞功能角度对小说进行把握,并以此与经典叙事学相对应,形成了另一种小说叙事研究思路。"如果说法国结构主义叙事学更偏向于理论分析和符号学建构的话,那么,以布斯为代表的英美小说理论则更倾向于现实的文学问题和批评实践。"③ 相对而言,叙事学更倾向于文本的"语法性"分析,而布斯更强调对作品的"修辞性"解读。在这里,我们是将这两者结合起来,首先借鉴叙事学思路对文本进行系统性划分,即将小说化为故事、叙述、话语等不同层面。其中文本的每一个层面都具有"劝说"的修辞性及其伦理性。但如果统一采用布斯的小说修辞观念,会将不同层次之间的审美个性混淆在一起,狭义修辞与广义的修辞性无法区分,也就无法显示审美修辞与伦理修辞之间的张力,并且,也难以区分小说中的显在伦理意图与潜在伦

---

① [美]西摩·查特曼:《术语评论:小说与电影的叙事修辞学》,徐强译,中国人民大学出版社2016年版,第230页。

② [美]詹姆斯·费伦:《作为修辞的叙事:技巧、读者、伦理、意识形态》,陈永国译,北京大学出版社2002年版,第5页。

③ [美]韦恩·布斯:《小说修辞学》,华明、胡晓苏、周宪译,北京联合出版公司2017年版,"修订版序"第4页。

理意识，整体伦理目标与细节中的伦理表达之间的复杂关系。所以，我们才按照不同层次的艺术个性，选择了不同的观照方式，针对故事采用传统伦理批评思路，对叙述问题借助叙事伦理视角，然后在微观话语层面才主要集中到修辞格的伦理问题上，如此不但能够更为完整地把握小说的伦理思想，而且不同层次有着不同的方法与问题的针对性，从而可以更清晰地认识到小说伦理意识的多重维度及其与小说艺术之间的复杂关系。

二 小说修辞与伦理

从修辞的原始意义而言，修辞本就是一种伦理性表达，即修辞就是表达的伦理性技巧要求。传统的修辞观认为修辞就是劝说，而"劝说"本身就是一种伦理姿态，柏拉图与亚里士多德都非常重视修辞的伦理性。亚里士多德甚至将修辞学当作"伦理学的分支"[①]。高辛勇说，"'修辞'的形式——尤其是具体的'修辞格'本身——可能带有意识形态的内涵。这并不仅只是说，修辞可以传达意识形态……而是说修辞的形式本身也会涵蕴价值观念"[②]。但是与传统的伦理批评角度不同，"修辞性批评家乃是从内向外，而不是从外向内地进行伦理批评。也就是说，她并非将一种业已存在的伦理体系应用于叙事之上，而是力求发掘文本的内在价值体系，以及作者是如何凭借那一体系去实现叙事的交往意图"[③]。即，修辞应该是内在于文本，作为一种技巧性可能，而不是外在对于它的要求。或者说，修辞在指向伦理，但并非伦理在要求修辞。

这里提到的小说修辞仅限于小说话语层面的修辞问题，相当于李

[①] 参见［古希腊］亚里士多德《修辞学》，罗念生译，世纪出版集团/上海人民出版社2005年版，第24页。

[②] ［加］高辛勇：《修辞学与文学阅读》，北京大学出版社1997年版，第3页。

[③] ［美］罗伯特·斯科尔斯、詹姆斯·费伦、罗伯特·凯洛格：《叙事的本质》，于雷译，南京大学出版社2015年版，第316页。

建军在《小说修辞研究》中的"微观修辞技巧"部分①。相对于故事层与叙述层，修辞层面的伦理性要显得更为隐秘。小说故事可以从伦理情节及伦理主题中直接发出伦理声音。小说叙述也可以通过叙述者的叙述声音来开展伦理评论，呈示伦理态度。小说修辞技巧却散布在小说的具体语言细节中，一般很难察觉其中的伦理意识。但修辞伦理隐藏之深，并不意味着修辞在伦理表达上不重要。相反，正因为这种不容易被发现的特性，它反而可以通过散布细微的伦理气息，在句子的微小动作中，实现伦理的感染力。正如传播学家所称道的："不被察觉的广告才是好广告。"这虽然是针对广告而言，但其中的传播学伦理思想却是深刻的。

  在文学文本中，不同修辞形式与伦理的关系也不一样。比如，诗歌中的修辞特别重视词汇的音、形的变异与组合，以及意象的选择及各种处理技巧。诗歌对语言微观层面的表达效果最为在意，力图追求语言可能的极限境界。正是为此，诗歌修辞的伦理意义要更为隐秘和细微，或者诗歌更多重视的是语言的存在学意义。相比诗歌对于语言表达力的极致追求以及对隐喻精神的强调，小说更具有铺叙色彩与转喻性质。小说的修辞往往是与叙事结合在一起，修辞不仅仅是语言本身的问题，更是铺叙故事的一种话语姿态。所以小说修辞从修辞的范围来说，显得更为广泛，既有单一的修辞格修辞，也有不同修辞格所构成的语体风格的修辞。前者比如：比喻、夸张、反语、排比、拟人等，后者比如：幽默、讽刺、反讽、象征、重复、悖论等。我们可以称前者为简单修辞，后者为复杂修辞。其中的简单修辞并不简单，只是在修辞格的形式上比较单纯，但在运用中却可以非常复杂。如果说诗歌更重视单一修辞格的修辞变化与运用，善于将简单修辞的语言极限发挥出来，那么小说修辞更重视多种修辞形式混合而成的各种复杂修辞。这是因为，诗歌更倾向于呈现"存在"，所以用简单修辞通达

---

① 李建军在这一部分主要探讨了反讽与象征的小说修辞问题。参见李建军《小说修辞研究》，中国人民大学出版社 2003 年版，第 212—261 页。

语言本性，而复杂修辞更适合显示事物之间的关系，更符合小说的伦理性追求。因此我们对小说修辞的伦理研究也更多的是对其中的复杂修辞的研究。

三 海勒小说修辞的伦理性

海勒的 7 部长篇小说，在文体风格上既有相似之处，也有各自的特点。文体风格的不同，其所善用的修辞种类也有所不同，所以海勒小说既具有统一的修辞伦理表现，每部作品也具有不同的修辞伦理个性。其中最重要的修辞技巧包括以下几种：

1. 意象

对于现代诗歌，尤其是意象类的诗歌来说，意象就是其中最重要的组成部分。在诗歌中，意象本身不是修辞，对意象的语言表达才是修辞。但在小说中，故事构成最重要的内容，意象只是故事中出现的修辞性构成。除了比喻修辞格外，各种物象描写在小说中作为对故事的情感环境的渲染也具有修辞性。事物本身是没有伦理性的，但是涂抹了意蕴的事物，即意象，是具有伦理色彩的。海勒小说中的意象种类并不繁多，但意象的色彩却有相似的特点，而这种相似性正显示了海勒比较统一的伦理意识。同时，海勒小说中的意象也有一定的复杂性，意味着其伦理态度的多重表现。

2. 象征

象征是具有主题意味的意象，因其特殊性，从意象中独立出来，构成单独的一类修辞。小说里的象征包括多种形式，既可以是物象，也可以是事象，还可以是特定的语词与场景。象征往往直接与主题相关，所以象征的伦理性也直接构成伦理主题的部分。海勒小说并非象征性小说，在偏重"现实主义"色彩的故事中，仍然融入了某些象征修辞，而这些象征对于构成海勒小说的伦理主题具有重要的隐喻及表现效果。

3. 重复

重复既是一种叙述技巧，也是一种非常重要的修辞形式。戴维·

洛奇（David Lodge）提出："对重复的察觉是阐释语言在像小说这样的长篇文学作品中的作用的第一步。"[1] 希利斯·米勒在《小说与重复》中也指出小说是由重复套重复或重复连重复组成的复合体。小说中的重复具有多种类型，最主要的三种是：意象重复、话语重复、情节重复。其中意象重复属于修辞技法，话语重复既属于修辞又属于叙述问题，情节重复更多属于叙述形式。

　　重复的直接作用是强调。被重复所强调的意象会构成象征，这也属于小说象征修辞的问题。还有另一种意象的重复，即相似色彩的意象在不断地重复中，建立起一种意象的整体氛围。这种氛围比之于单独的意象，显示出更具有覆盖性的表达效果。所以，具有伦理色彩的意象在构成意象氛围时，也就构造出伦理的环境氛围和意识氛围。话语重复包括两种情况，一种是在同一个情节中，话语被重复说出；另一种是在多个情节中反复出现同一话语。在叙述中被重复的句子往往是对人的意识有着关键作用的句子，所以也是最具有伦理色彩的句子。海勒小说中，这种话语重复现象出现得非常频繁。比如《军规》中卡吉尔上校重复说："你们是美国军官。世界上没有其他地方的军官可以说他们是美国军官。"[2] 这句话本身就是一种同义反复的"废话"，具有反讽色彩。被重复多遍后，更加强了对虚伪的"爱国"道德的讽刺。还有在《军规》中，约塞连因忍耐不住情欲而呻吟，从而引起整个营地到处都是呻吟声。叙述者在文中直接呈现出重复的呻吟场面，将呻吟所表达的个体痛苦与反抗行为生动地再现出来。情节的重复是指对同一情节的多次叙述，这种重复的叙述既可以是完全一样的，也可能每次的叙述并不一样，甚至是不同的叙述者对同一事件的多次叙述。这属于小说叙述中的重复问题，重复的叙述既是一种强调，也可以建构出对伦理事件的多维度关注，从而体现出伦理事件的多种可能

---

[1] 参见申丹《叙述学与小说文体学研究》（第三版），北京大学出版社2004年版，第162页。

[2] 参见 Joseph Heller, *Catch-22*, New York: Dell Publishing Co., Inc., 1979, pp. 28-29。

理解。这一问题在前面已做过讨论。

就重复自身的意义来说，重复直接就是对重复性生活的展示。伦理本身就渗透在生活的重复性行为之中。道德的塑成就是依靠重复性的伦理行为，恶德、美德的形成就是作恶与行善行为的重复性结果。所以重复具有重要的伦理意义。《军规》里，布莱克上尉鼓动士兵们要重复不断地宣誓，唱国歌，签字效忠，"并且当有人问起这么做的道德作用，他就回答说《星条旗》是创作出的最伟大的音乐作品。一个人签字效忠的次数越多，他就越忠诚"[1]。布莱克上尉解释说："重要的是要他们不断地宣誓，……至于他们是否心诚，这并不重要。"[2] 所以布莱克正是利用了重复性行为来构建其所以为的道德。

重复还具有多种叙述作用，并形成特定的伦理效果。它可以改变叙述的线性机制。米勒指出："重复可以被定义为任何发生在线索之上使其直截了当的线性状态出现问题甚至引起混乱的东西：返回、打结、交叉、来来回回成波状、悬置、打断、虚构化。"[3] 海勒几乎所有的小说都在叙述中利用过重复来打破线性的叙述逻辑，从而也对固定的伦理逻辑进行了破坏。《上帝知道》中，大卫总是不断回忆那个造成他命运改变的伦理事件，不仅凸显了这一事件的特定伦理意义，同时，也将其变成了一种具有特殊存在感的事件。即，重复让事物从时间的轨迹中凸起，在生命之流中停顿下来，变成不断要回到其中的存在性力量。所以，重复也显示了一种存在论的力量：一方面，重复指向了厌倦、麻木，以至于消解意义，构成荒诞，引向虚无；另一方面，"存在的动力不是能一朝获得就此拥有的东西，它永远只能在不停的斗争中被不断地重新获得"[4]。如此，重复也将事物的价值引入到生存

---

[1] Joseph Heller, *Catch-22*, New York: Dell Publishing Co., Inc., 1979, p. 117.

[2] Ibid.

[3] [美] J. 希利斯·米勒：《重申解构主义》，郭英剑等译，中国社会科学出版社 2000 年版，第 162 页。

[4] Wolfgang Stegmüller, *Main Currents in Contemporary German, British, and American Philosophy*, Dordrecht: D. Reidel Publishing Company, 1969, p. 191.

伦理之中。

4. 矛盾修辞

矛盾修辞（oxymoron）是指将意蕴明显对立的词语或意象放在一起使用，用来揭示事物矛盾性质的一种修辞手法。矛盾修辞所要呈现的是事物的复杂性与内在张力，也往往被利用来揭示事物所具有的荒诞性，从而形成反讽的效果。"叙事文本身就是由赋予它实质的种种矛盾构成的。"① 小说中的矛盾修辞是常见的。海勒小说也正是通过大量使用矛盾修辞，形成其特有的反讽、黑色幽默、荒诞的色彩。

矛盾修辞既可以揭示伦理性矛盾，也可以呈现存在性悖论。鲍曼说，后现代伦理本身就是矛盾的，"它在修辞上可能是一种矛盾修饰法"②。海勒小说就充分展示了这一悖论的伦理现实。"第二十二条军规"就是以矛盾式的修辞来呈现社会伦理的荒诞，以及在这种荒谬的伦理环境下人们做出的矛盾的行为。比如《军规》中卡思卡特上校一边说："当然，这全是自愿的"，一边又强调"这是军令"③。这就是典型的"第二十二条军规"式的矛盾。科恩上校对约塞连说："我是个毫无道德感的聪明人，所以我正是处在评价你的品格的理想位置上。"④ 这正是对当代伦理本身的讽刺。而约塞连的儿子迈克尔评价约塞连经常是"理性地失去理性，毫无逻辑地符合逻辑"⑤，也是利用矛盾修辞来呈现约塞连的伦理智慧。《最后一幕》中，温特格林在与米洛商量要通过关系联系总统时说："我们要秘密地会见努德尔斯·库克，要让他秘密地告诉总统。我们明人不做暗事。"⑥ 以及《上帝知

---

① 胡亚敏：《叙事学》，华中师范大学出版社 1994 年版，第 240 页。
② ［英］齐格蒙特·鲍曼：《后现代伦理学》，张成岗译，江苏人民出版社 2003 年版，第 12 页。
③ Joseph Heller, *Catch-22*, New York: Dell Publishing Co., Inc., 1979, p. 29.
④ Ibid., p. 432.
⑤ Joseph Heller, *Closing Time*, New York: Simon & Schuster, Inc., 1994, p. 189.
⑥ Ibid., p. 321.

道》中约押对大卫说,"没有法律是合法的"[1],也是以矛盾的方式对作为社会伦理中核心部分的法律做出嘲讽。这样的例子在海勒小说中举不胜举。矛盾修辞与海勒所要表达的社会伦理的圈套及个体伦理的悖论思想巧妙地契合在一起。

5. 幽默、反讽、黑色幽默

广义的幽默包括一切引人发笑的表达技巧,这里主要指狭义的幽默,即文学中的语言幽默。幽默不是一种单纯的修辞方式,而是各种修辞技巧所构成的修辞效果或修辞现象。海勒作为黑色幽默小说流派的代表,其作品有着突出的黑色幽默风格。黑色幽默是一种特殊的幽默类型,它比一般的幽默更为复杂,是由包括讽刺、反讽等多种修辞形式共同构建而成的一种修辞风格。所以,海勒小说中的幽默伦理也是与复杂而矛盾的反讽伦理及黑色幽默伦理相关的。并且,正是黑色幽默修辞让海勒小说完全跃出了现实主义以批判为主的伦理姿态,显示出独特的后现代的生存伦理个性。

第二节 小说意象的伦理色彩

一 意象与伦理

1. 小说意象的修辞性

意,即意蕴,象,即事物,意象就是具有意蕴的事物,就是主观之意与客观之象的结合。意象是作品所创造出的"形象世界"中的基本构成,或者说,正是不同的意象组合构成了各自独特的艺术世界。意象这一基础性质,让其成为所有修辞的根基与源头。在文学中,意象因为具有特定的审美意蕴,又被称为"审美意象"。但并非所有的象都是赋有意蕴的,只有当作品中出现的象具有超出象本身的意味,这种象才能被称为意象。一般而言,表现性文字中的象都具有超出象本身的喻义,多数都属于意象的范畴。而描述性文字中的象往往只是

---

[1] Joseph Heller, *God Knows*, New York: Alfred A. Knopf, Inc., 1984, p.199.

对象本身的展示，所以并非意象。正是为此，偏重表现的诗歌中出现的事物多为意象，而小说因为偏重描述，其中所出现的很多事物，并不是严格意义上的意象。① 因此，意象研究在诗歌领域很常见，尤其在现代偏重意象的诗歌中，意象是通达诗歌内在精神的最重要的桥梁。而在小说研究中，叙事研究要远重于意象分析，这也是小说修辞始终达不到诗歌修辞那样受关注程度的原因。

但是，小说中所描述的事物也并非就只是事物本身。巴尔扎克小说中那些细致的环境描写，房屋、街道、臭水沟或者穿着黑色衣服的行人，按照某些批评家的说法，这所有事物构造出的生动的社会景观，也许具有社会学与历史价值，但其诗学意义仅在于事物所搭建起的完整的叙事世界，事物并没有超出事物自身，只是承载了作为事物本身的那一部分内容。如此，对这些事物的描写是没有修辞意义的。但这并非绝对，因为即使是为了完成这一叙述世界的事物，也必然涂抹了作者的意识光晕，房屋、街道与臭水沟不仅仅是故事发生的背景，同时也是被情感之光照耀下的戏剧舞台布景。贝西埃（Jean Bessière）说，意象的独特之处在于，"它把依然终结之贴切性游戏中的思想悬置起来，并排除这种思想的明晰性。通过某种悖论性的颠覆，应该把明证性界定为有关婉约和夸张之运筹所产生的虚构。这种虚构只能以紧扣字面意义的方式解读；它设想了贴切性的庸常直觉，却没有回到那里去"②。这段话有些难以理解，其基本意义是在强调意象的双重个性，以及所具有的修辞可能。这双重性即在于，一方面，意象让虚构紧扣字面的现实，仿佛是悬置了思想，让事物回到最朴素的直觉的"贴切性"中，另一方面，它又不会停留于此，仍然会由此生出意义。这可以被认为是意象的一种本性。小说的意象同样是在这种"庸常直觉"中，获得超出自身的力量。所以，所有关于事物的描写都在某种

---

① 现代小说在语言修辞上越来越向诗歌靠近，其中的物象也越来越具有意象特征。
② ［法］让·贝西埃：《文学与其修辞学》，史忠义译，中国社会科学出版社2014年版，第74页。

程度上超出了事物本身，只是"表现性"的事物自身就能说话，而"描述性"的事物只是构成叙述序列中内在声音的一部分而已。如新小说领袖罗伯-格里耶在具有明显描述性的小说中，在现象学式的眼光下，让事物在回归自身的同时，反而散发出更暧昧的光晕。可以说，没有纯粹的关于事物的描写，所有关于事物的文字都具有一定的修辞性。但再次反过来说，这一认识也强化了表达的某种绝对性——泛修辞化的倾向。我们只是在强调这一内在绝对性的同时，铺陈出这些被描写的事物的修辞可能，辩证地去思考其中的问题。如此，与诗歌一样，小说中被描写的事物也具有相似的作为意象的可能性与重要性。然后在此基础上，我们再进一步划分出不同层次的关于事物的意象化表达。

按照意象化程度可将小说中的事物描写分为三类：（1）一般性描述，在绝对意义上具有意象化特性，但在常规意义上，不算在意象之列；（2）意象化描述，即常规意义中的意象，往往以带有感情色彩的事物描述及各种类型的比喻修辞为主；（3）象征化描述，这一类属于意象中的特殊类型，意象的意蕴被凸显以至构成特定的意义结构，甚至构成作品主题的一部分。象征性意象可以算是"强意象化"描述，在文学修辞类型中，超越了一般意象的修辞特征，从而从意象中独立出来，构成一种特殊的修辞类型，即象征修辞。这一节所讨论的小说意象主要集中于常规意义下的意象问题，但也同时会涉及第一种即一般性描述下的"意象"，以及第三种即象征化的意象，这种分类并不是绝对的，在很多时候会有交叉与混合。下一节会集中讨论第三种意象类型，即象征修辞问题。

常规意义下的意象，并非单一的修辞类型。有多种修辞都属于意象修辞，其中最常见的形式就是比喻，包括明喻、暗喻、借喻等多种类型。同时，带有感情色彩的事物描述也具有意象特征。在诗歌中，各种意象被直接编织、组合在一起，构成特定的意象结构，从而建立起复杂的意义组织，作为诗歌的主体而存在。在小说中，意象往往与叙述结合在一起，相对而言，不具有诗歌那种程度的复杂性与重要性。

与小说中的事件相比，小说意象更多是附属性的，只是在事件的缝隙中发出微弱的意蕴之光，但这些光线却可以构成叙事肌体上重要的情绪光点，让事件闪现出具有特定精神的光彩。而这就是小说意象修辞的意义。

2. 意象与伦理性

意象的表层意蕴显示出意象的情感色彩，而深层意蕴是意象中所反映出的精神意味，一般包括两大类，一类是反映本体性精神旨向的存在性意象，另一类是反映伦理性道德趋向的伦理性意象。前者是诗歌意象的主要类型，后者在小说意象中频繁出现，这是因为诗歌本身偏重存在性追求，而小说在叙述中更多显示伦理性特征。不过诗歌中也有伦理性意象，小说里也不乏存在性意象，这种意象类型并不能够清晰分割，在很多时候，是交叉混淆在一起的。或者说，意象一般都既具有存在性，又具有伦理性，只是在具体的使用情境中会有所偏重。所以也可以说，意象具有存在与伦理的双重性。在海勒小说中，各种意象的伦理性色彩更为浓郁，作为小说修辞的一种，显示出小说整体的伦理氛围。意象的伦理性特征往往表现在三个方面：

第一，意象本身呈现出社会或个体的伦理状态。比如在良好的伦理状态下，作者会自然地选择具有动人光泽的意象，反之，在恶劣的道德环境中，混乱而具有暴力性的意象便会常常出现。这是对意象的两大趋向的伦理性划分，但在具体的话语环境中，伦理状态本身的复杂性与暧昧性，也会使得所选择的意象呈现出混杂的特性。所以，意象的修辞研究本身是一个烦琐而精微的工作，需要细致的分析才能鉴别出其中微妙的色彩。

第二，同样的意象，用不同的感情色彩去涂抹时，也会反映出不同的伦理意识。如果说第一个方面是对意象的伦理性选择，第二个方面就是对意象的伦理性处理。意象修辞不仅仅是单纯的意象呈现，往往还包括对意象的修饰，对意象形态的塑造，对不同意象的组合等多种意象处理方式。尤其是复杂意象，所经受的处理形式更是多种多样。

所以，同一种意象采用不同处理方式也会显示出不同的伦理基调与道德意识。比如同样是"裸露的身体"，其处理既可以突出其纯洁性，也可以呈现其欲望特征，还可以强调它的物化色彩，使其丧失作为生命体的伦理性。

第三，意象的组合显示出复杂的伦理观念。这是对意象更复杂的处理方式，包括在单一环境下的多个意象组合，也包括整个文本中意象的整体组合。而意象组合既有逻辑性组合，也有非逻辑的并置性组合，既有相似性组合，也有矛盾性组合。在诗歌中，这种组合直接构造出文本意义。在小说里，这种组合是与小说叙述结合在一起的。所以小说还包括意象与叙事之间的组合。组合的复杂性显出伦理观念的复杂性，尤其是矛盾性意象组合，同时是矛盾修辞与意象修辞的结合，在海勒小说里就很常见，显见出伦理境况本身的悖论性处境，以及在这种处境下，人的伦理态度的矛盾性。

二 身体意象与现代性身体伦理

海勒的长篇小说视野广阔，所铺盖的意象世界广大而丰富，但也能找出一些色彩非常浓郁，在其作品中显得异常活跃的意象类型。身体意象是海勒小说中最具突出个性的意象类型之一。纵观海勒7部长篇小说，身体意象在各部作品中都频繁出现，并且具有多重表现意义。身体意象包括对身体的各方面描述，包括身体形态、身体状况、身体欲望等多方面。正如刘小枫所说，"伦理就是一个人对自己身体在世的态度"[1]。所以，身体意象直接显示出作者对身体伦理的重视。

身体直接与伦理相关。一方面如汪民安所强调的，"人的根本性差异铭写于身体之上"[2]，身体性同时也意味着人的个体性；另一方面

---

[1] 刘小枫：《沉重的肉身——现代性伦理的叙事纬语》，上海人民出版社1999年版，第73页。

[2] 汪民安：《身体、空间与后现代性》，江苏人民出版社/凤凰出版传媒集团2006年版，第3页。

正如萨特所指出的，身体构成自我与他人联系的中介与通道①。可见，身体既是伦理主体的基础，又是伦理关系的构成。身体的伦理性从人类文明的开始就得到重视，无论是对身体性的强调还是回避，都是重视其伦理性的表现。从柏拉图开始就贬低身体，抬高灵魂，无非是对身体本身具有伦理力量的恐惧，从而用灵魂的力量对其进行压抑。这一观念直接延伸到中世纪，基督教将身体与灵魂作为对立的二元，继续了对身体伦理的压制。但进入现代以来，身体的意义越来越得到强调，并且"身体，从尼采开始，成为个人的决定性基础"②。现代个体主义的伦理观与身体密切联系在一起，在尼采呼告对身体的解放之后，20世纪的海德格尔、萨特、巴塔耶、列维纳斯、梅洛-庞蒂、福柯、德勒兹等哲学家都将身体作为决定人的存在的关键性要素。海勒小说中的身体意象主要表现为以下几种类型：

1. 身体与疾病

疾病（包括衰老羸弱）是海勒小说中出现数量最多的身体性意象。疾病类词汇在海勒的各部小说中出现的频率都极高。尤其是在关于社会伦理与个体伦理的两部最重要的作品《军规》与《出事了》中，疾病的意象随处可见。

《军规》中提到疾病的次数大概有几百处，疾病种类也有数十种，各种常见不常见的疾病类型散布在小说的每一节中。小说的第一个场景就是在医院中，约塞连因肝痛住院，然后围绕着疾病的各种相关意象都依次出现。小说中各人物都处于一种疾病的恐惧中，约塞连"经常想弄明白如何才能辨认出初期的风寒、发烧、剧痛、隐痛、打嗝、打喷嚏、色斑、嗜眠症、失语、失去平衡或记忆力减退"③。他担心疾

---

① 萨特在《存在与虚无》中专门用一章讨论身体问题，同时涉及身体的本体性与伦理性特征。参见[法]让-保罗·萨特《存在与虚无》，陈宣良等译，安徽文艺出版社1998年版，第396—464页。

② 汪民安：《身体、空间与后现代性》，江苏人民出版社/凤凰出版传媒集团2006年版，第3页。

③ Joseph Heller, *Catch-22*, New York: Dell Publishing Co., Inc., 1979, p.178.

病，就是担心死亡，感觉随时会冒出一种病要了他的命，所以总是想到："还有淋巴腺也有可能要他的命；还有肾脏、神经束模和神经模细胞；还有脑瘤；还有何杰金氏病、白血病、肌萎缩性侧索硬化；还有上皮组织再生性红斑滋生癌细胞；还有皮肤病、胸部疾病、大小肠疾病、胯部疾病，甚至还有脚病"等等。亨格利·乔甚至"搜集一堆不治之症的名称列成名单，并按字母顺序排列，好方便他用最快的速度就能找到他所担心的任何疾病"[①]。而在《出事了》中，主人公意识中总是不断出现过去已经发生和未来可能发生的疾病场景，比如母亲临死前的各种疾病，自己小时候动手术的场景，以及担心孩子生病死掉，等等。《上帝知道》开篇就是大卫处于老年与疾病的折磨中。《最后一幕》一开始，萨米回顾他的人生，想到的也是从战场回来的人们的各种伤残与"战斗疲劳症"，妻子的肿瘤、父亲的癌症，还有想象着自己将会变得"秃顶、干瘪、衰老、表情痴呆、牙齿脱落，笑起来两腮深陷、满脸皱纹"[②]，等等。海勒小说中的各种人物都陷入到疾病与衰弱的气氛中。这些疾病意象主要呈现出三种伦理意味：

第一，疾病意象呈现出道德世界的残损。交织在叙事肌体上的意象会晕染出叙事的整体气氛，疾病意象的大量出现，给予我们的就是一副破败的现实肌体的面貌。身体意象作为伦理意象的重要类型，疾病的身体所显示出的就是一个疾病的伦理世界。这既包括罪恶的社会伦理现状，也包括堕落的个体伦理境况。《军规》与《出事了》正是这种情境的典型体现。无论是在现实意象的描述中对疾病的反复强调，还是在人物意识中对疾病的想象都体现出这种伦理世界的破损。所以《出事了》中主人公想到："我经常胸口痛，因为我是那么害怕某一天因为胸痛而死于心脏病。我哥哥在他的办公室的等候室里正在等什么的时候死于心脏病，而我父亲在我还是个小男孩时就死于别的什么病，还有母亲的死我可忘不了，在她老年时死于一些被他们称为敏感细微

---

① Joseph Heller, *Catch-22*, New York: Dell Publishing Co., Inc., 1979, p. 177.
② Joseph Heller, *Closing Time*, New York: Simon & Schuster, Inc., 1994, p. 13.

的具有特性的脑血管事故。"① 这种恐惧正是个体缺乏健康的伦理心性的表现。

第二，疾病是对身体伦理重要性的突显。汪民安指出："身体作为一种事件，要么为疾病所累，要么为性感所累。性感和疾病是身体的两大主题。"② "疾病在不停地诉说，但总是喃喃低语。性感的身体在大声喧哗，它兴奋高亢，冲出了自己的狭隘领地，并总是保持节日般的公开状态。这两类身体构成自身的事件：一个事件令人难受地压抑，另一个事件则充满着戏剧般的欢快。身体在被这两种状况压倒性地统治的时候，它就会获得自身的主权。此刻，身体就会反射自身，身体就会受到自身的关注。健康在性感和疾病之间构成一个中间地带。大部分时候，健康作为一个隐含的法则，默默无闻。它不构成一个身体事件。只有处在疾病状态下，或者只有对疾病恐惧的状态下，健康才以一副清晰的形象猛然来临。"③ 汪民安强调了疾病与性感对于身体伦理重要性的显示。性感作为欲望化身体的表现，构成对生活伦理惯性的反抗，下文会专门论及。而疾病本身作为一种伦理性事件，突显出身体的重要性。比如在《上帝知道》里大卫所做的感叹，"谁能想象我这样的国王有一天也会发现自己被痔疮和前列腺肥大所困扰"④。叙述者将痔疮的低俗性与王权的神圣性并置在一起，运用了对立比较的反讽修辞手法，对于痔疮这种身体的卑微性的强调，就是为了突显出人的现实伦理意义。这种现实性与国王的伦理身份构成了鲜明的对比，从而显示出人在生存中的伦理张力。

第三，疾病对于伦理的反讽。《军规》中，约塞连曾与一位得了疟疾的二级准尉有一次关于疾病的争论。准尉因为在海滩上偷欢得了

---

① Joseph Heller, *Something Happened*, New York: Alfred A. Knopf, Inc., 1974, pp. 246–247.

② 汪民安：《身体、空间与后现代性》，江苏人民出版社/凤凰出版传媒集团2006年版，第43页。

③ 同上书，第43—44页。

④ Joseph Heller, *God Knows*, New York: Alfred A. Knopf, Inc., 1984, p. 79.

疟疾而痛苦，约塞连却因为去买糖，未想到被以前从未见过的妇女队员引诱而得了淋病，却不能因为这个病而逃避飞行。两个人都抱怨着自己得错了病。准尉说："我觉得这件事不公平。为何要我得上别人得的疟疾，又让你染上我的淋病呢？"① 所以，这种生病的偶然性作为生命荒诞性的体现是反伦理的，是与善恶无关的。在这里，有着一种明显的对伦理的反讽，但恰恰在这反讽的背后，又有着对伦理更深一层的表达，即人的身体既具有个体自身的主动性，又具有无法抗拒的被动性。身体的伦理首先是在自身的身体限度里被呈现的。

2. 身体的规训与自由

海勒小说中另一种重要的身体意象表现为被权力化的身体，即受权力所规训的身体，以及对抗这种权力的敞开性的身体。前者在《军规》里表现得最为突出。后者具有多重表现，一般以欲望化的身体及裸露的身体意象最为重要。欲望化的身体又具有多种伦理意味，下面再集中分析，而赤裸的身体直接显示出对身体自然性的敞开，也是对规约的反抗，与被驯服的身体构成对立。在《军规》里这一对立非常鲜明，一起构成具有对比性的意象组合。

对身体的权力化特征探讨得最为深刻的是福柯。他在《规训与惩罚》中曾指出，军队、医院、学校、修道院、监狱等环境具有最强烈的规训特性。《军规》发生于战争时期的美军基地，属于典型的规训场所。士兵的身体正是被各种纪律所驯服，从而失去具有个体自由的身体性。《军规》里的沙伊斯科普夫少尉正是因为善于规训士兵，而被称为"军事天才"，他最关心的就是如何在阅兵比赛中获胜，"为了让队伍整齐，甚至想到了用一根长长的二英寸厚、四英寸宽且风干了的栎木把一列中的十二个人全都钉在一条直线上"②，为了队伍的整齐，他还让队伍练习不摆动双手的行走姿势，还"考虑过让金属薄板店的一位朋友把镍合金钉嵌入每个学员的股骨里，之后再用刚刚好三

---

① Joseph Heller, *Catch-22*, New York: Dell Publishing Co., Inc., 1979, p.176.
② Ibid., p.74.

英寸长的铜丝把钉子和手腕连接起来"①。如此,这种对身体规训的极端性可见一斑。正如福柯所说:"这些方法使得人们有可能对人体的运作加以精心的控制,不断地征服人体的各种力量,并强加给这些力量以一种驯顺—功利关系。"② 所以,当身体被权力组织驯服的时候,人就失去了主体性。在《军规》里,个体的身体已经不是自己的,而是属于权力组织。所以在医院里,护士会对腿部受伤的约塞连说,"这条腿属于美国政府,它和一件装备或一只便盆没啥两样"③。身体丧失了作为人的身体性,成为权力的工具,被异化的身体,遭受被物化的命运。这样的身体在失去了活性时,更显示出物化的特征。正如那个受了重伤被绷带包裹的"雪白的士兵","一直躺在那儿,一点儿声音都没有"④,"相比一个活生生的人来说,他更像是一个已成标本的、消过毒的木乃伊"⑤。

杨大春对福柯的这种身体权力观的解释是:"由于某种权力机制,个体的经验被掩盖在理性知识之中、原则道德之中。一方面是理性话语和道德伪善的喧嚣,另一方面则是身体行为及其经验被当做非理性的东西被迫沉默无语。"⑥ 所以,一方面身体在规约中成为权力化的工具,失去了身体的个体伦理性。而另一方面,"有一种无政府主义式的身体,它的等级,区域化,排列,或者说,它的有机性,正处在解体的过程中……这是某种'不可命名'的东西,这个东西完全被快感所锻造,它自我敞开、变紧、颤动、跳动、打哈欠"⑦。这种无政府主

---

① Joseph Heller, *Catch-22*, New York: Dell Publishing Co., Inc., 1979, p. 75.
② [法]米歇尔·福柯:《规训与惩罚》,刘北成、杨远婴译,生活·读书·新知三联书店2003年版,第155页。
③ Joseph Heller, *Catch-22*, New York: Dell Publishing Co., Inc., 1979, p. 300.
④ Ibid., p. 172.
⑤ Ibid., p. 173.
⑥ 杨大春:《语言 身体 他者——当代法国哲学的三大主题》:生活·读书·新知三联书店2007年版,第229页。
⑦ 转引自汪民安《身体、空间与后现代性》,江苏人民出版社/凤凰出版传媒集团2006年版,第21页。

义的身体就是自主敞开的身体,通过对身体本能欲望的直接表达,以及对规训化特征的摒弃来显示身体的自由性。后一种"非理性"的身体既具有"沉默"的一面,也具有对规约化的社会伦理进行对抗的一面。在军队里,身体被制度所包裹,统一的军装就具有这种制度的象征性。衣服构成了对身体的限制与掩盖,所以,脱掉军装,赤裸的身体就显示出逃脱规约的自由性。在《军规》中,罗马的假期生活就与基地的规约生活构成对比。约塞连到了罗马,"一脱光了衣服,他便觉得舒服了很多。穿着衣服的时候,他从来没有过舒适的感觉"[1]。罗马的妓院是美国士兵解放身体的地方,那里"到处是闲逛着的赤裸的人体"[2]。而邓巴在妓院与一些军官们争吵时,军官们也意识到,"没有制服,我们就永远无法让别人知道我们是上级"[3]。所以,正是衣服提供了人的社会伦理身份,没有衣服的人,社会伦理被悬置,进入到更纯粹的个体伦理的处境中。可以说,《军规》中罗马妓院的环境给予身体短暂的自由空间,但这是规约化社会为了更好地实现控制身体的目标,从而给予身体的某些必要的自由。这种自由虽然与驯服的身体构成对比,但并非驯服的对立物,而是驯服的组成部分。真正具有反抗性的是在规训环境里所展开的身体行动。比如约塞连因为斯诺登死在他面前,满身血污,从而不再穿衣服,赤身裸体的在军营里。这一行为就直接构成了对战争暴行,对社会规范化伦理的反抗。

3. 欲望化的身体

海勒小说中的人物虽然有被漫画化的倾向,尤其是一些遭受讽刺的对象,但对关键性人物的描写中,作者对人物的肉体真实性非常重视。这种重视主要表现为对身体的脆弱性与欲望性的强调。脆弱性通过肉体的疾病、衰老、毁灭、死亡等意象来显示。而欲望化的身体就是体现了欲望特征的身体。其意象主要包括两种类型:一种是身体本

---

[1] Joseph Heller, *Catch-22*, New York: Dell Publishing Co., Inc., 1979, p. 147.
[2] Ibid., p. 248.
[3] Ibid., p. 364.

身做出的指向欲望的动作，比如吃饭、睡觉、性活动等；另一种是叙述者用带有欲望色彩的声音对身体进行描述。

比如《军规》里约塞连眼光下的达克特护士"又瘦又高，腰板笔直，是一个长着浑圆翘臀和一对小巧乳房的成年女子"①。而罗马的妓女在他的印象中就是"身上穿着内衣的样子：她们的内衣可能是墨黑色或是柔和的深粉红色，还散发着乳光，紧紧地贴在她们那显现着女性特征的柔软的部位上，薄如蝉翼，柔亮光滑，边缘还绣满了花边……"②《出事了》中斯洛克姆提到女同事珍妮时，也如此描述："她身材高挑，非常标致，眼睛里似乎总是含着泪水，并且显出泪水随时都会滴下来的动人模样。她穿着宽松的羊毛衫，显出她那美丽的乳房的曲线。……她美好的体型、无与伦比的乳头，泪水满溢的眼睛……"③《上帝知道》中年老的大卫即使对于服侍他的少女亚比煞没有欲望，但叙述口吻中依然显示出欲望的色彩："她的双唇像蜂窝滴着蜜汁，我知道她鼻子上的气味苹果般甜美。她的舌下含着蜂蜜和奶油，上颚美酒一般香醇。"④刘小枫指出，"女人的身体是亘古不变的男人想象的空间"⑤。这是一种男性欲望眼光下的女性身体，可以从女性主义角度批评其男性视角对女性身体的剥夺，将女性身体置于单一的男性欲望审视下，从而显示出男性中心的欲望伦理态度。这种批评虽然有一定价值，但却遮蔽了一个重要的事实，就是作者通过这种欲望眼光下的身体所要显示出的欲望伦理特征，重要的不是男性或女性视角的差别，而是身体本身所具有的欲望的伦理意义。

海勒小说中的欲望化身体意象直接显示出个体的欲望伦理意识。

---

① Joseph Heller, *Catch-22*, New York: Dell Publishing Co., Inc., 1979, p. 301.
② Ibid., p. 160.
③ Joseph Heller, *Something Happened*, New York: Alfred A. Knopf, Inc., 1974, p. 23.
④ Joseph Heller, *God Knows*, New York: Alfred A. Knopf, Inc., 1984, p. 352.
⑤ 刘小枫：《沉重的肉身——现代性伦理的叙事纬语》，上海人民出版社1999年版，第75页。

这一意识与社会伦理环境及其他个体伦理意识构成对立。在《军规》与《最后一幕》等批判社会伦理的作品中，个体的欲望伦理显示出对社会伦理规约的反抗。而在《画像》中，个体的欲望伦理与审美伦理、生活伦理构成复杂的张力。在《上帝知道》中，个体欲望伦理更是与宗教伦理发生着尖锐的冲突。所以，海勒小说中的欲望化身体在不同作品中有着不同的伦理意味，显示出整体的复杂性与多重伦理可能。

三 动物意象的存在学伦理

意象中的"象"，即事物，包括"事象"与"物象"两大类。事象主要指事件及人物行为，物象包括自然万物。一般来说，事象是作为叙述的组成部分而存在，而修辞中的意象更多是指物象。事象也可以构成意象，只是条件比较特殊。在诗歌中被抽象化的事象具有意象的特征，对小说而言，具有意象色彩的事象比较难以区分。这里更多地将视线放在小说的物象研究中。物本身不具有伦理性，只有被人利用中的物才具有某种伦理的工具性，但仍然也只是体现了间接的伦理性。而由物象所构成的意象是否具有伦理性就是一个疑问。学界对于自然物（不包括人的身体）意象的伦理性关注得非常少，只是在总结某些意象与伦理主题的象征关系时，偶有涉猎到意象的伦理问题，或者在生态批评中，对自然意象所具有的生态伦理色彩给予了一定的重视。如此，自然意象的伦理学研究，本就是一个开创性的课题。这里仅仅只能做一些基础的尝试性工作，为这一课题的未来寻找一些可能。

1. 自然意象与伦理谱系

叙述者在叙述中选择自然物象时，是有特定情感色彩与伦理倾向的。小说意象与诗歌意象的不同在于：多数情况下，诗歌意象是被单纯呈现的，意象直接体现作者的精神旨向；而小说中的意象却与作者隔着人物、叙述者及隐含作者等多层关系，或者说，小说中的意象并非直接呈现其意蕴，而是被人物与叙述者涂抹上了感情色彩与精神个性，其意蕴只有与人物的伦理境况结合在一起，才能得到准确的显示。

也就是说，小说修辞往往要与小说叙述结合在一起才能发挥出作用。不过这也并不是说小说修辞没有一定的独立性。

自然意象因物象的自然属性不同，具有不同的伦理色彩与意蕴可能。只是这种可能与作者之间隔着人物与叙述者伦理意识的间隔，所以会变得更为暧昧而复杂。从意象的修辞特征来说，意象与人（包括人的形态、行为、情感等）之间具有喻体与本体的关系。意象中的"意"即是对某种人性的修辞性显示。根据这一隐喻模式①，意象的自然形态与人的人性特征具有"象"的相似性。伦理与人的活动直接相关，按照这一认识，意象所具有的形态的活动性，也就隐喻了某种人性的伦理特征。一般而言，越具有生命感的人性特征，在形态上具有越强的活动性。所以，作为喻体的意象也因其自然形态的活动性的大小，而具有不同的人性特征。如果对人性做出伦理等级的划分，那么，在一般情况下，越具有生命感的人性特征越具有良性的伦理表现，越缺乏生命力的人性特征越显出恶性的伦理境况②。从而，作为喻体的意象也因其具有的自然形态的不同，而具有了不同的伦理性质。

类比于人性的生命形态，按照生命形态的活跃程度从高到低的表现，意象所具有的伦理特性也从良性逐渐过渡到恶性。如此归纳出意象的伦理等级从高到低依次为：飞翔动物（比如老鹰、鸽子等）、奔跑动物（比如老虎、狼等）、爬行动物（或其他低等级动物，比如蛇、老鼠等）、昆虫（比如蟑螂、甲壳虫等）、植物（比如花、草等）、人造物件（比如床、电线杆等）、纯自然物（比如石头、沙子等）。这是对意象伦理等级的纵向划分。另一方面，根据自然意象在人类文化意

---

① 意象与隐喻是两种不同的修辞。但两者在很多时候也是重合的，意象具有潜在的隐喻性，而隐喻的前提是，它首先是意象。隐喻就是具有隐喻色彩的意象。所以从广义的意象角度来说，意象包括了隐喻。随着现代文学对隐喻越来越重视，隐喻性也越来越被当作意象的一种基本构成。或者，从意象的基本构成来说，它已经具有从象到意的隐喻功能。

② 这一划分是相对的。伦理等级本身是按照一定的标准来设定的，这里的标准就是生命的活性程度。

识中所具有的文化象征色彩，可以将意象粗略地分为良性、中性、恶性三大类别。这是对意象伦理色彩的横向划分。首先，这两种划分模式都不是绝对的，而是有着充分的灵活性与相对性。其次，两种划分模式要结合在一起，纵向与横向结合，从而构建出意象的"伦理谱系"。根据这一谱系，可以对意象的伦理性特征与伦理色彩做出基础性的判断，比如，鸽子作为飞翔的动物，具有很强的生命感，并且在人类文化象征中代表着和平与纯洁，所以这一意象具有明显的伦理善的色彩。而蟑螂在生命感上就较为虚弱（作为昆虫的一种，在形态上就很脆弱），同时，蟑螂与人类的关系是敌对的，是一种害虫，从文化角度来说，它也具有伦理恶的表现。而狗，无论在形态的生命感上，还是文化象征意味中，都显得较为中性化。这一意象伦理谱系的构想，对于文学伦理研究具有一定的借鉴意义。但在具体的意象伦理分析中，必须要结合文本的细节，才能找出寄寓其中的更清晰的伦理暗示。

2. 动物意象的伦理指向

这里以海勒的小说《出事了》为范例来讨论其中的意象伦理问题，这既是对小说意象伦理研究可能性的发现，也是对海勒小说修辞伦理的进一步追究。按照我的意象伦理谱系对《出事了》中的自然意象进行归类。但因为植物与非生物意象的问题更为复杂，其中很多意象经常被叙述者进行诗意化处理，其伦理色彩具有太多的相对因素，需要从文本细节中一一进行对照分析，所以暂且不做考虑。这里以表格形式进行展示（见下表），其中只整理出了小说中有关动物的意象，并且没有采用严格的分类标准，只是按动物的基本形象个性给出了大概的分类。另外，一句话中出现多个动物的，按照最主要的动物来进行归类。其中所引句子全部来自宁芜译本[1]，页码标记在引文后的括号里，文字中的粗体部分为笔者所加，并且在括号中指明叙述者及被形容的对象，没有特别指明叙述者的都是作品中的总叙述者斯洛克姆。

---

[1] 参见［美］约瑟夫·海勒《出事了》，宁芜译，南海出版公司1991年版。

第三章 海勒小说修辞伦理解析 ◀ 217

	良性	中性	恶性
飞翔动物	（环境污染）"四方移居的**游隼**就要走了。"（550）	（儿子）"他心烦意乱地扯着自己的'**小雀儿**'。"（322–323） （父亲与儿子交谈时说）"你是不是想小便？你为什么用手指拉你的'**小啄木鸟**'？"（339） "瞧瞧我，像**秃鹰**一样直冲云霄。"（602）	"像一头**野兽**我曾想对他们发出狂叫……像一只发出尖锐、刺耳叫声的**猫头鹰**。"（607）
奔跑动物	（儿子）"当我爬到他身上的时候，他像一只奋力搏斗获取自由的**小动物**，他欢乐地笑着，用他健康却还柔软的四肢发狂地踢……"（342）	（儿子）"他总是一次又一次地跑回来，尽量偷偷地狡猾地溜回来，就像新近出世的**小动物**蜷伏在地板上。"（185） （儿子）"现在他吼起来像一头**雄狮**，争斗起来像只**猛虎**，跑起来像只**鼬鼠**。"（286） （老师说儿子）"他能跑得像**鼬鼠**一样快。"（277） （父亲对儿子说）"你能跑得像**鼬鼠**一样快。"（406）	"经常发现自己已囿于他们狭小的词汇范围内，亦像囚禁在笼里的一只**仓鼠**。"（78） （同事）"她的脸色总是因焦急、渴求而变得苍白，眼球突出，像一只受惊的**小鼠**。"（86） （母亲）"她总是伸出她那枯萎的手指攫取食物，像长期囚禁在笼中饥饿、干瘪的**野兽**，将卷在纸里的食物贪婪地咽下去。那白毛**野兽**——我的母亲。"（112） （妻子说女儿）"她想伤我的心的时候就像一只**母狗**。"（214） （女儿）"她无法停止自己的煽动，像一只隐藏在地洞里黑色的喜怒无常的**野兽**，怀着一种冲动总要暗中破坏，摧毁一切。"（178） （未成年孩子们）"他们努力保持沉默，尽量独处，就像一只**鼹鼠**。"（191） （妻子）"那你就别再像个不懂事的**母狗**，'清白'的淫妇那样刺激我了。"（211） （婚外情事件）"如果这事儿在我们之间暴露了，就像多年前城里我们公寓里的那个**小耗子**。我害怕的那只**小耗子**出现在我的眼前。"（215）

续表

良性	中性	恶性
		"我很想知道，我们所有人，如果从来没有接受过其他任何人的安排、命令，长大后会成为什么样的人，也许是**类人猿**，而不是婴儿。"（291）
		（儿子说他的梦）"我那时还听见**野兽**的声音。"（334）
		（儿子的球队队员）"他们像一群凶猛的**野兽**，开始向他尖叫、咒骂。"（362）
		"我希望自己是一头**黑猩猩**。"（391）
		（和妻子）"我们像一对**豺狼**咆哮着猛咬着。"（391）
		（妻子）"她是个没心没肝、冷酷、无情的**母狐狸**。"（429）
		（妻子）"如果我老婆梦见眼看走到她窗前来的四处觅食的**野兽**，不知和我梦见的那只是不是一样的？"（429）
		（对过去的女人弗吉尼亚）"从她身边溜走活像一只**丧家犬**，消失得无影无踪。"（434）
		（梦）"在那儿无人掌管，似**狐狸**一般狡猾的使者们从僻静的小巷悄悄地溜了出来，来到拱道，传播猥亵、邪恶，无人过问。……我好比裸露的目标，受着他们内部秘密的袭击，在我的脑海中事事都在缓慢地翻滚着、搅动着，像一群**黑鳗**在大海内漫游、滚动。"（450）
		（梦）"我一直无精打采地站在围绕着室内餐桌的舞台上，被驯服得像一头**牛**。"（453）
		（梦）"我俯身在**火鸡**上，他们都僵直地坐着。"（455）

第三章 海勒小说修辞伦理解析 ◀ 219

续表

	良性	中性	恶性
			（与妻子对话，说一个梦）"想那'**母狐狸**'正在想法偷咱的车。"（463） （与格林对话）"'布莱克简直是个**畜牲**，'格林曾经这样向我抱怨，'只不过是**类人猿**，根本无法和他交谈'。"（465） "当某些高级官员紧闭着的办公室门后出现一只类乎**耗子**之类的小东西的时候，仍然会令我惊愕不已。"（490） "公路上的两条**死狗**会使我在几秒钟内感到自己的理智、正确的判断最终已丧失殆尽。"（490） "汽车司机们在大路旁的单向行车道上往往高速行驶，持续开灯，急转弯等将一批批**海狸鼠**弄得眼花缭乱，以致轧死无数，于是早晨从哈蒙德到新奥尔良沿路躺着数不清的**海狸鼠**的尸体……它们又像被压碎的有嘴有爪血淋淋的**野生动物**。"（498） （妻子）"她对我们突然变脸，是因为我们这些人像披着人皮的**熊**一样将她顶在两层楼的楼梯间墙上，使她产生无比的惊恐造成的。"（543） "有关狂欢宴乐、放荡纵欲的新闻，同对有关**牲畜**的报导一样同样令人心花怒放。"（544）
爬行动物或其他低等动物		（儿子）"他就像史前期困窘的**小生物**。"（402）	"我感到有不少**爬行动物**在我体内滋生、繁殖，对此我竭力加以掩盖，它们却要尽力钻出去，我不知道它们想要摧毁什么。我知道它们上面覆盖着肉赘。那可能就是我，它们想要摧毁的也就是我。"（119） （想象）"像隐藏在我体内的一篮四处窜逃的**蜥蜴**，或者一阵拍击这双翅的暗然无色的**飞蛾**。"（271）

续表

良性	中性	恶性
		（弗吉尼亚）"她本来是那样的妩媚、可爱，可是猛然间却变成可怖的美杜莎，披头散发，面目狰狞，她又像一窝**毒蛇**弓着身、蠕动着，不问情由向我伸出了毒牙。"（423） （梦）"那令人厌恶的类似**章鱼**状的东西今天上午又在床上出现了，它与我和老婆一起。"（539）
昆虫		"如果一旦接替了凯格的职务我会把他压扁在地，他会像一条**毛虫**一样在地上爬行。"（67） "我仿佛受到一群肮脏的人群、游牧部落带来的**跳蚤**、**臭虫**的袭击。"（113） "令人讨厌的思想像**虫子**一样侵入我的睡眠，它们像成串的**虱子**、棕色的**甲虫**、咬人的**昆虫**或**其他动物**一样爬满我的脑际。"（172） （儿子）"我能想象出他就像一只伸着长腿抓取食物的贪婪的**蜘蛛**。"（266） "很快我的注意力又转向一群密集的嗡嗡叫着的大肚子的**绿头苍蝇**。"（295） （儿子对父亲说）"我不喜欢**臭虫**……我不喜欢这儿。"（358） （儿子）"他又像**虫子**似的爬到我们屋子里来了。"（403） "如果一个人想彻底发泄自己的满腔仇恨，而又采取**大鳌虾**产精子的办法总还是不太好办的，**鳌虾**们和它们的**雌虾**一起产下精液后，便独自如释重负慢慢悠悠地回到不透光亮的暗处。"（442）

续表

	良性	中性	恶性
			（公司）"这儿好比一个**马蜂**窝，我们只不过是整日劳碌奔波嗡嗡响的**雄蜂**罢了。"（481） （某同事）"我真讨厌这个尾部没长蜇针的**大黄蜂**做我的保护人。"（483） （对妻子）"等她发善心、怜悯我，像一尊**猛兽**退回自己的洞穴里，这要比我像**青蛙**一样用脚乱蹬企图奋力挤出一条通道来要强。我又成为一条没有尾巴的**两栖动物**了。……以往我曾像**虫子**一样蠕动着小心缓慢地穿过我所厌恶的地区。"（541） "那份难受劲儿真像可恶讨厌的**蟑螂**。"（560） "他们那种含有猥亵意味的亲热之举使我浑身起鸡皮疙瘩，我像摆脱**苍蝇**的困扰一样总想摆脱他们的纠缠。"（585） （某同事）"他瘫软了，大嘴四周的肌肉病态地微微地震颤着，像一堆**蛆虫**聚集在那里蠕动。"（649）
植物			
人造物件			
纯自然物			

由表可见，作品中动物意象的伦理色彩已经非常明显地被呈现出来：从整体上看，意象的色彩偏重于"恶性"，即伦理状态（包括内在的伦理心性状态及外在的生存伦理状态）处于不良的境况中。这是《出事了》中的整体伦理状态表现，前文已有论及。其中具有良性色彩的动物意象"游隼"，在作品中以相反的方式，即作为消失的对象，

成为对恶性伦理的显示。另外一个意象"小动物",也是在整个句子中与"健康"之类的形容词连接在一起,才获得其良性色彩。这仅有的具有良性色彩的意象表达,作为斯洛克姆对儿子的形容,见出他与儿子之间有过一定良好伦理关系。其中几个中性色彩的动物意象,也都出现于他对儿子的形容中。所以,从意象的整体分布可以清楚看出,斯洛克姆只有在面对儿子时,才具有一定的伦理温情,使用更具伦理认同性的意象修辞。正是如此,斯洛克姆对儿子的爱,与之后他不小心令儿子窒息而死的结局,让这一伦理悲剧显得更为残酷。

同时,从意象的伦理谱系分布中,可以看出人物之间特定的伦理关系特征。在《出事了》中,恶性意象遍布在各种人物关系中,直接显见出这些伦理关系的糟糕处境。另外,从具体的类型分布上看,这些动物意象中,昆虫与爬行动物居多,在形态上显示出生命的弱小与沉滞,透露出人在伦理处境中的羸弱与笨拙。而在奔跑类的动物意象中,却以野兽和鼠类居多,也都显示出恶性的伦理意味。所以无论是从纵向还是横向看,小说整体的伦理色彩都有着浓烈的悲观气氛与恶性特征。

意象伦理是很难完全脱离故事伦理和叙述伦理的。在前面总结故事伦理时,已经呈现了《出事了》所揭示的个体伦理问题,在叙述伦理分析中,也指出其中的叙述形式对于展现这一问题所具有的意义。意象以更细致的方式渗入到叙述与故事之中。多数情况下,意象并不会独立生成伦理态度,而是创造出伦理的背景氛围。这里的动物意象就是与故事以及叙述一起构成了整体的伦理气氛。所有意象都是在叙述者的意识中产生的,在这一意义上,意象反映了叙述者深层的伦理意识与伦理动机。而这种深层意识甚至具有着存在学的意味。

3. 动物意象的存在学

意象具有存在性与伦理性双重特性。动物意象往往更突出地显示了这一双重性。比如卡夫卡作品中的动物形象(既作为意象,又构成象征)就有着明显的这一特征。其短篇小说《变形记》中的甲虫意象,既显示出人的存在属性——人的偶然性、荒诞性与必然的生存困境，也显示出人的伦理属性——被经济伦理压迫下的屈辱、丧失家庭温情的孤独以及道德责任的重负等个体伦理困境。并且，这种动物形象将两种特性融合在一起，显示出具有存在学色彩的伦理意味，或者说是具有伦理意味的存在意识。

正是在这一意义上，罗杰·加洛蒂（Roger Garaudy）才会在评论卡夫卡的作品时说，"动物主题首先是和觉醒的主题联系在一起的"[1]。"觉醒"其实正是这一形象所具有的存在学意义的显示。加洛蒂还进一步指出，对卡夫卡来说，"动物性就是家庭的环境，人在这种环境里担负不了责任，不能获得人类特有的主动性，也无法对最终目的提出疑问"[2]。而这正是在强调动物形象的伦理功能。《出事了》中的动物意象虽然不具有卡夫卡这样的主题色彩与核心作用，但也以细节的方式显示着自身的微观意义，以及通过多种动物意象不断地显示，从而构成了一种特有的气韵与氛围。而且，其中绝大多数动物意象就是针对"家人"的形容，它们以群体的方式，共同构成了家庭的伦理气氛。

卡夫卡作品中频繁的动物形象与其关注存在问题有着直接的对应性。德勒兹夸张地说："卡夫卡的短篇小说差不多都以动物为主题，尽管并非篇篇都有动物。"[3] 这与很多人所指出的卡夫卡作品的核心问题就是"存在"构成了对应。中国作家残雪就是这样的代表[4]，同样，残雪的作品中也经常出现动物意象。可以说，以表达"存在"为直接目标的许多作家都乐于用动物来喻人。比如萨特的《厌恶》中就写

---

[1] ［法］罗杰·加洛蒂：《论无边的现实主义》，吴岳添译，百花文艺出版社1998年版，第158页。

[2] 同上。

[3] ［法］吉尔·德勒兹、菲力克斯·迦塔利：《什么是哲学》，张祖建译，湖南文艺出版社2007年版，第77页。

[4] 残雪在解读卡夫卡的作品时，经常会强调其中的"存在"问题，比如她写道："城堡的机制就是拷问的机制……它拷问些什么呢？它无一例外的都是一个问题：你是存在，还是不存在？"参见残雪《灵魂的城堡》，华东师范大学出版社2008年版，第375页。

道,"如果你朝镜子里看得时间过久,你就会看见一只猴子"。甚至,"我大概看得更久了些,我看见的已经远远在猴子之下,到达了植物界的边缘,和腔肠动物在同一水平上了"。① 又比如日本存在主义作家安部公房的《樱花号方舟》,其中主人公就被称为"猪"或者"鼹鼠",而里面有一个叫作"由布凯恰"的昆虫,"把消化吸收过的残渣作为主食"②,直接象征了生命的荒诞存在。同样是存在主义作家的大江健三郎,在《人羊》中就将受到屈辱的人比喻为"羊",而在《个人的体验》中,主人公不仅形象似鸟,名字也叫"鸟"。

除了塑造这一类形象,这些作家也喜欢在很多细节处将人比喻为动物。比如大江的作品就经常如此,仅在短篇《人羊》中就有很多这类的句子:"乘务员挺直的脖颈上有一个粉色的像**兔子**性器那样的疙瘩"(51)③;"眼里流出了**甲虫**体液般白色的眼泪"(51);"有着**牛**一样湿润的大眼睛和短短的额头"(51);"她那样子就像搁放在肉店铺着瓷砖的柜台上被水弄湿了的光屁股**鸡**突然扭动起了身子似的"(53);"我像**小动物**似的蜷着身子"(54);"我弯着背低着头,像一只四条腿的**动物**似的在喧笑的外国兵们面前露出了屁股"(55);"就像围猎**野兔**时追赶野兔的一群**猎狗**"(59);"那是在一车人的公共汽车里露出屁股像**狗**似的撅着"(65);"像**鸟**似的撅着毛楞楞的屁股"(66);"我看见娼妓从暗处像**动物**似的伸出脖子在等着我们"(69);等等。

人类因为有着基本的反思能力,所以比动物具有更明显的存在活性,以至于正是这种区别构成了人作为存在性动物的标志。但如果将动物的非反思性与人类的身体以"变形"或"比喻"的方式融

---

① [法]让-保罗·萨特:《萨特小说集》(下),亚丁、郑永慧等译,安徽文艺出版社1998年版,第482页。

② [日]安部公房:《樱花号方舟》,杨晓禹、张伟译,作家出版社1988年版,第5页。

③ 参见[日]大江健三郎《死者的奢华》,王中忱编选,光明日报出版社1996年版,页码都标记在括号里,粗体为笔者所加。

合在一起，就形成了一种具有矛盾色彩的形象体。这一矛盾的修辞设置，构成了对于存在自身的悖论及丰富性的展开。人类虽然具有反思能力，但对于反思的自觉与运作却表现不一。很多时候，人类是处于非反思状态的。如果反思是对于存在的证明①，那么在非反思状态下的人，也就处于非存在的浑浊状态之中。虽然并非可以一概而论，其中也包括了原始性的意识浑浊，常规性的被行动的直接意识所占据的状态，以及将意识进行悬置，回复到澄澈明朗的非意识状态等不同情况，这里有着细致而烦琐的从现象学角度对于意识的多层次划分，所以不做赘述。只就最直接的意义而言，人类在对自我的存在缺少自觉性的时候，在很大程度上，即使有思考能力，但在存在的活性状态上也是接近于动物的。人的存在体验活性的降低，既可能是因为自身反思性能力的低落，也可能是因为现实的压力对身体与精神自由性的挤压。总之，人在存在状态上有可能与动物相当，不是外在的生存状态上的接近，而是内在的存在性落至动物性的处境中。

　　从相反的角度来说，对于这一事实的发现，又构成了一种对于存在的召唤。这是存在主义哲学的一个内在逻辑。也就是在窥见这种具有"虚无"性质的状态时，反而会激发出对于存在的领悟或者要求。萨特的小说《厌恶》就表现了这样一种在不断的"虚无"感所带来的"厌恶"中，重新寻找自我存在的可能。比如前面所提到的，主人公在镜子里注视自己，注视构成了自我的反观，从而引发自我的存在性直觉——对于虚无的发现。萨特在《存在与虚无》中"面对自我的在场"部分专门谈及这一问题。"这种注视要把现象把握为整体，并且被从反映推向反映者、从反映者推向反映，总不停息。这样，虚无就

---

① 这里并非从严格的现象学意义来谈论反思，而是依照笛卡尔的"我思故我在"的自我确认的认识结构。但正是这一结构，也同时隐藏着现象学所强调的反思之前的反思意识的原始结构。所以，这里的存在也指向了现象学所谓的存在。

是存在的恫恐，是自在想着自为由之被确立的自我的堕落。"① 按照这个逻辑，在不停息的注视中，自我会越来越堕向更深的虚无中，如此在《厌恶》里，因为"看得"更久，从而到达"植物界的边缘"，如果更"更久"，应该还会到达物体，以及连物体都不是的存在（虚无）体验中。所以在存在主义小说中，除了以动物来显示人的"虚无"，还会通过"植物"以及"物体"来显示。比如安部公房的小说《砂女》中的"砂女"与《箱男》中的"箱男"等即是如此。② 但是，"虚无是存在的固有的可能性，而且是它唯一的可能性。"③ 正是如此，发现"虚无"就成为一个重要的契机。"砂女"与"箱男"反而在这种更加凸显虚无的体验中，找到了新的机遇：《砂女》中陷于沙穴中的男人领悟到了生命的真相，反而感觉"已没有慌慌张张逃跑的必要了"④；而"箱男"也把箱子当作了可以蜕变的"茧"，在最后说"此刻我毫不后悔"⑤。

所以，动物意象既是对于人的存在现实的一种揭示，又是在召唤一种可能，不同的作品偏向不同。陷入虚无的动物性是常见的，但能够从中获得启示，依然是少数。所以，"揭示"是第一位的。海德格尔曾说："在我们说世界的没落时，世界指的是什么？世界总是精神性的世界。动物没有世界，也没有周围世界的环境。世界的没落就是对精神的力量的一种剥夺，就是精神的消散、衰竭，就是排除和误解

---

① ［法］让-保罗·萨特：《存在与虚无》，陈宣良等译，安徽文艺出版社1998年版，第120页。

② 安部公房所创作的这两个形象极有创造力和代表性，其中的"砂女"与"箱男"并非指人变成了砂子或者箱子，而是以"寓言"形式所呈现的人的一种存在状态。

③ ［法］让-保罗·萨特：《存在与虚无》，陈宣良等译，安徽文艺出版社1998年版，第120页。

④ ［日］安部公房：《砂女》，杨炳辰译，上海译文出版社2017年版，第211页。

⑤ ［日］安部公房：《箱男》，王建新译，《安部公房文集·箱男》，叶渭渠、唐月梅主编，珠海出版社1997年版，第138页。

精神。"① 如此，从直观意义上，以密集的方式展示人的"动物性"时，就意味着"世界的没落"。而这没落同时指向存在学与伦理学。《人羊》中受欺凌的人成为"羊"，既是伦理上的屈辱，也是存在性的沉沦。卡夫卡的《变形记》同样如此。正是在这种意义上，《出事了》大量使用动物意象，尤其是以"恶劣"的动物意象为主，就是在表现这种存在感的丧失，同时也揭示了伦理性的困境。

如此，动物意象具有着特殊的存在与伦理意义。《出事了》中的动物意象，主要是主人公内在意识的表现。当他用这些动物去形容他人时，更多表现的是一种对于他人的伦理态度，"恶劣"的动物意象，自然就表现为伦理性的拒绝、否认与歧视。当这些意象以梦境等方式落在自己身上时，就表现出恐惧与自我否定的体验。这种体验必然是以存在感为基础，然后又张开为一种伦理心性，并且正是这种心性影响到了他对于他人的判断。或者说，它们的根基是存在学的问题。正是如此，可以从中窥见海勒作品中潜在的存在学意识。这些动物意象既是对个体伦理问题的揭示，又在修辞的细节中隐藏了对人的存在处境的深层显示。并且，在这一意义上，我们也可以更清楚地了解到海勒对于生存伦理的表达与坚持。

尼采曾经写道："动物与道德——小心避免任何可笑、显眼、狂妄行为；隐藏个人的才能和强烈愿望；与环境同化，顺从等级秩序，自我贬抑，所有这些为上流社会所要求的做法，作为原始形式的社会道德普遍存在，甚至见于低等动物世界，而正是在这些低等动物身上，我们才看清这许多可爱措施背后的真实目的；逃避敌人和帮助捕食。"② 这里呈现了尼采以动物为隐喻的"道德谱系学"，并且它不仅有关动物，而是与整个"自然意象"相关。这与我将要建立的自然意象的伦理谱系也有着重要的联系。只是在这里，我只就动物意象来提

---

① [德] 海德格尔：《形而上学》，熊伟、王庆节译，商务印书馆1996年版，第45—46页。海德格尔的这段话所涉及的问题比较复杂，关于其中的"动物性"的阐释可以参考赵惊《动物（性）》，北京大学出版社2013年版，第86—137页。

② [德] 尼采：《朝霞》，田立年译，华东师范大学出版社2007年版，第65页。

出这一可能，以后会在其他地方进一步延伸这一问题。同样，人的身体也是被归属在这一自然谱系中。尼采的这一视角，并非局限于伦理，同时也具有潜在的存在学意识。赵倞在专门研究"动物性"的著作中也指出："动物譬喻在尼采那里指向的是人性的超越或沉沦，无论褒贬，其赖以成立的基础，在于动物与人所共有的生命。"[①]"生命"一词就已经让尼采的道德谱系学作为一种生存伦理学而存在。

四 "装置"意象的生存伦理问题

按照与人的关系，物象可分为三种主要类型：直接属于人自身的身体物象、自然物象，以及人造装置。"装置"是人在对自然的改造中创制出来的物件。装置构成了人与自然之间重要的联系，其本身就是人与自然相互联系的一种方式。装置有狭义和广义之别。《现代汉语词典》对作为名词的"装置"解释为："机器、仪器或其他设备中，构造较复杂并具有某种独立的功用的物件。"[②] 这是对狭义装置的定义。即，装置是一种特殊的人造物件，这种物件往往属于某种机器与设备，结构较为复杂，由此可以说，装置是一种现代性产物。也就是，装置是在人类进入机械时代后才出现的一种现代性构件。机器的发明以及人造物件达到一定的复杂程度之后，才出现这种具有现代性特征的装置构成。并且随着机械文明逐渐兴盛，装置变得越来越重要，甚至其存在方式与构成模式影响到人类的思维，以至于形成了一种"装置性"思维。它类似于一种机械思维的变体，除了强调人造物的复杂性与实体性，同时还注重整体的构成性与组装性，最后从机械思维中独立出来，成为一种特殊的思维形式。并且在这种思维的潜在影响下，在艺术领域产生了"装置艺术"类型，在政治哲学中产生了"国家装置"概念。虽然这三种"装置"类型并非同一种"装置"，但其思维

[①] 赵倞：《动物（性）》，北京大学出版社2013年版，第7页。

[②] 中国社会科学院语言研究所词典编辑室编：《现代汉语词典》，商务印书馆2002年修订第三版（增补本），第1655页。

却是相通的。①

正是因为装置的重要性的提升，狭义的装置问题又进一步影响到了对于广义装置的理解。广义上的装置包括所有人造物件，从人类最早开始制造的工具和各种生活用品，到今天的高科技产品。我们这里所要讨论的装置意象是以狭义装置为主，但也涉及广义装置。并且，正是借用了狭义装置的现代性思维，从而能够更好地去理解广义装置所具有的可能意味。装置问题本身是一个现代性以至后现代问题，装置意象研究涉及的相关问题非常复杂。在汉语领域，小说中的装置意象问题只是在涉及其他问题时，偶然有人提及，还没有较为深入或系统的研究，有关装置意象的伦理问题更难见到。我们在这里也只是先做一种尝试②，所以将问题集中到一个短小的文本范围内，只针对海勒《最后一幕》中的最后一小节，即"最后一幕"的20页左右的内容进行分析③。

装置作为人类创造的物件，是为了满足人类自身的需要，根据需要的主体不同，可分为两大部分：一种是个体生活所需要的装置，可称为"个体装置"，比如手表、汽车、私人的房间等；另一种是共同体所需要的装置，可称为"社会装置"，其中以"国家装置"为主体，比如国家监控系统、军事设备、公共建筑等。如此，在小说的意象表现中，前一种装置更容易显示个体伦理问题，后一种装置更多地展示了社会伦理现状。并且两种装置又相互交织，从而形成了在两者交际之处的第三种装置，比如被租用的设备，在个体租用期间属于个体装

---

① 在英语中，作为物件的装置是 device，政治领域中的装置是 apparatus，艺术中的装置是 installation。但在汉语中却使用了同一个译名"装置"，正是汉语"装置"一词所具有的包容性，显示了三者之间在思维构成上的重要联系，为我们理解它们共同的现代性特征创造了条件。

② 装置问题是一个非常复杂的问题，装置意象也同样如此。这里篇幅有限，无法充分展开，笔者以后会以其他形式具体讨论这一问题。

③ 参见 Joseph Heller, *Closing Time*, New York: Simon & Schuster, Inc., 1994, pp. 443 – 464。

置,但因为能够被不同个体所使用,又有着社会装置的个性,正是这种装置,更凸显了个体与社会之间的伦理交际关系。

1. 被解构的国家装置

国家是最重要的社会共同体,所以,"国家装置"也是最重要的社会装置,在某种意义上,社会装置的主体部分都属于国家装置。在现代政治哲学中,"国家装置"是一个非常重要的概念。马克思所使用的"国家机器"(Der staatsapparat,英文 state machinery)同时也可被译为"国家装置"(state apparatus)。福柯、德勒兹、阿甘本等思想家都对这一概念做了专门的解释。[①] 在福柯眼中,国家发挥权力的整个系统就是一种"装置"(dispositif,英文 apparatus)。政治肌体就是被装配而成的具有"复杂功能性"的装置组织,而其中的各种构件又各自构成既相关又独立的小型装置[②]。马克思用这一概念是为了强调国家权力系统的实体性与操控性。在这一基础上,福柯又进一步指出了话语与知识的权力特征,即他一直所关注的"知识权力"问题。在福柯看来,国家所主导的文化本身就是一种进行权力统治的装置实体。所以在福柯这里,装置的概念又被扩大化了,甚至包括了人类所创造

[①] 福柯在1977年的一次访谈中对"装置"做出了解释,参见 Michel Foucault, *Power/Knowledge: Selected Interviews and Other Writings* (1972–1977), New York: Pantheon Books, 1980, pp. 194–196;之后德勒兹与阿甘本分别写了一篇题为《什么是装置?》的文章对福柯做出了回应,参见 Gilles Deleuze, *What is a Disposif?*, *Michel Foucault Philosopher*, Essays Translated From the French German by Timothy J. Armstrong. New York: Routledge, 1991, pp. 159–168,以及 Giorgio Agamben: *What is an Apparatus?* Translated by David Kishik and Stefan Pedatella. Stanford: Stanford University Press, 2009, pp. 1–24。

[②] 福柯说:"我试图用这个术语挑选出的,首先是一套完全异质事物的集合,包括话语、制度、建筑形式、调控决策、法律、行政措施、科学陈述、哲学、道德和慈善主张——简言之,包括已说的和未说的。所有这些都是装置的要素。装置本身就是一种可能建立于这些要素之间的关系系统。……通过'装置'这一术语,我意味的是一种构成(formation),可以说,这一构成在既定的历史时刻所具有的主要功能,是对'紧急情况'(urgent need)做出反应。因此,装置具有一种支配性的策略功能。"参见 Michel Foucault, *Power/Knowledge: Selected Interviews and Other Writings* (1972–1977), New York: Pantheon Books, 1980, pp. 194–196。

的各种文化构成。但是，这种意识形态的控制也是要通过具体的装置工具，比如图书出版物、广播电视等得以实施，所以在权力运行过程中，文化并不是纯粹抽象的意识形态，而是附着在各种可被操控的装置实体之上。正是从这一角度，国家装置才能够以"装置意象"的形式在作品中获得表现。

就"最后一幕"而言，其中出现的各种国家装置可分为四种，分别是：国家机构装置，以"军事特别秘密工程办公大楼"及"地下防空洞"为代表；武器装备，包括各种"轰炸机""反击机""导弹""武器"等；信息系统，包括各种收取信息的监视系统和传送信息的媒介系统，比如"警报""广播""雷达"等，这种装置渗透到个体环境之中，与个体直接发生关系；最后是对一切进行操作的控制装置。这四个部分构成了一个较为完整的国家装置系统，共同发挥着统治作用。

在凸显国家伦理的作品《军规》与《最后一幕》中，这些装置分布在各处，表现得非常活跃，极大地展示了国家装置的强大，尤其是信息系统的广泛和密集，显示了国家权力对于个体生活的渗透达到了无孔不入的地步。两部作品的不同之处是，《军规》的故事发生在战争期间的欧洲，《最后一幕》则是和平期间的美国。相同之处是，它们都展示了政治的"军事化"表现，即使在和平中，仍然充斥着各种"武器装备"。战争结束之后，米洛的发财之道仍然是在推销"轰炸机"，世界也还处于对战争与核武器的恐惧之中。在"最后一幕"中，"世界的毁灭"就是因为美国总统启动了所有的导弹和战备飞机。在"紧急情况"（urgent need）下才会发动的军事装置，却因为总统把"控制装置"当作了游戏按键而不小心启动了。作品中多次提到总统喜欢玩游戏，甚至将办公室的大部分空间都改造成了娱乐厅，只留下一小部分用来开会。这一情节除了是对政客们的讽刺，更重要的是，权力者将个体装置与国家装置混淆在一起，反映出的是政治权力被私人化的问题，这意味着整个制度缺乏约束，失去了"理性"。所以，作品所要绘制的就不仅仅是总统的漫画，更是整个国家制度的漫画。在这里，当权力者将统治与游戏混淆时，海勒所要表现的不仅仅是政客们的玩忽职守，同时也是以游戏的方式对"国家装置"的权力进行了解构。

在总统的各种游戏中，还有一个最新的游戏叫作《挑选》（Triage），以用来做出选择："万一大战打起，我们必须决定哪些人应该躲避到地下防空洞中。"① "挑选"让谁活着，这本身就是一个极端的伦理问题。电影《2012》中就面临着这样的选择，能买得起船票的有钱人和被选中的"精英"代表了某种"人类"的"价值观"，而在《圣经》中只有神才有"挑选"的资格，这代表了另一种宗教的价值观。在《最后一幕》中，这种负担着人类自身最核心价值观的选择，却只是一场游戏。这意味着政府没有任何所谓的政治德性。当权力者在游戏中不小心毁灭世界之后，他们就"像一群暴徒冲出来，然后拥挤进那个等着他们的圆柱形潜逃电梯中"②，甚至连妻子和孩子都不顾，就向地下防空洞逃去。本来应该是作为人民的公共装置的"防空洞"，却完全被权力者占有，成为了国家的政治机构，与老百姓毫无关系。

2. 国家装置的毁灭与个体的逃离

"最后一幕"作为结局，同时也意味着一种新的开始。正是"世界末日"显示了另一种具有启示意义的"变化"。比如，这一可怕后果是由国家装置造成。表面上是军事装备在摧毁世界，更深层的意味是这整体的国家权力系统在将世界引向毁灭。在世界接近千年之末的时候，这一情节又具有了一定的宗教意义。《最后一幕》里有大量宗教性的"隐喻"，其中第18章"但丁"与第24章"《启示录》"直接显示了这一点。但海勒并非要表达宗教思想，只是以这种宗教形式对社会现象进行"讽寓"。但这一"变化"本身确实有着重要的伦理启示。

首先，国家装置发生了变化。最重要的表现是掌握权力的人们躲

---

① Joseph Heller, *Closing Time*, New York: Simon & Schuster, Inc., 1994, p. 171.
② Ibid., p. 444.

进了"防空洞"。从本来的装置系统操作空间进入到了另一个封闭空间。为此，他们需要开始新的生活。"只有少数被挑选出来拥有特权的幸运者，被召集起来，允许进入地下。"① 后果是，在这个新的群体里，他们反而没有了"特权"，那些被他们统治，或者为他们服务的"普通人"都不在这里。他们一边说"我们将继续顺利而民主地运转下去"②，一边又发现"我们忽略了带女人下来"③，以及"缺少了裁缝"④。强调"民主"是要表示社会伦理仍在继续，关心女人和裁缝却是个体生存需要的呼声。所以，他们退居到防空洞中，自身的社会属性开始被剥离，政治身份向个体的生存角色滑落。这个时候他们已经不再需要也不再关注国家装置，而是："我们有熨斗可没人会用。我们有布和针线还有缝纫机。可我们需要会用的人。"⑤ 这意味着他们开始关注起个体的装置。但即使拥有这些由国家安排好的个体生存装置，却没有会操作装置的人，也就是权力者们被权力异化之后，失去了基本的个体生存能力，或者说，他们缺乏生存的灵活性，而这才是最基本的生存的道德本能。

其次，发生重要改变的还有"随军牧师"。他因为尿液里被发现含有"氚"，从而被国家机器（国家装置）监禁起来，对他进行专项研究。在某种意义上，因为身体中的"氚"，他成为国家的财产和秘密，他丧失了个体的生存自由，成为了国家装置的一部分。但是在"最后一幕"中，国家的装置系统崩溃，他也获得了自由，并且毫不在乎危险，从地下的安全区域逃到了外面的世界。"就在他面前，他看见了一个通向大街的出口。他的心跳跃着。他就要见到光明了，他对自己说，然后推开门，进入了昏暗的白天，路过的角落里有一堆屎，

---

① Joseph Heller, *Closing Time*, New York: Simon & Schuster, Inc., 1994, p. 448.
② Ibid., p. 449.
③ Ibid., p. 450.
④ Ibid., p. 458.
⑤ Ibid.

他心不在焉地瞥了一眼。"① 虽然是从安全冲向"昏暗",却是脱离了国家装置的控制,冲向自己的生存,这才是对于个体伦理的最高的"光明"。角落里的那堆"屎"出现在这个关键位置,其实就是对现实的一种展现,既展示了现实的粗糙,也展示了生命本身的在场。所以,牧师向个体生存的回归,与权力者坠入那个封闭的安全空间的生存现实构成了鲜明的对比。

然后就是核心人物约塞连的改变。从《军规》到《最后一幕》,约塞连一直代表着"狡猾"的处世伦理,这种狡猾也是伦理灵活性的表现。他既明了真相,又可以进入到地下的安全区域,但在最后往下走的时候,却撞见了正在往上赶的牧师。当约塞连冲他喊道:"外面危险。战争。下来吧!"牧师却突然大叫"去你妈的!"②牧师自己都觉得莫名其妙,从来不会说粗口,怎么就冒出了这一句?这正是内在的个体声音,也是生存伦理的自我爆发。可以说,这一声音已经对约塞连产生了激励。在他看到下面那些拥挤在一起的有钱有势的人们,感觉到这里几乎已经没有了生命力,所以他突然就决定要去跟爱他的女人相会。他"焦急地跨上自动扶梯,以最快的速度要赶着回到那里,一种死而复生的乐观情绪激励着他,而这更应该属于梅丽莎,一种内在的——也是傻傻的——信念,没有什么能够伤害他,任何坏事都不会来找一个正直的男人。他知道这有些荒谬;但他也知道,从骨子里知道,他将和她一样平安无事,并且毫无疑问地,他们三个,他,梅丽莎和新生的孩子,都将活下来,健康成长,并且从此以后——过着幸福的生活"③。

这一刻约塞连的内心感受非常重要。这是他做出"选择"的关键时刻。他本来是"M&M联合企业五角大楼空间工程少校",既归属于国家装置,又保持个体自由,有着极大的伦理灵活性。"死而复生"

---

① Joseph Heller, *Closing Time*, New York: Simon & Schuster, Inc., 1994, p. 455.
② Ibid., p. 454.
③ Ibid., p. 461.

表达了一种新的认识，那些躲在地下的人是已经没有生命的，权力者被捆绑在权力的装置上，他们没有个体的生存世界。所以他选择回到陆地上，就是一种生存伦理的抉择，与之相连的是爱情、婚姻、孩子，以及"幸福"这一最高的个体伦理目标。这一变化的重要意义还在于，约塞连对"生存伦理"有了新的认识，以前他以为最重要的是"活着"，而现在他认识到自由和感情有时候比活着更重要，生命中还需要有希望，需要有生命力，需要有爱情，以及最重要的是要有"信念"。从未有过信念的约塞连在这个世界有可能毁灭的时候却获得了一种"信念"。他"油滑"的伦理个性也因此发生了变化，如此，他超越了自己。

3. 个体装置与个体自由

相比之下，朴素的人们直接承受着自身的生存伦理。他们以各种方式与自己的个体装置遭遇，这些既构成了其生存现实，也为他们创造出重要的伦理际遇。在"最后一幕"中，个体装置也主要有四种类型，分别是：安居的房间、生活用品、交通工具，以及非常特别的文化装置，比如电影、音乐、书籍等。虽然福柯强调的是，文化作为国家装置的一部分而存在，但正是在与政治装置的对立中，文化也可以以个体装置的形式在个体生活中发挥作用。这些装置对于个体的主要功能各有不同：房间的功能是守护；生活用品是为了日常生活需要；交通工具是为了出行；文化是为了精神陪伴。

个体装置与国家装置直接构成了一种对立。个体与国家对于装置的不同需求，充分显示了个体伦理与国家伦理之间的差异。同样是房间，国家装置仅为特权者使用；同样是"飞机"，国家却将其作为暴力机器；同样是信息，个体的信息恰是在国家的控制之中，个体需要信息，而国家限制信息，个体与国家在这一点上形成了极大的张力；最后，国家的核心装置是整体的控制系统，而对个体重要的恰是生活中的零碎物件。个体与国家在与装置的联系中，显示出的最大差异是：个体通过装置来实现自身的生存需求；国家却利用装置来进行控制与毁灭。不过，在"毁灭"的同时，国家装置自身也遭受毁灭，而个体装置却呈现出更多的可能性，并且与个体的生命联系得更为紧密。在"最后一幕"，几个重要的个体形象在他们的生存现实中展示出某些共同的伦理个性，这在他们的个体"装置"中被充分地显示出来。

一方面，生活装置为个体的生存创造出更生动的现实。梅丽莎"把跟她眼睛颜色相配的淡蓝色电发卷从黑发上取下，然后涂抹唇膏和各种化妆品，像是去参加晚会——她有理由让自己看上去是最好的"①，以及"为了让自己看上去更好，她穿上了高跟鞋"②。她要去找约塞连共进午餐，这正是普通生活的生机表现。作品之所以如此细致地描写"发卷""唇膏""化妆品"，正在于这些装置对于生存的意义。恰是这些生活的细节构成了充实而丰富的生存表现。而这也正是梅丽莎的"最佳状态"。那个住了很久医院的比利时病人，也要出院了，脖子上还插着塑料"插管"，为了能够呼吸，他同时用这个插管抽烟，然后用"高领衬衫"和"大蝴蝶结"或者"彩色围脖"来遮住插管。这各异的生活装置，一些是生存的必需，一些是为了美化，还有一些是欲望的需要，正是所有这些装置创造出他生活的可能性，以至于让人们觉得他"健康状况良好，热情洋溢"③。

同时，文化装置也将他们的生活引入到丰富的体验中。梅丽莎喜欢跟约塞连看"电影"；比利时病人"在他们的头等舱里心满意足地看电影，一部喜剧片"④；以及萨姆·辛格，"他见朋友，读更多的书，看电视新闻。他拥有纽约。他去看话剧或者电影，有时候去看歌剧，经常从收音机里听古典音乐"⑤，"这次离开纽约，他幸亏带了播放机和磁带，还有几本有实质内容的书，可以让他全心投入"⑥，尤其是在小说的最后一个镜头里，他"听着古斯塔夫·马勒的第五交响乐的磁

---

① Joseph Heller, *Closing Time*, New York: Simon & Schuster, Inc., 1994, p. 444.
② Ibid., p. 446.
③ Ibid.
④ Ibid., p. 447.
⑤ Ibid., p. 462.
⑥ Ibid., p. 463.

带……他迫不及待地想听那段快速走向胜利终点的欢快尾声，为了马上返回重新开始，然后再次陶醉在这令人心驰神往的旋律中，他享受着这一切……他一边听着音乐一边向后靠着去看书，手中握着的是托马斯·曼的八个短篇小说的简装本"[1]。在"最后一幕"铺陈出这么多的文化装置，直接体现了艺术对于生存伦理的重要性。这也应和了我们在前面所分析的审美作为一种理想性存在，对于个体伦理的重要意义。另一方面，它还凸显了一种后现代社会的生存形式，即，在缺乏信仰的时代，人们只能在审美的碎片里实现一些个体的幸福，如同利奥塔所说的，"所有道德之道德，都将是'审美的'快感"[2]，审美成为当代人逃开现实，进入自我空间，以至于实现个体幸福的一种重要模式。这既是对审美所具有的伦理可能的一种展示，也呈现出后现代道德过于审美化的问题。

另外，还有一个关键的共同点。在"最后一幕"中，所有这些重要的个体都"在路上"。他们都是从一种安居的装置中走出，正处于交通工具之中。梅丽莎离开她的"小屋"，"走出公寓，她到路口去找出租车"[3]；比利时病人和妻子离开了"病房"，正在"飞机"的头等舱里，要返回欧洲；牧师也坐进了"公共汽车"前往威斯康星州；克莱尔正在飞往以色列的"班机"上；萨姆也正在前往澳大利亚的"班机"上。所有人都在路上。交通工具既具有个体性，又具有公共性，属于两者之间的装置。它的特殊性在于，既能够让人安坐在其中，同时又能够让人行进在路上。正是通过这一装置意象，作品既显示了个体生存对于自由与行走的召唤，又呈现出人物在自由的道路上所获得的坦然与平静，极好地呈现了个体伦理的生命可能。

并且，与这种"平静"相对应的恰是世界毁灭般的动荡。所以，这些在各种交通工具中的人或者听到了警报，或者看见外面

---

[1] Joseph Heller, *Closing Time*, New York: Simon & Schuster, Inc., 1994, p.464.

[2] [法] 让-弗朗索瓦·利奥塔：《后现代道德》，莫伟民、伭晓笛译，学林出版社 2000 年版，"引言"。

[3] Joseph Heller, *Closing Time*, New York: Simon & Schuster, Inc., 1994, p.446.

的天空正在变暗，或者在新闻里得知油轮相撞等等。正是在这种对比中，更突显了国家装置的毁灭，社会伦理的崩溃，以及在这一背景下，个体伦理却还携带着希望，正在走向"别处"。在这当中，还有一种重要的装置就是"门"与"窗户"。它们隔绝了平静与动荡的两个世界，同时，又将两个世界联系在一起。人们通过"窗户"看到外面的世界，牧师与约塞连从"门"里走出来。通过对这些具有沟通性质的装置表现，既形成了社会伦理与个体伦理之间的对比，又显见出不同世界之间的联系以及可被穿越的伦理机遇——所有伦理境遇里的人都有着朝向外面的必要性与可能性。由此，在这些装置的互动中，个体伦理与社会伦理之间更为复杂的关系被充分地展示出来。

第三节　小说象征的伦理表达

一　象征与伦理

象征（symbol）在广义上就是"符号"（symbol）或者记号（sign）[1]。赵毅衡说："符号是人存在的本质条件。"[2] 卡西尔（Ernst Cassirer）曾提出经典论断：人是"符号的动物"[3]。如此，象征也以符号的方式构成了"人类一切思想和语言的本质特征"[4]，成为一种"生存方式"[5]。伽达默尔将"象征"引入到存在学领域，认为象征就

---

[1] symbol 既是"象征"，又是"符号"；sign 也可以被译为"符号"。

[2] 赵毅衡：《符号学：原理与推演》，南京大学出版社2016年版，第4页。

[3] [德] 恩斯特·卡西尔：《人论》，甘阳译，上海译文出版社1985年版，第34页。

[4] B. J. Cooke, *The Distancing of God: The Ambiguity of Symbol in History and Theology*，转引自何林军《西方象征美学源流论》，湖南师范大学出版社2008年版，第3页。

[5] 这是何林军对伯纳德·库克（Bernard J. Cooke）的观点进行的解释，参见何林军《西方象征美学源流论》，湖南师范大学出版社2008年版，第3页。

是一种存在。他还引用了歌德的说法："所有出现的东西都是象征。"[①]而狭义的象征是"人文主义意义的符号，主要是指宗教学尤其是诗学等领域的象征"[②]。但是，狭义的象征也是以广义象征之"符号性"为基础，也就是，在任何狭义的象征中都有着"符号"所具有的本质性与存在性。我们要讨论的是狭义的象征，尤其特指文学作品中作为修辞的"象征"。按照广义象征所指向的可能性，狭义的象征修辞也具有了这种存在论的意味。

作为修辞的"象征"属于一种特殊的"意象"，相比于常规意象，它具有更强烈的主题意蕴，所以从意象中脱离出来，成为一种特定的修辞。如果说意象还只是构成一些情感光晕，象征就是一种强烈的精神光芒，意象必须以群集的形式才能构建出文体色彩，象征自身就具有显示主题的能力。当然，象征也不能脱离文本环境，尤其是小说里的象征，跟故事情节有着依附性的关系[③]，也就是说，象征修辞是为了推动情节达到故事的主题，所以要与情节紧密地结合在一起，而不是人为地添加于情节之上。意象与象征有着密切的联系，如果说象征是具有强烈表达效果的意象，那么被特别强调的意象往往就具有了象征的意味。比如，重复出现的意象就以被强调的方式构成为一种象征。如韦勒克（René Wellek）在《文学原理》中说："'象征'具有重复

---

① 歌德1818年4月3日致舒巴特的信，转引自［德］汉斯-格奥尔格·伽达默尔《诠释学Ⅰ 真理与方法》（修订译本），洪汉鼎译，商务印书馆2010年版，第114页。

② 何林军：《西方象征美学源流论》，湖南师范大学出版社2008年版，第10—11页。

③ 李建军在《小说修辞研究》中特别指出了小说中象征修辞的依附性原则："小说中的修辞因素，都必须服务于塑造人物这个中心任务，依附于人物、情节这些小说的基元性因素，否则，就会导致小说本性的丧失，导致小说的非小说化，同时，也必然要影响到小说象征修辞的意义深度和可理解性。"参见李建军《小说修辞研究》，中国人民大学出版社2003年版，第238—239页。笔者认为，依附性只是一种关系表现，而并非严格的原则，小说微观修辞与宏观的叙述之间的关系要更为复杂，往往会有各种特例出现。

与持续的意义。一个'意象'可以一次被转换成一个隐喻，但如果它作为呈现与再现不断重复，那就变成了一个象征，甚至是一个象征（或者神话）系统的一部分。"①

象征在意象的意蕴表现上往往要显得更为复杂。戴维·洛奇说："一般而言，任何'代表'别的事物的东西都是一个象征。然而，这一过程表现各异。'＋'号可以代表基督教，这是因为人们把他同耶稣被钉死在十字架上这一传说联系在一起。'＋'号也可以代表'十字路口'，这是因为二者形状上相似。然而，文学上的象征手法并不像上述例子一样简单，容易理解，这是因为文学上的象征手法，一是力图标新立异，与众不同；一是力图使意义多元化，或歧义化。"② 因为象征的复杂性，它既可以由单个意象构成，也经常是由意象组合而成。同时象征还包括了人物象征、情节象征、语言象征等多种类型。

意象具有伦理性，由意象衍化或组合而成的象征也具有伦理性。因为象征具有更强的主题意蕴，所以象征也具有更浓烈的伦理意味。当康德说"美是道德的象征"③ 时，就已经将艺术与伦理以"象征"的方式联系在一起。从这一意义上，正是象征让美能够通向伦理之善。意象可以分为存在性意象与伦理性意象，以及同时具有存在性与伦理性的双重性意象。象征有着比意象更强烈而复杂的意蕴色彩，往往多数都具有存在与伦理的双重属性。尤其是在小说中，因为小说本身有着明显的伦理个性，小说象征也总是与伦理结合在一起。即使是具有极大存在性特征的作品，其中的象征也仍然显出一定的伦理意蕴。比如卡夫卡《城堡》中的"城堡"既象征了存在的不可穿越性、人的精

---

① [美] 勒内·韦勒克、奥斯汀·沃伦：《文学理论》，刘象愚、邢培明、陈圣生、李哲明译，浙江人民出版社2017年版，第178—179页。
② [英] 戴维·洛奇：《小说的艺术》，王峻岩译，作家出版社1998年版，第153页。
③ [德] 康德：《判断力批判》（上卷），宗白华译，商务印书馆1964年版，第201页。

神迷宫、上帝的神秘等存在性主题，同时城堡所具有的人际共同体的意象个性，也构成了对人的伦理共同体的象征，从而表现了人物对伦理共同体既有着归属性又怀有恐惧感的双重心理，以及象征了这一共同体所具有的不可逾越的复杂的伦理结构特征。

海勒小说并非典型的象征小说，虽然属于后现代小说类型，但仍然有着明显的现实主义个性，其中人物情节的象征性并不非常突出。但小说是离不开象征的，海勒小说中也有着多样的象征，并且这种象征与其伦理性始终结合在一起。我们选择其中几个主要象征加以分析。

二 社会伦理象征

社会伦理象征是海勒小说中最突出的象征类型。这是由社会伦理问题的特殊性造成的，一方面社会伦理问题较为广阔，小说难以尽说全部，所以会利用象征来进行隐喻性呈现；另一方面受到社会环境本身的遮蔽，尤其是有时候不能直接对政治伦理进行批评，只能通过象征隐喻的手法间接给予表现。海勒小说中，对于社会伦理问题的象征比较多样，其中有几个极富有艺术性与代表性。

1. "第二十二条军规"（Catch-22）——社会伦理的圈套

"第二十二条军规"是海勒小说中最重要也是最具影响力的一个象征。它在文本中的重要性被得到显著强调，主要表现在三个方面：第一，作为小说标题，直接以象征形式显示其所具有的主题特征；第二，无论是作为人物谈论的话题，还是情节，都在小说中反复出现，并且每次出现既有相似点，所指又各不一样；第三，其本身具有多重复杂性，"军规"并非具体可触摸的事物，而是一种社会规约要求，是一种文化构成物，相比于一般意象，"军规"本身就显示着多样的社会文化属性。另外"Catch-22"中的"Catch"具有双重意义，既代表了"军规"，这与故事情节结合在一起，同时又有"圈套"与"陷阱"的潜在意义，直接就呈现出象征的复杂意味。以这种多样个性，它贯穿于文本始终，构成一条鲜明的主题线索。

在《军规》中，约塞连说，"这第二十二条军规，实在是个了不起的圈套"①，明确指出这种象征所指向的就是权力化的伦理悖论。并且，"约塞连很清楚，第二十二条军规用的是螺旋式的诡辩。其中的每个部分，都配合得相当完美。这种配合极其简单明确——优雅得体又令人惊叹，与出色的现代艺术可以媲美"②。这一"军规"在作品中不断出现，包括了各种权力化的伦理圈套。比如布莱克上尉对拒绝签字效忠的人说："整个过程都是自愿的。……只是在你这里，如果他们不签名，我们就要求你饿死他们。这就和第二十二条军规是一样的。"③ 并且它在《军规》的续集《最后一幕》中也得以延续。它无处不在，只要有权力的地方就有它，但正是如此，它反而又是不存在的。所以，约塞连也深刻体会到"第二十二条军规已不复存在，对此他确信无疑，只是那又有什么用呢？问题在于每个人都认为它是存在的，更糟糕的是，他没有什么实在的内容或条款可以让人嘲笑、驳斥、指责、批评、攻击、修正、憎恨、谩骂、吐口水、撕成碎片、踩在脚下或者烧成灰烬"④。它以不存在的方式存在着。如此，这一象征意蕴深刻，所指已经不仅限于伦理，甚至具有了某种存在论的色彩，构成了对生命本身的存在悖论的象征。正是在这一意义上，这一象征也是从生存伦理角度出发，显示出对于存在与伦理的双重表达。

2. "斯诺登之死"与"浑身雪白的士兵"——社会伦理的悲剧

在《军规》里有两个意象或情节总是反复出现，一是"斯诺登之死"，一是躺在医院里的那个"浑身雪白的士兵"。它们既是意象的重复，也是情节的重复。前者构成象征，后者属于叙述时间中的叙述频率问题，本质上都是通过重复进行强调，从而获得象征意义。两段场景每次出现时并不完全相同，而是随着叙述的行进，情节不断得到充实，细节也一次次增多，情绪也越来越显得激烈，由此推动整个故事基调与阅读情绪不断得到提升。

---

① Joseph Heller, *Catch-22*, New York: Dell Publishing Co., Inc., 1979, p. 47.
② Ibid.
③ Ibid., p. 118.
④ Ibid., p. 418.

这是两幕关于死亡的惨剧。斯诺登是约塞连的朋友。浑身雪白的士兵没有人认识，因为被绷带缠裹全身，没有人能看见他的样子。前者是突然死去，因为发生在约塞连面前，所以直接刺激到了他，在他的意识中不断出现。后者虽然没有直接死去，但形如死人，让所有人都感到恐怖。它们都是在显示战争的残酷性：规约化的社会伦理将人变成工具去使用，结果就是毁灭，集权下的人失去了自由与个性，在死的时候更突显出人的虚无。斯诺登死去的样子，让约塞连深刻感受到："包含在其中的寓意是简单明了的。人是物质，这就是斯诺登的秘密。把他从窗口扔出去，他就会摔下去；把他用火点燃，他就会烧起来；把他埋进地下，他就会和别的垃圾一块儿腐烂。灵魂出了窍，人只是垃圾。"① 而"浑身雪白的士兵"的样子也是如此，"当那只盛着滴入他手臂内液体的瓶子差不多要空了的时候，那只放在地板上的瓶子就快要满了，只要把这两只瓶子从管子上拔下来又快速地调换个位置，就能保证液体再次流入他的体内"②。人仿佛一种真空的物件，生命变得像是一种虚无的循环。所以甚至有人问道："他们干吗不把两只瓶子连起来，去掉中间那个人呢？"③ 这种对人虚无化的描写，也具有一定的生存伦理认识及存在论的象征意味。

3. 罗马妓院——对抗社会伦理的乌托邦

《军规》里与"军规"世界构成鲜明对比的就是罗马的妓院，象征了逃离社会伦理环境的乌托邦世界。整个美军基地就是一个象征，其规约化的生活与不人道的社会伦理象征了整个美国社会的非人道现状，这是属于整部作品的宏观象征。而与此相对的罗马妓院的象征更值得强调。妓院的情节与基地生活的交叉既构成了特有的伦理色彩的对比，又构成了叙述上的节奏感。基地里的恐惧对比之妓院里的欲望，这是两种完全不同的伦理体验与伦理境遇。作品在表达对于社会伦理

---

① Joseph Heller, *Catch-22*, New York: Dell Publishing Co., Inc., 1979, p. 450.
② Ibid., p. 174.
③ Ibid.

批判的同时，也突显出这种欲望伦理的乌托邦意味。

这个"乌托邦"是被集权性社会所默认与支持的。飞行员经历过死亡边缘的飞行任务后，就有机会去罗马度假享受身体上的自由。其默认正在于这是为了实现对身体更好的驯服。所以这并非社会伦理的人道主义主张，而是一种更具现代理性规约化的策略。乌托邦也是被权力掌控与利用的，只是通过另一种更为微妙的方式。在小说靠近结尾处，妓院仍然遭到了毁灭，所有的妓女都被赶走，仅有的可以实现个体自由的场所也被破坏。约塞连对此感到恐惧与孤独，当他走在夜晚的罗马城里，更加真实地看到了这个世界道德毁灭的现状。所以，它一方面表现出乌托邦对规约化社会伦理的逃避与对抗，另一方面也构成遮蔽残酷真相，让人们更为驯服的道具。乌托邦的消失既显示出权力的残酷，又能让人们对社会伦理的非人道看得更为真切，从而去寻找真正的出路。所以约塞连在最终选择了更为直接的对抗方式，从基地里逃离。

4. "最后一幕"（Closing Time）——社会伦理的预言

《最后一幕》的题目也具有象征性。只是"第二十二条军规"是以重复的方式，不断在文本中出现，并且不断丰富其内涵。真正的"最后一幕"却直到小说的最后部分才出现，但它作为一种悬念及气氛却一直在小说中弥漫着，情节不断向其靠近，直到最后以世界末日的结局出现。构成其象征的具体意象，并非只是结局的毁灭画面，也包括了之前所显示出的所有具有末日色彩的人类堕落、愚昧与疯狂的景象。比如，由约塞连策划的在"汽车终点站"为两位亿万富翁家族举办的盛世婚礼就有这样的意味。"汽车终点站"本就具有强烈的象征色彩。终点站的巨大建筑中，每一层里都有各样社会最底层的人在这里流浪或生活，包括流浪汉、小偷、妓女、吸毒者、乞丐、街头混混等，都拥挤在这一空间中。这里就仿佛一个地狱。作者特别提到了但丁的《神曲》，并且用"但丁"作为其中一章的标题[①]。约塞连说："每次想起公交车终点站的时候，我会想象这就是但丁《地狱篇》里

---

① Joseph Heller, *Closing Time*, New York: Simon & Schuster, Inc., 1994, p. 231.

描绘的主题。"① 那里"一切都井井有条，颇为平静，每个人都饰演着自己的角色，互为搭档，心照不宣，如同一个组织在编织一张象征合作的挂毯，他们之间的默契配合已经炉火纯青到了无须指点的地步，像天堂里一样平和，像地狱里一样有序。"② 而在这个"地狱"里上演的亿万富翁的巨大婚礼，就具有了强大的讽刺及荒诞意味，狂欢的色彩构成了对这个后现代社会荒诞现实的象征，透出一种末日般的疯狂景象。其中另有一章标题为"启示录"③，更如同《启示录》所预示的"末日审判"，将宗教与神学色彩涂抹其上，闪现出反讽的光芒。叙述者特别指出，所有人都希望"和被邀请的八个亿万富翁中的任何一个共进一餐，因为这些人很了解他们具有的隐喻层面上的重要性：神明、胜利灵感与点缀"④。所以这"最后一幕"的镜头带着神学隐喻和反讽气质，透露出象征的暧昧伦理性。在商业文化时代，财富本身成为一种道德，亿万富翁就是世俗社会的传奇与神话，带着"神明"的光环。但将他们与社会堕落，赤贫下人们的生活做出对比后，就自然让人们看到了末日般的可怕景象。如此，这是作者给予堕落的美国社会必将走向毁灭的一个象征式预言。

三 个体伦理象征

对于个体伦理问题，海勒更多采用具有双重色彩的意象来进行象征，更突出表现人物的道德焦虑与矛盾的伦理心性。其不同作品中通过不同的象征，显示了不同的个体伦理问题，比较重要的有《出事了》中的"门"所象征的个体伦理的双重境遇，《最后一幕》等作品中反复出现的语句"他妈的"（fuck）所象征的个体伦理表达的多重性，《上帝知道》中通过"上帝知道"所象征的个体伦理的宗教心性问题，以及在《画像》里用"我老婆的艳情史"这一著作名称所象征

---

① Joseph Heller, *Closing Time*, New York: Simon & Schuster, Inc., 1994, p. 231.
② Ibid., p. 237.
③ Ibid., p. 311.
④ Ibid., p. 415.

的个体审美伦理问题等。

1. "门"——个体伦理的境遇

"门"是《出事了》中最核心的意象，在作品中多次出现，构成了关于个体伦理问题的重要象征。"门"本身就具有极丰富的伦理意味。门是空间与空间之间的连接，被门所沟通的往往就是人的伦理空间。门里和门外意味着私人空间与公共空间的区别，进门与出门就是进入到私人或公共伦理环境中。敞开与紧闭的门也构成了个体伦理与公共伦理的不同关系。因此，"门"具有矛盾性，既能够保护自我，也有着被打开的危险，作为联系他人的关键性事物，成为一种具有矛盾色彩的伦理性象征。

《出事了》中，门的意象就具有多重的伦理象征维度。首先，叙述者是从对门的恐惧开始了叙述："一看见紧闭的门，我就心惊肉跳"①，"只要一看见关着的门，我就怕得要命，觉得门背后有什么恐怖的事情正在发生"②。他强调的是"紧闭的门"，并没有说是门内还是门外。一般来说，在门内对门外的恐惧，是个体对外在世界的恐惧，紧闭的门反而是对个体的一种保护。在门内对紧闭的门的恐惧往往是对"紧闭"而不是对"门"的恐惧，恐惧的是被"紧闭"在某一空间中，无法逃脱。而他是因为"觉得门背后有什么恐怖的事情发生"③，首先恐惧的是门所造成的隔绝感，以及在门后隐藏的恐怖。"门"就是一条通道，门后的"鬼"——恐怖的事物可以通过门而进入。他所恐惧的不仅是莫名的事物，更是那些事物可以通过门这个入口侵袭过来。"紧闭"的门，让他无法看见那些事物，因此更加深了恐怖。恐怖是双重的，既是对世界的恐惧，也是对他人的畏惧。门所构成的私人领域与公共领域的通道本身就将恐怖引入到伦理问题中。

叙述者解释道："也许是因为曾经有一天，我因为发烧或者喉咙

---

① Joseph Heller, *Something Happened*, New York: Alfred A. Knopf, Inc., 1974, p. 3.

② Ibid.

③ Ibid.

痛出人意料地提早回家，结果撞见了我爸妈正躺在床上，从此我便恐惧房门，既害怕敞开的门，也担心关着的门。"① 可见，恐惧最早就来自于一次伦理事件。"躺在床上"是人最具隐私性的个体事件，但被主人公看见了，"看见"构成对隐私的暴露，成为双重的伤害，即隐私者被窥视的伤害，以及隐私对窥见者的伤害。这显示了"门"对于个体隐私的保护与敞开的双重特性。"门"是活动的，是方便个体进出公共领域的通道，但正是这条通道却在连接个体与他人之时造成了复杂的伦理问题，也促成了对它的恐惧。或者说，正是个体与他人，个体性与公共性之间的张力，构成人的心理张力。它表现为恐惧，正在于他体验到的个体与公共的矛盾性大于其交流性，也就是说个体伦理与社会伦理关系失衡，个体伦理本身失去了平衡性。之后他又提到"曾经有一天，我推开另一扇门，看见我大姐正光着身子站在浴室中白瓷砖地板上擦着身子"②，还有一次进入煤房门内看到"我哥哥和一个人正躺在阴暗的角落里"③，以及"最怕的情景是：当我打开厨房门就发现一只耗子蹲伏在黑暗的角落里"④。隐私领域所发生的个体伦理事件，即本来应该隐藏于个体世界的景象，却被展示于他人眼前，这种敞开本身就构成了一种恐惧。主人公在内心深处感到了人与人之间的隔阂，个体与公众之间的距离，在窥见他人身体画面的同时，也恐惧地意识到自己的身体也随时会丧失安全。他人身体的暴露，以一种潜在的带有暴力性的色彩冲击着他的意识。所以他非常害怕开门，即使"在公司里我也害怕开门"⑤，"这一切只是因为我不可能确切地知道关着的门背后正在发生着什么，这个公司每一层楼的所有办公室，还有世界上所有公司里所有办公室里的人们，正在有意无意地说着什

---

① Joseph Heller, *Something Happened*, New York: Alfred A. Knopf, Inc., 1974, p. 3.
② Ibid., p. 4.
③ Ibid.
④ Ibid., pp. 9-10.
⑤ Ibid., p. 14.

么或做着什么，而这一切都可能导致我的毁灭"①。显然，这种恐惧来自于对人的内心的不了解，或者说，是对人内心"黑暗角落"的恐惧，就好像那些黑暗空间里总是发生着什么，尤其是随时可能发生可以毁灭他的想法与事件，它来自于根本的对他人的恐惧。

所以在后面的故事中，主人公非常讨厌孩子们或偷偷摸摸或贸然闯进他的房间，为此他经常紧闭着自己的房门，以至于他心爱的儿子为此提出抗议。这些关于门的事件都显示出个体内在伦理心性对他人的拒绝，以及个体伦理状态的恶劣处境，门作为通道的有利因素完全被忽视，个体陷入到孤独与恐惧中，无法获得人与人之间顺利的交流。

2. "他妈的"（fuck）——个体伦理的悖论

短句和词汇也可以构成象征。这类象征往往不被传统研究重视。但在海勒小说中，就有这样特殊的类型。其中有一个多次显示出重要作用的词语："他妈的"（fuck），以及与这一词语相关的各种变形与组合。fuck一词在美国口语中很常见，可直译为"操"或"妈的"。它具有性隐喻及暴力性色彩，所以本身带有伦理性，因使用环境不同，伦理特征各不一样。在海勒小说中，这一词语在表现本身所具有的伦理性的同时，还承担了巨大的伦理表达作用，从而具有很强的象征色彩，主要有三种不同的情况。首先是《最后一幕》中它出现过多次，作为暴力性词汇构成了对当代人的语言暴力及社会"性文化"泛滥的呈现。其中最为集中的一次是在米洛向美国政府推销隐形飞机时的对话片段中，短短十几句话中就出现了15次。前文曾分析过它所呈现的"暴力性"伦理关系，既体现了重复的修辞伦理效果，又显示出直接引语下词语的声音修辞效果，而在这种共同的效果下，也将其象征色彩抛撒出来。与之对比，前文还分析了《出事了》中另一段对话中这一词语的伦理效果。它在表面上是作为个体道德素养的表现，但更重要的是突显了伦理关系的紧张感，而从更深的意义来说，它象征了人

---

① Joseph Heller, *Something Happened*, New York: Alfred A. Knopf, Inc., 1974, p. 15.

的伦理心性的内在张力。

而最具象征色彩的一处，是在《最后一幕》快到结尾时，牧师对约塞连喊出的那一句"去你妈的！"（Fuck You!）[1]，让约塞连和牧师自己都感到惊奇。根据牧师所面临的"自由"与"毁灭"的双重局面，这句话同时象征着一种双重的伦理意味。牧师在获得身体自由的同时，也脱掉了捆绑自身的宗教道德束缚，他要面对的即将毁灭的世界是他的现实，也是社会伦理的现实。在宗教道德影响下，他被这个世界的社会伦理所压迫，生存于恐惧与非自由中，而这一词语就象征了他彻底的改变。并且，在这一场景中承担象征的不仅是这个词语，而是一句话，以及由它所带动的整个行为与事件。如此，词语作为一种象征符号，是与其使用环境密切相关的。

3. "上帝知道"——个体宗教伦理心性焦虑

"上帝知道"是小说《上帝知道》的标题。标题作为象征，往往指向小说的整体性主题，所以显得非常重要。题目对这一象征的强调，以及小说中不断重复的这一句话构成的强调，都在凸显它所具有的主题意义。"上帝知道"在作品中出现频率极高，大卫在讲述中，几乎将它变成了一个口头禅，将它作为确认性的言辞，放在每次讲述的开头："上帝知道我根本不是那样。上帝知道那些日子我要么做爱，要么奔波于战场……"[2]，"并且上帝无疑还知道我一直……"[3]，等等。

"上帝知道"也是由词语形成的话语象征，包括其变形与各种在句子中的连接形式。在西方话语世界中，"上帝知道"蕴含着特定的宗教情感。它构成对自身话语真实性的一种确认，借用上帝的名义必须是在有宗教心性的基础上才具有意义。大卫作为犹太历史中上帝所选的国王，本身就属于这类宗教性人物，所以他使用这一表达是自然的。但结合大卫的讲述，当他说上帝已经不再与他对话，甚至说他也

---

[1] Joseph Heller, *Closing Time*, New York: Simon & Schuster, Inc., 1994, p. 454.
[2] Joseph Heller, *God Knows*, New York: Alfred A. Knopf, Inc., 1984, pp. 4 – 5.
[3] Ibid., p. 5.

不再与上帝对话时，却仍然使用"上帝知道"，这就形成了一种矛盾，即信仰与不信同时存在的宗教心性矛盾。所以，与一般情况下"上帝知道"的内在意义不同，在《上帝知道》里，它意味着叙述者双重的伦理心性，一重是对信仰的依赖，一重是对信仰的排斥。而跟随于其后的讲述，正是将这种矛盾呈现出来。它在不断重复中构成一种具有文体效果的修辞，并在这修辞效果之上，更有一种复杂的象征色彩被凸显出来，从而成为个体宗教伦理心性的内在矛盾的标志。

4. "我老婆的艳情史"——个体审美伦理生活矛盾

在《画像》里，"我老婆的艳情史"（A SEXUAL BIOGRAPHY OF MY WIFE）是主人公波特所计划创作的一本小说的标题。这是小说中的小说标题。其重要性在于，主人公一直想创作一部小说，并且多次想就这一标题来进行创作，所以文本中出现了以这一标题命名的小说封面：

A SEXUAL BIOGRAPHY OF MY WIFE

A New Novel

by

Eugene Pota[1]

它在作品里出现多次[2]，但每次并不完全相同。比如有一次将"A

---

[1] 参见 Joseph Heller, *Portrait of an Artist, as an Old Man*, London: Simon & Schuster UK Ltd., 2000, p. 51。

[2] 参见上书, p. 199.

New Novel"（最新创作）改为"A Great New Novel"（最新巨作）[①]。所以它是作为以此为题的一本小说的这一意象构成象征。作为被创作的小说，它意味着主人公的审美需要，表现出他受到世俗文化的影响，希望小说能够畅销，从而选择这一具有诱惑力的标题及题材。而这是一种典型的媚俗心态，是一种审美生活与世俗生活的伦理张力妥协下的结果。这一题材本身就是一种典型的伦理题材，涉及作者的隐私与大众的窥私心理，因此作家又陷入到另一种审美伦理的张力中，即审美材料与生活隐私之间的张力。最后也因为伦理性考虑，他选择不去揭发妻子的隐私，放弃了这一题材。所以，"我老婆的艳情史"作为一本小说（或者只是一个关于小说的构想），象征了个体审美伦理与世俗伦理之间的张力。

四 "讽寓"与后现代象征伦理

在分析这些重要的呈现伦理问题的象征之后，会发现它们与传统象征并不一样。它们更接近"讽寓"（allegory）。汉语领域对 allegory 的翻译比较混乱，常见的译名有寓言、讽喻、寄喻、譬喻、寓意、讽寓等。allegory 在西方不同时期，其意义也有所不同。它起源于古希腊时期哲学家对于荷马史诗的寓意解读，后来延续到中世纪，主要表现为对《圣经》的寓意阐释。这种阐释既注重细节，又强调整体性，所以它并非一种简单的文句修辞，甚至还有"文体"的特殊意味。"讽喻""寄喻""譬喻"等都是以"喻"为主偏重微观修辞，缺少文体意义。而"寓言"作为一种文体，又缺少微观的修辞性，往往会与早期常见的动物寓言（fable）或基督教的寓言故事（parable）相混淆。"寓意"一词指向了"寓言"之"意"，却少了作为文学技巧本身的特点。相对来说，"讽寓"中的"寓"同时可以指向微观寓意与宏观的寓言式文体，而"讽"又昭示了其中常见的反讽性及意识形态性，

[①] 参见 Joseph Heller, *Portrait of an Artist, as an Old Man*, London: Simon & Schuster UK Ltd., 2000, p.93。

这与allegory一开始所强调的阐释目标是一致的。所以，我们采取了这一译名。

"讽寓"与"象征"在西方文化语境下，都有着特殊的重要性。从文艺复兴开始，这两种修辞一直处于张力关系之中，此消彼长，正是在它们相互交织与碰撞的过程中，从侧面反映了现代性的一种发展轨迹。作为早期现代性代表的浪漫主义强调象征，反对讽寓，以至于后来的象征主义（symbolism）更是以"象征"为名。而到了后现代，在反现代性的同时，却又以讽寓来反对象征。近代许多思想家都将讽寓与象征并列起来进行讨论，在相互对立之中，以凸显各自的特点。20世纪早期，"象征诗学"在批评界还占主导的时期，本雅明就已经在《德意志悲苦剧的起源》中强调"讽寓诗学"的重要性及现代性意义。20世纪后期，伽达默尔在《真理与方法》中专门有一小节叫作"体验艺术的界限，为讽寓恢复名誉"①。但无论是本雅明还是伽达默尔，或者其他强调讽寓的后现代思想家多是将讽寓与象征放在一起进行讨论，以至于在某种视角下，它们几乎已经成为一种镜像式的对照性存在。

如果抛开历史语境，仅从诗学自身来说，讽寓与象征是无法完全区分的。它们的基本特点都是"以此事物，指向彼意义"。罗杰·福勒（Roger Fowler）在《现代批评术语词典》里说，讽寓是"一种主要的象征方式"②，由此见出讽寓与象征的直接联系。在某种意义上，讽寓可以作为象征的一种特殊类型。比如戴维·洛奇说，讽寓"是一种特殊形式的象征主义描述手法"③。福勒进一步解释，讽寓

---

① 参见［德］汉斯-格奥尔格·伽达默尔《诠释学 I 真理与方法》（修订译本），洪汉鼎译，商务印书馆2010年版，第106—121页。该译本将allegorie（allegory）译为"譬喻"。笔者做了改动。

② ［英］罗杰·福勒：《现代西方文学批评术语词典》，袁德成译，四川人民出版社1987年版，第5页。该译本将allegory译为"讽喻"。

③ ［英］戴维·洛奇：《小说的艺术》，王峻岩译，作家出版社1998年版，第157页。该译本将allegory译为"讽喻"。

的"本质特征在于：它不仅是一种字面上的象征手法，而且更是一种结构上的象征手法"[①]。这种"结构性"就凸显了它的文体意义。同时这种结构还表现在对于作品的理性设计上，为了"表现作者的主观意图，它强调文学的动情力是可以预先引导的，作品本身不过是达到某种目的的手段"[②]。这与新批评的主张完全相反，所以在现代主义时期遭到诟病。现代批评家认为讽寓态度明显，所以"相对肤浅"[③]。叔本华也强调，讽寓仅仅是"表达一个概念"，而象征才是"理念"的表达，"只有后者才能作为艺术的目的"[④]。保罗·利科指出，"象征先于释义学；寓言已经是释义学"，其实就是在说寓言（讽寓）已经是在做出解释，所以它容易被把握，而象征则有着意义上的透明性，如此，他将讽寓与象征对立起来，强调"象征"这种未经"解释"的重要性。[⑤] 总体而言，现代文学更强调深度与复杂性，而在现代批评家看来，讽寓的修辞姿态太过于明显，所以对它有所不满。

但是，本雅明却对讽寓进行了全新的解释。他也将讽寓与象征相对立，却是为了要强调讽寓所具有的可能性。他认为讽寓中显示着一种重要的历史和哲学，"这种表达方式本身是通过自然与历史之间的一种特殊交织而产生"[⑥]。本雅明从历史角度追索了"新讽寓"诞生的

[①] [英]罗杰·福勒：《现代西方文学批评术语词典》，袁德成译，四川人民出版社1987年版，第6页。

[②] 同上。

[③] 赫伊津哈（Johan Huizinga）在《中世纪的衰落》中谈到，相比于象征主义在思想上的深层功能，讽寓相对肤浅。参见[荷兰]赫伊津哈《中世纪的衰落》，刘军、舒炜等译，中国美术学院出版社1997年版，第213页。

[④] 参见[德]瓦尔特·本雅明《德意志悲苦剧的起源》，李双志、苏伟译，北京师范大学出版社2013年版，第220页。该译本将allegorie（allegory）译为"寄喻"。

[⑤] 参见[法]保罗·利科《恶的象征》，公车译，上海人民出版社2014年版，第15页。该译本将allegory译为"寓言"。

[⑥] [德]瓦尔特·本雅明：《德意志悲苦剧的起源》，李双志、苏伟译，北京师范大学出版社2013年版，第228页。

过程。他指出，16世纪的新讽寓与中世纪不同，文艺复兴时期破译埃及象形文字的努力成为它获得变化的一个契机。对当时的人文主义学者而言，象形文字有着特殊的意义，它代表着"神秘的自然哲学的最后一级"，是"一种对神的理念的摹写"，被认为是最接近自然的表达方式"。①正是如此，之后的巴洛克艺术继承了这种对于"象形"的表现，甚至整个巴洛克时代被象形精神所统治，而"讽寓"正是以强调"象形"的方式成为巴洛克的主要风格，以至于"接近于象征的东西日益式微，而象形的铺张则愈益广大"②。本雅明对此进行了文化哲学的解释。他指出，巴洛克悲剧"具有更高的具象"③，它以讽寓展示了自然与历史的结合，在历史的舞台上，自然不再是"含苞欲放和繁花似锦，而是过度成熟后的残败"，如此，巴洛克悲剧中呈现了一种新的现象，就是"废墟"，"历史成为背景的一部分。……自然—历史的讽喻（讽寓）表象体现在废墟形式的现实中。在废墟中，历史物质化地融入背景中。在这种伪装下，历史不是表现为一种永恒生命的进程，而是表现为不可遏制的衰落。讽喻因此而宣布自己超越了美"④。

正是在这一意义上，本雅明指出了讽寓和象征的差别："在象征里，毁灭被理想化，自然的销蚀形象在瞬间被救赎之光照亮；在讽喻里，观察者看到的是历史的垂死面孔：变成化石的原始景象。"⑤可以看出，本雅明在讽寓里看到了一种更原始的力量和直面毁灭的态度，而这一认识也回应了现代性以来的末世论美学，

---

① 参见[德]瓦尔特·本雅明《德意志悲苦剧的起源》，李双志、苏伟译，北京师范大学出版社2013年版，第228—232页。

② W. Benjamin, *The Origin of German Tragic Drama*, 转引自刘北成《本雅明思想肖像》，上海人民出版社1998年版，第104页。其中刘北成将allegory译为"讽喻"。

③ [德]瓦尔特·本雅明：《德意志悲苦剧的起源》，李双志、苏伟译，北京师范大学出版社2013年版，第240页。

④ W. Benjamin, *The Origin of German Tragic Drama*, 转引自刘北成《本雅明思想肖像》，上海人民出版社1998年版，第105页。

⑤ 同上。

如维德克尔（Dietrich Wiederkehr）所说，"'末世论'的春天已经来临"①。虽然维德克尔是从神学角度而言，但这"末世论情结"却是延续在整个现代性的发展脉络之中。如此，讽寓的现代性意义也得到彰显。正是从这一角度，我们可以清晰地看到海勒作品中的"象征"其实正是一种"讽寓"。在《最后一幕》的"最后一幕"中，就直接以世界的毁灭作为结局，以末日的景观呈现了一种"历史的垂死面孔"，其中没有任何要将毁灭"理想化"的企图，而是展示了世界的"废墟"景象。

海勒小说无论是在具体的形象上，还是在叙述的话语中，都体现了"废墟"式的景观。《军规》展示了战争摧残下的世界废墟，人性的废墟；而在和平年代，《出事了》中人们的心灵也在废墟之中；《上帝知道》中是被神抛弃后的信仰的废墟；《画里画外》显示出在历史的剧变中，艺术也如同一种"化石"般的原始景象；《最后一幕》以"世界的毁灭"将这一切的废墟融合在了一起。在前面所列出的这些核心的"象征"中："第二十二条军规"是历史舞台的荒诞原则；"斯诺登之死"与"浑身雪白的士兵"是人体的废墟，在讽寓的舞台上，"尸体无疑是最高的寓意性道具"②；而"他妈的"充当着话语的废墟；"最后一幕"就是让一切都变成历史的废墟。同时，在叙述结构上，作品也以碎片的形式显示着文体的废墟。当然，本雅明在这一美学形式中所传递的是一种深刻的历史哲学眼光，其中还隐藏着他的希望，即，"末日"中才会有"弥赛亚"的出现，废墟里潜藏着革命的历史性机缘。而这种"废墟"的美学与机缘也构成了海勒作品的一种可能。

虽然讽寓在巴洛克艺术中得到新的展示，在现代性的发展过程里，却一直处于被误解被压抑的状态中，不过到了后现代，它又得到了新

---

① [瑞士] 维德克尔：《末世论的种种视角》，朱雁冰译，载王晓朝、杨熙楠主编《现代性与末世论》，广西师范大学出版社2006年版，第3页。
② [德] 瓦尔特·本雅明：《德意志悲苦剧的起源》，李双志、苏伟译，北京师范大学出版社2013年版，第300页。

的生机。后现代本身是"反象征"的①,于是讽寓作为象征的"对立面"获得了新的机遇。从这一意义而言,讽寓其实显示了一种后现代性。象征强调形象与意义的统一及意义自身的"超越性"②,这是象征的本质主义及形而上的目标,讽寓更强调形象与意义的"断裂",而这也构成了后现代的一种表征。在我看来,现代到后现代有着重要的延续性,后现代应该属于现代性的一个组成。所以,讽寓在某种意义上,也应该是属于象征的一种变体,或者说,它构成了一种后现代的象征模式。

　　后现代并不完全反象征,只是转换了象征的模式。讽寓中仍然有着象征的修辞原型,只是,它并不引向直接的救赎与本质的答案,它引出的是朝向历史的一种姿态。在某种意义上,讽寓比传统象征有着更强的伦理性。本雅明也提到,讽寓"转入了一个更偏向于伦理的方向"③,就是在这种废墟的展示中,让历史的真实成为一种力量。所以我将其称为后现代的象征伦理。它是在"寓言"中,伸出了"讽谏"④的姿态,如此才最适合被翻译为"讽寓"。在"讽寓"的观照下,作品的伦理姿态就以"讽"的方式被打开。同时本雅明又说,讽寓是"忧郁者唯一给予自己的有力的嬉闹插曲"⑤。忧郁的"嬉闹"正是海勒"黑色幽默"的风格表现,从这一意义来说,黑色幽默恰是讽寓的

---

① 何林军说:"如果说审美现代主义坚持了传统'象征'美学,主张意义的深度模式和艺术对现实的反思批评功能;那么,后现代则是一种'反象征'美学,反对任何的意义中心主义。"参见何林军《西方象征美学源流论》,湖南师范大学出版社2008年版,第322页。另外,何林军将allegory译为"寓意"和"寓言"。

② 何林军指出:"象征是在一般符号之'意义'表达的基础上对于(字面)意义的'超越',或者说,是一种'超越性'意义的呈现。"参见何林军《西方象征美学源流论》,湖南师范大学出版社2008年版,第17页。

③ [德]瓦尔特·本雅明:《德意志悲苦剧的起源》,李双志、苏伟译,北京师范大学出版社2013年版,第229页。

④ 《广雅》中,"讽,谏也",讽就是劝谏;《文心雕龙》中,"而吟咏情性,以讽某上",也是规劝之意。

⑤ [德]瓦尔特·本雅明:《德意志悲苦剧的起源》,李双志、苏伟译,北京师范大学出版社2013年版,第253页。

一种直接的修辞表象。黑色幽默也将海勒小说伦理的后现代性最充分地展现出来。

第四节　黑色幽默的后现代伦理

海勒是黑色幽默小说流派的代表作家。《军规》是黑色幽默最为著名的作品。所以，黑色幽默自然是其小说中最突出的特点之一，其伦理问题也就成为海勒小说伦理最重要的个性体现。后现代小说流派众多，黑色幽默是其中影响最为广泛的流派之一。黑色幽默特征也成为整个后现代文学及文化的核心特征之一。不仅在小说领域，包括影视、艺术及人们的日常生活、大众文化中，都有着黑色幽默的表现形式与个性特征。因此黑色幽默小说所极力显示的黑色幽默气质及精神个性，在后现代社会具有相当的重要性。

"黑色幽默"既是一种文体风格，也是一种修辞技巧。其文体风格的形成，是小说故事、叙述技巧及修辞手法等全方位因素共同作用的结果。"黑色幽默"本身是触及小说全方位研究的一个问题。但它最直接、最生动地体现在小说语言层面，即小说的语体修辞层面，所以，其问题首先应该从修辞领域去进行探索。然而黑色幽默并非单一的修辞名称，而是作为一种修辞形态与修辞效果，是包括了夸张、讽刺、反讽、反语、讽喻等多种修辞手法于一体的复杂修辞类型。这里的研究也包括对多种修辞方式的研究。

一　"笑"的伦理

幽默的目的是为了引人发笑。但引起哪些人、以何种感受而笑，却有着重要的区分。对笑的分析，是了解幽默的必然条件。只有首先清晰地把握了笑的特质，才能进一步理解幽默中复杂的技巧，以及寄予其中的各种动机。笑作为人的自然性表情，相比于幽默的人为性特征，具有更清晰的现象谱系。所以，从笑入手来认识幽默，是一条更

1. 笑的定义与分类

笑看起来是一个非常简单的问题。它不过是人的一种自然表情，但情形并非如此。很多时候人虽然觉得可笑，但脸上并没有笑的表情。更严格地说，笑是人的一种心理感受。作为一个在生活中不断感受到笑的人，对于笑有着现象的直觉，他可以直觉地判断自己的心理是否体会到笑，但却无法给予笑的心境一个明确的说明。所以让·诺安（Jean Nohain）会在《笑的历史》中感叹："仅仅在法国巴黎国内图书馆，能够满足笑的研究者、爱好者的好奇心与爱好的各种图书就达二百种。"① 可见笑的问题并不容易解决，并且相比于其他感受，笑显得更为重要，"《大百科全书》用了长达一点七六米的纵栏篇幅来解释笑。而解释眼泪的篇幅只有一点三七米长，疼痛一栏只有三十五厘米，而哭泣一栏仅仅二十四厘米"②。古今众多哲人，从亚里士多德到20世纪的柏格森、弗洛伊德等都对笑的问题做过专门论述。

首先要对笑进行分类。现在并未见到有人对笑作出全面系统的分类，多数研究者都是从自身专业角度，选择笑的某一部分开展研究，因此其问题便无法被清晰呈现③。我按照笑的产生原因对笑做了一个简单的分类（见下表），以便后面要讨论的多项问题能有一个清晰的思路。

---

① ［法］让·诺安：《笑的历史》，果永毅、许崇山译，生活·读书·新知三联书店1987年版，第15页。

② 同上书，第16页。

③ 普罗普在谈论笑的分类时说："在大多数美学和诗学中提出的分类法我们是不同意的，应该去寻找新的、可靠的系统化的方法。"参见［苏］普罗普《滑稽与笑的问题》，杜书瀛等译，辽宁教育出版社1998年版，第11页。普罗普也未能给予笑一个系统的分类。他的这一说法虽然很早就已经提出，但到今天，情况并未发生根本改变。

笑的分类

笑	生理之笑	被动之笑	消极之笑（痛苦）	被挠脚心的痉挛的笑		
			积极之笑（舒服）	被抚摸敏感处舒服的微笑		
	心理之笑	被动之笑	消极之笑（痛苦）	痛苦中疯癫之笑		
			积极之笑（舒服）	被幽默的事物与喜剧等逗笑，一般是大笑		
		主动之笑	消极之笑	自发性	苦笑	
					自嘲之笑	
				对他人	假笑	冷笑，皮笑肉不笑
						笑里藏刀
					取笑	热讽的笑
						冷嘲的笑
			积极之笑	自发性	自然之笑	自然微笑，蒙娜丽莎之笑
						幸福之笑
				对他人	礼仪之笑	礼仪性微笑
						交际性大笑
					交往之笑	温馨之笑，热情之笑
						逗笑同时的笑

我将笑分为两大类，即生理之笑与心理之笑，前者主要因生理原因而笑，后者主要因心理原因而笑。笑在根本上是人的一种心理感受。即使人因生理而笑，其本质仍是生理作用于心理，产生出特殊的笑的心理。所有的笑都会呈现为一种心理状态，只是这种心理状态非常复杂微妙，既分成被动与主动不同情况，又包括消极与积极不同类型。所以，我按照这些标准将笑大概分成了16种类型。其中如假笑与礼仪之笑，似乎只是有笑之外形（表情），而没有笑的实质（心理）。但若从现象学角度对其意识进行分析，可以发现即使仅仅外形的笑，却依

然因为这种外形,而在意识的光晕上被晕染了笑的色彩。① 正是为此,笑显出某种意识的复杂性。

这基本是按照笑的产生原因来作出区分。其中也运用了情感色彩的分类标准,不过正因为原因不同,情感色彩才会不同,本质上仍然是按照原因作出的分类。16种笑有16种不同的原因。其中与文学中幽默所引发的笑相关的,大概包括"被幽默的事物与喜剧等逗笑"、"自嘲之笑"及"取笑"(包括冷嘲与热讽)等四种。第一种,幽默是笑的原因,后三种,幽默本身以笑的方式呈现。相比其他种类,这几种因直接与幽默相关,所以最具有复杂性。古往今来众多研究多是集中于这几种类型。在文学中,这几种笑对应的正是文学喜剧性的构成。对文学而言,笑的问题的重要性主要体现在两方面:(1) 笑与文学的喜剧性直接相关,研究笑是为了理解文学中的幽默本质;(2) 笑本身作为一种重要的人类心灵体验,正是文学所要表现、理解及追求的一种人性特征。前者是对具体笑的种类的关注,后者是对整体笑的精神的把握。理解这两点笑的文学意义,是探讨幽默修辞及文学伦理性的基础。

2. 笑的多重伦理性

笑本身就显示了一种伦理。柏格森说"笑必须具有社会意义"②,詹姆斯·萨利(James Sully)也指出,"笑具有极高的社会价值","笑具有某种明确的道德功能或逻辑功能"③,并且他还提到了笑的多种伦理可能。笑是人类生活中的一种重要的伦理体验与伦理行为。其伦理性主要体现在五个方面:

---

① 比如对于"皮笑肉不笑"的情况,"肉不笑"指的是内心没有笑意,但是"皮笑"的肉体性仍然对意识产生了影响。这并不是认为假笑也会引发真笑,而是意图说明假笑也具有笑的特征,由此说明笑的意识本身的复杂性。

② [法]柏格森:《笑》,徐继曾译,北京出版社出版集团/北京十月文艺出版社2005年版,第5页。

③ [英]詹姆斯·萨利:《笑的研究——笑的形式、起因、发展和价值》,肖聿译,中国社会科学出版社2011年版,第361—365页。

第一，笑的个体心境直接显示出人的伦理状态。无论笑的心理表现是快乐还是痛苦，这两种对立的感受都是个体幸福的重要指标。所以，即使是纯生理原因的笑，表面上无关道德，但在实质上，其个体状态却是伦理的。就好像一个人在屋子里工作累了，躺在按摩椅上，带着舒服的笑去体验按摩中得到的快乐，这种对于身体的自我处理与由此引起的快乐感受就是身体伦理的重要表现。

第二，笑的外在形态直接影响与他人的伦理关系。无论是真笑还是假笑，笑是与他人相处的一种方式，其所引发的情感体验与交流就是典型的伦理交流。如礼仪性的笑，也许并非发自真心，但礼仪本身却是道德的形式特征，对这种人际的相处之道的重视，就是对一种伦理观念的认同。至于是否出于真心，那是另一个伦理问题，即美德与伦理心性的问题了。而恶毒的冷笑、狞笑等，也从相反的角度构成对伦理关系的伤害，因此也属于伦理表现。

第三，笑是对伦理关系优劣情况的显示。在相处中，礼貌的笑是对建构伦理关系的努力，而自发的笑，是优良伦理关系的显示。所以，与喜欢的人一起，人们总是很容易笑起来，不是为了讨好对方，而是因为喜爱的情感，即这种良好的伦理关系引发了笑。

第四，特殊的笑的形态构成特定的笑的伦理意图。比如取笑、嘲笑等，首先是一种伦理判断。嘲笑就是认定对方是具有恶[①]的性质，在作出这个判断后，才会用嘲笑作出伦理性的表达，正如普罗普所谓的，"嘲笑之中令人喜悦的是道德性的胜利"[②]；而这种表达本身又会引起伦理后果，同时会影响到被取笑的人、发笑的人，以及所有参与到笑中的人。但很多情况下，被取笑的人或事物并非单纯的恶，而是具有某些不良的特性。面对复杂的事物，人们采取的笑的态度也并不一样，笑的中间所具有的伦理性也有差异。比如同样是取笑，既可以

[①] 是指伦理上的"恶"的判断，这种判断基于一定的伦理观念与道德意识，并非简单的善人恶人之别，而是对特定行为的价值判断。

[②] ［苏］普罗普：《滑稽与笑的问题》，杜书瀛等译，辽宁教育出版社1998年版，第168页。

是对朋友的热讽，也可以是对敌人的冷嘲。所以，因为复杂的伦理性，才有了笑的复杂性，以及基于笑的修辞（比如讽刺）的内在伦理的复杂性。

第五，笑显示了一种更为本真的生存伦理精神。笑直接是对生命的肯定。如同巴赫金所说的"生命讥笑死亡。但有机的生命物质，在笑中是肯定的因素"[①]。另一方面是从现象学角度对于笑的理解。关于这一点，巴塔耶给出了精彩的解释。他在谈论喜剧时说："我们被欢闹的洪流所席卷：笑声是超验纽带的链条上一种断裂的效果；同我们周围人的这些喜剧的联系，被不停地打破，又被不停地重建，它们是脆弱的，也是最轻盈的。"[②] 他还在多个地方写道："我在大笑中打开了世界的深度"[③]，"笑声从我身上升起如同大海，它无边地填满了缺席"[④]，以及"在神圣的事物中，有着如此巨大的透明，以至于一个人悄然滑入笑声的被启亮了的深处"，等等，这些形容都是从内在意识的深度上，对于笑的存在学及伦理性的肯定。

3. 海勒小说中有关"笑"的伦理表达

笑本身就是伦理的体现，人们对笑的态度也是一种伦理态度。如此，选择黑色幽默风格，也是一种伦理性的抉择。并且相比于其他黑色幽默作家，海勒更重视现实伦理性。一方面，海勒小说的幽默因为与笑相关而具有重要的伦理个性；另一方面，海勒在作品中对笑的表现，也直接体现出其特有的伦理观念，其中对笑的理解又与其幽默风格密切联系在一起。我们首先对海勒小说中这种关于"笑"的伦理性做一个分析。这并非对小说中幽默修辞的分析，而是对"笑"这一"意象"的伦理意味的探讨。不过从更深层意义上，

[①] [苏] 巴赫金：《巴赫金全集》（第四卷），白春仁、晓河、潘月琴、黄玫等译，河北教育出版社2009年版，第61页。

[②] [法] 乔治·巴塔耶：《内在体验》，尉光吉译，广西师范大学出版社2016年版，第236页。

[③] 同上书，第242页。

[④] 同上书，第256页。

这也是一种自反式的修辞，以谈论"笑"或"幽默"的方式自反性地对其小说自身的"幽默"及"笑"的修辞性表达做出思考。所以，这种探析是与小说幽默修辞直接相关的，作为了解其问题的基础，有利于更好地理解其中的伦理精神。海勒小说中有关笑的伦理问题主要表现为以下几点：

第一，笑（幽默）的负面伦理影响。

《出事了》中多次呈现了主人公对于笑的态度，从中可以见出其特有的伦理意识，以及隐藏其后的作者的伦理态度。斯洛克姆经常采用笑话的方式来回避跟女儿正面的交流。因此女儿会指责他说，"你喜欢把每件事都变成笑话"[1]，"不论什么时候发生严重事情了，你总是用笑话来从中逃脱"[2]。笑话就是幽默的一种，斯洛克姆在逗乐中回避问题，作为对伦理交流的拒绝，对伦理具有反面的作用。这种幽默通过引起笑来转移话题，消解意义，掩盖真相。斯洛克姆也承认说，"我嘴边有成堆的笑话用来掩盖并改善这一切"[3]，"说些俏皮话"，只是为了掩盖"内心深处隐藏的许多恐惧与紧张感"[4]。不过从对自身的伦理性影响来说，这种笑不仅有拒绝交流的负面作用，也有保护自我心理平衡的正面效果。笑在消除心理压抑的层面，确实有着有利的影响。只是对斯洛克姆来说，这种影响是微弱的。他的笑不仅是对伦理交流的拒绝，同样在掩盖自身心理问题的同时，也是对自我伦理心性的回避。从根本上说，这种笑是消极的，不利于个体伦理。相比于回避问题的笑，还有一种是主动性地通过开玩笑来建立关系。开玩笑是一种典型的伦理行为。但根据玩笑的目的及针对对象不同，所产生的伦理效果也是不同的。要鉴别笑的伦理性，只有根据笑的具体环境，才能做出准确的判断。一般而言，善

---

[1] Joseph Heller, *Something Happened*, New York: Alfred A. Knopf, Inc., 1974, p. 200.

[2] Ibid.

[3] Ibid., p. 487.

[4] Ibid.

意的笑引发的是善的伦理结果，恶意的笑产生的是恶的伦理后果。如果是恶意的玩笑，即使是为了建立关系，也只能建立出恶劣的关系。比如斯洛克姆曾经提到他的一次恶意玩笑："我再次给本·詹克打电话时存心捉弄他，跟他开个玩笑。但让人感觉这不像是玩笑，而是故意地、破坏性地犯罪，卑鄙下流的变态行为。"① 叙述者自己也认识到这种玩笑恶劣的后果。

第二，笑（幽默）的正面伦理作用。

另一方面，笑的积极作用在海勒小说中也得到了体现。《出事了》中斯洛克姆很清楚笑对于自己的重要性。所以他才会说："我希望我能笑，我真希望能够哈哈大笑，就将白天那些头疼的事情全部忘掉。"② 笑在这里就充分显示出化解伦理问题的能力，即使是对于自己的问题，对自己笑，也可以达到特定的伦理效果。但这种期望并不容易实现，正在于笑作为一种伦理行为，要达到真正的伦理效果是需要内在心境的改变，而不是仅仅停留于外在。《上帝知道》里大卫对所罗门说："所罗门，你说这话时也不笑。你从来不笑。我从没见你笑过。"③ 大卫之所以关心这一问题，正在于他重视笑的伦理性，非常清楚笑的积极作用。大卫这样说，显出了对所罗门严肃个性的一种嘲讽。一方面，所罗门拘谨的态度是对人的一种拒绝，不苟言笑本身就构成一种伦理姿态，将人之间的距离拉大；另一方面，笑意味着直陈，意味着距离拉近，意味着坦白的感情，也意味着一种生命力。"笑，是一种无名的激情。"④ 大卫与所罗门的对比，就是大卫的青春与其老年的对比，也是大卫曾经的活力与所罗门充满经济理性的观念的对比，并且在《上帝知道》中，这种笑更显示出人与神之间的对比。大卫一

---

① Joseph Heller, *Something Happened*, New York: Alfred A. Knopf, Inc., 1974, p. 489.

② Ibid., p. 506.

③ Joseph Heller, *God Knows*, New York: Alfred A. Knopf, Inc., 1984, p. 101.

④ ［英］西蒙·克里奇利：《你好，幽默》，刘东昕、冯陶译，广西师范大学出版社2007年版，第10页。

开始就用赞叹的口气谈到撒拉对上帝的嘲笑:"老撒拉的笑话——她嘲笑并且欺骗上帝,让我也从中得到了乐趣。撒拉慷慨大方、高尚美好的品质,还有女人独有的妒忌,几乎使她成为活生生的人了。"① 在这里,就是以"笑"来呈现撒拉的生命力,而这种生命力又是与上帝相对的。因此海勒隐藏于这种"笑"中的伦理就是"人性",人的活力。

第三,笑(幽默)的双重伦理色彩。

笑内在地具有双重伦理色彩。如同吉尔胡斯(I. S. Gilhus)所说:"笑……具有双重功能:既可以表示向一个共同体友好地开放,也可以表示一种向外界敌意的关闭。笑是探究世界的分界线。当笑奋力反击异己时,它能更好地规定自己的本质,它会采取奚落和亵渎的形式,从而变成一种危险的力量。当笑用于压迫或抵抗的策略时,它可以成为一种强烈的宗教表达方式,因而常常是某种标记。"②

海勒小说对于笑的复杂性给出了重要的启示。《出事了》中斯洛克姆在构想自己的大会发言时想道:"我需要笑料,机敏的玩笑——哈,哈,哈——开头需要一些,结尾更得漂亮——哈,哈。"③ 想到这里,他自己也在笑。这既是笑他自己的笑话,也是笑他将要取得的成功。并且这些笑声还体现出反讽的味道,同时也构成一种自反式的笑。即叙述者说到他在发言中的笑话时,也是作为叙述者对于这部小说中的笑话的一种解构,或者海勒也在对自己小说中的幽默进行反讽式的解构。笑具有了解构的伦理性,能够将事物的意义消解掉。这也是笑(笑话)为什么能达到回避问题,以及伤害人的原因。作者通过对笑的这种逃避性的强调,突显了笑的另一重伦理意义,即笑的破坏性越

---

① Joseph Heller, *God Knows*, New York: Alfred A. Knopf, Inc., 1984. p. 5.
② [挪] 英格维尔特·萨利特·吉尔胡斯:《宗教中的笑》,陈文庆译,世纪出版集团/上海人民出版社2005年版,第4页。
③ Joseph Heller, *Something Happened*, New York: Alfred A. Knopf, Inc., 1974, p. 307.

大，它自身可能的建设性也越大。由此可以看到海勒对幽默本身的反思，而这反思本身也是通过笑话，以反讽的姿态来实现的。所以，更见出其伦理的复杂性。

更具意象特征的是在《最后一幕》最后那次巨大的婚礼狂欢中，广告里传来奇怪的笑声："他有着陌生、不成曲调的僵硬的嗓门，发出的笑声大而粗野。笑，笑，除了笑还是笑。这种笑声在听众中引起了莫名其妙的轻松和越发强烈的愉悦感。"① 从意象效果上看，这里的笑声似乎带有一种疯狂末世的隐喻。但重点不是其意象特性，而是笑自身所呈现出的伦理效果：它能引起人们放松和快乐的感受。但按照叙述者的描述，"笑，笑，除了笑还是笑"，这种笑的疯狂个性是不可能让人们感觉到轻松的，所以这构成了一种反讽，并且，这种反讽不仅针对参加婚礼的疯狂人群，也针对笑本身。同时，这也是作者对具有黑色幽默风格的作品自身的一次反讽，从而更突显出其中笑声中的绝望，而这也正是黑色幽默本身所具有的特性表现。

根据上面的几个例子也能看出，《出事了》更显出笑的负面影响，而《上帝知道》更突出笑的积极作用。两部作品里的笑构成了对比，从两个不同方向表达了笑的伦理意义。正是在这一基础上，《上帝知道》中让魔鬼出现，并且说道："我要恶作剧，而不是灵魂。我要的是笑，是乐趣。"② 这似乎表示，笑与幽默都属于魔鬼。黑色幽默文学正是有着这种魔鬼的特性。因为笑体现了人的欲望与勇气，人的情感与活力，也体现了其中可能隐藏的恶意与诡计。如此，笑具有着伦理的双重性，而这正显示出黑色幽默本身的伦理的双重性。尼采说："一部《新约全书》连一个笑话都不曾有过。不过，凭这一条也就等

---

① Joseph Heller, *Closing Time*, New York: Simon & Schuster, Inc., 1994, p.419.

② Joseph Heller, *God Knows*, New York: Alfred A. Knopf, Inc., 1984, p.274.

于批臭了这本书！"① 海勒用《上帝知道》对尼采做了回应——在《旧约》的故事中，撒拉在笑，大卫也在笑。通过对笑的不同态度，海勒显示了犹太人独特的幽默精神，以及在其中所体现出的积极的人性力量。

二 幽默的修辞伦理

幽默（humour）一词，起源于拉丁语，最早的意思是"体液"或"液体"。16世纪末英国戏剧家本·琼森（Ben Jonson）在戏剧中用到这一词，将其从生理学领域引入到文艺领域，直到20世纪，这一具有现代美学意义的词汇才走向了世界。广义而言，幽默是指能引人发笑的各种表达，包括文字、话语、图画、音乐、肢体动作等各种符号性表达。自然事物是不具有幽默感的，能引人发笑的事物，是因为"可笑"而并非"幽默"。幽默是人类所特有的能力。正如克里奇利（Simon Critchley）所说："幽默是一个人类学范畴的常量，是在所有的文化中都普遍存在的。……是人类区别于动物的一个重要的因素，是文化的结果，是真正的文明。"② 幽默的"人类学"意义同时意味着它对于人类文化的发生学及存在学意义。并在此基础上，幽默更有着对于人类自身的伦理学意义。

幽默具有伦理性，首先是因为它能够引人发笑。笑的伦理性就展示为幽默的伦理性。除此之外，"幽默更是一种解放或者是升华，它表达了某种对人类的人性而言非常必要的东西"③。克里奇利在《你好，幽默》一书中就提到了很多幽默的伦理价值，包括批评价值、交流价值、认识价值、超越性价值等。当文学使用幽默时，自然也呈现

---

① [德]弗里德里希·尼采：《权力意志——重估一切价值的尝试》，张念东、凌素心译，商务印书馆1991年版，第242页。

② [英]西蒙·克里奇利：《你好，幽默》，刘东昕、冯陶译，广西师范大学出版社2007年版，第23页。

③ 同上。

出这些价值。文学幽默也是最重要的幽默种类之一[1]。米兰·昆德拉在其讨论现代小说的著作《被背叛的遗嘱》中，对幽默有一段非常关键的解释：

> 奥塔维欧·帕兹（Octavio Paz）说："荷马和维吉尔都不知道幽默；亚里士多德好像对它有预感，但是幽默，只是到了塞万提斯才具有了形式。"幽默，帕兹接着说，是现代精神的伟大发明。具有根本意义的思想：幽默不是人远古以来的实践；它是一个发明，与小说的诞生相关联。因而幽默，它不是笑、嘲讽、讥讽，而是一个特殊种类的可笑，帕兹说它（这是理解幽默本质的钥匙）"使所有被它接触到的变为模棱两可"。对于巴努什一边任羊贩子淹死一边赞颂来世生活的场面，不懂得开心的人们永远不会懂得任何小说的艺术。[2]

昆德拉强调小说发明了幽默，是一种修辞性的说法。这段话意味着幽默对于小说有着极大的意义，它几乎就是现代小说最重要的个性之一。皮兰德娄也认为"幽默是现代的发明"[3]，而詹姆斯·伍德

---

[1] 徐春玉说："幽默是输入到大脑中去可以产生矛盾心理反应，并能将矛盾解除，从而以激活机体内部由生理、心理所决定的幽默审美心理模式、与审美心理模式相协调进而产生愉悦性审美感受的一种艺术形式。"参见徐春玉《幽默审美心理学》，陕西人民出版社1999年版，第5页。陈孝英对幽默的美学特征和界说有比较清晰的说明："研究幽默首先需要划清四个界限：1）作为主体一种审美感受能力的'幽默'和作为美的一般表现形态的'幽默'；2）'生活领域中的幽默'和'艺术领域中的幽默'；3）'广义的幽默'（即'喜剧'）和'狭义的幽默'；4）'幽默'和'幽默作品'。"参见陈孝英《喜剧美学初探》，新疆人民出版社1989年版，第153页。理论界多数都是从美学或文艺批评视角来讨论幽默问题，所以会直接以文学幽默作为研究对象，或者说，"文学幽默"构成了一种狭义上的幽默。

[2] ［捷克］米兰·昆德拉：《被背叛的遗嘱》，孟湄译，牛津大学出版社/上海人民出版社1995年版，第4页。

[3] 参见［英］詹姆斯·伍德《不负责任的自我：论笑与小说》，李小均译，河南大学出版社2017年版，第15页。

（James Wood）指出，正是现代小说创作了"这种混杂着愉快和怜悯"的幽默[①]。但昆德拉并非在用幽默来否定小说的伦理性，恰恰相反，昆德拉又说，"将道德判断延异，这并非小说的不道德，而正是它的道德"[②]。即，幽默就是小说的一种审美伦理，小说正是通过幽默来实现其特有的伦理意图。而昆德拉所指出的"模棱两可"也正是理解"小说伦理学"的关键，即，不能用理性的伦理批评来戕害小说的本性，即使在理性分析的同时，也要清楚，小说之为小说，正在于它有着伦理的暧昧性。

幽默作为一种表达，既包括表达的内容，也包括表达的形式及话语风格。在小说中，幽默是由故事情节、叙述技巧及修辞手法共同构成的。在这里，我们将其作为一种复杂性修辞来看待。小说中能够达成幽默效果的修辞手段有很多，包括：戏剧性夸张、讽刺性模仿（滑稽模仿、戏仿）、讽刺、反讽等。不过正如华莱士·马丁指出的，"我们愈是仔细地区分反讽、讽刺、和滑稽模仿，它们就愈是显得一致"[③]。这些手法之间有着太多相似与交叉，在某种意义上，可以被统一在"幽默"的修辞问题中。

海勒通过幽默所实现的最直接的伦理目标仍然是批判。幽默本就有批判的作用。克里奇利说，"在社会运动中笑话的作用显示为对已经建立的秩序的批评"[④]。笑话是幽默的一种，而讽刺（satire）就是以批判为主的幽默类型。讽刺通过呈现事物可笑的一面而达到批判目的，往往以夸张、反语、旁敲侧击等语言技巧来实现。讽刺有两个突

[①] 参见［英］詹姆斯·伍德《不负责任的自我：论笑与小说》，李小均译，河南大学出版社2017年版，第14—15页。

[②] ［捷克］米兰·昆德拉：《被背叛的遗嘱》，孟湄译，牛津大学出版社/上海人民出版社1995年版，第6页。

[③] ［美］华莱士·马丁：《当代叙事学》，伍晓明译，北京大学出版社2005年版，第183页。

[④] ［英］西蒙·克里奇利：《你好，幽默》，刘东昕、冯陶译，广西师范大学出版社2007年版，第26页。

出表现,一个是语言上的修辞效果——呈现可笑,即幽默感,另一个就是批判性,即詹姆斯·萨利所说的,"进入了讽刺的笑是轻蔑态度的表达,是一种惩罚工具"[①]。海勒小说中的幽默有着明显的讽刺特征,在一定程度上具有尖锐而残酷的一面,并进而构成其独特的"黑色幽默"风格。海勒正是在讽刺中显示了某种现实主义的色彩,并因此有不少论者认为海勒是最有现实主义精神的黑色幽默作家[②]。

海勒作品中的讽刺丰富而直观。比如,对于《军规》里的大资本家米洛,以及卡思卡特上校、佩克姆将军,还有《最后一幕》中的美国总统等人物,海勒都以漫画式的笔法进行了讽刺。针对荒诞的社会伦理问题,海勒主要采用了这种"强讽刺"手法;而对于在这种社会中遭受摧残的受害者们所具有的伦理缺陷,主要采用了"弱讽刺"处理。强讽刺反映出作者明确的道德指向与坚决的伦理态度;弱讽刺则显示出一定的伦理温情,虽然作者在道德上并不认同,但也有着情感上的同情。

但是,幽默伦理有其复杂性与暧昧性。昆德拉说:"讽刺,是标题艺术;出于对自己的真理确信无疑,于是把自己决意要斗争的东西变得可笑。小说家与他的人物的关系从不是讽刺的,它是嘲讽的。"[③]昆德拉拒绝讽刺中过于直接与决断的伦理倾向,认为小说的伦理应该是给予人物平等的地位,更应该以"嘲讽"为主。所以海勒在针对普通人时,多是采用"弱讽刺"的"嘲讽",比如对于《军规》里的随军牧师、梅杰·梅杰上校或者《戈尔德》里的戈尔德等,都是如此。

---

① [英]詹姆斯·萨利:《笑的研究——笑的形式、起因、发展和价值》,肖聿译,中国社会科学出版社2011年版,第329页。

② 汪小玲在《美国黑色幽默小说研究》一书中对7位美国黑色幽默小说家各有专章论述,其中关于海勒的章节标题即为"美国黑色幽默小说的现实主义者",可见在黑色幽默作家群中,海勒的现实主义色彩是最为突出的。参见汪小玲《美国黑色幽默小说研究》,上海外语教育出版社2006年版。

③ [捷克]米兰·昆德拉:《被背叛的遗嘱》,孟湄译,牛津大学出版社/上海人民出版社1995年版,第186页。

进而，这种带有同情色彩的"嘲讽"，"不仅有批评的作用，它还具有治疗的功能"①。"自嘲"就属于这一类型。在《出事了》与《上帝知道》等作品中，主人公作为自述者就是以自嘲的形式来面对自我。比如《出事了》中斯洛克姆说道，"每当我痛快地大便一次，我那孤独的痔疮就要出血"②，就是在自嘲自己的窘境，同时嘲笑了"同情心"的滥用。可以说，叙事者的整个自述本身就是一种自嘲。昆德拉还进一步解释，"在嘲讽的王国里到处是平等；这意味着历程中没有任何一个阶段，从道德而言，高于别的阶段"③。英国诗人奥登（Wystan Hugh Auden）也说，"笑话的世界和祈祷者的世界相比较于两者与日常的工作世界的关系而言更接近一些。因为在这两个世界里，我们都是平等的"④。所以，作品中无处不在的嘲讽（无论是对他人还是对自己），就是让人们都进入到一种"平等"的世界中，以不带偏见的方式，看到人性的原初面目，重新识别社会的道德。

一方面，嘲讽或者幽默通过"让我们认识到现在所处的世界的荒唐"，从而"让我们得以窥视另外一个世界"，"它让我们直面这些愚蠢，然后去改变它们"⑤，它"能够改变境况，能够告诉我们，我们是谁，生活在什么样的境况，或许还能告诉我们如何能够改变这种境况"⑥。所以克里奇利认为绝大多数的幽默都可以被称为"认知的喜

---

① ［英］西蒙·克里奇利：《你好，幽默》，刘东昕、冯陶译，广西师范大学出版社2007年版，第32—33页。

② Joseph Heller, *Something Happened*, New York: Alfred A. Knopf, Inc., 1974, p.567. 原文中的"bowel movement"既指大便，又指同情心，一语双关。

③ ［捷克］米兰·昆德拉：《被背叛的遗嘱》，孟湄译，牛津大学出版社/上海人民出版社1995年版，第197页。

④ Concerning the unpredictable, *in Forewords and Afterwords*，转引自［英］西蒙·克里奇利《你好，幽默》，刘东昕、冯陶译，广西师范大学出版社2007年版，第35页。

⑤ ［英］西蒙·克里奇利：《你好，幽默》，刘东昕、冯陶译，广西师范大学出版社2007年版，第37页。

⑥ 同上书，第26—27页。

剧"。另一方面，幽默能够建立一种共同体，在共同的笑声中让人们获得彼此的理解。在这种意义上，克里奇利甚至说，"真幽默就像是共同的祈祷"①。如此也可以理解克尔凯郭尔为什么说"幽默构成了伦理境界和宗教境界的界限"②。这些都属于幽默所具有的伦理价值，在克尔凯郭尔那里，幽默正是一种生存伦理价值的重要表现。海勒小说不断抛出嘲讽与幽默，正是以这种方式，让我们在笑声中，一起进入到共同的生命现实之中。幽默本身就是一种具有生存伦理色彩的修辞风格。它既显示出海勒从生存本性出发去进行写作的道德本能，也呈现出他以幽默的方式去理解生命的特殊的伦理用心。

三 反讽的生存伦理姿势

反讽（irony）可被当作幽默的一种。但反讽的修辞学及诗学意义过于复杂，已经无法被"幽默"容纳。赵毅衡说，"反讽是一种超越修辞的修辞格"③，更应该说，反讽其实是超越了修辞格的修辞。与修辞相对应，广义的修辞中有广义的反讽，狭义修辞中有狭义的反讽修辞格。这一修辞自古就有，但"irony"概念直到16世纪才在英语中出现，18世纪才被广泛使用。进入现代以后，反讽越来越得到重视，"新批评"将它视为一种重要的文学技巧，强调其在诗歌中独特的修辞作用。乔纳森·卡勒更重视反讽在小说中的运用，认为小说才是最适合反讽得以发挥的领域。耀斯（H. R. Jauss）认为，"小说作为一种文学样式，其最高成就都是反讽性的作品"④。而罗伯特·斯科尔斯

---

① ［英］西蒙·克里奇利：《你好，幽默》，刘东昕、冯陶译，广西师范大学出版社2007年版，第36页。
② S. Kierkegaard, *Either/Or* · II, 转引自王常柱《生命的伦理：克尔凯郭尔宗教生存伦理观研究》，中国社会科学出版社2012年版，第149页。
③ 赵毅衡：《反讽时代：形式论与文化批评》，复旦大学出版社2011年版，第2页。
④ ［德］汉斯·罗伯特·耀斯：《审美经验与文学解释学》，顾建光、顾静宇、张乐天译，上海译文出版社1997年版，第282页。

(Robert Scholes)则认为，反讽性其实构成了叙事艺术的天然基础。[①]在当代社会，反讽已经不仅仅是一种文学修辞，更扩展到日常修辞中，成为一种特有的文化风格，在某种意义上，甚至可以称当代文化就是一种"反讽的文化"。琳达·哈琴（Linda Hutcheon）特别强调反讽在后现代文化中的统治性意义。罗蒂也将反讽当作当代社会的一种重要的政治姿态。[②]

反讽作为修辞所具有的复杂性与潜力非常巨大，各种解释总是无法穷尽其中的意味。米勒认为反讽是最不确定的语言现象，"反讽不仅悬置意义线条，而且悬置任何意义中心，甚至包括无穷远处的中心"[③]，赵毅衡说，"反讽充满了表达与解释之间的张力"[④]。并且这一修辞的形式尚未定型，米克（D. C. Muecke）在《论反讽》中说，它"依然在发展中"，而广义的反讽几乎成为所有想象文学的基本性质[⑤]。卡勒将其上升为一种艺术哲学，认为反讽就是文本表层叙述与深层叙述的不一致，有一种诱导读者打破既有阅读期待，进入反思性阅读的力量。[⑥] 而克尔凯郭尔从存在学角度强调反讽的重要性，认为反讽将人"从日常生活的连续性对他的束缚中解脱了出来"，并且它"指向整个生存"[⑦]。狭义的反讽限于文学修辞技巧，但作为修辞的反讽也承

---

① 参见［美］罗伯特·斯科尔斯、詹姆斯·费伦、罗伯特·凯洛格《叙事的本质》，于雷译，南京大学出版社2015年版，第252页。

② 参见［美］理查德·罗蒂《偶然、反讽与团结》，徐文瑞译，商务印书馆2003年版，105—134页。

③ Miller, *Reading Narrative*, 转引自申丹、韩加明、王丽亚《英美小说叙事理论研究》，北京大学出版社2005年版，第341页。

④ 赵毅衡：《反讽时代：形式论与文化批评》，复旦大学出版社2011年版，第2页。

⑤ 参见［英］D. C. 米克《论反讽》，周发祥译，昆仑出版社1992年版，第10—15页。

⑥ 参见［美］乔纳森·卡勒《结构主义诗学》，盛宁译，中国社会科学出版社1992年版，第234页。

⑦ ［丹麦］克尔凯郭尔：《论反讽概念》，汤晨溪译，中国社会科学出版社2005年版，第220—221页。

担着广义反讽所具有的各种可能性，显示着文本的复杂性与理解的张力。浦安迪（Andrew H. Plaks）一方面指出反讽的基本个性是"表里虚实之悬殊"，另一方面又说它不是一种简单的修辞，而是"一整套结构和修辞手法"①。从整体上说，反讽是通过带有矛盾色彩的修辞呈现出事物的悖论及复杂性，其中往往同时表现出存在性与伦理性的张力。

克尔凯郭尔就同时强调这两个方面。他认为"现代的反讽首先归属伦理学"②，但它又以存在学为根基。琳达·哈琴在强调反讽的"锋芒"时，就是在指出"反讽潜在地也是一种政治现象"③，具有特殊的政治意义与伦理个性。海勒小说中的反讽也同样首先呈现出伦理的姿态，然后还潜藏着存在学的认识，其伦理姿态就不是在简单地去讽刺，而是在生存伦理的认识中，更多地去表达生命的悖论。反讽最核心的意味就是对悖论的认同。其复杂性在于，它是对讽刺中蕴含的否定的再次否定，所以否定之否定就构成了肯定。但其中讽刺性的否定并没有彻底被否定，没有完全消失，而是与反讽的否定结合在一起，构成一种似是而非的修辞效果。反讽艺术的精妙之处就在于既肯定又否定的暧昧境界。

海勒对社会伦理问题并没有这种暧昧的态度，而是绝对的否定。从整体来看，海勒小说有一个变化的过程，早期偏重批判，之后越来越注重生活的复杂性，在《军规》里强烈地批判社会伦理的非人道，到《戈尔德》以至于到《画像》，反讽的色彩越来越明显，直接批判少了，而更多呈现个体伦理生活的张力。反讽对于海勒的重要性在逐渐增强。另外，海勒在表现社会伦理问题时，更多采用讽刺性文体，

---

① ［美］浦安迪：《中国叙事学》，陈珏整理，北京大学出版社1996年版，第123页。

② ［丹麦］克尔凯郭尔：《论反讽概念》，汤晨溪译，中国社会科学出版社2005年版，"论题"第1页。

③ ［加］琳达·哈琴：《反讽之锋芒：反讽的理论与政见》，徐晓雯译，河南大学出版社2010年版，"中译本序"第II页。

而表现个体伦理或宗教及审美伦理问题时,就以反讽性文体为主。所以《军规》与《最后一幕》讽刺性更强,其他几部作品就具有更多的反讽性色彩。对同一部作品而言,其中对于社会的批判偏向强讽刺,对于个体伦理缺陷的态度则偏重弱讽刺,反讽就属于弱讽刺。但反讽与讽刺的区别并非仅在于讽刺力度,同时还有着更深层的区分:讽刺更强调单纯的否定,而反讽是否定与肯定的同时存在。

因此在《军规》中,对于米洛与卡思卡特上校等人,作者用强讽刺进行批判,而对于牧师则采用弱讽刺来刻画,但牧师身上又体现出宗教伦理心性的张力,所以同时也使用了反讽技巧,反讽与弱讽刺交织在一起,由此文本风格便更为细腻多变。相比而言,约塞连身份更为复杂特殊,他作为《军规》中最主要的人物,同时也经常是叙述眼光的承担者,小说的叙述声音与他在伦理认同性上最为接近。但复杂的是,他作为一个反英雄形象,身上同时体现出社会与个体、屈服与反抗、软弱与顽强、自私与自由性的多重矛盾与悖论,因而作者对约塞连的认同不是简单的肯定或同情,而是带有否定的认同,如此,约塞连就是一个承担了反讽力量的人物。

而在《最后一幕》中,这种文体的变化更为明显。作品在结构形式上具有拼贴画的特征。海勒在不同章节选用了不同的文体风格,至少呈现了三种各异的风格,即讽刺性、反讽性及"朴素性"。其中用第三人称形式叙述的部分,在表现社会伦理问题时采用讽刺性文体,在表现约塞连矛盾的伦理生活时采用反讽性笔调,而用第一人称讲述的几个章节,则采用更为"朴素"的文风,从而对几位人物朴素的生活伦理给予了客观的呈现。所以在小说中,反讽修辞主要承担了对于个体伦理的表达,从而通过这种反讽修辞的内在复杂性,显示出个体生活伦理的复杂性。

反讽之所以能达成对悖论性的认同,还在于反讽者对于事物的超然感。也就是说,反讽者能够将一切看在眼里,不会因感情用事而沉溺在否定或肯定的某一端,而是显现出高出一层的智慧与超然事外的自由。米克说:"观察者在反讽情境面前所产生的典型的感觉,可用三个语词来概括：居高临下感、超脱感和愉悦感。歌德说，反讽可以使人'凌驾于幸运与不幸、善与恶以及生与死之上'。"① 正是如此，反讽者是将被谈论的事物与自己拉开一定的距离，或者说，反讽就是一种创作审美距离的艺术。"反讽可以毫不动情地拉开距离，保持一种奥林匹斯神祇式的平静，注视着也许还同情着人类的弱点；它也可能是凶残的、毁灭性的，甚至将反讽作者也一并淹没在它的余波之中。"② 所以，如果说反讽的矛盾性是作者表达出的对悖论的认同，那么，反讽的距离就是表现了作者对悖论的超越感。作者在运用反讽修辞时，正是显示了一种通过超越来认同悖论，从而获得解脱的审美愉悦感。如此，对伦理问题的反讽，也就是对伦理问题的超越性理解。

所以，海勒在面对离自己的真实处境越近的对象时，越会采用反讽的方式，与自己拉开距离，比如对于《军规》与《最后一幕》里的约塞连，以及《画像》中的波特等就是如此。而《上帝知道》与《画里画外》虽然其历史题材与作者的距离遥远，但所及问题更具有伦理张力，所以适合用反讽手法。《画里画外》是第三人称全知视角，其中所表现的历史人物与事件非常丰富，作者以了解全局的姿态，站在历史真实与虚假、善与恶之上的高度来叙述及评论，自然有一种反讽式的超脱感。不过其中也涉及历史中残酷的伦理命运，作者在叙述者介入性的评论里，也注入了批判性的感情。《上帝知道》中的第一人称形式虽然缺乏叙述者与人物的距离感，但其中的大卫也是高于历史的人物，他对自己的过去和未来都尽数了解，具有超越历史的一面，因而，即使在评论自己时也有着反讽的超越感。正是如此，作品呈现出了历史、命运、信仰及伦理的多重悖论真相，达到了极高的艺术效果。

伦理悖论是人必然要承受的客观现实处境，现实问题无法解决，

---

① ［英］D. C. 米克：《论反讽》，周发祥译，昆仑出版社1992年版，第51—52页。
② ［美］华莱士·马丁：《当代叙事学》，伍晓明译，北京大学出版社2005年版，第183页。

采用反讽式的超越确实是一种充满智慧的方式。李建军说："反讽体现的正是作者深邃的眼力，过人的智慧，自信的心态，和并不形诸颜色的神圣的愤怒、愤世的气概和批判的态度，它以乐观的精神力量鼓舞读者，具有令人心悦诚服、净污化秽的巨大力量。"[1] 虽然这一说法略有夸张，但反讽确实呈现出了独特的艺术价值与伦理意义。不过，这种距离感，作为对伦理的超越，在构成超脱性的审美愉悦的同时，也有一种对伦理焦虑的回避。赵汀阳指出："唯一能够消解现代焦虑的方式就是后现代的反讽，虽然不能产生意义，但因为荒谬的有趣因此能够稍微缓解焦虑。"[2] 这既是对反讽的肯定，也指出了反讽式的后现代文化之所以形成，正是因为人们缓解焦虑时采用了这一"荒谬的有趣"方式。但是它并不能成为人最终的生存态度，否则现实问题将不能得到真正意义上的解决。

所以克尔凯郭尔说，"反讽里最突出的是主观的自由"[3]，而这种自由是一种"消极自由"[4]。前面论到，海勒作品所要展示的也是更倾向于伯林所提出的"消极自由"。虽然伯林与克尔凯郭尔是从不同层面提到这一问题，但它们之间有着相通性。这一点在约塞连这一核心人物身上表现得最为突出。约塞连是海勒所创造的最重要的角色，其个性与身份与作者有着最大的重合性，自然也就具有最大的伦理认同感。他在面对巨大的政治伦理时，显出了自身更为灵活的伦理智慧，这种智慧但求自保，从而显得比较"油滑"。克尔凯郭尔指出，"在丹麦语里，反讽也时而被译作'油滑'"[5]，由此证明了两者之间的联系。海勒用反讽的风格与"油滑"的约塞连相连接，从形式到内容相呼

---

[1] 李建军：《小说修辞研究》，中国人民大学出版社2003年版，第225页。

[2] 赵汀阳：《论可能生活——一种关于幸福和公正的理论》（修订版），中国人民大学出版社2004年版，第140页。

[3] ［丹麦］克尔凯郭尔：《论反讽概念》，汤晨溪译，中国社会科学出版社2005年版，第217页。

[4] 同上书，第212页。

[5] 同上书，第220页。

应，传达出了他的伦理态度。约塞连虽然"油滑"，但仍然有着自己的原则，在面临重大的抉择时，他都选择了去尊重自己内在的良知与情感。在《军规》里，他放弃了接受表彰而回国，冒着继续等死的危险，就是不想成为一个虚伪的人。而在《最后一幕》中，他完全可以躲避世界的毁灭，却在最后选择离开安全基地去寻找他爱的女人。

反讽所朝向的正是生存伦理。它承担着生命自身的悖论，承担着生命的摇摆与灵活、空洞与希望。克尔凯郭尔就是从这一角度对反讽做出了肯定，"当万物皆成虚空之时，反讽的主体却不感到自己是虚空，其实他拯救了自己的虚空。对于反讽来说，万物皆为无，但是'无'可被这样看，也可被那样看。……虽然无，却又有丰富的内容，就像黑夜的缄默对于有耳可听的人来说是最高声的呼唤；最后，反讽的无是死寂，反讽在这种死寂之中徘徊，像个幽灵，开着玩笑"①。这应该是对反讽之生存伦理姿态的最深刻的表述。

四 黑色幽默与后现代伦理

"黑色幽默"是海勒这一类作家的标志，同时也是文学的一种基本精神的标示。"黑色"是惨淡人生的面目，"幽默"却是这面目上所要张开的表情。所以，作品在这一美学理念之上，所呈现的是现实与理想之间的张力。

"黑色幽默"（Black Humor）一词来自法国超现实主义诗人布勒东（Andre Breton）的创造性发明，他在1937年与超现实主义另一位主将艾吕雅（Paul Eluard）合编了一本《黑色幽默选》，并合写了名为《论黑色幽默》的文章，其中提出："幽默不仅具有某种超脱的东西，在这方面，它与精神和戏剧相类似，而且还具有某种崇高和上升的东西，这个特点在前两种理智活动获得愉悦的方法中是找不到的。崇高显然是对自我迷恋的胜利，是自我不受伤害的成功表

---

① ［丹麦］克尔凯郭尔：《论反讽概念》，汤晨溪译，中国社会科学出版社2005年版，第222页。

现。自我不愿意受到损害，不愿意承受外部现实强加给他的痛苦，不愿意承认外部世界的创伤会触及他。不仅如此，还要让人看到，这些创伤甚至可以成为取笑的机会。"① 这里提到的幽默就是黑色幽默，显见出两个特点：第一，"黑色"就是人所遭遇到的创伤或绝望的处境；第二，"幽默"就是将人的悲惨处境变成一种笑话。所以黑色幽默的直接意味就是通过取笑这些悲惨的处境，从而对这些处境做出反抗与超越。

幽默似乎经常就是黑色幽默。克里奇利说："甚至所有的幽默——都充满了令人不愉快的黑胆汁，充满了精神抑郁。"② 那些严肃的幽默文学，在严肃中一定有着对于现实困境的朝向，所以几乎都是"黑色的幽默"。从塞万提斯的《堂吉诃德》到斯威夫特的《格列佛游记》再到卡夫卡的小说都具有这一特点。但直到20世纪后期，黑色幽默作为后现代文学的一种特质被得以发扬，它才形成为一种潮流和文学流派。相对于现代主义一直以来的焦虑感，后现代显得更为"乐观"。审美现代性的"焦虑"未能化解现代社会的问题，而政治的审美化，又将现代社会推向毁灭的边缘。后现代以"幽默"的方式来解构现代主义的"偏执"。

幽默一直是大众所喜爱的。后现代形成了两种幽默，一种是大众的"无厘头"，另一种就是"黑色幽默"，虽然两者经常是一个东西。但相对来说，黑色幽默仍然强调了无可逃避的"黑色"现实。这既是黑色幽默的批判性表现，又是它对于现实的承担姿态。如此，黑色幽默并不"乐观"，只是有所坚持，坚持以幽默的方式去承受、承担、面对和创造。这就是黑色幽默最重要的伦理。而这一伦理是对生命自身尊严的维护，"幽默是尊严赖以为生的食粮"③，也是对最质朴生活

---

① 张秉真：《未来主义·超现实主义》，中国人民大学出版社1998年版，第158页。

② [英]西蒙·克里奇利：《你好，幽默》，刘东昕、冯陶译，广西师范大学出版社2007年版，第159页。

③ 同上书，第183页。

的回归,"幽默把我们带回到质朴的和有限的人类环境中"①。甚至在克尔凯郭尔那里,"幽默是达到信仰之前的存在内在性的最高形式"②。如此,幽默构成了生存伦理中最重要的一种精神,就是始终坚持朝向生命自身的姿态。而所有意图展开的幽默精神,当它朝向生命时,都会遭遇自己的"黑色"。所以在海勒这里,在后现代,在现实中,在文学里,幽默就是黑色幽默。

幽默自古以来就有,但幽默精神是现代性的,是现代以来才获得了它的自觉性。后现代是在这种自觉之上,更多了一重自觉,即对于"黑色"的自觉。克里奇利说:"幽默通常是黑色的,但它总是容易被理解的。因为它是关于自我和世界的深刻的认知关系。"③ 恰是这种属于幽默的深刻,让它必然会面对"黑色"。克尔凯郭尔提出了现代性的幽默,"美学家追求外在性,而反讽却以其深刻的方式将人引向内在性;在伦理境界中,幽默将这种内在性推向最高点"④。与克尔凯郭尔的现代性姿态不同,海勒的黑色幽默并没有这个最高点。在海勒这里,幽默不会达到伦理的边界,而进入到信仰领域,就如同卡夫卡的现代性作品中所隐藏的那些。它有着"黑色"的力量在牵扯它,这黑色与幽默一起构成了生活的日常。这种幽默既不是审美的,也不是信仰的,它仅仅属于伦理。

这就是海勒的黑色幽默的后现代伦理。后现代也只是现代性的延伸,它保留了现代性中基本的幽默精神,以及其中的生存伦理。这种生存伦理在克尔凯郭尔的哲学与卡夫卡的小说中获得了鲜明的表现。

---

① [英] 西蒙·克里奇利:《你好,幽默》,刘东昕、冯陶译,广西师范大学出版社 2007 年版,第 172 页。

② S. Kierkegaard, *Concluding Unscientific Postscript*, 转引自王常柱《生命的伦理:克尔凯郭尔宗教生存伦理观研究》,中国社会科学出版社 2012 年版,第 150 页。

③ [英] 西蒙·克里奇利:《你好,幽默》,刘东昕、冯陶译,广西师范大学出版社 2007 年版,第 171 页。

④ 王常柱:《生命的伦理:克尔凯郭尔宗教生存伦理观研究》,中国社会科学出版社 2012 年版,第 150—151 页。

在卡夫卡那里，这幽默也是黑色的，那些动物也是讽寓的，但是它们还是显示了一种明确的方向。而在海勒这里，在后现代的"黑色幽默"中，已经没有了这个方向。它更接近克尔凯郭尔所强调的"反讽"，在克尔凯郭尔那里，幽默是伦理与信仰的界限，而反讽则在伦理的另一边，是在伦理与审美的界限处。"反讽是没有目的的，它的目的就在自身之中……他真正的目的是想感觉到自由，……它自己就是目的。"[1] 在这里，反讽作为黑色幽默的一种内在构成，显示了黑色幽默的本质性可能。如此，黑色幽默的真正目的就是这生命自身，它要自由，它正是以黑色幽默的方式去感觉和发现生命的自由。

---

[1] ［丹麦］克尔凯郭尔：《论反讽概念》，汤晨溪译，中国社会科学出版社2005年版，第220页。

结　　论

后现代生存伦理

最后，再来解释我们的关键词——生存伦理（ethics of existence）。关键是对"生存"（existence）的理解。与之直接相关的有两个概念：生活（live）及存在（being）。应该说，生存同时包括了生活与存在两个维度。"生活"是生物学意义上的生存现实，即肉身的在世经历；"存在"则偏向形上层面的生存展现，类似于生命意义的确认。两个方面的共同实现，才能创造出完整而丰富的人生。

生物学意义上的生存是直观的，比较容易把握。并且在伦理学中有专门的领域关注肉体生命的伦理问题，即生命伦理学（bioethics）。作为伦理学的一个子学科，它产生于20世纪60—70年代，最早被称为生物医学伦理学（biomedical ethics）。它的产生与生物医学的发展直接相关，主要关注生物研究与医学行为、环境与人口、动植物保护等方面的伦理问题。这一学科的兴起与福柯在同一时代强调"生命政治"问题，也构成了一种回应。前面所讨论的"身体伦理"问题与生命伦理学就有着重要的联系。

存在层面的生存问题则较难以把握。简单而言，这是指从存在论（存在学）角度对于生活的理解。有两种存在论，一种是Ontology，又被译为"本体论"[①]。就哲学视域来说，存在论确实就是一种本体论，

[①] Ontology一词是由郭克兰纽（Rudolphus Goclenius，1547—1628）首先使用。ology是"学说"，ont源出希腊文 όντ，是on（όν，相当于being）的变式，即to be，可被理解为"是""有""存在"等。所以这个概念也被翻译为"是论""有论""存在论"等。

但本体论并非就等于存在论。在今天的意义上，"存在"只是对于"本体"的一种"解释"[①]。或者说，存在论就是站在存在意识上对于本体的一种确认。现代以来的存在主义（Existentialism）哲学就是站在存在论视野来关注生存的本体。其中所要关注的 existence 就是"生存"问题。所以这就构成了另一种存在论。前一种面对的是一般性的存在（being）本体，后一种朝向的是生存（existence）的本体。但是生存的本体也是存在，存在主义哲学家萨特与海德格尔也都是以"存在"（being）问题为研究的起点[②]。这也是我们将其翻译为"存在主义"的原因。但他们所探讨的存在（being）指向的却是人的生存（existence），也就是存在主义哲学其实是从存在论的层面来领会人的生存价值。正是如此，也有人将其翻译为"生存主义"或"实存主义"。

正是在这一意义上，存在主义的伦理学也可以被称为"生存伦理学"。存在主义非常关注伦理问题。阿多诺甚至说："存在主义在本质上被理解为一个伦理道德的运动。"[③] 伦理本就是人的各种问题的出发点和落脚点，生存实践的中心就是伦理实践。克尔凯郭尔、萨特、列维纳斯、蒂里希、舍勒等都是存在主义思想家中的伦理学大家，存在主义作家们在表达存在问题的同时，也将伦理问题作为印证存在的关键。存在主义的一个重要贡献就是让伦理学与存在论结合，从存在学角度来进入对伦理的反思，同时，也将伦理问题引入到了存在学领域，显示出伦理对于人的本质性意义。

生存伦理问题并不仅仅属于存在主义。但存在主义所开拓的从存

---

① 从巴门尼德到海德格尔在谈论作为本体的存在时，并没有将存在当作本体的一种解释，存在就是一种本体的显示，但是从对这一问题本身的理解而言，这种"存在"作为本体仍然是一种"解释"。

② 海德格尔的《存在与时间》（*Sein und Zeit*，英文 *Being and Time*）与萨特的《存在与虚无》（*L'Être et le Néant*，英文 *Being and Nothingness*）关注的都是 being 的问题。

③ ［德］T. W. 阿多诺：《道德哲学的问题》，人民出版社2007年版，第15页。

在论角度来关注生存的伦理却构成把握这一问题的经典模式，也代表着生存伦理问题的现代性意识，并且对于文学来说更是如此。从某种意义而言，文学在本质上就是对人的存在的勘探。刘小枫说："就诗是人的原初精神方式而言，所有诗意问题都是存在论水平上的问题。"[①] 米兰·昆德拉也强调说："小说不研究现实，而是研究存在。"[②] 如此，文学中所呈现的伦理问题，就是建立在存在学基础上的对于伦理的展开，或者说，文学中的伦理问题其实就是生存伦理问题。更准确地说，文学作为"人学"要在作品中所打开的始终是人朝向存在的生存伦理问题。当然，这是就广泛意义而言，或者，恰是从生存伦理的视角来看，才会看到文学所必然坚持的生存伦理姿态。不过，在这基础之上，存在主义却是以一种鲜明而深切的方式，将这一问题昭示出来，所以我们才说，存在主义或者靠近存在主义的文学最能够直接显示出这一生存伦理态度。这在克尔凯郭尔、陀思妥耶夫斯基、卡夫卡、萨特、加缪、波伏瓦、昆德拉、大江健三郎、安部公房等人的作品中都明确地表现了出来。

黑色幽默小说继承了存在主义的这一指向。如此，海勒也明确展示了这一基调。从故事来看，他从个体的心性现象进入伦理问题，以个体生命价值与自由伦理对抗社会暴力，关注世俗生活与信仰之间的悖论，强调审美的道德价值等；从叙述形式来看，他以叙述碎片指向生活片段的生成意义，在多重线索的交织下呈现生命的矛盾与张力，在时间的交际中呈现存在的价值，以不同的叙述视角打开不同的伦理视野，在对白中展示对话伦理的必要性，在话语姿态中显示个体的伦理轨迹等；从话语修辞来看，他从不同类型的意象中铺陈出生命不同层次下的生存价值，将象征的肯定性引到讽寓的张力中，尤其是让幽默展示出最坚韧的生命需要与生存价值，在反讽与黑色幽默中让生命

---

① 刘小枫：《拯救与逍遥》（修订本），上海三联书店2001年版，第30页。
② ［捷克］米兰·昆德拉：《小说的艺术》，孟湄译，生活·读书·新知三联书店1992年版，第42页。

拥有自身的复杂性与充实的可能性等等。所有这些，共同铺陈出了海勒对于生命自身价值的肯定，对于生命复杂性与丰富性的确认，对于个体生存需要的坚决支持，以及对于存在可能性的呼告。

同时，这种在文学中呈现出的生存伦理也正是文学现代性的一个重要表征。刘小枫说："小说的兴起——或者现代性的出现，根本是一个道德事件。"[①] 其实就已经将小说、现代性与生存伦理并置在一起。小说从"世俗"中酝酿出来，在市民文化中成长起来，其本身就蕴藏着对于"世俗性"的生命价值的强调，小说天然地具有批判性，主张个体自由，以及表达生命的多元价值等伦理本性。昆德拉认为"小说的天质是反专制主义的"[②]。刘小枫虽然并不认同昆德拉这种绝对的说法，但也提出："叙事伦理学是更高的、切合个体人身的伦理学。"[③] 小说作为最重要的个体叙事形式，正是以个体的伦理声音来对抗统治性的宗教伦理与国家伦理。简言之，小说就是个体的伦理表达。小说天然地强调个体伦理自由，而现代性伦理的首要表现也正与小说伦理的首要目标相同，即对个体自由伦理的呼告。这一本性在现代时期，被存在主义从存在论的角度给予了哲学及伦理学的完善与确认。所以"小说伦理"无论是在故事、叙述还是在修辞上，都有着这一内在特性。只是因为不同作家的外在道德观念与伦理态度不同，从而构成了其在文学伦理形态上的千差万别。但是，一个优秀的小说家，他一定会被小说的本性所引导，让自己于现实中获得的伦理观念与小说自身的现代性生存伦理相互碰撞，进而生出对于现实伦理的更确切的理解。

正是如此，海勒小说中所表达的生存伦理并不限于所有小说共有的那种姿势，也并非存在主义文学那种以存在为第一核心目标的生存伦理，而是有着他自己的个性。其中最重要的就是海勒已经不属于现

---

① 刘小枫：《沉重的肉身——现代性伦理的叙事纬语》，上海人民出版社1999年版，第146页。
② 同上书，第150页。
③ 同上书，"引子：叙事与伦理"第6页。

代性时期，作为后现代作家的代表，他的作品以自身的后现代特征，自然呈现了一种后现代的生存伦理。后现代是对现代性的继承与发展，其中既有现代性的部分，也有着对于现代性的反驳与超越。所以，在海勒的作品中，生存伦理的基本特性仍然被延续了下来，但却有着一些新的特征。

海勒小说中的生存伦理是"反本质主义"的。后现代思想的一个基本个性就是反本质主义，强调"生存"就是以生存自身为目的，而不会为生存设定一种本质。萨特说"存在先于本质"就有这一倾向，"存在是其所是"①，所以生存也就是生存本身。正是在这一意义上，以萨特为代表的存在主义也被认为是后现代思潮之一部。但萨特在强调"自由"与"选择"问题的文学表达中，却仍然融入了强烈的"意志"。这一意志本身有着现代性内在的本质要求。萨特在戏剧中所设置的"存在的极限境遇"就有着将境遇本质化的特征，而其中的人物在"选择"时的"英雄主义"表现，虽然同时呈现了某种荒诞的色彩，但仍然有一种现代性的意志化的声音在进行表达。相对而言，海勒作品中的人物也在面临着各种选择的困境，其中也包括了生死的抉择，但这些人物的"非英雄"色彩，让他们并不具备那种主观（其实是带有形而上色彩）的意志，这种选择可能是一种考验，但并非为此就完全确认了自我的本质，这种伦理的选择更是一种生存的常见现实，而这正是后现代生存伦理的表现。

萨特强调存在先于本质，但这"后置"的本质仍然携带着本质主义的要求。生存伦理思想较早的倡导者，也是存在主义先驱的克尔凯郭尔为生存指向了"信仰"的方向。虽然他同时强调审美、伦理、信仰各自的重要性以及共同存在的必要，但这朝向信仰的意志构成了其现代性的特征。这也正是存在主义伦理一直内在的"矛盾"。波伏瓦的哲学受萨特影响，但在伦理意识上更具有包容性，她说存在主义就

---

① ［法］让－保罗·萨特：《存在与虚无》，陈宣良等译，安徽文艺出版社1998年版，第28页。

是一种"模糊性"的哲学,克尔凯郭尔与萨特都在肯定人的模糊性。"自由与一个模糊现实的运动本身混为一体,这个模糊的现实,我们称之为生存。"① 这种模糊性与内在意志的要求共同呈现出存在主义生存伦理的复杂性,并以此,它构成了从现代到后现代的一种过渡,显示出一个逐渐发展的序列进程。

反本质也就"反超越"。前现代与现代主义都会设定一种本质方向,以用来超越现实,这种本质形成了人的本质定义、理想的绝对性以及方向的确定性,其中以"信仰"为标志。前现代以宗教信仰为基本的本质特征,现代主义将"自由"本身打造成一种"信仰"。所以在存在主义中,有神论存在主义就倾向于回归宗教,无神论存在主义倾向于"自由"的绝对意志。可以说,这两种倾向其实在整个现代性中都有所表现。在海勒看来,信仰并不能超越现实,也没有一种超越于生存境遇之上的理念的自由,只有生活片段中随时需要面对的境遇,而这种境遇多数情况就是日常性的境遇,其中并没有根本上的对于信念的挑战,所以也没有一个能够引导其获得超越的明确的方向,没有一种英雄主义的精神来"拯救"自己。正是如此,后现代或者海勒所强调的个体自由伦理,更是一种伯林所谓的"消极自由"的表现。

海勒的这些故事看起来是疯狂的,其中很多情节充满了荒诞,但人物的情感与际遇却更接近普通的人生表现。荒诞与普通之间呈现了一种悖论,这也是后现代文学的常见特征,是为了凸显现实本身的悖论。卡夫卡是表现悖论的大师,为此卡夫卡作为现代主义的巅峰,却具有了许多后现代性。然而不同的是,现代性的悖论仍然有着本质主义的倾向,即悖论是本体色彩的,而在海勒这里,"第二十二条军规"的悖论直接指向的是现实中的"权力"。当然,无论卡夫卡还是海勒,其悖论都同时既是现实性的又是本体性的,既是对社会的批判也是对存在的揭示。但他们仍然显示了各自的偏重,这一偏重恰是构成了现

---

① [法]西蒙娜·德·波伏瓦:《模糊性的道德》,张新木译,上海译文出版社2013年版,第21页。

代性与后现代性的不同视角。更多人会觉得卡夫卡指向本体的悖论更为深刻，其实这正是带着现代性的视角所进行的评判。从美学角度来说，这一视角无可厚非①，但从伦理角度来说，后现代伦理所面对的当代人的现实生存问题就更为迫切。另一方面，在表达这种悖论时，卡夫卡与海勒都使用了"讽寓"的手法，但是卡夫卡的讽寓更多了一些"隐喻"，而海勒更多了一些"转喻"，这两者的区分也构成其现代性与后现代的不同。② 而隐喻与转喻的修辞本身就具有着潜在的各自不同的伦理性质。

文学现代性（包括后现代性）有三个主要的发展轨迹，一种是从唯美主义到新小说，强调"文学自律性"与文学的本体化要求，主张作品的"非道德性"，表面上将道德悬置，但其实是以审美伦理来对抗世俗伦理。罗伯-格里耶在《嫉妒》里以现象学式的视角来呈现客观事物的纯粹性，却仍然被雅克·里纳尔（Jacques Leenhardt）读出其中对资本主义物化伦理的批判意味，并且就其小说写道："写作成了一种伦理学，或者如乔治·卢卡契所言，小说家的伦理学变成作品的美学问题。"③ 由此可见出这一类文学仍然有着潜在的伦理姿态。另一种恰恰相反，从超现实主义、未来主义到垮掉的一代，以鲜明的伦理姿态为特征，可以说，直接张扬现代性伦理就是他们最突出的现代性表现。相对而言，第一种是主张"弱伦理性"，第二种强调"强伦理性"。而第三种就处于中间，包括从表现主义、存在主义到黑色幽默等流派。这一种所呈现的就是较为"标

---

① 从今天的美学批评现实来说，现代性的审美原则仍然占有统治地位。现代主义本来就推崇精英主义意识，而批评家多数都处在精英的位置，所以其美学品味自然与现代主义更为协调。

② 伊哈布·哈桑在《后现代转向》中对现代与后现代做了一个经典的概念列表，隐喻与转喻（换喻）即作为其中的一组对立项。参见［美］伊哈布·哈桑《后现代转向》，刘象愚译，上海人民出版社2015年版，第184页。

③ ［法］雅克·里纳尔：《小说的政治阅读：阿兰·罗伯-格里耶的〈嫉妒〉》，杨令飞、吴延晖译，湖南文艺出版社2000年版，第18页。

准"的生存伦理观念。

海勒就是这第三种的后现代的代表。另外，海勒更接近生存伦理本性的还在于他特有的"朴素性"。这是我们一开始就强调了的。这种朴素性，让他作品中的"生存"更接近于生存的本色。他不是伦理学家，他只是一位作家，要从他的作品中找到清晰系统的伦理思想是不可能的。他是在展示"生存"，而"生存"本身是没有定性的，是非本质的，也是模糊的。正是在这一意义上，波伏瓦呼吁道："让我们承担起我们基本的模糊性吧。只有在对我们生活的真实状况的认识中，我们才能汲取生活的力量和行动的道理。"① 而这也正是后现代"生存伦理"的本性。

在某种意义上，我们在最后所给出的这一结论并不重要。这也是为什么我要在最后才去解释"生存伦理"这一概念的原因。因为对生存伦理而言，最重要的是展示生存本身的真相，以及它的价值与可能性，而不是去确定一种明确的"立场"。正是如此，我没有按照常见的模式，一开始给出观点，然后依照伦理思想本身的逻辑性进行分析与推进，比如将生存伦理分成不同的逻辑层面，论其基本特点，其现代性与后现代性、影响与价值等等。我是用了"小说伦理学"的完整性思路，分别打开其作品不同表现层面的伦理声音，然后再以尽量完整的方式将这些声音铺陈出来，生存伦理的观念就在这各个方面被展开。如果说作家以艺术的形式来展示生存是第一个层面，那么我的分析就是第二层面的展开，也就是将可能性的伦理话语展示出来，最后的总结就是这第三层面的汇总。

但我以为，在第二层次的展开中，就已经是让伦理学与小说之间，以小说伦理学的方式进行了各自的对话，无论对于作家，还是对于"生存伦理学"，这种对话的完整性与遍布的细节都是更为重要的，并且也正是在这一形态上，让"小说伦理学"能够以自身的完整性与可

---

① [法] 西蒙娜·德·波伏瓦：《模糊性的道德》，张新木译，上海译文出版社 2013 年版，第 21 页。

能性被打开。这是我的一种尝试，虽然留下了很多问题，完整与细节也都不可能真正获得实现，它仍然也只是一种"片面"的展示，但这种不断向完整趋向的姿势，也许会打开某些未来的可能。

主要参考文献

［美］韦恩·布斯：《小说修辞学》，华明、胡晓苏、周宪译，北京联合出版公司2017年版。

陈永国：《海勒》，四川人民出版社2003年版。

成梅：《小说与非小说：美国20世纪重要作家海勒研究》，中国社会科学出版社2009年版。

［美］约瑟夫·海勒：《出事了》，宁芜译，南海出版公司1991年版。

［美］约瑟夫·海勒：《得过且过》，郭国良、赵婕译，浙江文艺出版社2006年版。

［美］约瑟夫·海勒：《第二十二条军规》，杨恝、程爱民、邹惠玲译，译林出版社1998年版。

［美］约瑟夫·海勒：《上帝知道》，史国强、王祥译，春风文艺出版社1988年版。

［美］约瑟夫·海勒：《最后一幕》，王约西、袁凤珠译，译林出版社1997年版。

刘小枫：《沉重的肉身——现代性伦理的叙事纬语》，上海人民出版社1999年版。

伍茂国：《从叙事走向伦理：叙事伦理理论与实践》，新华出版社2013年版。

伍茂国：《现代小说叙事伦理》，新华出版社2008年版。

William. J. Ellos, *Narrative Ethics*, Newcastle upon Tyne：Athenaeum

Press Ltd., 1994.

Joseph Heller, Catch-22, New York: Dell Publishing Co, Inc., 1979.

Joseph Heller, *Closing Time*, New York: Simon & Schuster, Inc., 1994.

Joseph Heller, *God Knows*, New York: Alfred A. Knopf, Inc., 1984.

Joseph Heller, *Good as Gold*, London: Transworld Publishers Ltd., 1979.

Joseph Heller and Speed Vogel, *No Laughing Matter*, New York: G. P. Putnam's Sons, 1986.

Joseph Heller, *Now and Then: From Coney Island to Here*, London: Simon & Schuster Ltd., 1998.

Joseph Heller, *Picture this*, New York: G. P. Putnam's Sons, 1988.

Joseph Heller, *Portrait of an Artist, as an Old Man*, London: Simon & Schuster UK Ltd., 2000.

Joseph Heller, *Something Happened*, New York: Alfred A. Knopf, Inc., 1974.

Robert Merril, *Joseph Heller*, Boston: G. K. Hall & Co, 1987.

Adam Zachary Newton, *Narrative Ethics*, Cambridge: Harvard University Press, 1995.

Judith Ruderman, *Joseph Heller*, New York: The Continuum Publishing Company, 1991.

后　　记

这本书是在我的博士论文的基础上修改而成。论文写于2010年，原题为《约瑟夫·海勒小说伦理研究》。经过8年，自己的思想有了一定的提升，所以做了较大的改动，主体结构没变，主要增加了解读的深度，题目也做了变更。只是相隔太久，要回到曾经鲜活的文本细节的体验中已较为困难，因此修改的过程也比较艰辛。另外，受限于论文本身写作伦理的约束，有些应有的表达与思想上的活力，无法获得充分的展现。所以，最后仍然留下了不少问题与遗憾。

在这次修改中，郝赟、华丽娜、侯文娟、毕洁如、李莎等朋友与学生帮我做了部分文字的校对工作，在此表示感谢。这部著作的主要写作过程是在博士期间，当时所写的后记才属于它真正意义上的后记，所以我将其原样附在这里。

有某位博士，也许是我臆想出的某位博士说过：当你在写博士论文的后记时，你会因有太多话想说，而写成一部长篇小说。我想，那么这个后记也就成为我的小说伦理学的研究对象了。也许这位博士是想说，论文写作的过程本身比论文更令人回味。或者，她只是想强调一下她的论文是由多少辛酸的血汗筑成。但无论这个以"后记"命名的小说多么意气用事，它都比我借助小说伦理学揭示出的作家的伦理思想显示出更为活跃的伦理用心。因为，作品的后记就是关于作品的最直接的伦理申诉。

但是后记不可能成为小说，它是一种将文本交付给生活的特定仪式。它可以生动，却不能抛弃仪式的伦理：在回顾论文的写作历程中，一边细数这一过程的艰辛，一边对帮助者表达真诚的谢意。如果说这种回顾式叙述又正是一种叙述伦理的表现。那么这些占有主要部分的致谢就是直接的伦理表达。后记所具有的这种伦理的直陈性，将作品本身悬挂起来——这既是对作品的悬置，作品只是作为文本的存在，与伦理无关；同时也是将作品如旗帜一般悬挂在作者的生命道路中央，变成一种伦理的标记。后记正是以双重性的姿态，将作品放在与人生若即若离的位置上，彰显它美学与伦理的双重意义。

对一些人而言，撰写论文基于一种生存的伦理需要。对我来说，论文的写作意味着更多的伦理意义。我的论文构想起源于自身特定的伦理动机。写作本身就是一种化解内心焦虑的伦理行为，只是这种化解的方式有时候是以非伦理的表达来实现，有时候却必须以伦理性思考来达成。我从大学到研究生阶段，困扰自身的问题主要是完全个体性的精神焦虑。当时我所考虑的是个体内在的存在与虚无问题，与伦理并无直接关系。在硕士论文选题中，我选择了日本存在主义作家安部公房，追究其小说中人物的"存在性行为"就是为了解决这一问题。借助安部公房的帮助，我勾勒出了一张独特的精神地图，从而为我的问题找到了理想的答案。正是为此，我将自己的论文命名为《寻找存在的地图》。无论那篇论文学术性价值如何，对我而言，它已经实现了它的价值。朋友泱泱看了我的论文后说：它像一个卵。这意味着它圆润生动，带有自在的生命，在卵形的结构中实现了精神的自我生成。所以，它的完成，也将我的精神历程引入了一个新的阶段。

如果说那个阶段是我的存在论阶段，那么之后我步入了伦理学的历程。这并非是指我开始对伦理学感兴趣，而是我的生命历程开始经受伦理问题的敲打与考验。当生命必然性地走向复杂时，单纯的个体意识也不得不去面对新的伦理质疑。我的人生主题也开始从"存在"走向"幸福"。在这一时候，伦理学问题自然成为我博士论文的首要选择。之前我一直借助存在主义思想的桥梁向生命及文学的深处行进，因此存在主义的伦理学意识也成为我进一步前进的台阶。而很多我喜欢的偏重存在主义伦理问题的作家，如萨特、米兰·昆德拉、大江健三郎等人都是非英语国家作家，对于我现阶段只会英语一门外语的情况来看，不适合选择他们作为博士论文的研究对象。所以我将目标放在了深受存在主义影响的美国黑色幽默文学上。同时黑色幽默作为一种特殊的修辞及文体风格，本身具有的有趣的伦理问题也引发了我的兴趣。在其中，约瑟夫·海勒作为代表性的人物，就成为了我首选的对象。

研究海勒小说的伦理问题，本身就是一次对自身生命中伦理困境的反思。我借助自己提出的系统性小说伦理学思路对海勒小说的伦理做出了全面的梳理，论文按照设想初步完成了计划。但遗憾的是，我对自身的伦理问题并没有得出令自己满意的解答。我想这有两方面原因，一方面是我所选择的作家海勒在作品中并没有给我这样一种答案。作为黑色幽默的作家与善于给出结论的存在主义作家不同，黑色幽默的后现代性本身排斥一种稳定的观念。正是如此，我对后现代的伦理观无法完全认同，因为它不能给人足够的心灵慰藉。而另一方面，就是我自身的原因。在研究安部公房的存在论问题时，我在阅读众多的存在主义小说与哲学，以及做出大量的体验与思考中，自身有了对问题合适的解答。对安部公房的阅读与自己的思考是同步走向这一答案的，可以说，我也是借助了安部公房表达了自己的思想。但是在这次的博士论文写作中，我自身并没有对人生的伦理问题找到一个富有生机的答案，所以我也无法从海勒那里找到属于自己的结论。从这一角度来说，我的博士论文并没有达到我的目标。

如此，我以为我的博士论文是未完成的。这既包括作为实体的论文还需要继续修改，不断完善。更重要的是，我还要以伦理的眼睛去探索更多的作家作品，来寻找线索，发现生机。海勒的小说伦理学研究只是我这一阶段研究的起点，我要从这里开始，将视野扩展到整个黑色幽默领域，甚至，在从现代到后现代的小说中，去发现更多具有建设性的伦理精神，追索出现代小说伦理的地图，这才是我真正想要达到的目标。这一目标既是我学术道路的方向，也是我人生路线的指向。虽然这篇论文留下了遗憾，但是它却为我以后的行走打下了基础。从这一点来说，它仍然部分地实现了它的伦理价值。

这是针对我自身的伦理意义。然而撰写论文并非只是一件单纯的个体事件，而是一次时刻与他者相关的伦理际遇。如果说论文更多显示的是一种纯文本存在，那么后记就是揭示这一文本背后各种动人的伦理机缘。正是多样的生命机缘与伦理关系才促成了论文的完成。所以，后记要以感谢词的面貌来回答这种种机遇，以特有的仪式风格，将围绕论文所发生的善的意义显豁出来。致谢即善的行为，作为写作者的伦理答复，不仅仅在于表达本身的善意，更多的意义是它将作者曾经接受过的善意帮助呈现出来。它就是对善的显示。正是为此，当面临写作后记的时刻，我所体会到的快乐远远不是终于完成论文的胜利感，而是在这种常规的伦理仪式里，我将在回顾所有那些重要的善意中，再次让自己沐浴在伦理的光照中。而这，正是赋予我生命价值的最重要的存在。在这里，致谢对我而言是一件幸福的事。因为这些谢意本身来自于我曾经体验过的幸福。所以，我要感谢。

首先我要感谢我的导师曾艳兵先生。这种感谢绝不限于这篇论文从选题到最后修改，他给过我的悉心指导。早在六年前，我对先生就心所向往，但一直为机缘所限，直到三年前才有缘入其门下。在这三年的亲缘中，我从先生身上学到的不仅是知识，更是治学与做人的德行。先生的为人气质最可称为美德——先生将美与德结合在一起，不仅重德，并且其所言所行儒雅和谐，处处透露着美感。先生在作文时强调美感，常常要求我们在为文章起标题这样的细节之处都要注重形式之美。而先生更是将这种精神融入生活，以审美的心态来做人。大美即为大善，也是大智慧。从先生这里，我们看到了一种能够将审美与道德和谐融合在一起的生活伦理境界。先生这种高格的境界，如一种理想，在这个学者地位日益下降的时代，让我们感受到了作为读书人拥有的美好生活的希望。

我要感谢我的硕士导师黎跃进先生。黎老师是引领我进入学术大门的恩师，可以说，我是跟随黎老师的足迹步步向前的，从湘潭大学、到衡阳师范学院再到天津师范大学，与黎老师的缘分可谓深切。黎老师为人亲和，不仅关心我们的学业，也关心我们的生活。他与师母就仿佛我们的血亲父母，对我们的关怀无微不至，给我们的帮助之多难以尽说。黎老师对待工作的认真让我们尊敬，他待人接物的随和又让我们深深爱戴。我始终记得，他对我的第一篇文学论文逐字逐句地进行修改，正是从那以后，我才开始了解到何谓论文写作。我也一直记得，当我们几位学生放假了还在学校赶写论文时，他把我们叫到家中，给我们煮好了鸭子，然后带着微笑看着我们吃饭的样子。这些都让我们感到，能够成为他的学生，真是一种福气。

我要感谢天津师范大学的孟昭毅先生、王晓平先生、曾思艺先生。在三年的博士学习中，我有幸得到了他们从学业上到生活上对我的各种帮助。孟先生博见而豪爽、王先生严谨而随和、曾先生诗性而亲近，三位先生以不同的人格魅力吸引着我们，滋养着我们正在成长中的生命。正是他们，让我深深眷恋着天津师大文学院这片富有生机的学术园地。我还要感谢南开大学的王志耕教授和王立新教授，对他们我很早就怀有向学之心，但却在博士论文即将完成之时，才有机会得到他们的亲自指导，除了向他们表示感谢之外，我还希望在未来的日子里，能有更多的机会向他们学习。

我的论文能够完成除了依靠这些恩师的辛勤指导，还少不了众多朋友的帮忙。我要感谢曾琼博士，我对她的求助甚至是以剥削式的姿态出现（我常常剥削我的朋友，对她尤甚）。在她于北京大学读博期间，我让她帮我复印了大量资料，并且还让她将我需要的书籍从千里之外的湖南带到北京。除此以外，她还帮我做了论文的英文校对等工作。我要感谢同样去北京大学读博的我的另一位同窗好友周骅，他不仅为我从北京大学图书馆及国家图书馆复印了大批资料，并且在我去北京购买图书时，多次帮我寻找住处，替我排忧解难。我要感谢帮我从南开大学借到海勒英文小说的朋友 Ciel，她还在自己相当繁忙的工作之余帮我做了论文部分章节的校对。感谢帮我从湖南长沙买到海勒传记的学生欧亚英。感谢帮我从加拿大扫描了叙事伦理学书籍的大学同学刘宇，我们同样出身于经济学专业，一起写诗，并分别走向了哲学与文学，十几年来经常不舍昼夜地交流各种思想，他对我论文中伦理学方面的认识提供了许多富有启发的见解。感谢帮我从德国找到了海勒资料的诗人氧气，当我向她求助时，她毫无犹豫地说不用考虑成本，无论多贵，都会帮我搞定。感谢泱泱也在自己赶稿之余帮我做了论文的校对。感谢张莹菲以超乎我想象的细心程度帮我做了论文的校对，并提出了众多可贵的修改意见。她们以令人感动的热忱来达成我的每一次请求。

没有这些老师和朋友的帮助，我的论文是根本无法完成的，更重要的是，没有他们，我的人生也将无路可寻。其实，从一开始，我交给自己的答案中，就已经将伦理放入了个体的存在。他人即全部。如果说，我的精神主题从个体存在向伦理认同转变，意味着我的成熟。那么，这些伦理认同又终将返归个体存在。在我写作后记的同时，我已经深刻意识到，这种仪式虽然有着伦理的必要性，致谢显示着道德的温情，让我体验到幸福，但是我所体会到的伦理已经具有了"存在"的光晕。我在这里言说的仪式也已经不仅仅是一种伦理，它散发着存在的光辉。我想要表达的也不仅仅是我对他们的谢意，而是那无可表达的我们之间的"对话"与融合。这一仪式让我在最后将它升至存在之上，我无法用生活话语来表述，就用我自己的诗歌来作为结尾吧。

> 后面的后面，我记录
> 我们相遇的黑色头发下
> 眼睛在梦境中看见每一位溺水者
> 他们真实，像你的嗅觉
>
> 最后的对话，像一场仪式
> 将你的倒影从液体中升起

游曳的人依然在故事里
等待那张隐喻的笑脸，你的手臂

也曾经敲打络绎者的身后
谁来分析它的痛觉，谁来爱
我忘记致谢的那把雨伞
这个五月的天空在窗户外面

这段后记的结尾，有一个人
就够了，所有的人都在，她的面前

2010 年 5 月 18 日

2018 年 5 月 10 日